DIE ZEIT

HISTORISCHE KRIMINALROMANE

Robert Hültner

Inspektor Kajetan und die Betrüger

Mit einer Krimi-Analyse
der ZEIT-Redaktion

Zeitverlag Gerd Bucerius GmbH & Co. KG

Lizenzausgabe des Zeitverlag Gerd Bucerius GmbH & Co. KG, Hamburg,
für die ZEIT Edition »Historische Kriminalromane«, 2010

Projektleitung: Sabine M. Müller
Layout und Umschlaggestaltung: Buchholz Graphiker
Satz und Repro: Buch-Werkstatt GmbH, Bad Aibling
Druck und Bindung: GGP Media GmbH, Pößneck

Printed in Germany

ISBN: 978-3-8419-0010-4
Vertrieb Handel: Edel Germany GmbH

Bildnachweis Einband [M]: Uwe Gerig/picture-alliance,
Arnold Metzinger/dieKLEINERT.de/picture-alliance

INHALT

1

Freiherr Aloys von Marain, ehemals stellvertretender Kommandeur des traditionsreichen Regiments Lotz, hatte die Schlacht verloren. Sein Befehl, Fenster und Vorhänge des Salons tagsüber nicht mehr öffnen zu lassen, um die Augusthitze aus den Wohnräumen des Gutes fernzuhalten, hatte nichts bewirkt. Eine Wolke fetter Wärme durchströmte die dämmrigen Räume des Erdgeschosses, strahlte von den Tapeten, dunstete aus dem wachsgetränkten Parkett und dem schweren, matt glänzenden Mobiliar.

Verdrossen stellte er das Weinglas ab, steckte einen Finger unter den Kragen, löste den schweißgetränkten Stoff von der Haut und massierte seinen Nacken. Mit leisem Ächzen, und kurz gegen eine Welle sirrenden Schwindelgefühls ankämpfend, stemmte er sich aus dem Fauteuil, stapfte schwerfällig zum Fenster und öffnete den Vorhang einen Spalt weit.

Die Sonne, von rötlichem Dunst verschleiert, berührte bereits den waldigen Horizont des Ammerlandes.

Es klopfte.

»So komm Er halt, Albert«, rief der Baron unwillig.

Die Scharniere gaben ein fast unhörbares Winseln von sich. Von Marain sah sich nicht um. »Es wird wieder nicht regnen«, seufzte er, um mit plötzlichem Ärger anzufügen: »Diese Hitze! Diese elende Hitze!«

»Sehr wohl, Herr Baron.« Der alte Hausdiener stand wie angewachsen auf der Schwelle.

Wieder fühlte von Marain diese grundlose Gereiztheit, an der er seit Tagen litt. Er drehte sich mit einer heftigen Bewegung um und starrte auf die akkurat ausgerichteten Schuhspitzen seines Dieners.

»Albert! Bevor Er mir gleich sagen wird, was er auf dem Herzen hat – gib Er mir doch darauf eine Antwort: Leben wir in einer Republik?«

Die Augen des Alten waren auf die Brust des Barons geheftet. Seine Lippen bewegten sich, als spreche er dessen Worte nach, um sie verstehen zu können.

Der Baron schnaufte ungeduldig.

»Wie … wie meinen der Herr Baron? Ob …«

Dass er den Alten verwirrte, machte von Marain noch zorniger.

»Ich frag Ihn«, fiel er ihm hitzig ins Wort, »ob meine Feststellung korrekt ist, dass wir in einer Republik und nicht mehr im Kaiserreich leben. Und das nicht erst seit gestern, sondern seit nun schon fast einem ganzen Jahrzehnt?! Das ist doch eine ganz einfache Frage! Und die versteht Er nicht?«

Der Blick des Alten folgte dem nervösen Zickzack des Parketts. Unmerklich zuckten seine Finger.

»Gewiss, Herr Baron«, antwortete er schließlich, gefolgt von einem leisen Hüsteln, »aber der Herr Baron wissen doch, dass ich … dass ich mich um politische Sachen nicht bekümmern tu.«

»Aber dass sich etwas geändert hat, ist Ihm bekannt«, bohrte von Marain weiter.

Alberts Augen fixierten das Kinn des Barons. Wenn ihn die Frage verletzt hatte, so ließ er es sich jedenfalls nicht anmerken.

»Gewiss, Herr Baron.«

Die unerschütterliche Beherrschtheit des Alten machte von Marain schier rasend. »Ah ja? Tatsächlich?« Er reckte das Kinn. »Und wieso gewöhnt Er sich nicht endlich ab, auf jede meiner Bemerkungen mit ›Sehr wohl, Herr Baron‹ zu antworten?«

Bevor der verstörte Diener etwas zu sagen wusste, fuhr von Marain fort. »Ich habe vorhin lediglich festgestellt, dass es auch heute wieder sehr heiß ist. Zu heiß für mein Empfinden, versteht Er? Also ist Sein ›Sehr wohl, Herr Baron‹ auch deshalb schon unangebracht.«

Alberts Lider zuckten.

»Herrgott!«, bellte der Baron unbeherrscht. »Und steh Er bequem! Ist Er schon ausgestopft?«

In diesem Augenblick befiel von Marain ein schlechtes Gewissen. Was erlaubte er sich eigentlich gegen einen Mann, der von den Jahren her sein Vater hätte sein können? Der im jugendlichen Alter Adjutant seines Vaters gewesen war, ein untadeliger, wie der alte Baron nicht müde wurde, zu loben? Der nach einem schweren Unfall aber den Militärdienst hatte quittieren müssen und nun der Familie schon seit Jahrzehnten diente? Es war immer Verlass auf Albert gewesen, Kindheit und Jugend ohne ihn unvorstellbar. Von Marain überkam plötzlich ein Gefühl großer Zuneigung. Wieder griff er mit dem Finger zwischen Kragen und Hals. Verlegen suchte er nach Worten.

Albert beendete die lastende Stille. Er nickte wissend. »Die Hitzn, gell?«

»Herrgott noch mal, ja!«, platzte von Marain erleichtert heraus. »Wenns doch endlich etwas abkühlen würde!«

»Kommt schon noch, Herr Baron.« Die Stimme Alberts klang wie immer, ruhig, weise, falsche Aufgeregtheiten dämpfend. Doch jetzt hörte von Marain einen warmen, begütigenden Ton heraus, und ein Bild aus seiner Jugend stieg in ihm auf. Er lächelte schwach. »Meinst?«, fragte er mit leiser Stimme. »Aber wann, Albert, wann? Ich mein manchmal, gar keine Luft mehr zu kriegen.«

Der Alte wies mit dem Kopf aufmunternd nach draußen. »Die Mucken tanzen, unds Feld dampft schon seit ein paar Tag. Der Herr Baron darfs mir ruhig glauben: Es kommt gwiss bald runter.«

Von Marain nickte erleichtert. »Aber – du weißt schon, das ›Sehr wohl, Herr Baron‹ – ich mags halt einfach nicht, das Getue, als könnt ich wunders viel dafür, ein Marain zu sein. Also – damit bremst dich ein bisschen, gell?«

»Ach, der Herr Baron kennen das doch. Die alten Gewohnheiten.«

»Schon, schon.« Von Marain hob den Zeigefinger. »Aber die Aristokratie hat heutzutag nichts mehr zu melden. Heutzutag bestimmt nämlich das Volk, was geschieht.« Es hatte spöttisch klingen sollen.

Doch die Antwort des Dieners kam prompt, beinahe heftig:

»Der Herr Baron dürfen net so reden! Wenn ... wenn eine Herrschaft eine gute ist, dann darfs ruhig eine sein!«

Der so Angesprochene versteckte seine Rührung hinter einem Räuspern. »Nein, Albert«, korrigierte er gnädig. »Ein Oben und ein Unten gibt es nicht mehr, und das ist auch richtig so. Aber, schau«, er öffnete fragend die Arme, »wenn schon das Volk sich nicht an die neuen Sitten gewöhnen mag, warum sollen sich dann die daran halten, die ihr Privileg aufgeben müssten?«

Der Alte lächelte entschuldigend.

»Ein altes Gewächs wie ich tut sich halt schwer damit. Und so schlecht waren die alten Zeiten auch wieder net.«

»Na ja, das ›Herr Major‹ hast dir wenigstens schon abgewöhnen können, immerhin. Aber lassen wir das jetzt.«

»Sehr wohl, Herr Baron.«

Von Marain atmete tief durch.

»Also – was gibt es? Wieder irgendeine anonyme Pöbelei?«

»Nein«, log Albert.

»Also, was dann?«

»Das Fräulein aus England ...«

»Miss Thomson? Hat sie wieder angerufen?«

Albert bejahte.

»Wann? Warum hast du mich nicht gerufen?«

»Vor gut einer halben Stund. Der Herr Baron sind unten beim Weiher gewesen.«

»Hat sie gesagt, was sie will? Was will eine Journalistin aus England von mir, Albert?«

Albert schüttelte den Kopf. »Sie wollts dem Herrn Baron selber erklären, hats gemeint.«

Von Marains Blick glitt über das zerknitterte Gesicht des Alten. Er drehte sich wieder zum Fenster.

Er hatte eine Ahnung. Aber war es wirklich möglich, dass dieser Anruf mit den Aufregungen der letzten Wochen zusammenhing? Mit dem Streit, den er mit einigen seiner ehemaligen Regimentskollegen hatte?

Man hatte ihn um etwas gebeten, dessen vorgebliche Bedeutung ihm nicht einleuchten wollte. Es ging dabei um einen ehemaligen Soldaten seines Regiments, der sich offenbar in eine peinliche Lage manövriert hatte und an den er sich nur schwach als einen von Unsicherheit geplagten, unangenehm beflissenen Sonderling erinnern konnte. Als er seinen Namen zum ersten Mal in einer Schlagzeile las, war er zunächst von einer zufälligen Namensgleichheit ausgegangen, bis er eines Besseren belehrt wurde. Was da über ihn geschrieben stand, hatte dem Baron nicht behagt. Der Mann schien zu gefährlichen Narreteien zu neigen. Deshalb, und auch, weil ihn das Ansinnen seiner ehemaligen Kameraden mehr als befremdete, hatte er abgelehnt, etwas für ihn zu tun. Zu nichtig war der Anlass, als dass er dafür seine Prinzipien zu opfern bereit gewesen wäre.

Gewiss, es hatte eine überraschend heftige Auseinandersetzung gegeben. Aber warum sollte sich jemand aus dem Ausland dafür interessieren? Außerdem handelte es sich dabei um eine interne Angelegenheit unter – jawohl, noch immer – Kameraden. Die Wogen würden sich irgendwann glätten. Nein, nicht irgendwann. Schon heute Abend war er zu einer Feier seines ehemaligen Regiments geladen. Großzügig hatte man ihm Abholung und Heimfahrt zugesagt, als er mit Hinweis auf seine angegriffenen Nerven und das Alter Alberts, der ihn früher chauffiert hatte, gezögert hatte.

War das nicht ein Zeichen dafür, dass man zur Einsicht gekommen war? Und überhaupt – würde sich jemand anmaßen, seine Entscheidung nicht zu respektieren? Die Entscheidung eines Aloys von Marain, des ehemals stellvertretenden Regimentskommandeurs? Des Sohnes von General Maximilian von Marain? Des Enkels des Helden von Balan, Carl von Marain, sowie des Urenkels von ...?

Aber vor allem ging es niemanden etwas an. Schon gar nicht das Ausland.

»Albert – sag der Dame beim nächsten Mal, ich stünde nicht zur Verfügung. Weil – ach was. Sag ihr meinetwegen, dass ich derzeit etwas ... außer Form bin. Ist ja nicht gelogen.«

Der Diener machte einen Bückling. »Sehr wohl, Herr Baron.«

»Gut, Albert.« Von Marain warf einen Blick auf die Standuhr. Der Wagen müsste bald eintreffen. »Wenn das alles ist, lässt mich jetzt bitt schön noch einen Moment allein, ja?«

Der alte Diener zog die Tür hinter sich zu. Der Baron lauschte den sich langsam entfernenden Schritten und wandte sich wieder zum Fenster.

Die Dämmerung hatte eingesetzt. Der Himmel über dem Alpenvorland hatte die Farbe geflammten Metalls angenommen. Der Blick des Barons strich über die Wipfel der Bäume, die den Park des Marainschen Gutes umgaben. Reglos standen sie vor dem violetten Riss des Gebirges, dessen schartige Kuppen noch im Widerschein des versinkenden Tages glühten.

Der Baron war nicht erstaunt über die Melancholie, die in solchen Stunden oft von ihm Besitz ergriff. Er gestattete sich den Luxus dieses Gefühls. Obwohl noch keine Fünfzig, fühlte er sich plötzlich alt. Wieder hatte er das Gefühl, keine Luft mehr zu bekommen.

Er ließ sich in den Lehnstuhl fallen, griff nach dem Weinglas, hielt es in Höhe seiner Augen und betrachtete es gegen das Licht des vergehenden Tages. Der Merlot glomm dunkel. Er schwenkte das Glas leicht. Die Flüssigkeit kreiste träge. Er nahm einen Schluck. Sein Gaumen fühlte sich taub an.

Der Baron wollte die Hand wieder senken, als er etwas Eigenartiges bemerkte. Verdutzt starrte er in das noch zur Hälfte gefüllte Glas. Was zuvor ölig schimmerndes Rund gewesen war, hatte sich in fiebriges Blinken gewandelt. Im gleichen Augenblick stellte er fest, dass sein Handrücken nass geworden war. Überrascht setzte der Baron das Glas ab. Jetzt bemerkte er, dass seine Hand heftig zu zittern begonnen hatte. Mit einem Schlag, und begleitet von einem plötzlich einsetzenden Hämmern in der Brust, erkannte er, dass er Angst hatte.

In den vergangenen Wochen hatte er immer wieder die Möglichkeit erwogen, dass man seine Entscheidung doch nicht hinnehmen würde. Die unverschämte, fordernde Direktheit, mit der man in ihn gedrungen war, um diese – jawohl, höchst unappetitliche! – Angelegenheit aus der Welt zu schaffen, hatte ihn beunruhigt.

Hatten sich die Mitglieder des ehemaligen Regimentsstabs darauf beschränkt, ihm ins Gewissen zu reden, er möge doch an die Folgen denken, die sein durchaus höchst ehrenhaftes, doch leider auch stures Festhalten am traditionellen Commens haben könnte, so war ihm von anderer Seite unmissverständlich gedroht worden. Von wem, hatte er nicht herausfinden können. Gekränkt hatten seine Gesprächspartner jeden Verdacht zurückgewiesen. Nie würde man sich derartig degoutanter Mittel bedienen.

Degoutant?! Der Baron war außer sich gewesen. *Degoutant nennen Sie es, wenn mir mit Mord gedroht wird?*

Blicke waren gewechselt worden. Der Baron möge sich beruhigen. Pöbelei sei das, nichts weiter, und jeder weitere Gedanke daran Zeitvergeudung. Aber er möge es als ernstes Zeichen dafür nehmen, auf wie viel Unverständnis seine Haltung auch bei schlichteren Gemütern stieß. Leider verrohten die Sitten zunehmend, und immer schwerer werde es heutzutage, den Plebs noch unter Kontrolle zu halten.

Aloys von Marain hatte die Möglichkeit, dass man gegen ihn tätlich werden könnte, damals verächtlich abgetan, wobei ihn das Gefühl einer gewissen Männlichkeit durchströmt hatte. Der Gedanke an den Tod beunruhigte ihn nicht, hatte es nie getan. Er hatte gelernt, damit umzugehen, und behauptete von sich, nie ein Feigling gewesen zu sein. Er war sich sicher gewesen, dass es seinen Gegnern nie gelingen würde, ihn einzuschüchtern.

Doch jetzt ahnte er, dass dies alles weder mit Mut noch mit Vernunft zu tun hatte. Sondern allein damit, dass es ihm, dem seit früher Jugend an Disziplin und Gehorsam gewohnten Offizier, von jeher an Fantasie gemangelt hatte. Vor allem an der, sich vorzustellen, dass er bald nicht mehr am Leben sein könnte.

Sein Puls jagte mit einem Mal. Er saß starr. Durch sein Gehirn taumelten Gedanken.

Sie werden es nicht tun. Es gäbe einen ungeheuren Skandal. Es wäre ihr Untergang.

Und wenn ihnen die Vernunft fehlt, das vorauszusehen?, widersprach etwas in ihm. *Denkt das Raubtier, wenn es mordet, an seinen Untergang?*

Er presste seine Hände gegen die Schläfen.

Oberleutnant Aloys von Marain! Sie lassen sich ins Bockshorn jagen? – Offensive!

Mit einem Ruck erhob er sich, eilte zu seinem Schreibtisch, riss an der Schublade seines Sekretärs, entnahm ihr eine Pistole und überprüfte das Magazin.

Es war leer. Er wiegte die Waffe in seiner Hand.

Lächerliche Hirngespinste! Was war bloß in ihn gefahren?

Heute Abend würde die Sache geregelt werden, wie es sich unter Offizieren gehörte.

Er legte die Waffe wieder zurück.

Von draußen drang das Geräusch eines Automobils herein. Der Motor erstarb. Gedämpft erklang die Türglocke. In der Halle wurden Worte gewechselt. Kurze Zeit später klopfte es.

»Ihr Besuch, Herr Baron«, sagte Albert. Er trat zur Seite.

»Ich komme, Albert.«

»Grüß Gott, Herr Major.« Ein kräftiger, breitgesichtiger Mann, dessen kurz geschorenes Haar an seinem runden Schädel zu kleben schien, schritt forsch herein. Sein Begleiter blieb auf der Schwelle stehen. Der Kräftige hob die Hand zu einem angedeuteten militärischen Gruß. Der Baron winkte ab.

»Ich bin bekanntlich seit einigen Jahren Zivilist. Also lassen wir das, ja?«

Er erntete ein gleichmütiges Achselzucken.

»Wies möchten.«

»Albert?«

»Herr Baron?«

»Die Herren chauffieren mich freundlicherweise zur Feier unseres Regiments.«

»Aber ich könnt doch auch den Herrn Baron ...«

»Nein, Albert. Das will ich dir nicht mehr zumuten. Ich werde gegen Mitternacht zurück sein. Den Mantel bitte.«

Der zweite Besucher, ein jüngerer Mann mit blau schimmernden, glatten Wangen und dünnen Lippen, ließ seine Blicke durch den Raum schweifen. Er nickte anerkennend.

»Schön haben Sies. Respekt.«

Der Baron antwortete nicht. Der Alte stand hinter ihm, den Mantel bereits in der Hand.

Der Kräftige rieb seinen Handrücken.

»Entschuldigens, Herr – ah, Baron. Ich mein, ich will ja nicht … aber wenn ich anmerken dürft …«

»Ja?«, kam es eisig zurück.

»Ich glaube, man wünscht … also, entschuldigens …«

»Ich verzichte auf Belehrung«, fuhr ihn der Baron an. »Ob ich Uniform und Ehrenwaffe anlege, ist allein meine Entscheidung. – Albert? Bitte!«

Der Baron schlüpfte in die Ärmel.

»Tuns Obacht geben, Herr Baron«, flüsterte der Diener. Von Marain fühlte die knotigen Hände des Alten an seiner Schulter. Mit einem Ruck löste er sich.

»Ich bin bereit.«

Die beiden Männer gingen zum Eingangstor. Der Baron zögerte in plötzlichem Widerwillen. Er war für einen Augenblick unsicher, ob er sich nicht überrumpelt fühlen sollte. Doch dann folgte er den Vorausgehenden.

»Man freut sich schon drauf, dass kommen«, sagte der Kräftige, während er die Tür zum Fond der dunklen Adler-Limousine mit lässigem Schwung öffnete und ins Innere wies: »Gibt gwiss eine schöne Feier, werdens sehn.«

Der Baron nahm Platz. Der Kräftige umrundete den Wagen und ließ sich ächzend neben ihn in die Polster fallen.

»Fahr zu, Edi«, befahl er. »Schlaf nicht ein.«

Der junge Mann zündete den Motor. Der Wagen verließ den Vorplatz und rollte die Auffahrtsallee entlang, über die sich die schwer belaubten Äste alter Platanen neigten. Nach wenigen Minuten bog er auf die Landstraße nach München ein.

»Mach gefälligst die Lampen an, Edi«, sagte der Kräftige, unvermittelt grob. »Bist selber nicht so ein Licht, dass wir drauf verzichten könnten.«

Der Fahrer grunzte eine unverständliche Antwort. Das Licht fraß sich in das dunkelnde Land. Obwohl sie sich längst auf freier Strecke befanden, war kein Himmel mehr zu sehen.

Nach einer Weile des Schweigens wandte sich der Kräftige an den Baron: »Und Sie, Herr Baron? Haben Sie sich die Sach noch mal durch den Kopf gehen lassen?«

Aloys von Marain fühlte den lauernden Blick seines Begleiters. Für Sekunden bäumte sich Empörung in ihm auf.

»Ich werde das zu gegebener Zeit dem mitteilen, den es etwas angeht. In Ordnung?«

»Nein.« Der Kräftige seufzte. »Es wär besser für Sie, wenn Sies uns jetzt sagen.«

»Sind Sie sicher, dass Sie den richtigen Ton gewählt haben?«, brauste der Baron auf. »Und würden Sie einen Augenblick darüber nachdenken, mit wem Sie eigentlich reden? Wenn ich vorhin sagte, dass ich Zivilist bin, dann heißt das noch lange nicht, dass man mit mir wie im Hofbräuhaus redet!«

»Hab ich was Verkehrts gsagt?« Der Kräftige tat unschuldig. »Freilich weiß ich, wer Sie sind. Aber auf der andern Seite – schauns, wer da vor ein paar Jahr noch eine eingebildete Herrschaft oder ein stellvertretender Regimentskommandeur gewesen ist, der zählt heut nicht mehr als irgendein anderer vertrottelter Privatier. Is eine Schand, gwiss. Abers is halt die neue Zeit, net wahr?«

Der Baron war verblüfft. Noch nie hatte jemand gewagt, so mit ihm zu sprechen. Wie kam man dazu, ihm ein derart ungehobeltes Pack als Eskorte zuzumuten?

Er saß stocksteif. Seine Kiefer mahlten.

»Kehren Sie um«, sagte er gepresst, »ich ... ich verzichte auf Ihre Dienste.«

»Jetzt sinds nicht gleich beleidigt.« Der Kräftige beugte sich vor und suchte den Blick des Barons.

Von Marain versuchte vergeblich, einen Befehlston in seine Stimme zu legen.

»Kehren Sie um, sagte ich!«

»Das ist uns leider nicht erlaubt«, erklärte der Kräftige kühl. »Wir haben einen Befehl.«

Der Fahrer wandte ihm sein Gesicht zu.

»Bockt er, oder was?«

»Hat dich einer danach gefragt? Wie redst du überhaupt mit dem Herrn Major?«, gab der Kräftige zurück. »Halt dein Schnabel und schau gefälligst auf die Straß!« Er wandte sich wieder an von Marain. »Keinen Anstand hats mehr, diese Bagasch, was? Aber ich sags ja: Das sind die neuen Zeiten.«

Der Baron hörte nur noch das Hämmern seines Herzens. Er war wie gelähmt. So leicht gelang es also, ihn in eine Falle zu locken?

Ein heftiger Stoß, von einem Ächzen der Federung begleitet, hob die Männer nach oben. Ihre Schultern berührten sich.

Der Kräftige grinste hämisch. »Aber ein paar Dinge bleiben trotzdem, stimmts, Herr Major? Gefahren wird noch immer wie ein Rossknecht!«

»Weil das auch noch eine Straß ist!«, maulte der Fahrer. »Ein Loch nach dem anderen.«

Der Kräftige winkte gelangweilt ab. Der Baron starrte nach draußen. Sie passierten einen kleinen Ort. Die Fenster des Gasthauses waren hell erleuchtet. Wieder drehte der Kräftige sein Gesicht zu von Marain.

»Also, Herr Baron? Was haben Wir vor?« Der Baron, noch immer wie betäubt, presste die Lippen aufeinander.

»Was is? Redens nimmer mit mir? – Na, von mir aus. Dann frag ich anders rum: Wissens denn, was man von Ihnen erwart?«

Der Baron atmete flach. »Ich weiß, was ich von mir erwarte«, flüsterte er.

»Hab mirs schon denkt«, seufzte der Kräftige. »Ich glaube, das langt uns. – Edi?«

Der Wagen nahm eine scharfe Rechtskurve. Von Marain stemmte sich gegen die Rückenlehne, um nicht gegen seinen Nebenmann zu kippen. Der Fahrer schaltete herunter. Der Motor heulte auf. Schotter prasselte gegen den Wagenboden.

Der Baron kniff die Augen zusammen.

»Wohin fahren Sie?«, rief er beunruhigt, »das war doch die Abzweigung zur Münchner Straße!«

»Was Er nicht sagt«, meinte der Fahrer, ohne sich umzudrehen.

»Fahren Sie mich sofort zurück!«, schrie der Baron und erkannte seine eigene Stimme nicht mehr.

Aloys von Marain wusste nun, was ihm zum Verhängnis werden würde: Nie hatte er gelernt, das Gefühl der Angst zuzulassen – jenes Gefühl, welches ihn davor gewarnt hätte, dass er einem Feind gegenüberstand, dem er längst nicht mehr gewachsen war. Im Krieg, da hatte es Bedrohung und Tod gegeben, aber auch Regeln. Was indes jetzt geschah, hatte damit nichts mehr zu tun. Seine Gegner kannten kein Reglement mehr, sie agierten frech und mit nie gekannter Rücksichtslosigkeit.

Ein Rauschen wuchs in den Ohren des Barons. Seine Panik wurde größer. Mit der Rechten tastete er verstohlen nach dem Türgriff.

»So sinds doch gscheit, Baron.« Die Stimme des Kräftigen klang, als spreche er zu einem unvernünftigen Kind.

»Jetzt aussteigen. Könntens Ihnen ja glatt den Hals brechen.«

Erst jetzt bemerkte der Baron, dass die Rechte seines Mitfahrers schon seit Beginn der Fahrt in seiner Manteltasche ruhte.

2

»Meine Liebe ...«

Donald S. Baines stockte und legte den Füller zur Seite. Es fiel ihm von Mal zu Mal schwerer, mit der Hand zu schreiben. Zu sehr hatte er sich bereits an die Schreibmaschine gewöhnt. Er war stolz auf seine Schrift gewesen. Ausgeglichen, in schönen, klaren Linien war sie aus seiner Hand auf das Papier geflossen. Doch jetzt zerfiel sie in einzelne nervöse Krakel, von denen der eine gerade, der andere nach links, der dritte nach rechts driftete. Begann er eine Zeile mit schwungvollen Unterlängen, so schrumpften diese bald zu mickriger Ausfransung, auch sein Gespür für die Zeilengerade war geschwunden.

Dennoch wollte er mit seiner Frau nicht per Maschine korrespondieren. Es hätte nicht seinem Gefühl entsprochen, das er noch immer für sie hegte.

Doch womit sollte er beginnen? Noch vor wenigen Stunden waren ihm die Worte, die er ihr sagen wollte, so klar gewesen!

Donald S. Baines war, daran glaubte er zumindest, kein Mann, der an wechselnden Stimmungen litt. Dennoch musste er sich eingestehen, dass er sich alles andere als wohl fühlte. Er war aufgekratzt und erschöpft zugleich, ziellos kreisten seine Gedanken, doch nichts darin wollte sich verknüpfen, zu einem Ende kommen, sich lösen.

Lag es an der gedämpften, etwas gezwungen vornehmen Atmosphäre der Pension, in der er sich eingemietet hatte? Er war bereits einmal in München gewesen. Doch wenn er sich jetzt an diesen ersten Besuch im Frühsommer des Jahres 1925 erinnerte, so konnte er sich nur noch schwer vorstellen, dass ihn diese Stadt damals geradezu betört hatte. Es war ihm schwergefallen, Worte für den Zauber zu finden, dem er verfallen war. Es musste, so hatte er schließlich herausgefunden, mit dem Geruch dieser Stadt zu tun haben, und er hatte sich an frühere Reisen erinnert. Boston etwa roch nach gemahlenem Kaffee und Rauch, in New York mischten sich halbfauliger Hafengeruch und die Abgestandenheit alter, kellerfeuchter Backsteingebäude mit dem Geruch von erhitztem Metall und elektrischen Motoren. Unter dem Nebel Londons wiederum schwebte der Brodem ätzenden Braunkohlerauches in den Gassen, durchsetzt vom Bittergeschmack schwarzen Bieres und der Süße orientalischen Tabaks. Wenn ihm der Geruch feuchten Sägemehls in die Nase stieg, dann dachte er sofort an Paris, an die abgestorbene Luft und den verbrauchten Sauerstoff dieser Stadt, an Millionen erschöpfter Menschen; aber auch an eine unvergleichliche Mischung köstlicher und zugleich verdorbener Düfte.

Durch die Straßen Münchens dagegen – so hatte er es damals empfunden – schwebte ein feiner, fast geruchloser und dennoch erregender Duft, der etwas von der perlenden Stimulanz der kräftigen Alpenluft in sich hatte. Wenn von einem stahlblauen, klaren Himmel die Sonne brannte, war es ihm eine Lust gewesen, tief durchzuatmen, die vor Hitze knisternde Luft in sich hineinzuziehen, als söffe er sich an gewaltigen Strömen von Sonnenkraft satt.

Was ihn dazu verleitetet hatte, die Stadt wie eine Art deutsches Himmelreich zu empfinden, hatte er sich nicht erklären können. Ihre Gebäude hatten nichts vom verwunschenen Reiz gotischer Architektur, und nichts verführte zu verblasenen romantischen Träumen. Die Fassaden der Innenstadt zitierten, wo nicht noch die anheimelnde Kunstlosigkeit des späten Mittelalters zu erspüren war, Klassizismus und Barock, deren Leichtigkeit die Wucht einzelner wilhelminischer Gebäude und deplatzierter althellenischer Tempel mühelos in die Schranken wies.

Eine behäbige, gutmütige Solidität, durchsetzt von Spuren einer gewissen Schwerblütigkeit, ging von der Stadt und ihren Menschen aus.

Baines war mit diesen Eindrücken nicht allein gewesen. Wem immer er erzählte, dass er München besuchen würde – er hatte stets ein Himmeln und Seufzen geerntet, als spreche er vom Paradies.

Doch jetzt war irgendetwas anders. Etwas schien aus dem Gleichgewicht.

Vielleicht war es nur er selbst?

Er hatte damals in derselben Pension in der Hildegardstraße gewohnt. Man hatte sich an ihn erinnert und ihn etwas wärmer willkommen geheißen, als vermutlich üblich war. Obwohl ihm sofort wieder die Bilder glücklicher Tage aufstiegen, hatte er doch gleich gefühlt, dass sich etwas verändert hatte. Eine leichte Schäbigkeit hatte sich über Räume und Mobiliar gelegt, die mit der umso angestrengteren Vornehmheit und höflichen Zurückhaltung, die Besitzer und Gäste pflegten, nicht übereinstimmen wollte.

Frau Eisenschitz, die Pensionsinhaberin, war noch immer die ergraute, würdevolle Matrone mit schwerem, zu einer ausladenden Hochfrisur gestecktem Haar. Wie früher war sie noch immer angenehm entgegenkommend, markierte jetzt aber mit jeder Äußerung eine zwar freundliche, doch deutlich fühlbare Distanz, deren Überschreitung sie mit eisiger Höflichkeit strafte.

Am herzlichsten war das Wiedersehn mit Silvester gewesen. Er war der jüngere, sich etwas einfältig gebende Bruder der Inhaberin, der von dieser fürsorglich bekocht wurde, weshalb ihm kein Grund eingeleuchtet hätte, sich nach einer Ehefrau umzusehen.

Das hatte ihm damals erlaubt, Baines einige Geheimnisse Münchens zu zeigen – Lokale, die nur von Einheimischen frequentiert wurden, Aufführungen des Volkstheaters, Nachtvorstellungen in den Kammerspielen in der Augustenstraße, in denen Komiker ihre grotesken Späße machten, kleine Cafés, in denen Nachtschwärmer und Marktleute bis in die Morgenstunden zechten, verschwiegene Zugänge zur Residenz und zur alten Kaiserburg; aber auch die ausgelassenen Hinterhoffeste der Bewohner der neuen Genossenschaftsquartiere des Westend, zu denen sich sonst nie ein Tourist verirrte.

Silvester war von herzensguter Gemütlichkeit gewesen und schien auch jetzt noch am wenigsten von der flüsternd-zurückhaltenden Steifheit angekränkelt zu sein, die in der Pension Einzug gehalten hatte. Aber sein Gesicht war hagerer geworden, was die alten Narben, die es seit dem Krieg verunzierten, deutlicher hervortreten ließ. Er wirkte einsam, und der fadenscheinige Anzug, den er trug, verstärkte diesen Eindruck noch. Baines hatte ihm vorgeschlagen, irgendwann in den nächsten Tagen eines der Lokale zu besuchen, in dem sie sich damals wohl gefühlt hatten. Silvester hatte sofort zugestimmt, doch seine früher so überschäumende Freude wirkte etwas gedämpft.

Baines schob sich vom Tisch, stand auf und ging zum Fenster. Er zog den welken Store einige Zentimeter zurück und sah hinaus. Es hatte ihn berührt, dass ihm dasselbe Zimmer wie früher zugeteilt worden war. Das Fenster führte zum Inneren des Straßengevierts. Die einzelnen Höfe waren durch übermannshohe Mauern abgeteilt. Wie einst standen Rücken an Rücken Schuppen und Waschküchen, kleine Werkstätten und einstöckige Wohnhäuser. Schwach erinnerte sich Baines daran, dass ihm Silvester einmal berichtet hatte, im Rückgebäude des Nebenhauses sei ein zwar freundlicher, aber etwas seltsam und geheimnisvoll wirkender Mensch eingezogen, dessen Türschild davon kündete, dass er hier seine Auskunftei installieren wollte. Silvester hatte das »ein bissl gspaßig« gefunden. Nach seiner Meinung hatte der Zuzügler so gar nichts von einem der berühmten Detektive aus den Pinkerton-Geschichten an sich, und er hatte sich vorgenommen, sich einmal bei der Frau Süssmeier vom Vorderhaus nach ihm zu erkundigen.

Baines hob seinen Blick über die Dächer, über denen der Himmel wie ein ausgebleichtes Tuch hing. In der Ferne verschwammen die Konturen von Giebeln und Kaminen in milchigem Dunst. Er fand nichts, was sich geändert hätte.

Wenn jetzt alles andere bedrückende Empfindungen auslöste – spiegelte es womöglich nur seine eigene Situation wider, seine Erschöpfung, seine Überreiztheit? Damals hatte er vor Unbeschwertheit und Zuversicht gestrotzt.

Agenturen und Redaktionen hatten sich um seine Mitarbeit gerissen, seine Berichte aus dem nachrevolutionären Deutschland wurden in allen namhaften Blättern der modernen Welt veröffentlicht.

Doch jetzt – hatte er den Höhepunkt seiner Karriere bereits überschritten, ohne es bemerkt zu haben? Oder lag es doch an der stumpfen und drückenden Luft, die ihn empfangen und die ihm schon nach wenigen Schritten den Atem genommen hatte? An diesem diesig verhangenen Himmel, der wie ein dichtes Gewebe über München lastete und die Stadt zu ersticken schien?

Baines schloss die Augen und versuchte, tief einzuatmen.

Er dachte an den Himmel über Lloret de Mar, einem verschlafenen katalanischen Fischerdorf, das sie entdeckt hatten, an das Haus an der halbmondförmigen Bucht, an die stete kühle und salzige Brise. Louisa und er hatten Geld gespart, um sich dieses – wie sie es nannten – Sabbatjahr leisten zu können. Das Haus war zu einem lächerlich niedrigen Preis zu mieten gewesen, und mit einer Handvoll Pfund waren sie gut über die Runden gekommen, ohne auf etwas verzichten zu müssen. Sie hatten nicht mehr an die Arbeit gedacht, waren täglich, noch bis in den Dezember hinein, im Meer schwimmen gewesen, waren zu den Ausläufern der Pyrenäen gewandert, vorbei an Olivenhainen und Korkeichenwäldern und den kühlen weißen Mauern der Bauernhäuser. Sie hatten endlich Zeit gehabt, sich kennenzulernen, hatten sich und die Farben des Frühlings genossen, das Olivgrün der Hügel, das Blau des Meeres im Frühling. Nur einige Wochen waren nötig gewesen, um Louisa und ihn aufeinander einzustimmen, noch nie hatte es eine Zeit gegeben, in der sie sich so nahe gewesen waren. Dieses Jahr ...

Baines ahnte, dass er sich wieder dem Grund seines Unglücks bedrohlich zu nähern begann. Seine Augen wurden feucht.

Ja! Dieses Jahr war nichts als ein einziges, köstliches Fest gewesen! Und es hätte alles noch länger dauern sollen, dürfen, müssen, wäre da nicht dieser unerwartete Kursverfall eingetreten, der ihre Ersparnisse mit einem Schlag reduziert hatte.

Baines hatte sich zuvor keine Sorgen gemacht, nach diesem Freijahr wieder Arbeit als Journalist zu bekommen. Er wusste, dass er einen hervorragenden Namen unter den internationalen Korrespondenten hatte. Nun aber drängte die Zeit. Er konnte nicht mehr in Ruhe das beste Angebot auswählen. So hatte er sich für das Berliner Büro der »Daily Tribune« entschieden, in der Hoffnung, sie bald wieder verlassen zu können. Er schätzte dieses Blatt nicht besonders – ein alberner, großmäuliger Nationalstolz wurde in ihm zelebriert, es hatte einen unangenehm marktschreierischen, falsch volksnahen Ton, die Schreibe war mittelmäßig und mit gequältem, witzlosen Humor garniert. Und als hätte es mit seiner vermutlich nicht zu übersehenden Reserviertheit zu tun, hatte Baines eine unerfreuliche, nervöse Stimmung unter den Mitarbeitern vorgefunden. Da ihm aber sein Ruf vorausgeeilt war und der Verlagseigner Lord Rothermore dem Leiter seines Berliner Büros zu Baines' Einstellung sogar gratuliert hatte, begegnete man ihm mit Respekt. Es war ihm egal, ob dieser nur gespielt war. Insgeheim hatte er längst begonnen, Kontakte mit anderen Blättern aufzunehmen.

Dann aber hatte der Lord aus London gekabelt: MEET HERR HITLER COMING MAN OF GERMAN POLITICS APPROVAL GIVEN EXPECT RESULTS IN TWO WEEKS. Den Befehlston möge er dem Alten nicht übel nehmen, hatte ihn der Büroleiter zu beschwichtigen versucht, dieser rühre von dessen militärischer, nach eigener Einschätzung höchst ruhmreicher Vergangenheit. Auf Baines' Verwunderung darüber, dass das Treffen offensichtlich von London aus arrangiert worden war, hatte er ergänzt, dass der Alte eben einen Narren an diesem »Herrn Hitler« gefressen habe – womit er im Übrigen auf der Insel durchaus nicht alleine sei.

Was das bedeute, hatte Baines wissen wollen. Etwas in seinem Ton musste den Büroleiter verstimmt haben.

»Dreimal dürfen Sie raten, Don. Sie sollen ja nicht auf den Kopf gefallen sein.«

Baines wiegelte ab. Er hatte keine Lust, zu streiten. »Ich bin eben nicht gewohnt, dass man mir vorschreibt, wer mir zu gefallen hat. Vielleicht tut es dieser Hitler, vielleicht aber auch nicht.«

»Jedenfalls ist er zur ausländischen Presse von ausgesuchter Höflichkeit. Und vergessen Sie nicht – er ist Österreicher.«

»Er wird mir die Hand küssen.«

Der Büroleiter hatte verkniffen gegrinst. »Seien Sie doch einfach einmal offen für Neues, Don.«

»Von dem der Lord aber bereits weiß, wie es auszusehen hat.«

»Freut mich, dass wir uns verstehen, Don.«

»Da bin ich mir nicht so sicher. Dieser Mann steht schließlich für gewisse Tendenzen.«

»Sie meinen seine Abneigung gegen die Juden?«

»Abneigung? Hören Sie mal!«

»Nein, *Sie* hören, Don! Das mit seinem Hass auf die Juden ist etwas, was zwischen Marotte und Pragmatismus einzuschätzen ist. Glauben Sie mir: Der Mann ist clever, und genauso clever, wie er im Augenblick die Abneigung gegen die Juden einsetzt, genauso schnell wird er sich mit ihnen arrangieren. Die Deutschen haben dafür ein Sprichwort: Nichts wird so heiß gegessen ...«

»Ich kenne es. Aber – das sagen Sie, obwohl Sie selbst ...«

»Es ist doch völlig unwichtig, woher man kommt! Ich jedenfalls habe mit religiösem Brimborium nichts am Hut, das dürfte Ihnen bereits aufgefallen sein. Ich bin ein Mann der Vernunft. Etwas, was ich Ihnen übrigens auch empfehlen würde, und zwar dringend. Fangen Sie also jetzt nicht damit an, Moral in der Politik einzufordern. Hängt dieses idealistische Gefasel mit Ihrer deutschen Mutter zusammen? Dann würde mich nichts wundern. Der Idealismus nämlich ist eine Erbkrankheit der Deutschen.«

»Die Vernunft, die Sie einfordern, sagt uns aber auch, dass sein politisches Programm sich eindeutig gegen die Siegermächte richtet. Und damit auch gegen England.«

»Nun, das können Sie gleich in aller Dezentheit bei ihm ausloten, nicht wahr? Im Übrigen sollte Ihnen zu denken geben, dass Lord Rothermore dies offensichtlich anders sieht. Was hielten Sie davon, sich einfach einen Reim drauf zu machen?«

»Aber ...«

»Lieber Don, jetzt hören Sie mir einmal gut zu. Sie fangen an, mir auf die Nerven zu gehen. Wenn Sie lieber für ein anderes Blatt schreiben wollen, dann können Sie das gerne tun. Die Zeit der Leibeigenschaft ist schließlich vorbei, nicht wahr?«

3

»Herr Dings – Kajetan! Jetzt hab ichs Ihnen das letzte Mal gesagt, und davor auch schon«, sagte Ex-Inspektor Fichtl, ohne sein Gegenüber eines Blickes zu würdigen. »Genauer gesagt, seit über einem Jahr sag ich Ihnen nichts anderes, als dass Sie von mir einen Brief kriegen, wenns so weit ist!« Ärgerlich fügte er hinzu: »Hier ist bloß das Personalbüro, und ich bin nicht der Polizeipräsident.«

»Ah so?« Kajetan grinste pflichtschuldig. »Aber – wie lange solls denn noch dauern?«

»So lang, wies eben dauert! Ihr Gesuch ist jedenfalls beim Herrn Präsidenten angekommen, mehr weiß ich auch net.«

Kajetan schob die Ärmel seines Sommermantels zurück und stützte seine Ellenbogen auf die Absperrung. Er versuchte einen vertraulichen Ton: »Könntens nicht doch ein bisserl anschieben, Herr Fichtl?«

Der Beamte drehte sich auf seinem Stuhl, nahm seine Brille ab und sah Kajetan mitleidig an.

»Anschieben? Den?« Er lachte gallig. »Einen Spaß wollens nicht zufällig mit mir machen?«

»Vielleicht ist mein Gesuch ja irgendwo hängen geblieben?«

»Hängen geblieben ...« Fichtl, ein hagerer Mann mit akkurat zurückgekämmtem Haar und kränklich fahler Gesichtshaut, hob sich seufzend aus seinem Sessel und ging auf Kajetan zu. Er wirkte besorgt.

»Herr Dings – Kajetan, jetzt tuns mir bitt schön den Gefallen, und stellens Ihnen nicht dümmer, als Sie sind.« Er senkte die Stimme.

»Könnens Ihnen denn nicht selber denken, wieso das mit Ihrer Wiedereinstellung gar so ein Theater ist? Sinds doch ehrlich!«

Kajetan starrte ihn an.

Fichtl hob verzweifelt die Hände. »Herrgott! Sie waren doch früher net so begriffsstutzig! Was wird denn der Grund sein?« Er gab sich die Antwort selbst: »Sie haben halt einen bestimmten Ruf, net wahr?«

»Freilich!« Kajetan nahm es als Kompliment. »Die halbe Münchner Polizei weiß doch, wer ich bin!«

»Eben«, nickte Fichtl grimmig. »Aber, nebenbei gesagt, die halbe Münchner Polizei – wenns Ihnen da nicht täuschen. Die Zeiten sind nimmer die gleichen. Und dass ich in diesem Büro hier eindicken darf, ist auch kein Zufall. Hat mich was gekostet, dass ich mal gemeint hab, mit den Sozen gehen zu müssen.«

Er hatte versucht, seine Stimme gleichgültig klingen zu lassen, aber seine Augen verrieten seine Verbitterung. Kajetan schwieg betreten. Fichtl war einer der besten Ermittler der Fünften Abteilung gewesen. Er hatte nur einmal den Fehler gemacht, sich zu einer Veranstaltung einladen zu lassen, bei der es um die Beziehung zwischen der rapide angewachsenen Zahl von Gewaltverbrechen innerhalb von Familien der ärmsten Schichten und der gravierenden Wohnungsnot gehen sollte und bei der er nach der Sicht des Polizeipraktikers gefragt worden war. Auch wenn ihm während der mager besuchten Veranstaltung nicht viel blieb, als den offenkundigen Zusammenhang zu bestätigen, so hatte sich ein Teil der Münchner Presse darüber ereifert, dass ein Polizeibeamter bei einer Veranstaltung der Unabhängigen Sozialdemokraten gesichtet worden war.

»So ist das«, sagte Fichtl leise. »Genauso und net anders. Und wenns mir jetzt noch hundertmal erzählen, dass Sie damals zu Unrecht rausgeschmissen worden sind ...«

»Aber es war zu Unrecht!«, unterbrach ihn Kajetan empört.

»Is doch wurscht!« Fichtl winkte schroff ab. »Wichtig ist doch bloß, warum Sie geflogen sind. Da dran werdens Ihnen ja noch erinnern, oder?« Ohne Kajetans Antwort abzuwarten, fuhr er fort: »Sie haben einen Befehl verweigert. Und Sie haben die Behörde in ein schlechtes Licht gerückt.«

»Blödsinn. Ich hab damals gegen den Kriminalrat von Dornstein ermitteln müssen – Herr Fichtl, müssen! –, weil ich mir sicher war, dass er mit einer Femeorganisation in Verbindung stand.«

»Sie waren sich sicher. Soso.« Der Beamte verzog den Mund.

»Und?! Was hat sich rausgestellt?« Kajetan schlug mit der flachen Hand auf die Absperrung. »Gestimmt hats!«

Fichtl sah ihn streng an. »Erstens: Tuns mir ja das Mobiliar net demolieren, gell, sonst muss ich zwider werden, und zweitens ...« Er fixierte Kajetan mit müder Überlegenheit. »... hätt ich da eine Frage, eine köndlkleine: Hats ein Verfahren gegen ihn gegeben?«

»Weil er sich ein Dreivierteljahr später zu Tod gesoffen hat! Wollens auch noch wissen, wann und wo?«

»Nein!«, rief Fichtl entnervt. »Und plärrens net so umeinand!«

Kajetan war nicht mehr zu bremsen. »In genau der Nacht, Herr Fichtl, in der die Hitlerischen in den Bürgerbräukeller sind! Der noblige Herr Kriminalrat hat nämlich schon sein Billet für den Marsch auf Berlin gehabt. Das hat er mit einem von den Weibsbildern feiern müssen, die als Beruf ›Schönheitstänzerin‹ angeben. Es ist doch bewiesen ...«

Der Beamte fiel ihm erregt ins Wort. »Bewiesen ist überhaupt nix! Bewiesen ist bloß, dass Sie mir auf die Nerven gehen, und zwar gewaltig!« Fichtl sah nervös um sich, obwohl sich außer den beiden Männern niemand im Büro befand. Er beugte sich vor und sagte mit leiser, eindringlicher Stimme: »Herrgott noch mal, Herr Kajetan! Wir kennen uns doch! Ich glaub Ihnen ja alles. Und ich weiß auch, dass Sie nicht bloß ein sauguter Kriminaler gewesen sind, sondern mehr als das. Ein Hund sinds gewesen, jawohl, ein richtiger Hund!«

Kajetan wollte geschmeichelt abwehren. Fichtl ließ ihn jedoch nicht zu Wort kommen. »Aber die Wahrheit ist doch, und das müsst doch langsam in Ihren Dickschädel gehen, dass die Sach mit dem Putsch von den Hitlerischen noch allweil in Untersuchung ist!«

Kajetan kniff die Lider ungläubig zusammen.

»Jetzt sind Sies, der einen Spaß macht, oder?«

»Lesens keine Zeitungen? Wenn die Sozen was vorlegen, ist das Zentrum dagegen, und umgekehrt ist es genauso. Und wenn die zwei sich einmal einig sind, dann funken die Kommunisten hinein. Das Tempo dabei müssens sich ungefähr so vorstellen wie eine Schnecken auf Wallfahrt nach Altötting, und zwar mit einem Dreizentnerkreuz auf dem Buckel. Also: Erst wenn der Landtagsausschuss seinen Bericht vorlegt, kann mit dem Verfahren gegen Ihren abgelebten Kriminalrat angefangen werden. Und erst wenn auch das abgeschlossen ist, wird man sich mit Ihrer Eingabe auf Wiedereinstellung befassen. Kapiert?«

Kajetan ließ den Kopf hängen. »Aber ...«

»Nichts aber.« Fichtl winkte Kajetan näher. Leise, fast zischend fuhr er fort: »Und auch dann gibts immer noch ein paar Haken. Einer davon ist, dass gar net sicher ist, ob irgendwer bei der Justiz überhaupt Lust hat, Sachen wie die Fememorde wieder aufzugreifen! Wenns also mich fragen – wenns Ihnen gelingt, den Kriminalrat, dem Sie damals was haben anhängen wollen, wieder auszugraben, wenns ihn herrichten, dass man anschauen kann, ohne zu speiben, und wenns ihm so gut zureden können, dass er selber alles zugibt – dann, ja dann hätt ich Hoffnung. Aber auch bloß eine kleine.«

Er schnellte mit einem Ruck wieder in eine steife Gerade.

Kajetan öffnete den Mund. Dann schluckte er.

»So, und jetzt langts!«, beschied Fichtl. Er drückte sein Kreuz durch. »Außerdem, so einfach ist das alles auch deswegen net, weil auf Ihrer Stell schon längst ein anderer hockt. Wie man sagt, macht er sich recht gut. Es ist der junge Zunhammer. Könnens Ihnen noch an den erinnern? Ich bild mir ein, dass Sie mit dem einmal ...«

»Zunhammer?«, rief Kajetan. »Doch nicht der Thadädl?«

»Wie nennen Sie den Herrn Inspektor Zunhammer? Thadädl? Na, obs den freuen würd, wenn man ihn wie eine Figur aus'm Kasperlspiel heißt?«

»Ich hab ihn zur Ausbildung gehabt«, erklärte Kajetan stolz. »Ist ein ziemlich wifes Bürscherl gewesen. Dass er ein bissl unbeholfen und patschert tut, ist bloß ein Tricks von ihm.«

Fichtl stellte den Kopf schräg, als habe er sich verhört. »Patschert? Meinen wir da wirklich denselben?«

»Na, groß, einen roten Schopf ...«

»Das ist er schon«, unterbrach Fichtl kurz angebunden. »Trotzdem hockt er jetzt auf Ihrem Posten.«

»Es gibt ja bei der Kriminalpolizei nicht bloß einen davon, einen Posten, mein ich, oder?«

»Er wills und wills einfach net kapieren.« Fichtl schüttelte verzweifelt den Kopf. »Jetzt hörens mir einmal zu, Herr Kajetan, auch wenns Ihnen schwer fällt.« Der Beamte richtete seinen Daumen gegen Kajetans Brust. »Von mir aus machens Ihnen Hoffnung, bis schwarz werden. Mir ist schon lang alles wurscht. Ich hab nie was gegen Ihnen gehabt, aber ...« Er hob seine Stimme. »... jetzt tuns mir den Gefallen und gehen heim, ja? Kann einem ja direkt wehtun, wie sich ein gestandenes Mannsbild wie Sie dermaßen lächerlich macht.«

Fichtl drehte sich wieder zu seinem Schreibtisch und wedelte mit dem Zeigefinger Richtung Ausgang. »Und jetzt schauens, dass rauskommen!«

Kajetan warf die Tür geräuschvoll hinter sich zu. Wütend stapfte er den Flur entlang. Er zwang sich zur Ruhe, gestand sich ein, nichts anderes erwartet zu haben. Was aber konnte er jetzt noch tun? Klar war nur eines: Er hatte in Dornstein, wohin er versetzt worden war, keinen dienstlichen Fehler gemacht, hatte nichts als seine Pflicht getan, als er gegen seinen damaligen Vorgesetzten ermittelte. Alles hatte schließlich darauf hingedeutet, dass dieser mit den Mördern eines unbedarften Bauernmädchens in diesem Gebirgsdorf nahe der Grenze – richtig, Walching hieß das Nest! – unter einer Decke steckte.

Schon damals waren ihm die Scherze des Dornsteiner Staatsanwalts schwer auf den Magen geschlagen.

»Herr Staatsanwalt«, hatte Kajetan diesem aufgeregt berichtet, »ich bin mir ziemlich sicher, dass es in der bayerischen Polizei Beamte gibt, die mit der Feme zusammenarbeiten.«

Und dieser hatte nur einen eigenartigen Blick zu seinem Adlatus geschickt und geschmunzelt: »Gewiss, mein Bester. Aber es sind noch viel zu wenige.«

Kajetan erinnerte sich noch an die prustende Lache des Staatsanwalts, das ihm beipflichtende, nervöse Keckern seines Mitarbeiters.

Langsam ging er die Stufen zur Eingangshalle hinunter.

Ja, Fichtl hatte vermutlich recht. Es würden noch Jahre vergehen, bis man seine Eingabe beantworten würde. Er musste einen anderen Weg finden. Der Fall musste, unabhängig davon, wieder aufgenommen werden.

Nur wie? Der Dornsteiner Kriminalrat war tot. Aber ...

Kajetan blieb stehen.

... da gab es doch noch einen anderen! Einen schmierigen Major, der mit dem Kriminalrat in enger Verbindung gestanden hatte! Rupp – Major Rupp! Von ihm wusste er nur, dass er sich nach dem Walchinger Mord mit einer fadenscheinigen Begründung davongemacht hatte und seither nie mehr in der Öffentlichkeit aufgetaucht war. Es hatte geheißen, er habe sich in Ungarn niedergelassen.

Aber sollte Kajetan, der außer ein paar Brocken Italienisch keine Fremdsprache beherrschte, etwa nach Ungarn reisen, um dort nach ihm zu suchen? Und wie sollte er ihn dazu bringen, sich und den Kriminalrat zu belasten?

Kajetan ließ die Schultern fallen.

Und dann kam dazu, dass der Posten, den er beanspruchte, längst besetzt war. Verständlich – auch wenn München beileibe noch kein Chicago war, musste die Arbeit schließlich getan werden.

Was den jungen Zunhammer betraf, so gönnte er es ihm, dass er seinen Weg gemacht hatte. Kajetan hatte schnell erkannt, dass hinter der linkischen Fassade des Polizeianwärters ein heller Kopf steckte.

Sollte er ihn besuchen, ihm sagen, wie stolz er auf seinen ehemaligen Schüler war?

Nein – womöglich würde dieser seinen Besuch falsch verstehen, er könnte glauben, dass Kajetan versuchen würde, sich wieder an seinen alten Platz zu drängen.

Ach was! Sein Thadädl doch nicht! Der war klug. Er würde sich freuen, ihn zu sehen.

Kajetan machte kehrt.

4

»Meine Liebe ...«

Donald Baines starrte noch immer auf das Blatt Papier. Er hatte versucht, sich an die Tage in Lloret de Mar zu erinnern, an Louisa, an ihr Lächeln, den Klang ihrer Stimme, den Geruch ihrer Haut. Es war ihm nicht gelungen. Nichts hatte er gespürt, weder Liebe noch Sehnsucht, nichts.

Plötzlich erkannte er, was mit ihm geschehen war, warum er sich so gereizt und gleichzeitig so erschöpft fühlte. Noch immer brodelte Wut in ihm, ein verzehrender Zorn, der alle anderen Gefühle erstickte. Auf sich, allein auf sich war er wütend! Denn er war in diesem Augenblick dabei, etwas zu tun, was seinem Stolz zuwiderlief. Er hatte sich unwürdig behandeln lassen, hatte sich nicht gewehrt. Man hatte ihn mit einem Artikel beauftragt, ihm aber unmissverständlich zu verstehen gegeben, dass man auf seine Sicht der Dinge einen Dreck gab.

Einen winzigen Augenblick hatte er die Möglichkeit ins Auge gefasst, arbeitslos zu werden. Ja, verdammt, er hatte Angst gehabt, keinen Job mehr zu haben! Und er hatte den Auftrag angenommen, den Vorschuss kassiert und sich gehorsam nach München aufgemacht.

Donald Baines schämte sich. Nichts als ein unreifer Bengel war er gewesen, der zu lange vom Leben verwöhnt worden war, dem beim ersten Niederschlag nichts Besseres einfiel, als in den Suff zu flüchten.

Er hätte schreiben können: Ich liebe dich, Louisa. Ich sehne mich nach dir. Aber es wäre eine Floskel gewesen, eine Lüge. Man kann nur lieben, wenn man sich selbst liebt. Jetzt aber hasste er sich, und nur das war der Grund, warum es vor seiner Abreise zu diesem vernichtenden Streit gekommen war.

Ein seit Wochen mit dem Gift grundloser Eifersucht zum Bersten gefülltes Gefäß war explodiert. Einer überraschter und verzweifelter als der andere, ertranken sie schnell unter einer Flut gegenseitiger Vorwürfe und bösartiger Verletzungen, zerbissen und zerstampften sie alles mit Worten, was ihnen zuvor heilig gewesen war. Zu viel, nein, alles hatten sie sich gegeben, und nun mussten sie es wieder, mit mörderischen Hieben, aus dem anderen reißen, um überleben zu können.

Noch nie hatten sie sich so erlebt, und deshalb wussten sie auch nicht, dass am Ende jeder nur dafür gefochten hatte, sich selbst zu retten. Ungenutzt blieb die Chance, das eigene Bild für den anderen zurechtzurücken, es zu ergänzen um die Möglichkeit, auch einmal von Trauer, Schwäche und Verzagtheit überwältigt zu werden, um die Erfahrung, dass auch in der Liebe den Nächten der Tag folgt. Doch dazu hätte gehört, dass er, der an Erfolg und glückliche Fügungen gewöhnte Donald Baines, sich selbst zugestanden hätte, dann und wann von Ängsten vor dem Morgen überfallen zu werden. Und auch, dass Louisa es zuweilen nicht schaffte, stets die feenhafte, samtweiche Gefährtin zu sein, dass sich hinter ihrer Stirn Verletzungen verkapselt hatten, von denen sie ihm nie erzählt hatte und die ihr manchmal das Gefühl gaben, keinen Boden mehr unter den Füßen zu haben.

Sie hatten schließlich ihre gemeinsame Wohnung gekündigt. Louisa, auch sie von innerer Kälte wie erfroren, organisierte in maschinenhafter Nüchternheit die Rückreise nach London.

Als sie sich verabschiedeten, begann er zu ahnen, dass die Leidenschaftlichkeit ihres Kampfes mit der Tiefe ihrer Liebe, die sie zuvor füreinander empfunden hatten, zu tun gehabt haben könnte. So nah waren sie sich gewesen, so genau hatten sie gewusst, wo sie verletzbar waren, dass sie mit der Sicherheit eines betrunkenen Chirurgen ihre verheerenden Schnitte genau dort angesetzt hatten, wo jeder von ihnen vor Qual brüllen musste.

Seine Bitterkeit flachte ab. Die Sehnsucht kam zurück, reißend, und sie wurde zur Marter, als Louisa ablehnte, zu ihm zurückzukehren. Er hatte ihre Stimme im Ohr, als er ihren Brief las. Sie war leise, ernst, und – was die Begründung und Endgültigkeit ihres Entschlusses betraf – von erbarmungsloser Festheit. Doch zwischen den Silben glaubte er eine Verzagtheit zu vernehmen. Sie berührte ihn, und ihr vermutetes Unglück war der Grund, warum er wie ein Rasender zu hoffen begann.

Ich werde nicht lügen, dachte er, ich werde den Brief nicht mit irgendwelchen Floskeln über Reiseverlauf, Wetter, ungewöhnliche Bekanntschaften beginnen.

Ich werde ihr schreiben, was ist. Wie ich mich fühle. Dass ich mich nach nichts so sehr sehne, als sie zu umarmen. Dass ich sie liebe. Liebe.

»Ich ...« begann er.

Er stockte, knüllte das Blatt zusammen und warf es in den Korb neben dem Tisch. Dann stand er auf, verschraubte seinen Füller, warf sich eine leichte Jacke um, griff nach seiner Börse und verließ das Zimmer.

5

Dort, wo sich vor vielen Jahren Kajetans Büro befunden hatte, logierte jetzt die Theaterpolizei.

»Was? Zur Kriminalschutzmannschaft wollens?«

Die Schreibkraft hatte ihn mit neugierigem Spott gemustert. »Kanns sein, dass Sie ein bissl hintendran sind, Herr? Das heißt doch schon seit Jahr und Tag ›Abteilung für Kapitalverbrechen‹«, hatte sie ihn belehrt, um ihm schließlich doch den Aufgang zum zweiten Stock zu weisen. »Und da schauns dann nach der Mordkommission, gell?«

Ein Schild an der angegebenen Tür verriet, dass er vor dem Büro der Kriminalinspektoren Zunhammer, Isidor, Scharmann, Otto und Veigl, Albin stand. Er klopfte.

Eine Stimme hieß ihn eintreten.

Das Büro war geräumiger als das, das Kajetan früher gehabt hatte. An einem Schreibtisch nahe der Tür saß ein noch junger, doch bereits etwas in die Breite gegangener Mann, dessen fettfeuchte Wangen von einem Gewebe feiner Äderchen durchzogen waren. Im Hintergrund stand eine Tür zu einem Nebenraum offen. Der Beamte senkte seinen Stift und musterte ihn.

»Bitt schön?«

Kajetan hielt die Türklinke noch in der Hand.

»Entschuldigens – den Herrn Zunhammer tät ich suchen.«

»Den?« Der Beamte quälte sich ein Grinsen ab. »Den suchen wir auch.«

Im Türrahmen des Nebenzimmers tauchte ein zweiter Beamter auf, deutlich größer als sein Kollege, athletisch gebaut, mit vollem, dunklem Haar. Ohne Kajetan eines Blickes zu würdigen, stellte er sich mit dem Rücken zu den beiden Männern vor ein Regal und fuhr mit der rechten Hand suchend die Reihen der Ordner entlang.

»Was is, Veigl?«, fragte er mit unbeteiligter Stimme.

»Der Herr da sucht den Inspektor Zunhammer.«

Ein kurzer Blick streifte Kajetan.

»Is net da.« Der Beamte setzte seine Suche fort.

Veigl nickte nervös. »Gell, Scharmann, den suchen wir auch.«

Der Angesprochene gab einen unwilligen Laut von sich. Kajetan blickte von einem zum anderen.

»Meinens denn, dass er heut noch ...«

»Um was gehts denn?«, kam es in beiläufigem Ton von hinten.

»Nichts Dienstliches. Eher um was Privates.«

Inspektor Scharmann nickte uninteressiert. Er schien gefunden zu haben, wonach er gesucht hatte, und ging in das Nebenzimmer zurück.

»So. Privates«, wiederholte Veigl. »Tja. Er is aber trotzdem nicht da, gell?« Er griff wieder zu seinem Stift und konzentrierte sich auf den vor ihm liegenden Akt.

»Kommt er denn heut noch?«

»Glaub net. Hat freigenommen.«

»Könntens ihm was ausrichten?«

Veigl sah ungeduldig auf. »Wenns net einen halben Tag dauert? Hab nämlich eine Arbeit, gell?«

»Bloß einen schönen Gruß. Und Gratulation.«

»Gratulation«, echote Veigl abwesend. »Und von wem? Interessiert ihn vielleicht.«

»Vom Herrn Kajetan. Paul Kajetan.«

»Kajetan, hm.« Veigl nickte gleichgültig. »Von mir aus. Ich sags ihm.«

»Merci.« Kajetan wandte sich zur Tür.

»Momenterl – Kajetan, sagens? Sie sind der ...«

Kajetan ließ die Klinke wieder los. Veigl hatte sich rasch erhoben und umrundete seinen Schreibtisch.

»Entschuldigens, wenn wir grad ein bissl knapp sind, Herr Kajetan«, lenkte er ein. »Aber die Arbeit wächst uns übern Kopf, gell. Drunter und drüber gehts.« Er fuchtelte mit den Händen in der Luft.

Kajetan lächelte verständnisvoll.

»Sagens ... Kajetan, Kajetan ... Sie waren doch seinerzeit ... Also, ich bild mir ein, ich hätt schon von Ihnen gehört.« Der Beamte lachte entschuldigend. »Aber fragens mich aber jetzt nimmer, was und von wem.«

»Macht nichts.«

»Jetzt!« Veigl tippte sich erleichtert an die Stirn. »Jetzt kommts mir wieder! Sagens, kanns sein, dass Sie seinerzeit dem Kollegen Zunhammer sein Anleiter gewesen sind?«

Kajetan bestätigte es.

»Von dem er immer erzählt, dass er von ihm am meisten gelernt hat?«

»So wild wirds schon net gewesen sein.« Kajetan winkte bescheiden ab.

»Der berühmte Kajetan. Also *Sie* sind das.« Veigls Bemerkung klang ehrlich. Er grinste verschmitzt. »Wissens übrigens, dass wir den Kollegen Zunhammer manchmal dabei erwischen, wie er mit sich selber redet?«

»Gehns zu?«

»Und wissens auch, was er da vor sich hinbrummelt, wenn er bei irgendwas grad nicht weiterkommt?«

»Was denn?«

»Na?«, lockte Veigl kichernd. »Ratens amal!«

6

»Wie hätts jetzt der Kajetan angepackt?«, murmelte Inspektor Isidor Zunhammer. Er knetete nachdenklich sein Kinn. Dann nickte er und lehnte sein Fahrrad an die Mauer, die das herrschaftliche Gut umgab. Er atmete durch, hob den Hut, fuhr sich mit der Hand durch den rotblonden Schopf und wischte die schweißfeuchte Handfläche an seiner Jacke ab. Während er den Kiesweg zum Haus entlangmarschierte, versicherte er sich noch einmal seines Plans.

Ja – genauso hätts der Kajetan auch gemacht!

Auf sein Klopfen hin öffnete ein gebückter Alter, der ihn mit unverhohlenem Misstrauen musterte. Zunhammer lüpfte seinen Hut und stellte sich vor.

Der Alte sah an ihm vorbei. »Bitt schön?«

»Ich bin ... ich war im Regiment des Herrn Baron und ...«

Der Alte machte einen kleinen Schritt zurück. »Ist keiner da.«

»Sind Sie der Verwalter?«

Der Mann nickte müde. »So was Ähnliches. Ist aber keiner da«, wiederholte er. »Sags Ihnen doch.«

»Ich bin eigens aus München gekommen ... ich habe gehört, dass ... also, ich wollt der Familie mein Beileid aussprechen. Der Herr Baron war mein Vorgesetzter.«

Der Alte sah auf, noch immer argwöhnisch.

Zunhammer räusperte sich. »Ich habe ihn, also, ich ... er war ein großartiger Vorgesetzter. Wir haben ihn sehr verehrt, den Herrn Baron.«

Der Alte seufzte. Sein Blick wurde weicher.

»Ich glaubs Ihnen.«

»In der Zeitung war zu lesen, dass er ... also, ich kann es einfach nicht glauben.«

»Man soll nie glauben, was in der Zeitung steht«, sagte der Alte mit ausdrucksloser Stimme.

Zunhammer pflichtete ihm höflich bei.

»Aber wenns von so weit hergekommen sind, Herr ...«

»Zunhammer.«

»... dann werdens gewiss einen Durst haben. Wollens einen Schluck trinken?«

»Gern, Herr ...?«

Der Alte war aufgetaut. »Sagens einfach Albert zu mir. Und nehmen Sies mir nicht krumm, wenn ich ein wenig barsch getan hab. Werden sich ja denken können, wieso.«

Er wies auf die Tischgruppe neben dem Eingang und verschwand im Haus. Nach einigen Minuten kam er mit einem Glas und einer halb gefüllten Karaffe Wein zurück. Er goss ein.

Zunhammer sah sich um. Durch das offen stehende Tor der Remise entdeckte er einen Stapel Kisten. Der Diener war seinem Blick gefolgt.

»Das Gut wird verkauft«, erklärte er. »Die Möbel und alle Sachen vom Baron kommen in das Stadthaus. Ich bleib nur noch so lange, bis ein neuer Eigentümer kommt. Einer muss ja Obacht geben. Vorgestern ist schon wieder eingebrochen worden.«

»Schweinerei!«, empörte sich Zunhammer. »Aber – ›wieder‹ haben Sie gesagt? Ist schon öfter eingebrochen worden? Ist ja allerhand!«

Albert nickte. »Schon in derselben Nacht, in der der Herr Baron ... also, in der er gestorben ist, hats einer probiert. Ist aber nichts weggekommen, soweit ich gesehen hab. Bloß alles durchsucht. Sind wahrscheinlich abgehauen, wie ich aufgewacht bin. Trinkens doch, Herr.«

Zunhammer nickte dankend und führte das Glas zum Mund.

»Verkauft wird das Gut?« Er wischte sich mit dem Handrücken über den Mund und stellte das Glas ab. »Gibts schon einen Käufer?«

Der alte Diener warf ihm einen zweifelnden Blick zu.

»Meinen Sie, dass Sies sich leisten könnten?«

Zunhammer überhörte die Spitze. Er schüttelte ernst den Kopf. »Und auch, wenn ichs könnt – ich bin bloß gekommen, um der Familie mein Beileid auszusprechen. Wär doch ein bissl arg geschmacklos, wenn ich da gleich mit dem Geschäftemachen anfangen tät.«

Der Alte stimmte bitter zu.

»Denkens Ihnen nichts, Herr, so Leut gibts. Der Herr Baron war noch nicht unter der Erd, da ist einer von den Nachbarn schon in der Tür gestanden.«

»Also, da fehlts doch am Anstand!«, fuhr Zunhammer auf.

»Was wollens denn machen«, meinte der Diener seufzend. »Heut zählts Geld, und sonst nichts.«

Zunhammer pflichtete ihm bei.

»Der Erbe wird der Bruder sein, hm? Der Herr Baron hat mir früher öfters von ihm erzählt.«

Der Alte sah auf. Zunhammer glaubte, Misstrauen in Alberts Blick zu entdecken.

»Hat er das? Öfter?«

Zunhammer nickte bestimmt. »Na ja«, räumte er dann ein. »So oft auch wieder nicht. Erwähnt hat er ihn ein paar Mal.«

»Soso.« Der Alte wiegte den Kopf. Er sah in die Ferne.

»Er war ein großartiger Vorgesetzter«, wiederholte Zunhammer.

»Ich hab ihn auch gern gemocht, den Herrn Baron«, sagte der Alte traurig. »Sehr.«

»Was für ein Unglück«, sagte Zunhammer.

»Ja. Ein Unglück«, stimmte Albert zu. Zunhammer nahm wieder einen Schluck.

»Aber, sagen Sie ... warum soll man nicht glauben, was in der Zeitung gestanden hat?«

»Weil man nie glauben soll, was die Zeitungen zusammenschmieren!« Der Diener sah zur Seite. »Ich bitt Ihnen, fragens mich nicht weiter.«

»Der Herr Baron muss sehr krank gewesen sein.«

»Er ist nicht krank gewesen«, sagte Albert heftig. Zunhammer horchte auf.

»Aber ...«

Mit einer plötzlichen Bewegung schlug Albert seine Hände vors Gesicht. Seine Schultern zuckten.

Das Geräusch eines Automobils näherte sich. Albert sah mit einem Ruck auf, wischte sich mit einer energischen Handbewegung über die Wange und straffte sich. Der Wagen bog auf den Platz vor dem Haupthaus ein. Das Tuckern des Motors erstarb.

»Albert?!«, schnarrte eine Stimme. Der Ankömmling näherte sich mit kurzen, staksigen Schritten. Zunhammer erkannte den kleinen glatzköpfigen Mann mit dem gestutzten Schnauzer, obwohl er ihn nur einmal von Weitem gesehen hatte. Er erhob sich. Ein ungehaltener Blick taxierte ihn.

»Wer sind Sie?«

»Der Herr war im selben Regiment wie der Herr Baron«, erklärte Albert. Die Miene des Ankömmlings entspannte sich. Er trat auf Zunhammer zu.

»Von Marain«, stellte er sich vor. »Ich bin der Bruder des Verstorbenen.«

Zunhammer nahm Haltung an. »Ich möchte der Familie mein Beileid aussprechen. Ich konnte leider nicht eher ...«

Der Baron nickte abwesend. »Ich danke Ihnen«, unterbrach er.

»Aber jetzt entschuldigen Sie mich bitte.« Er wandte sich an den Diener. »Albert! Hatte ich dir nicht gesagt, dass der Transport für heute Nachmittag vorgesehen ist?«

Der Diener nickte ergeben.

»Und? Die Kisten sollten bereits vorbereitet sein! Ich sehe nichts!«

»Hab Angst gehabt, dass das Wetter nicht hält. Sie sind alle in der Remise.«

»Ach was! Blödsinn, Mann!«, bellte der Baron. »Sieh doch mal nach oben.«

Er wandte sich an Zunhammer. *Sind Sie immer noch hier?*, sagte sein Gesichtsausdruck, doch er beherrschte sich.

»Wenn Sie mich jetzt bitte entschuldigen würden!«

7

Auch wenn er erkennen musste, seinem Ziel keinen Schritt nähergekommen zu sein, war Kajetan wieder mit der Welt versöhnt. Veigls Respekt und sein Hinweis, dass sich sein ehemaliger Schüler noch immer an seinen Rat hielt, hatten ihm gutgetan. Schwungvoll steuerte er auf das Treppenhaus der Polizeidirektion zu. Seine Schritte hallten, begleitet von einem leisen Quietschen seiner Sohlen auf dem peinlich sauberen Flur.

Am Ende des Flurs öffnete sich eine Tür. Ein Schutzmann rückte mit einer fahrigen Bewegung seinen Helm zurecht, atmete tief durch und verschwand um die Ecke. Seine Schritte verloren sich im Treppenhaus. Schnell ging Kajetan weiter. Irgendwo hinter ihm wurde eine Tür aufgerissen, wütendes Geschrei erfüllte für einen kurzen Augenblick den Gang. Wieder war es still. Ein Polizist hetzte an ihm vorbei, grußlos, den Blick auf die glänzenden Steinplatten geheftet.

Kajetan war nachdenklich geworden. Eine ungute Atmosphäre lag in der Luft. Auf wen er traf, der wirkte geduckt und freudlos. Den augenscheinlich schlicht gestrickten Veigl vielleicht ausgenommen, aber auch der war unter Scharmanns gebelltem Befehl, endlich die Ratscherei sein zu lassen, zusammengezuckt. Und dass man den großartigen Fichtl in das Personalbüro abgeschoben hatte, empörte ihn noch immer.

Würde er sich überhaupt noch zurechtfinden? Er hatte bei der Großen Polizeiausstellung im vergangenen Jahr mitbekommen, welche enormen Fortschritte gemacht worden waren: Das Funknetz war mittlerweile lückenlos und landesweit installiert, bei der Abnahme von Fingerabdrücken waren raffinierte chemische Methoden eingeführt worden. Der städtische Polizeiapparat war in den vergangenen Jahren immer wieder umorganisiert worden, die Zuständigkeiten waren von außen kaum noch zu durchschauen, und Schritt für Schritt wurden die Befugnisse der Münchner Polizei von der Landespolizei eingeschränkt.

Wollte er wirklich wieder zurück? So viel hatte er bereits erfahren, dass er keinerlei Anspruch darauf hatte, wieder auf seine alte Stelle zu kommen. Würde es ihm vielleicht so ergehen wie dem guten Fichtl? Zählte bei der Münchner Polizei überhaupt noch, was einer konnte? Oder nur noch, ob einer seine Fahne nach dem Wind hängte?

Aber es ging ihm ums Prinzip! Hatte er einen Fehler gemacht? Nein!

War die Entlassung vorschnell gewesen? Natürlich!

Ungerecht? Und wie!

Waren keine der vorgeschriebenen Prüfungen auf Rechtmäßigkeit seiner Entlassung vorgenommen worden? Keine einzige!

Aber es schien niemand mehr zu geben, der eine Hand für ihn rührte. Niemand, der dagegen protestiert hätte, dass sein Antrag in irgendeinem Fach Staub ansetzte. Niemand mehr, der sein Prinzip teilte, den empört hätte, dass ein einst hoch geachteter Kriminalinspektor sich seit seiner Entlassung mit oft lächerlichen, bis zur Peinlichkeit privaten Ermittlungen abgeben musste.

Dabei konnte er eigentlich nicht klagen. Mangelnde Arbeit war mittlerweile nicht mehr sein Problem. Ein alter Detektiv, dem er einmal zur Hand gegangen war und der sich zur Ruhe setzen musste, hatte ihn seinen Kunden empfohlen. Doch leider geriet Kajetan meist an solche Aufträge, die seine ganze Kraft erforderten, aber wenig einbrachten. Er hatte sich eingestehen müssen, wenig Sinn für Geschäftliches zu haben. Dazu war er zu lange Beamter gewesen. Alles war geregelt gewesen, für alles gesorgt. Und er ging auf die Vierzig zu – er würde es nicht mehr lernen.

Was an mageren Honoraren floss, reichte immerhin für ein winziges Büro in einem niedrigen Hinterhaus der Hildegardstraße. Darüber lag seine Wohnung, die man ebenfalls nicht luxuriös nennen konnte. Sie bestand aus einer geräumigen Dachkammer und einem winzigen Nebenraum, die man über eine knarzende Stiege erreichte. Abort und Wasserstelle befanden sich im Treppenhaus, was nicht anders war als bei den meisten Wohnungen, in denen die Mehrheit der Münchner Bevölkerung lebte. Aber nach Jahren in schäbigen Absteigen war er froh, eine Heimat gefunden zu haben. An manchen Sommertagen fluteten die Strahlen der nachmittäglichen Sonne den Raum. Dass er in den Wintermonaten darauf verzichten musste, störte ihn nicht.

Und die Geschäfte gingen derzeit passabel, wenn auch schon einige Wochen vergangen waren, seit er den letzten Fall abgeschlossen hatte, und seine spärlichen Reserven jetzt zur Neige zu gehen drohten. Deshalb war er zunächst erleichtert gewesen, als er an diesem Morgen einen neuen Kunden begrüßen konnte.

Friedrich Haswanger war bis vor wenigen Jahren ein gefeierter Dichter gewesen. Kritik und Publikum hatten den erdig-volkstümlichen Ton, die tiefe dramatische Kraft seiner Theaterstücke gepriesen. Die wenigen verbissenen Besserwisser in einigen – natürlich, wo sonst! – Berliner und Wiener Zeitungen mussten davor kapitulieren, wenn wieder einmal eine der zahlreichen Erstaufführungen vom Besuch eines Mitglieds des Königshauses geadelt worden war.

Doch seit einiger Zeit wollte niemand mehr seine krachigen Bauerndramen sehen, in denen es von gemütvollen Landleuten und engelhaft reinen Maiden, die von hinterlistigen Jägern und tyrannischen Aristokraten ins Elend gestoßen wurden, nur so gewimmelt hatte. Verrisse prasselten auf ihn herab. An seinen klobigen Sujets, seiner altväterlichen Dramaturgie, seinen wuchtig nach vorne geschaufelten Adjektiven, an allem wurde herumgemäkelt. Der Dichter wütete, zerfetzte die Zeitungen, die ihm das Hausmädchen auf den Frühstückstisch legte. Es sollte noch schlimmer kommen – irgendwann erhielt er nicht einmal mehr Verrisse. Ein paar Mal noch setzte er sich tapfer an seinen Dichtertisch, doch in den Büros der Intendanten winkte man ab.

Friedrich Haswanger war kein Kämpfer. Er gab auf und verzichtete fortan auf die – wie ihm einmal im Büro des Volkstheaters herausgerutscht war – »armselige Öffentlichkeit«. Ausgerechnet er, dessen Dramen doch von einer unvergleichlichen Liebe zum Volke beseelt waren, musste miterleben, wie sich gerade dieses Volk von ihm abwandte und sich von der kühlen Sachlichkeit der jungen Dichtergeneration mitreißen ließ, deren Frechheiten man genoss und über deren absurd verdrehte Wortstellagen man lachte. Seine Liebe zum einfachen Volk kehrte sich in Verachtung. Rachegefühle wühlten in ihm, fanden aber kein Ziel. Die Erfolglosigkeit zermürbte seinen Stolz, und voller Bitterkeit musste er feststellen, dass auch seine Gattin ihren Eigenwert wieder eher ihrer Herkunft als Tochter eines Hackenviertler Großmetzgers als der Zugehörigkeit zu einem gefeierten Geistesmenschen zuzuordnen begann. Immer öfter meinte er leisen Spott aus ihren Bemerkungen heraushören zu können. Dass er nie wirklich ein Apoll gewesen war, fiel früher, als ihn noch die Gloriole des Erfolgs umkränzte, nicht so ins Gewicht. Wenn er aber jetzt, in den Zeiten innerster Marter, ein wenig Zuwendung und Wärme ersehnte, deren Zuteilung schon immer – wie er es geißelte – grausames Privileg der Frauen war, dann stieß er bei seiner Gattin seit einiger Zeit auf von boshaften Spitzen durchsetzte Abwehr. Ja, Friedrich Haswanger darbte erotisch.

Das war der Grund, weshalb er jetzt im Büro der »Auskunftei Kajetan« saß. Einer seiner wenigen verbliebenen Freunde, ein an der Welt verzweifelnder Poet auch er, aber mit immerhin soliderem familiären Polster, das ihm die Herstellung teurer Privatdrucke ermöglichte, hatte auf einer Soiree von Kajetan gehört. Auch wenn Haswanger sich bei seiner Erzählung immer wieder kläglich wand und auf seinem Stuhl hin und her wetzte, so war die Angelegenheit schnell klar.

»Ich fass es zusammen, Herr Haswanger. Sie haben also einen, wie man so sagt, Fehltritt begangen ...«

Der Dichter milderte ab: »Aber nur einmal! Nur ganz kurz!«

»Was aber nichts dran ändert, dass er Folgen gehabt hat«, stellte Kajetan ungerührt fest.

Die hängenden Backen Haswangers zitterten.

»In der Tat. Leider«, flüsterte er gebrochen.

»Wann hat Ihnen die Dame ...«

»Äh ...« Der Herr der Worte musste korrigieren. Die Präzision des Ausdrucks ging ihm über alles. »›Dame‹ trifft es nicht exakt, Herr Kajetan!«

Kajetan hob die Brauen. »Könntens deutlicher werden?«

»Das ist es ja!«, klagte Haswanger. »Es ist ein grundehrliches Mädchen aus dem Volke. Sauber und anständig. Unendlich traurig war sie, als ich ihr sagen musste, dass ich ... nun, dass ich verheiratet bin.«

»Sie haben in die Metzgerei Perlacher eingeheiratet, gell?«

Haswangers Gesicht verfärbte sich. Er sank tiefer in den Sessel. »Wäre ich nicht in derartiger Not, würde ich jetzt auf der Stelle gehen.«

Kajetan sah ihn erstaunt an. »Sie verstehen mich falsch, Herr Haswanger. Ich sag das, weil ich wissen muss, um was es Ihnen geht. Sie reden von Not ...«

»In der Tat!«

»... da dürft es aber noch jemand geben, der jetzt in Not ist. Und eine gar nicht so unübliche Prozedur ist, dass ein illegitimes Kind von seinem Erzeuger anerkannt und die Mutter unterstützt wird.«

»Völlig unmöglich!«, stieß Haswanger hervor.

»Darauf wollt ich raus«, erklärte Kajetan. »Sie müssen also einen Skandal befürchten.«

»In der Tat!« Haswanger hob seinen Dichterhut und strich sich mit dem Handrücken über die Stirn. »Meine persönlichen Einnahmen sind, äh, haben sich kurzzeitig etwas abgeschwächt und ...«

»... eine Ehescheidung wäre Ihr Ruin«, ergänzte Kajetan.

»In der Tat.« Der Dichter senkte den Kopf. »Im derzeitigen Augenblick, ja.«

»Gut.« Kajetan legte den Stift, mit dem er Haswangers Angaben notiert hatte, zur Seite.

»Wieder zur Sache. Die junge Frau ist also schwanger geworden. Wann ist es passiert?«

Haswanger sah nach oben.

»Es ... es war im Fasching. Aber es ...«

»Eins nach dem anderen«, unterbrach Kajetan. »Wann hat sie es Ihnen gesagt?«

»Sie? Gar nicht.«

»Was?!«

Haswangers Gesicht zerfloss vor Rührung. »Ach, Herr Kajetan. Dieses Kind ist ja so bescheiden! So voller Großherzigkeit! Sie wusste um meine Lage und wollte mich nicht belasten.«

»Jaja!«, dämpfte Kajetan. »Aber von wem wissens denn dann, dass Sie in drei Monaten stolzer Vater sein werden?«

»Stolzer ...? Gott behüte! So weit kommt es Gott sei Dank nicht!«

»Sie, Herr Haswanger ...« Kajetan lehnte sich zurück. »Jetzt wirds aber langsam ziemlich rätselhaft. Sagens, Sie denken schon dran, dass ich nicht der Zuschauer in einem von Ihren Stücken bin? Sie müssen mich nicht bis zum Schluss auf die Folter spannen, bloß damit ich nicht eher heimgeh.«

Haswangers durchaus vorhandene Fertigkeit, in seinen Stücken den einen oder anderen gelungenen Lacher zu platzieren, war rein technischer Natur. Er selbst hatte nie Sinn für Humor gehabt. Jetzt schon gleich gar nicht.

»Das ... das wollte ich ja die ganze Zeit sagen. Sie hat das Kind ... äh ... verloren.«

Kajetan runzelte die Stirn. »Eine Fehlgeburt?«

Der Dichter schien zu schrumpfen.

»Fragen Sie mich nicht, bitte«, flüsterte er. »Vielleicht ... vielleicht ... Es ist schließlich ein mittelloses Mädchen aus dem Volke ... und ... man weiß ja ...«

Kajetan wusste es.

»Sie war bei der Engelmacherin«, stellte er fest.

Haswanger weitete seinen Kragen, als müsse er ersticken.

»Ja«, hauchte er.

»Aua«, bemerkte Kajetan. Hier hatte der Spaß spätestens sein Ende. Abtreibungen wurden streng bestraft. Würde Haswanger in einen Prozess hineingezogen, wäre er erledigt.

Haswangers Stimme holte ihn aus seinen Gedanken. Sie war zu einem kaum hörbaren Flüstern erstorben.

»Aber ... es muss wohl nicht ohne Komplikationen ... sie wissen schon ...«

Kajetan beugte sich vor, legte die Unterarme auf den Schreibtisch und sah ihn streng an.

»Nein, Herr Haswanger! Ich weiß nichts, wenn Sie mir nicht endlich alles sagen! Ich will jetzt auf der Stelle wissen, in welcher Lage dieses Mädel ist. Und zweitens, von wem, wenn nicht von ihr selbst, Sie das alles wissen!«

»Sie ...« Der Dichter zog ein Taschentuch hervor und schnäuzte sich. »Sie hat einen Bruder, der sie abgöttisch liebt.«

»Und der hat Ihnen alles erzählt!«, folgerte Kajetan.

Haswanger bestätigte es. »Er hat mich vor meinem Haus abgepasst. Mit Mühe und Not konnte ich verhindern, dass es jemand mitbekommen hat!« Er knetete sein Taschentuch. »Es war entsetzlich! Wenn alles aufgekommen wäre! Grauenhaft!«

Kajetan lehnte sich wieder zurück, ohne Haswanger aus den Augen zu lassen.

»Und dieses Mädel liegt jetzt im Krankenhaus?«

»Nein. Die Art ihrer ... Krankheit lässt wohl keinen Zweifel daran, wie sie entstanden ist. Sie würde angezeigt werden und ins Gefängnis kommen. Ihr Bruder pflegt sie aufopfernd. Ich bin sicher, dass sie in guten Händen ist.«

Haswanger, der Edelmensch! Der Freund des einfachen Volks! In Kajetan begann es zu kochen.

»Schön, Herr Haswanger. Respektive, es gibt Schöneres. Könnten wir jetzt endlich zu dem kommen, was Sie von mir wollen?«

Der Dichter setzte sich gerade.

»Der Bruder ist außer sich. Er hat mir Dinge an den Kopf geworfen, die ich unmöglich wiederholen kann. Er fordert von mir, dass ich die Kosten für die Behandlung seiner Schwester übernehme – er selber sei auch nur ein einfacher Arbeiter und dazu nicht in der Lage. Schrecklich, nicht?«

»Allerdings«, räumte Kajetan ein. »Noch mal: Was wär meine Aufgabe dabei?«

»Herr Kajetan, ich bitte Sie inständig, mit diesem ... mit diesem, nun, doch sehr ungeschlachten Menschen zu verhandeln. Ich bin zu weich für diese Dinge! Und ich darf niemals mit ihm gesehen werden. Ich habe zwar ein unbedeutendes privates Depot, von dem meine Gemahlin nichts ahnt, aber trotzdem fühle ich mich außerstande, mit diesem Burschen – der übrigens ziemlich rabiat zu werden droht – zu verhandeln. Ich bin bereit, dem armen Kind in seiner Not zu helfen, aber, bitte doch sehr, in Grenzen! Auch ich bin Opfer ihrer jugendlichen Leidenschaft, ihrer plötzlichen Hingabe geworden. Glauben Sie mir, ich war äußerst überrascht davon, geradezu überrumpelt.«

»Hm«, machte Kajetan.

Der Dichter sah ihn flehend an.

»Hm ...«

Haswanger griff nach der Tischkante wie ein Ertrinkender nach dem Rettungsring. »Ich bitte Sie, Herr Kajetan! Helfen Sie mir! Sie tun es doch, nicht wahr?«

Kajetan faltete langsam die Hände und legte sie an seinen Mund. Bis vor wenigen Minuten hatte er nur daran gedacht, wie er diese erbärmliche Figur so schnell wie möglich wieder aus seinem Büro bugsieren konnte.

»Sagens, Herr Haswanger ...« begann er nachdenklich. »Sind Sie sich eigentlich sicher, dass die Sache auch koscher ist?«

»Wie meinen Sie das?«

»Es könnt schließlich auch sein, dass Sie jemand hinters Licht führen will.«

Haswanger überlegte keine Sekunde. »Unmöglich!«

Kajetan zuckte die Schultern. »Alles schon vorgekommen ...«

»Völlig ausgeschlossen!« Haswangers Augen loderten empört. »Glauben Sie mir: Als Poet kenne ich die Menschen! Oh! In ihren tiefsten Tiefen wie in ihren höchsten Höhen! Glauben Sie mir! Es ...« Seine Stimme schwankte plötzlich. »... es war ein unendlich tiefes, unendlich reines Erleben ... das so einen ... tragischen Ausgang nehmen musste.«

Seine Augen waren feucht geworden. Er betupfte seine Augenwinkel und schnäuzte sich ausgiebig. Unvermittelt sachlich fuhr er fort: »Zwanzig Mark? Wäre das in Ordnung?«

Kajetan war noch ganz gebannt von der bühnenreifen Darstellung, fing sich aber rasch.

»Ich bekomme dreißig für einen Auftrag dieser Sorte.«

Haswanger lehnte sich zurück. Seine Lippen wurden schmal.

»Was bedeutet ›dieser Sorte‹?«

»Dass Sie den Bruder als rabiat beschrieben haben«, erklärte Kajetan knapp. »Ich geh davon aus, dass ich das ernst zu nehmen hab.«

»In der Tat.« Haswanger sah es ein. »Gut. Dreißig. Einverstanden. Wunderbar.«

»Dann bräucht ich bloß noch die Adresse von unserem Bruder.«

»Ich hab sie nicht.«

Kajetan traute seinen Ohren nicht. Bevor er zu einer Bemerkung ansetzen konnte, fuhr der Dichter fort: »Er hat mir eine Woche Zeit gelassen, um zu überlegen, wie ich seiner Schwester zu helfen gedenke. Er will nach dieser Frist wieder Kontakt zu mir aufnehmen. Sind Sie damit einverstanden, wenn ich ihn gleich an Sie verweise? Ja?«

»Einverstanden.« Kajetan drückte sich im Stuhl vom Schreibtisch weg und stand auf.

Auch Haswanger erhob sich. »Danke«, sagte er bewegt. Ein letztes Mal hob er den Hut und strich sich über die glänzende Stirn.

Kajetan begleitetete ihn zur Tür. Dort drehte sich der Dichter noch einmal um.

»Ich danke Ihnen vielmals, Herr Kajetan. Wissen Sie – ich möchte ja helfen. Dieses arme Menschenkind retten ... aber meine Mittel sind begrenzt! Aber vor allem: Diese Sache muss ein Geheimnis bleiben. Es wäre in der Tat mein Ruin. Und das Ende meiner künstlerischen Reputation.«

Er setzte einen Fuß auf die Schwelle.

»Und ...« Er zwinkerte vertraulich. »... drücken Sie den Preis, den er nennt, ruhig ein bisschen nach unten. Wir verstehen uns, ja?«

»Jaja.« Kajetan schloss die Tür nachdrücklich. Er setzte sich und atmete ein paar Mal tief durch.

Nein, Kajetan konnte nicht klagen. Seine Geschäfte gingen großartig. Mit dem Honorar Haswangers, das er, der geborene Geldmensch, in astronomische Höhe gezockt hatte, würde er glatt eine Woche in Saus und Braus leben können; es würde also mindestens einmal mehr zu einem angebräunten Leberkäse im »Straubinger« reichen. Ein Kinobesuch wäre auch wieder drin, vielleicht ein Abend im »Colosseum«, in dem dieser spindelige Komiker und seine Partnerin auftraten.

Aber es sollte an diesem Morgen noch besser kommen. Als er sich nämlich zu seinem monatlichen Besuch in der Polizeidirektion angeschickt hatte, um sich nach dem Fortgang seines Antrags zu erkundigen, klopfte die alte Süssmeierin vom Vorderhaus mit vor Sorge gefurchter Miene an seine Tür.

Er hatte sie direkt auf Mittag vertrösten müssen. Beschäftigt, wie er war.

Als Kajetan jetzt in die Neuhauser Straße einbog, läuteten die Zwölf-Uhr-Glocken. Er beschleunigte seinen Schritt. Etwas im Gesicht der alten Frau Süssmeier hatte ihn beunruhigt.

8

Die Luft stand heiß und unbewegt in den Straßen. Was Baines früher geholfen hatte – sich die Beine zu vertreten, um wieder Klarheit in seine Gedanken zu bringen –, wollte sich nicht einstellen. Er hatte auf seinem Spaziergang bisher nur Dinge wahrgenommen, die seine Gereiztheit noch verstärkten.

Während er die Neuhauser Straße entlangtrottete, erinnerte er sich daran, wie es gewesen war, als er die Nachricht von der Münchner

Revolution erhalten hatte. Damals arbeitete er für das Pariser Büro der »associated press«, wo man ihn mit der Auswertung der Nachrichten aus dem Deutschen Reich beauftragt hatte. Ausgerechnet die Bayern waren es gewesen, die als Erste die Monarchie, sie war immerhin eine der ältesten Europas, vom Sockel gefegt hatten. Erstaunlich auch, dass dieser Umsturz mit einer Kultiviertheit ohnegleichen vonstatten gegangen war – es hatte offensichtlich keinen einzigen Toten gegeben. Von einem Kollegen hatte er sich erzählen lassen, wie die Aufständischen damals vor eine der Stadtkasernen gezogen seien, deren Erstürmung mit dem Dialog eines phlegmatischen Wachsoldaten und einem der Revoluzzer, ebenfalls nicht mit allzu viel Temperament gesegnet, begonnen hätte: »Was isn los?«, habe sich der Wachsoldat erkundigt und zur Antwort erhalten: »Was werd denn schon los sein, du Aff? Eine Revolution halt!« Mag sein, dass diese Geschichte erfunden war, aber er hatte sie sofort geglaubt.

Doch warum sah er jetzt, vor dem Glaspalast, nur den herablassenden Stolz fein gewandeter Herrschaften? Nur die blasierte, weichgesichtige Nichtigkeit der sie begleitenden Jünglinge? Nur die pöbelhafte Anmaßung, die von einer Gruppe fast uniformartig gleich gekleideter junger Männer auf der Neuhauser Straße ausging, ihre gezwungene, polternde Fröhlichkeit, aus der herauszuhören war, dass sie augenblicklich in Bösartigkeit umschlagen konnte? Nur das Geplärr käsegesichtiger, mit zerlumpten Schürzen behangener Kinder, die er, von einem schrillen Schmerzensschrei aufgeschreckt, bei einem Blick in einen Hinterhof der Sendlinger Straße entdeckte, aus dem ihm der Gestank faulender Abfälle und Urin entgegenwehte?

War er früher blind gewesen für dieses zweite Gesicht Münchens?

Schon bei den ersten Gesprächen nach seiner Ankunft auf dem Zentralbahnhof erinnerte er sich an eine Empfindung, die er früher verdrängt haben musste: das Gefühl, diesen Menschenschlag nicht wirklich zu verstehen. Ein paar Mal waren Silvester und er auf dem Oktoberfest gewesen, und beim letzten Mal war er mit Müh und Not dem Albtraum einer Massenschlägerei entgangen. Er selbst hatte ebenfalls Liter um Liter in sich hineingeschüttet. Seine Ausgelassenheit war in Beklemmung umgeschlagen; er hatte in gerötete Gesichter gestarrt, auf fetttriefende Münder, auf Gebisse, die sich gierig durch Berge von Fleisch fraßen, und eine entsetzliche Angst hatte ihn gepackt. Der Boden unter ihm hatte zu rumoren begonnen, als säße er auf der Spitze eines Vulkans, plötzlich hatte er riesenhafte, blondzöpfige Barbaren mit röhrendem Gebrüll aus den Wäldern brechen sehen, ein Grauen erregendes Orchester sausender Streitäxte und fletschender und schmatzender Mäuler gehört. Wie gelähmt hatte er darauf gewartet, dass diese vernichtende Flut über ihm zusammenschlagen würde, was wohl auch passiert wäre, wenn ihn nicht Silvester mit einem entschlossenen Ruck aus dem Zelt gezogen hätte.

Doch was ihn damals – am Mittag danach, nach langem, nahezu bewusstlosem Schlaf und nach einigen Spritzern kalten Wassers ins Gesicht – amüsiert hatte, bereitete ihm jetzt Unbehagen.

Und plötzlich fiel es ihm auf: Das Lächeln war aus den Gesichtern der Menschen verschwunden.

Blödsinn. Ich bin überreizt, müde, nichts weiter.

Baines glaubte es plötzlich zu wissen. Es musste das gleiche Gefühl sein, das sich einstellt, wenn man nach langer Zeit die einstige Geliebte wiedertrifft. Die im Kopf noch immer die gleiche Schönheit ist, die sie war, als man sie verlassen musste. Und bei der man jetzt erkennen muss, dass sie diesem Bild nicht mehr entspricht, vielleicht nie entsprochen hatte, und sich Dinge, die man früher im Überschwang der Zuneigung übersehen hatte, in schonungsloser Deutlichkeit zeigten.

Das wütende Gebimmel einer Tram, die den Marienplatz überquerte, schreckte Baines aus seinen Gedanken. Von ferne vernahm er das summende Gewebe Tausender von Stimmen – der Viktualienmarkt, der Bauch der Stadt.

Sofort erinnerte er sich wieder an die ausgelassenen Gelage hinter den Marktständen, weit bis nach Mitternacht, als alle anderen Gaststätten längst geschlossen hatten, deren Sperrzeiten von unnachgiebigen Schutzmännern streng überwacht wurden. In das dschungelhafte Gewirr der schmalen Pfade zwischen Ständen und Zelten hatten sich die Beamten jedoch nicht gewagt.

Eine Woge von Geräuschen, durch die Schwaden unterschiedlichster Gerüche zogen, überfiel ihn.

»Die Hölle von Morokko!«

Baines fuhr herum. Ein junger Mann war nah an ihn herangetreten. In einem dunklen, narbigen Gesicht funkelte ein verzehrender Blick. Sein eines Auge, tief in die Höhlung geschnurrt, glich einem von bläulichen Rissen durchzogenen, milchblinden Kiesel. Er hielt ihm ein abgegriffenes Buch entgegen. Jetzt konnte Baines den säuerlichen Atem des Mannes riechen. Der von einem zottigen Bart halb verdeckte Mund zeigte eine Reihe zerstörter Zähne.

»Gestatten der Herr.« Der Straßenverkäufer hob die flatterige Schwarte. »Die Hölle von Morokko. Die grausigen Erlebnisse eines Fremdenlegionärs.«

Baines nickte höflich und wollte weitergehen. Der junge Mann packte ihn am Ärmel. »Von mir selber ...« Ein Schluckauf unterbrach ihn. »... aufgeschrieben. Ein Fuchzgerl, Mister.«

Baines machte sich frei.

»Marokko schreibt man mit ›a‹, mein Lieber.«

Der junge Mann stutzte. »Schmarrn.«

»Glauben Sie mir.«

»Werd ich doch wissn! Bin doch dabei gwesen!«, widersprach der Straßenverkäufer trotzig, um darauf mit unterwürfiger Stimme zu flehen: »Ein Fuchzgerl, Mister!«

Baines konnte den widerwärtigen Geruch des Mannes nicht mehr ertragen. Schroff drehte er sich um und ging schnell weiter. Nach wenigen Schritten waren die Beleidigungen, die ihm der Legionär hinterherrief, im Lärm versunken.

Dann fielen ihm die beiden Schutzmänner auf. Sie standen auf einer Stufe vor der Schrannenhalle und sahen aufmerksam in Richtung der Nordseite des Platzes, wo sich eine Menschentraube gebildet hatte.

Baines ging an ihnen vorbei und hörte, wie sie leise miteinander sprachen. Einer der beiden zuckte ratlos mit den Schultern.

Baines reihte sich unter die Zuhörer.

»Gibts da was umsonst?«, hörte er hinter sich. Die Menge wuchs rasch an.

Aus der Gruppe ragten Kopf und Schultern eines etwa vierzigjährigen, untersetzten Mannes mit athletischem Körperbau und braun gebranntem Gesicht. Das schwarze, von einer Stirnschnur gebundene und in der Mitte gescheitelte Haar fiel ihm über die Schultern. Der wallende Bart reichte bis zur Brustmitte. Er trug eine knielange Tunika aus von Flicken übersätem Bauernleinen, die um die Hüfte von einer Kordel zusammengehalten wurde. Seine Füße steckten in wollenen Kniestrümpfen und Ledersandalen, deren Riemen um die kräftigen Waden geschlungen waren. Der Mann stand aufrecht, den Kopf leicht nach hinten geneigt, so dass man den Eindruck gewinnen konnte, er spreche über die Köpfe der Zuhörer hinweg zu Menschen in irgendeiner fernen Welt. Die Zuhörenden, es waren Marktbesucher fast jeden Alters, lauschten gebannt.

Gerade holte der Redner Atem, um mit Donnerstimme fortzufahren.

»Ihr sagt: Was weiß denn der Narr schon? Was weiß er, wie es ist, wenn man in einer Wohnhöhle in den Gruben von Haidhausen, in der Au oder im Gries dahinvegetieren muss? Wenn die Tage nur aus Arbeit in lärmenden und von Gestank verpesteten Fabriken bestehen? Wenn der Lohn schmäler und schmäler wird, wir uns nur noch von dünner Suppe ernähren und unsere Kinder verkümmern wie die Blumen, die nie die Sonne sehen? Unsere Körper verdorren, wie unsere Sinne sich verdüstern?«

Ein junger Mann mit gestutztem Schnauzer und knochigem Gesicht stemmte seine Fäuste in die Hüften und höhnte:

»Vielleicht sagst es uns bald? Sind schon alle gespannt.« Er blickte beifallsuchend um sich.

Der Prediger warf ihm einen scharfen Blick zu. »Ja! Saublöd daherreden, das könnt ihr!«

»Hast doch keinen Dunst! Apostel, spinnerter!«

»Richtig!«, rief der Redner. »Welch Wunder! Was aus so einem verdrehten Hirn doch manchmal rauskommen kann!«

Der junge Mann runzelte die Stirn. »Dem dreh ich gleich was anderes um!«, sagte er erbost zu den Umstehenden.

Der Redner streckte beide Hände aus wie ein antiker Priester, geübt, mit der Kraft dieser Bewegung tobende Meere zu besänftigen. »Bruder! Aber Bruder! Du hast doch Recht!« Er strahlte den jungen Mann mit überwältigender Güte an. »So unendlich recht! Es stimmt! Ich weiß kaum etwas davon! Und mehr noch: Ich will auch nichts davon wissen! Ich will nichts wissen von dieser ungeheuerlichen Schuld und Schande, die die Menschheit auf sich geladen hat! Schande, jawohl, Schande! Wie schändlich verschleudert ihr die Geschenke, die die Natur uns gemacht hat, diese Mütter aller Mütter? Was habt ihr gewonnen, als ihr euch dem Mammon verkauftet? Wo sind sie hin, eure Schwestern mit dem kecken Mundwerk und frischen Humor? Übermütig genießend, liebend, Leben säend?«

Der junge Mann öffnete den Mund. Der Redner kam ihm zuvor. Wie ein Hieb sausten seine Worte herab.

»Halts Maul, du Trottel! Jetzt redet Adolphe!«, donnerte er. »Hör mir lieber zu! Ich frag euch, wo sind sie hin? Und was haben wir stattdessen? Frauen und Mädchen aus der Fabrik, verkümmerte Pflanzen sind sie, mit blasser Haut, mit Blut ohne Röte, vertrockneten Brüsten, und Männer haben sie mit krankem Magen und erschöpften Gliedern, mit zermartertem Rückgrat und zerrütteten Nerven! Schande über die Menschheit, wenn es das ist, was sie Fortschritt und Zukunft zu nennen wagt!«

»Jetzt pass einmal auf, du Reservechristus, du zottlerter«, warf sich der junge Mann in die Brust, »gib mir erst amal eine Arbeit, dass sich unsereins was anderes leisten kann!«

Einige der Zuhörer nickten zustimmend.

»Arbeit willst du?«, rief der Redner.

»Wenns gingert, ja! Bin ja kein Herumstrawanzer wie du, der wo die Leut anbetteln muss.«

»Du forderst Arbeit?« Der Redner wirkte, als habe ihn dieser Einwurf überrascht. Doch in Wirklichkeit war er glücklich darüber, dass das benötigte Stichwort wieder einmal prompt serviert worden war. Er ließ, leicht vornüber gebeugt, seinen Blick über die Menge schweifen.

»Du auch? Und du?«

Köpfe nickten nachdrücklich.

Der Körper des Predigers schnellte wieder in die Gerade. Seine Augen streuten vernichtende Blitze. »Ja, das glaube ich euch! Arbeit! Ha!« Seine Halsadern schwollen an. »Und was ist mit dem Leben? Recht auf Leben fordert! Recht auf Glück!« Er schleuderte die Worte mit einer ruckartigen Bewegung seines Oberkörpers in die Menge, die unwillkürlich zurückwich.

»Pah, Glück!« Der junge Mann mit dem Schnauzbart war der Erste, der die sekundenlange Betäubung seiner Umgebung überwand. »Wann ich bloß einmal genug zum Beißen hätt, das wär eins, das glaub mir!«

»Das sagt auch das Tier! Sind wir aber nicht Menschen?« Der Prediger hatte seine geballten Fäuste vor die Brust geschlagen.

Der junge Mann duckte sich. »Jetzt fangt er gleich eine«, murmelte er. Drohend setzte er einen Schritt nach vorne.

»Gebens doch eine Ruh«, wies ihn ein junges, blasses Mädchen zischend zurecht. Er warf ihr einen erstaunten Blick zu. »Was habens denn? Sind Sie vielleicht genauso deppert wie der Zottel da vorn?«

Sie sah ihn streng an. »Und Sie sind was Gescheiteres? Dann buchstabierens mir doch bitt schön mal das Wort ›Anstand‹.«

Er wich ihrem Blick aus und wurde rot.

»Ah, gehts mir doch alle heim damit!«, rief er, machte eine verächtliche Handbewegung, drängte sich aus der Gruppe und stiefelte grollend davon.

»Ja! Geh nur! Du Armer im Geiste!«, rief ihm der Prediger hinterher. »Fordere weiter, dass man dir erlaubt, dein Leben in den Fabriken zerstören zu lassen! Lass dich für diese Forderung verfolgen, verhaften, von deinesgleichen zusammenknüppeln!« Mit einem wilden Ruck warf er seinen Kopf herum. »Oh Schande! Oh Schuld!« Er richtete seine Augen Hilfe suchend gen Himmel. Wie von einem plötzlichen Schmerz durchfahren, sackte er dann zusammen. Bedeckte sein Gesicht mit den Händen. Dumpf drang hinter ihnen hervor: »... oooh ... Schuld ... ooooh ...«

Baines, fast zur Bewegungsunfähigkeit zwischen einer jungen Frau vor ihm, von einem elegant gekleideten Herrn neben ihm und einem schnaubenden Mann mit einer Metzgerschürze rechts von ihm eingekeilt, hatte die Vorstellung mit wachsender Bewunderung verfolgt. Egal, was man von seiner Botschaft hielt – der Mann war ein begnadeter Redner.

Er hatte von den »Inflationsheiligen« bereits gehört und wusste, dass dieser Adolphe einer von jenen Wanderpredigern war, deren Zahl sich in den letzten Jahren vervielfacht hatte. Einer von ihnen hatte sogar für die Wahl zum Reichspräsidenten kandidiert.

Die Menge wurde unruhig.

»Kann ja stimmen, was du sagst«, meldete sich eine Frau in einer zerschlissenen Haushaltsschürze und schütterem, zum Dutt gesteckten Haar. »Aber wie kommst du drauf, dass unsereins dran schuld ist? Also, haha, wenn ichs wär, dann wüsst ichs.«

Rasch erwachte Adolphe aus seiner Versunkenheit.

»Wie ich drauf komm, fragst du?«

»Haben wirs vielleicht so gerichtet?«, pflichtete ein gutmütiger, mausgesichtiger Alter bei.

»Ach, ihr Narren!« Der Redner sandte wieder einen Blick gen Himmel. »Man hat euch nicht gefragt, wollt ihr sagen? Ihr hattet nie die Wahl, sagt ihr, nie die Macht?«

Der Redner schloss für einen kurzen Moment in gespielter Verzweiflung die Augen.

»Is doch a so«, wagte die Frau zaghaft.

Wie ein Reptil schoss der ausgestreckte Zeigefinger des Predigers gegen ihre Brust. Sie zuckte zusammen.

»Jaaa!«, geiferte Adolphe hohntriefend. »Natürlich! So ist es! So war es! So wird es immer bleiben! Halleluja! Und im Jenseits ernten wir die Früchte! Halleluja, wie herrlich! Die Obrigkeit hat entschieden! Wir sind freigesprochen!«

Er musste Luft holen. Baines nahm aus den Augenwinkeln wahr, dass sich die beiden Schutzmänner auf Hörweite genähert hatten. Ein glatzköpfiges, mageres Männlein mit listigen Augen nutzte die Pause.

»Ah du, sag amal, stimmt des«, fragte es unschuldig, »dass bei euch in der Siedlung alle miteinand nackert baden dürfen?«

Der Prediger wirbelte herum und durchbohrte ihn mit seinen Blicken. »Du, setz lieber deinen Hut auf! Und zieh ihn am besten gleich übers Gesicht! Wie kann man seinen Arsch bloß so nackt herumzeigen?«

Die Menge brach in brüllendes Gelächter aus. Auch der Kleine war keineswegs beleidigt, verhohlene Anerkennung spielte um seinen Mund.

Baines war beeindruckt. Dieser Adolphe verstand es meisterhaft, seine krude Botschaft mit einer kalkulierten Mixtur aus Feierlichkeit und Grobheit vorzutragen.

Schmunzelnd das Abebben des Gelächters abwartend, dabei den Unterlegenen mit einem wohlwollenden Blick begütigend, wippte der Prediger auf den Fersen.

Sein ausgestreckter Finger stieß in den Himmel.

»Ich sage euch: Nur jenen von euch, welche nicht länger Satan Mammon zu dienen gewillt sind, wird die unerschöpfliche Urkraft des Lebens zuteil werden! Und nur jene, welche die Tiere, die Pflanzen, die Erde, das Wasser, die Sonne und alles Lebendige zum Vorbild nehmen, die werden das Paradies erschaffen!«

Der Mann mit der Metzgerschürze schnaufte. Er beugte sich zu Baines.

»Mammon. Pffh!«, raunte er. »Du, des musst dir erst amal leisten können, auf den zu verzichten.«

Der Prediger deutete fuchtelnd in die Ferne und rief mit Unheil verkündender Stimme: »Jene aber, welche sich verführen lassen um einiger klimpernder Münzen, jene, welche den Lügen von jenseitigem Heil Glauben schenken, jene, welche weder ihrer göttlichen Natur noch jener ihrer Anbefohlenen Achtung zuteil werden lassen, und jene, welche mit ihrer Schwäche und ihrer Unterwürfigkeit ihr Elend gewähren lassen – ihrer wird die Hölle sein!«

Ein Schauder glitt über die Gesichter. Der Lärm des Marktes war fern. Der Prediger öffnete die Arme wie zum Gebet.

»Bebauen wir die Erde, denn dazu sind wir berufen! Ja! Warten wir nicht auf das Paradies – schaffen wir es! Schaffen wir ein Leben, glänzend in Schönheit und Wildheit!«

Ein Ruck ging durch seinen Körper. Sein Haar flog. Jetzt tobte er auf der knackenden Obstkiste wie ein Irrwisch, jeden seiner Sätze mit sausenden Armbewegungen begleitend, ein zornflammender Erzengel im Kampf gegen satanische Mächte, ein säbelschwingender Kreuzritter gegen ein Heer von Gottlosen.

»Gehorchen wir keinem Pfaffen mehr, keiner Obrigkeit!«, wetterte er. »Lasst dies euer Gebet sein: ›Ich‹« – er schlug sich mit der Faust auf die Brust – »›bin mein Vater, ich bin mein Himmel, ich heilige meinen Namen, ich erschaffe in mir das Reich, und mein Wille geschehe!‹«

»Jesus Maria.« Die Frau mit der Schürze schlug ihre Hand vor den Mund. »Der tut ja unsern Herrgott lästern!«

Der Redner streckte seine Hände weit von sich, als wolle er seine Zuhörer segnen. Unvermittelt feierlich, mit singender Stimme, aus der die tröstende Güte eines übervollen Herzens strömte, beendete er seine Predigt.

»Weint nicht mehr, hadert nicht – handelt! Am Anfang war die Tat! Schließt euch der Siedlung Neuer Menschen an!«

Er reckte die Faust gegen den Himmel und blieb für einige Sekunden wie eine Statue stehen. Dann senkte er sie, stieg von seinem Podest, zauberte, alles eine einzige, fließende, geschmeidige Bewegung, einen kleinen Napf aus seinem Umhang und hielt ihn den verdatterten Zuhörern mit verbindlichem Lächeln unter das Gesicht.

»Spenden für die Siedlung Neuer Menschen, bitte sehr.«

Die Menge geriet in Bewegung. Einige kramten in ihren Taschen. Der Elegante drängte sich an Baines vorbei.

»Haben, sagen d'Schwaben«, meinte ein Alter und suchte nach einer Gasse zwischen den Menschen, durch die er entkommen konnte. Der Prediger nickte verzeihend und wandte sich an einen vierschrötigen Handwerker, der, die Hände in den Taschen, gemütlich auf ihn herabblickte.

»Jetzt hast mich glatt überzeugt«, bekannte er treuherzig.

Der Prediger lächelte väterlich. »Das freut mich, Bruder.« Erwartungsvoll hob er die Schale.

Die Hände blieben in den Taschen. »Mit dem Mammon, verstehst?«, erklärte der Handwerker.

»Jaja, ich verstehe dich gut, mein Bruder. Wir alle müssen ...«

»Und deswegen, verstehst ...« Der Mann grinste breit. »... deswegen muss ich ihn auf der Stell der Salli vom ›Augustiner‹ spenden, den Mammon. Die ist allerweil so notig, sagts.« Er lachte dröhnend, tippte an seine Stirn und ging kopfschüttelnd fort. Der Prediger kniff die Lider zusammen.

»Oh du nagelneuer Witz«, murmelte er, »wie oft schon hast du mich erfreut.«

Er hielt den Napf dem kleinen Mann, der sich zuvor nach den Badesitten der Neuen Menschen erkundigt hatte, vor die Brust.

Dieser sah ihn entgeistert an. »Sonst bist aber schon gesund, was?« Erbost bahnte er sich einen Weg aus der Menge. »Weiß genau, was der damit tut! Der versaufts mit seine Weiber und hinterher badens alle nackert!«

Ein altes Weiblein pflichtete ihm bei. »Eine Sünd, so was.«

Dagegen machte das blasse junge Mädchen einen Trippelschritt auf ihn zu, als er zu ihr kam. »Herr Adolphe«, flötete sie, während sie eine Münze in den Napf legte. »Ich bin ... ich bin ...«

Adolphe wusste es sofort: gehobenes Bürgertum. Behütet. Schwärmerin. Hübsch. Sehr unerfahren. Er half der Errötenden.

»Sie interessieren sich für unsere Gemeinschaft, nicht wahr?«

Ihre Augen glänzten verzückt.

»Sehr schön, meine Schwester. Wenn Sie mehr wissen wollen, darf ich Sie zu unserer Veranstaltung ...«

Die beiden Wachleute waren zu der Überzeugung gekommen, dass ihr Eingreifen jetzt kein allzu großes Risiko mehr bedeuten würde. Sie schoben das Mädchen unsanft zur Seite. Sie piepste empört.

»So, Mannderl«, sagte der Erste, »jetzt is genug. Dumm daherreden und die Leut aufhetzen allein gehörert ja schon verboten. Aber dann auch noch betteln, des is z'viel. Du gehst jetzt mit!« Er packte Adolphe am Arm.

»Lasst mich los!«, protestierte der Redner. »Dass ihr noch Menschen seid!«

»Ja, lassen Sie ihn doch«, meinte Baines. »Er hat es sich doch verdient.«

Der Prediger warf ihm einen giftigen Blick zu. Der zweite Gendarm drehte sich ärgerlich um.

»Magst auch mitkommen? Brauchst es bloß sagen.«

»Verzichte.«

»Gell? Hab ich mir fast denkt.« Der Gendarm wies mit dem Daumen über seine Schulter. »Und jetzt schleichst dich. Sonst könnts blitzen.«

»Allerdings!« Es war die Stimme des Metzgers. Er stemmte seine Arme in die Hüften. »Gibts keine anderen Ganoven bei uns? Fangts lieber die.«

Die beiden Gendarmen sahen sich an. Der erste, der Adolphe gehalten hatte, lockerte seinen Griff.

»Halt deine Goschn, Würschtlstopfer.«

Einige Passanten waren auf sie aufmerksam geworden. Es dauerte nicht lange, bis die Streithähne von einer Gruppe Neugieriger umringt waren. »Da kann ich mich einfach aufregen«, erklärte ihnen der Metzger erbost. »Den spinnerten Adolphe, der keinem was tut, den kastelns ein. Aber die Großen, da trauen sie sich net dran!« Fast entschuldigend, als sehe er als seine Pflicht an, die Umstehenden auf eine leider einmal vorhandene Behinderung hinzuweisen, setzte er hinzu: »Da kann ich einfach net anders, da hab ich einfach jedsmal so einen Dings, so einen Reflex, wenn ich die Grünfrösch seh.«

Das verstand man. Zustimmung wogte auf. Die Menge wuchs an.

»Ich hab gsagt, du sollst deine Goschn halten!« Die Stimme des Gendarmen klang längst nicht mehr so kraftvoll wie zuvor. Nervös flogen seine Blicke umher.

Der Metzger legte den Kopf schräg. »Und wann ichs net tu, Wachtl, windiger?«

Der zweite Gendarm machte den Fehler, in einer nervösen Bewegung auszuholen, die nie und nimmer ausgereicht hätte, den Metzger auch nur ins Wanken zu bringen. Sekunden später lag er benommen auf dem Pflaster. Und weitere Sekunden später war der Platz, an dem der Prediger Adolphe zuvor für die Liebe zu Mensch und Natur geworben hatte, erfüllt von Schmerzensschreien, dem Krachen zersplitternder Obstkisten, wütenden Rufen und, zunächst noch fern, den Trillerpfeifen der nahenden Verstärkung.

Adolphe hatte die Gelegenheit genutzt, sich aus dem Staub zu machen. Auch Baines hatte sich rasch aus dem Getümmel entfernt.

Jetzt stand er klopfenden Herzens in einer der Gassen, die ins Thal führten. Er wischte sich den Schweiß von der Stirn. Ein heftiger Durst meldete sich.

Während er, noch in Gedanken an das Erlebte, auf das Bräuhaus zusteuerte, griff er in die Innentasche seines Jacketts.

Erst in die linke, dann in die rechte. Als er wieder in die linke Tasche griff, wusste er bereits, dass es vergebens war.

9

Kurz zuvor hatte sich ein elegant gekleideter Mann in den Sessel des »Café Fahrig« am Karlsplatz fallen lassen. Niemand hätte ihm ansehen können, dass er vor einem halben Lebensalter der niederbayerischen Magd Thekla Schmerbeck, die sich von einem windigen Handelsvertreter aus dem Sächsischen hatte einseifen lassen, vom Arsch gefallen war – wie es seine wenig feinfühlige und auch in Fortpflanzungsdingen bäuerlich-nüchterne Großmutter zu beschreiben pflegte. Und der von Waisenheimen zu dumpf prügelnder Verwandtschaft und wieder zurück ins Heim versperrt worden war, nachdem der eiligst geflohene noble Geschäftsreisende – dem Gerede nach von einem eifersüchtigen Seemann – erst ins Koma, dann in jahrelanges Siechtum geprügelt worden war und die Mutter mit Anzeichen religiösen Wahns in ein Nervenkrankenhaus verfrachtet worden war, wo man sie festbinden musste, da sie sich mit jedem erreichbaren Gegenstand Wundmale an Hand und Brust anzubringen drohte.

Nachdem er Wien vor einem halben Jahr etwas hastig verlassen hatte müssen, war das »Café Fahrig« zu seinem Stammlokal geworden: dämmerig, verraucht, dabei gute Sicht zum Eingang, schnell erreichbarer Hinterausgang und keine Gefahr, ein Mitglied der Münchner Oberschicht anzutreffen.

Die Welten Münchens, einige pittoreske Festivitäten ausgenommen, waren wie sonstwo auch konsequent getrennt, das Geschwätz vom gemütvollen Nebeneinander natürlich Lüge. Zum Glück für ihn.

Auch das Personal wusste längst, was er – der immer für ein solides, wenn auch nie auffallend hohes Trinkgeld stand – um diese Uhrzeit zu sich zu nehmen pflegte.

»Bitte sehr, eine Melange, Herr Doktor Toussaint.«

Die Kellnerin, ein junges, offensichtlich nicht ernsthaft gebundenes Ding, lächelte ihm zu. Er nickte dankend und genoss den ersten Schluck.

Zufrieden lehnte er sich zurück.

Zweihundert Mark und fünfzig Dollar. Nicht übel.

Solche Fänge waren früher selten gewesen.

Ach ja, früher ...

Die Zeiten, wo er sich mit Taschendiebereien über Wasser halten musste, waren glücklicherweise vorbei. Da machte er doch seit einigen Jahren ganz andere Geschäfte.

Aber es war einfach zu verführerisch gewesen! Der Geldbeutel dieses blassgesichtigen Idioten – natürlich ein Tourist, vermutlich ein Amerikaner – hatte ihn geradezu aufgefordert, ach was!, befohlen, nach ihm zu greifen. Er war unschuldig – es war ein Reflex gewesen!

Und – über die kultivierten, männlichen Züge des Doktors glitt ein gerührtes Lächeln – er hatte es nicht verlernt!

Die Summe war jedenfalls nicht zu verachten. Der Coup, den er gerade vorbereitete, erforderte immer noch etliche Investitionen. Und wenn man im Hotel auf die Idee käme, die Bezahlung einer Zwischenrechnung einzufordern, hätte es durchaus knapp werden können. Gewiss, ihm wäre schon etwas eingefallen, um dieses Hindernis zu beseitigen. Doch Kraft hätte es gekostet. Die Dinge aber mussten leicht gehen, leicht wie der Wind. Alles, was zu viel Kraft brauchte, taugte nichts.

Doch würde sein Plan überhaupt funktionieren? Er war, er war – ja, nichts als verwegen, mehr noch, er war verrückt! Ein Schauer lief ihm über den Rücken. Er wischte die Bedenken beiseite. Sein Plan musste, er konnte nur funktionieren! Gerade weil er so verwegen war!

Es gab kein Zurück mehr. Die Sache war ins Rollen gekommen, schnurrte fast von selbst dahin. Er musste nur noch hin und wieder steuernd eingreifen, an dieser und jener Stelle mit kleinen, nachdrücklichen Bemerkungen etwas korrigieren. Und er war gut vorbereitet.

Dabei hatte sich dieses Unternehmen fast zufällig ergeben. Man hatte ihn geradezu gedrängt! Was ihm erlaubte, den Widerstrebenden zu spielen, seinen Opfern das Gefühl zu geben, das Heft in der Hand zu haben, sich insgeheim über ihn lustig zu machen, weil er so gar nicht in der Lage zu sein schien, den eigenen Vorteil zu erkennen.

»Herr Doktor! – Lieber Herr Doktor Toussaint!« Die Witwe Cerny, bei der er zum Tee geladen war, hatte seine Hand getätschelt. »Sie sind zu gut für diese Welt!« Und Graf Sinzendorf, dieser leimsiederische Notnagel der Cerny, hatte etwas geschnarrt, was sich nach einem Befehl zur Attacke angehört hatte.

Beim nächsten Tee hatte die Witwe den Kreis bereits um einen geschwätzigen Major erweitert, der umgehend dafür gesorgt hatte, dass die weiteren Treffen einen geheimbündlerischen Charakter annahmen. Als zuletzt ein Kaufmann, dessen Name für eine Kette florierender Unternehmen stand, zur Runde stieß und unverblümt zu erkennen gab, dass er an der offensichtlichen Geschäftsuntüchtigkeit des begabten, doch sträflich bescheidenen Erfinders geradezu leide, war alles entschieden.

Ja, gedrängt und geschoben hatte man ihn zu diesem Unternehmen. Ihn, Doktor Alfred Toussaint, laut dezent verbreiteter Vita Spross einer Westschweizer Wissenschaftler-Dynastie. Den zögernden, nur an Wohl und Fortkommen der Allgemeinheit interessierten, seelenfeinen Menschenfreund.

Ja, es lief. Leicht wie der Wind, der dennoch Segel bläht.

Wieder spürte er einen wohltuenden Schauer. Er setzte die Tasse ab.

Wenn er nur nicht diese fatale Neigung hätte, sich zu verzetteln. Natürlich, das war ein Erbe aus notigeren Zeiten, in denen er viele Dinge gleichzeitig anfangen musste, um sich über Wasser zu halten. Es war wirklich an der Zeit, sein Übermaß an Ideen zu bändigen. Aber, auf der anderen Seite – war nicht gerade das sein Kapital? Seine sprudelnden, nie versiegenden Einfälle, seine Neugier, seine Beweglichkeit?

Aber es könnte ihm irgendwann auch zum Verhängnis werden.

Eine weiche Hand umfasste seinen Nacken. Er zuckte zusammen.

»Na, Fredi – träumst?«

»Cherie-Hasi!«

Die schlanke junge Frau mit dem kurzen, schwarzen Haar war bieder gekleidet, als komme sie von einem Bewerbungsgespräch für eine Stelle als Gouvernante.

»Wehe, Fredi ...« Sie küsste ihn auf die Wange. »... wenn nicht von mir!«

Sie ließ sich träge auf dem Sessel nieder.

Der Doktor lächelte überheblich. »Wenn ich net von dir träumen tät, was wärn dann?«

»Was dann wär?«, fragte sie in beiläufigem Ton. »Ich brächt dich um. Was meinst denn du?« Sie sah ihn aus dunklen Augen an und schürzte die Lippen. »Echt, Fredi.«

Toussaints Blick flackerte kurz. Dann grinste er mokant. »Und wie, Mizzi? Gift?«

»Nein«, korrigierte sie sachlich. »Pistole.«

»Net schlecht«, bemerkte Toussaint überheblich. »Aber hast denn so was?«

»Vielleicht.« Mizzi lächelte vielsagend. »Bist ja net allweil da, um mich zu beschützen. Und ich bin bloß ein ganz schwaches Weib, wie du weißt.«

Weib stimmt, dachte er. Aber schwach?

»Erschreckst mich richtig«, sagte er bräsig.

»So solls auch sein.«

Toussaint schüttelte amüsiert den Kopf. Dann wurde er ernst.

»Aber jetzt sag: Was tust denn du da?«

Sie legte die Fingerspitzen aneinander.

»Muss dich schließlich kontrollieren, Fredi«, sagte sie schelmisch. Sie winkte zum Büffet. Toussaint lächelte säuerlich.

»Jetzt lass die Späß. Solltst du heut früh net mit dem Professor im Glaspalast sein, Bilder anschauen?«

»Bin ich gewesen.« Sie stöhnte. »Huh – der is vielleicht ein harter Brocken! Kaffee! Schwarz!«

Die Bedienung verschwand. Sie beugte sich vor und senkte die Stimme.

»Fredi, weißt was?«

Er bestippte gleichgültig seine Koteletten. »Werds gleich wissen.«

»Mir wirds bald zu blöd, Fredi.«

»Was?«

»Alles.«

»Untersteh dich!«, fuhr Toussaint auf.

Sie zuckte die Schultern. »Is aber so.«

»Jetzt fang net an, umeinand zu maulen!«, sagte er unwirsch. »Warts ab. Dauert nimmer lang.«

Sie schmiegte sich an ihn. »Machst allweil Sprüch, Fredi«, sagte sie zärtlich. »Und das Schlimmste ist, dass ich sie dir alle glauben muss.«

Er tätschelte gerührt ihre Schulter. Mit plötzlicher Wehmut dachte er daran, wie hart das Leben sein konnte. Denn bald würde er gezwungen sein, sie zu verlassen.

10

Weder von den bildenden Künsten noch von der Literatur verstand Antonie Süssmeier sonderlich viel. Dass sie es nach dem Tode ihres Ehemannes vor acht Jahren dennoch geschafft hatte, den von ihm aufgehäuften Schuldenberg abzutragen und sich ein leidliches Einkommen als Betreiberin des winzigen, bis an die Decke mit Büchern und überquellenden Schubern voll gestopften, nach stockigem Papier miefenden Antiquariats zu verschaffen, verdankte sie einer anderen Kunst. Nämlich der, auch unter widrigsten Umständen immer wieder auf die Beine zu kommen. Beherzt hatte sie ihren Platz in der Küche, der bisher ihr Refugium gewesen war, mit dem Laden vertauscht.

Das Geschäft ging mäßig, doch etwas besser als zu Zeiten ihres Mannes. Immerhin hatte dieser einen beachtlichen Kreis von Interessenten gehabt, die ihrem Laden noch immer die Treue hielten. Sie machte keinen Hehl daraus, dass sie keine Koryphäe war, hatte jedoch ein untrügliches Gespür für den Wert ihrer Ware. Sie achtete scharf darauf, wie die Kunden reagierten, wenn sie ein bestimmtes Buch in Händen hielten. Der kurze Augenblick der Befriedigung in deren Gesichtern, ein kaum hörbarer Laut der Überraschung, rasches Überblättern, ein kundiger Blick auf den Zustand der Ware genügten ihr, um den Preis festzulegen. Ebenso genau lernte sie im Laufe der Jahre, welche Bücher sie in Kommission nehmen konnte, weil sich dafür Interessenten finden würden.

Wenig Anklang fanden die häufig angebotenen »wahren Berichte« von Kriegs- und Freikorpsteilnehmern. Schon seit einigen Jahren lehnte sie es ab, diese Schriften in das Regal zu stellen. Obwohl auch im Münchner Straßenbild noch immer die Kriegsverletzten auszumachen waren, schien kein Mensch mehr von dieser Zeit etwas wissen zu wollen.

Bei den Abenteuerromanen sah es besser aus. Geschichten aus

dem Wilden Westen, von Cowboys und Indianern, von Tom Mix und Buffalo Bill, von Entdeckungsreisen zu fernen Erdteilen, von Goldsuchern am Amazonas oder haarsträubenden Erlebnissen in der Fremdenlegion brachten zwar nicht viel Geld, waren aber gerade bei jungen Leuten beliebt.

An erster Stelle standen jedoch jene Werke, die bedauerlicherweise nicht sichtbar präsentiert werden durften. »Selbstbekenntnisse einer Dirne«, »Wer bist du, Weib?«, »Ratgeber für die moderne Ehe-Hygiene« lauteten die Titel, die sie, kaum dass sie sie in Händen hielt, schon wieder losgeworden war. Den Verkauf dieser Bücher wickelte sie stets betont sachlich ab. Ware war Ware, und Geld war Geld – mit dieser Nüchternheit wurde sie dem gelegentlich aufkommenden schlechten Gewissen Herr, das ihr sagte, dass sie damit gegen die Gebote der Kirche verstieß.

Antonie Süssmeier war durchaus gläubig, erwähnte bei der Beichte aber nichts von ihren Geschäften. Das, sagte ihr die Vernunft, gehe niemanden etwas an. So lange zumindest, wie ihr die hochwürdigen Herren keine andere Einkommensmöglichkeit bieten konnten. Und während es die Ladnerin bei den Abenteuerromanen mit Kunden zu tun hatte, die selbst auf jeden Pfennig achten mussten, trafen bei den erotischen Büchern zwei glückliche Umstände aufeinander: Sie konnte einen hohen Preis verlangen – und ihre Interessenten bezahlten ihn, ohne lange zu feilschen.

Für den Mann, auf dessen breiten, mit schlaffem Loden bedeckten Rücken sie schon seit einiger Zeit mit wachsendem Zorn blickte, galt das jedoch nicht.

»Findens was, Herr Koprater?«

Der Kaplan drehte sich zur Seite, ohne damit aufzuhören, in einem Karton mit Aktfotos zu wühlen. Seine Unterlippe hing herunter.

»Ich bin entsetzt, Frau Süssmeier.«

Sie verschränkte ihre Arme. »Wieso?«

Der Kaplan wies auf den Karton.

»Welche Zerstörungen diese schamlosen Darstellungen in den Seelen der heranreifenden Jugend bewirken können! Sind Sie sich darüber im Klaren, dass Sie der Sünde Vorschub leisten?«

»Das sind doch bloß Kunstfotografien«, entgegnete Antonie Süssmeier ärgerlich. »Das verkauf ich doch an die ganzen Maler, die wo sich kein Modell net leisten können.«

»Kunst?« Der Kaplan drehte sich zu ihr um. Sein Blick war feucht.

»Sehen Sie – hier: Das soll Kunst sein? Eine schamlose Nudität ist es! Kunst ist göttlich, dies aber ist des Teufels!«

Die Ladnerin schnaufte hörbar.

»Sehen Sie hier«, fuhr ihr Kunde fort, »diese schamlose Pose. ›Weib auf dem Bärenfell‹! Und hier gar ›Blick in den Serail‹ – hier verbindet sich Heidnisches mit Unzucht! Frau Süssmeier! Ich bin außer mir! Hatte ich Sie nicht bereits des Öfteren darauf hingewiesen, welche Sünde Sie damit begehen, wenn Sie diese Abscheulichkeiten der Jugend zugänglich machen?«

»Die ganz Kleinen kriegens net, und die Größeren brauchens nimmer!«

»Na?« Der Priester wiegte den Kopf. »Können Sie da sicher sein, Frau Süssmeier?«

»Ja.« Sie spitzte den Mund. »Und wer sich so was anschaut, wird es schon nötig haben.«

Der Kaplan wandte ihr wieder den Rücken zu. »Ich bin erschüttert«, murmelte er erneut. »Entsetzlich.«

Er ächzte wie in tiefem Schmerz, während er in einer neuen Schachtel weiterstöberte.

»Gute Frau Süssmeier! Wie können Sie einmal vor das Antlitz des Allerhöchsten treten?« Er drehte sich um. »Wissen Sie was? Frau Süssmeier – ich erkläre mich bereit, diese jeder Sittlichkeit Hohn sprechenden Fotografien auszusortieren und der Vernichtung zuzuführen.«

»Was?« Die Ladnerin schnappte nach Luft. »Unterstehens Ihnen!«

Der Kooperator hob den Zeigefinger. »Keine Sorge. Ich werde streng nach den Maßstäben unseres Glaubens vorgehen.«

Jetzt kam Bewegung in Antonie Süssmeier. Sie griff nach dem Deckel der Schachtel und klappte sie energisch zu. Schnell hatte der Kaplan seine Finger zurückgezogen.

»Sie werden jetzt net nach irgendwelchen Dings vorgehen, sondern zur Tür, Herr Koprater. Weil ich nämlich jetzt zusperr, gell? Es ist längst zwölf.«

Hochwürden war gekränkt. »Nun, es war nur ein Angebot, liebe Frau Süssmeier. Bedeutet Ihnen Ihr Seelenheil denn gar nichts?«

»Da pass ich schon selber drauf auf.« Die Ladnerin öffnete die Tür. Seufzend trat der Kaplan auf die Schwelle. Er lüftete den Hut.

»Auf Wiedersehn, Frau Süssmeier. Ich werde nicht ruhen, bis ich Sie auf den rechten Weg gebracht habe. Sie werden es mir noch danken.«

Antonie Süssmeier antwortete nicht. Rasch schob sie den Riegel vor.

»Scheinheiliger Hund, scheinheiliger«, knurrte sie. Energisch zog sie ihre Strickjacke vor ihre Brust und wandte sich zur rückwärtigen Tür, die zu ihrer Küche führte.

»Frau Süssmeier?«

Es hatte geklopft. Ärgerlich drehte sie sich um. Vor der Ladentür stand ein Mann, dessen Gesicht von den auf die Scheibe geklebten Fotos verdeckt war.

»Haben Wir keine Augen im Kopf net? Es ist zu!«, rief die Ladnerin ungehalten. »Um drei wieder!«

»Frau Süssmeier!«, tönte der Unbekannte vor der Tür. »Sie haben doch gesagt, ich soll vorbeikommen!«

Jetzt erkannte sie die Stimme. Erleichtert entriegelte sie das Schloss und öffnete die Tür.

»Entschuldigens vielmals, Herr Kajetan«, sagte sie, »Hab schon gedacht, dass Sie mich vergessen haben.«

»Ist net eher gegangen.« Paul Kajetan ging an ihr vorbei in den Laden. Sie schloss hinter ihm ab und wies zur Küche.

»Hocken wir uns hinten hin, Herr Kajetan. Und entschuldigens, wies ausschaut bei mir.«

Im Gegensatz zur akkuraten Ordnung des Ladenraums war die Küche der Frau Süssmeier ein etwas schlampiges, aber umso gemütlicheres Paradies, in dem sie sich immer wohlgefühlt hatte. Die Türen des Küchenschranks waren übersät mit Notizblättern und Erinnerungsfotos; über einer Stuhllehne trocknete ein Handtuch, auf der Fensterbank wucherte ein Margeritenbusch, im Ausguss stand noch das Frühstücksgeschirr, und auf dem Warmhaltering des Herds dampfte ein Suppentopf vor sich hin.

»Wegen was wolltens denn mit mir reden, Frau Süssmeier?«

Sie schloss die Tür hinter sich, schlurfte zum Herd und griff nach der Kaffeekanne.

»Ich hab Sorgen, Herr Kajetan.«

Er griff nach dem Stuhl und setzte sich. »Hör ich gern.«

»Sinds net boshaft«, mahnte sie. »Mir ist net zum Lachen. Ich glaub, dass ich eine Arbeit für Sie hab.«

11

Antonie Süssmeier hielt sich nie mit Nebensächlichkeiten auf. Kajetan hatte die erste Tasse Kaffee noch nicht ausgetrunken, da wusste er bereits, was die alte Ladnerin bedrückte. Ihre Schwester war im vergangenen Jahr gestorben und hatte ihr eine kleine Summe vermacht. Sie hatte gezögert, es einer Bank anzuvertrauen. Noch zu tief saß in ihr die Angst, das Geld könne über Nacht wieder wertlos werden. Obwohl ihr Verhalten nicht gerade logisch war, hatte Kajetan dafür Verständnis gehabt.

»Aber die Inflation ist ja Gott sei Dank vorbei, Frau Süssmeier«, meinte er. Sie pflichtete ihm bei. Es sei auch nicht der Grund, warum sie mit ihm reden müsse.

Vor etwa einem Jahr nämlich hatte sie Donerl, der Sohn ihres früh verstorbenen Bruders, besucht. Sie hatte den Buben schon früh in ihr Herz geschlossen. Sie war immer der Meinung gewesen, dass ihre Schwägerin nicht das Zeug dazu hatte, ihrem Kind den rechten Weg zu weisen. Um es genauer zu sagen: Sie war der Meinung, dass diese ein rechtes Luder war, das einen grundanständigen, doch zuweilen arg verträumten Mann wie ihren Bruder nicht verdiente. Deshalb hatte sie sich für den Jungen verantwortlich gefühlt. Er war noch nicht einmal im Schulalter, als die Eltern kurz hintereinander an Typhus starben.

»Weils so einen elendigen Saustall gehabt hat, das Weibsbild, das schlamperte! Umbringen könnt ichs, wenns nicht schon tot wär!«

Keine Frage war, dass die Süssmeierischen, die selbst keine Kinder hatten, den Jungen zu sich nahmen. Sie liebten ihn herzlich, aber der Kleine schien nach der Mutter zu gehen. Dazu war er jähzornig, log und stahl, wenn die Pflegeeltern ihm nur den Rücken kehrten.

»Dabei haben wirs so gut mit ihm gemeint!« Die Süssmeierin schüttelte betrübt den Kopf. »Und ihn so gut erzogen! Jedes Mal, wenn er wieder eine Dummheit gemacht hat, hat er schon eine drin gehabt! Sie, Herr Kajetan – so gehaun haben wir ihn, dass meinem Mann manchmal die Händ richtig wehgetan haben –, aber es hat einfach nichts Gescheites werden wollen aus dem Lausbuben!«

Ihre Hände sanken in den Schoß.

»Bis er dann zum Militär kommen ist. Und da, da sinds ihm dann Herr geworden, da habens ihn dann gricht! Sie – da warn wir froh!«

»Kann ich mir denken«, bemerkte Kajetan höflich.

»Wie umgedreht ist er gewesen! Und, Sie, fesch noch dazu. Eine Freud is gewesen!« Sie sah zur Seite. »Na ja, mit dem Arbeiten – das ist ja für viele junge Leut nach dem Krieg net leicht gewesen. Wos gegangen ist, hab ich ihn natürlich unterstützt. Aber das wollt er gar net. Er ist dann wohl eine Zeit lang zu Berlin oben gewesen, weiß gar net genau, was er da gemacht hat. War irgendwas, was ihm sein früherer Leutnant besorgt hat.«

Die Süssmeierin jedenfalls fand, dass ihr einstiges Sorgenkind sich prächtig entwickelte – alles hatte sie also nicht falsch gemacht. Auch wenn sich Donerl nie genauer darüber auslassen wollte, welcher Arbeit er nachging, und ihr in letzter Zeit aufgefallen war, dass er sich etwas verändert hatte – nun, irgendeine Schwäche hat jeder. Und die Schwäche der Antonie Süssmeier hörte nun einmal auf den Namen Donerl.

Sie war glücklich gewesen, als er nach längerer Zeit wieder einmal bei ihr aufgetaucht war. Aufmerksam hatte sie zugehört, als er von den neuen Möglichkeiten erzählte, wie kluge Menschen in der heutigen Zeit ihre Kapitalien anlegen könnten.

»Kapital«, hatte sie bescheiden gelächelt, und aus ihrem Mund hatte sich das Wort sehr fremd angehört. »Schau, Donerl, wenn ich davon im Alter ein bisserl weniger notig leben muss, dann wär ich ja schon zufrieden. Wer weiß, wie lang ich noch im Laden stehen kann? Jetzt büß ich, dass ich in meiner Jugend so hart hab werken müssen. Mein Kreuz tut oft so weh, dass ich mein, ich käm gar net mehr aus dem Bett.«

»Toni-Tant!«, hatte er gerufen und besorgt dreingeschaut. »Toni-Tant, du wirst mir doch net krank werden?«

Das hatte sie noch mehr gerührt.

Sie tue allerdings recht daran, hatte ihr Donerl zugestimmt, den Banken nicht zu vertrauen. Wie sicher das Geld dort sei, habe man in den vergangenen Jahren schließlich erleben können, oder? Nein, der moderne Mensch denke da eher an Anteile.

»Anteile?«, hatte sie ihn gefragt.

»Auch Aktien genannt«, hatte Donerl mit wissender Miene erklärt und behauptet, dass heutzutag bloß noch die Blöden ihr Geld auf die Bank tragen würden. Sie hatte zur Seite gesehen und geschwiegen. Denn nicht einmal das hatte sie bisher getan. Sie hatte sich die Erbsumme auszahlen lassen und bewahrte das Ganze in einer Schatulle auf, die sie hinter einer Kachel in der Küche versteckt hatte.

Dann war ihr Blick wieder auf Donerl gefallen, der sich jetzt in schöner Gelassenheit zurücklehnte und sich eine Zigarette anzündete. Nichts mehr erinnerte sie an den verschlagenen Rotzlöffel, der er einmal gewesen sein musste. Wie war er selbstbewusst geworden, und wie fesch!

»Toni-Tant«, hatte er begonnen, »ich bin praktisch in Kontakt mit den potentesten Kapitalisten. Und von denen lacht mich ein jeder aus, wenn ich ihm erzähl, dass in meiner Familie das Geld noch auf die Bank gebracht wird.«

Sie glaubte es ihm. Und das Ende des Lieds war, dass sie ihm wenige Tage später die gesamte Summe von fünftausend Mark übergab, die er für sie gewinnbringend anzulegen versprach. Ihre letzten Zweifel waren vollends beseitigt gewesen, als Donerl verlegen darauf hinwies, dass er für sich eine kleine Summe als Provision beanspruchen würde. Gemessen daran, was sie an Gewinn zu erwarten habe, würde sie diesen Betrag nicht einmal bemerken. Dass er auch an sich dachte, war ihr der Beweis dafür, dass die Angelegenheit reell war.

Natürlich hatte sie Bedingungen gestellt. Sie wollte sichergestellt haben, dass sie ihre Anteile jederzeit wieder verkaufen und die Summe zurückfordern konnte. Donerl hatte überlegen gelächelt: Das sei bei Firmenanteilen selbstverständlich.

Und genau dazu hatte sie sich vor einigen Tagen entschlossen. Professor Komereck nämlich, der noch bis vor Kurzem zu ihren eifrigsten Kunden gezählt hatte – er riss ihr jeden englischen Dramatiker aus den Händen und war bei jeder Ausgabe von Oscar Wilde in eine Verzückung geraten, die ihn jeden Preis zahlen ließ –, war vor einigen Wochen wieder bei ihr aufgetaucht. Sie hatte ihn freundlich begrüßt und sich scherzhaft beschwert, weil er sich in letzter Zeit nicht mehr hatte sehen lassen und sie eigens eine deutsche Ausgabe eines Wilde-Traktates für ihn beiseite gelegt hatte.

Der Professor jedoch machte einen vollkommen zerschmetterten Eindruck. Ob sie, die verehrte Frau Süssmeier, ihm nicht seine Bibliothek abkaufen könnte? Wertvollste Stücke seien darunter!

Was er aufzählte, kannte und wusste sie bereits. Nicht aber, was geschehen war. Der Professor gestand schließlich, dass er betrügerischen Beratern aufgesessen sei, sich auf Aktiengeschäfte eingelassen und, als in einem Fall traumhafte Gewinne winkten, einen hohen Kredit aufgenommen habe. Und nun – tja – sei er ruiniert. Seine Gattin sei auch bereits – tja – perdu. Er stehe – tja – vor nichts weniger als den Scherben seiner Existenz. Der Professor, dieser früher so würdig auftretende alte Herr, hatte mit den Tränen gekämpft.

Die Ladnerin hatte dieses »Tja« noch in den Ohren gehabt, als sie nach ihrem Neffen rufen ließ. Dieser jedoch war plötzlich nicht mehr auffindbar gewesen, was sie befürchten ließ, dass ihm etwas zugestoßen sein könnte. Gleichzeitig hatte sie versucht, die Firma auszumachen, an der sie Anteile hatte. Der Brief war jedoch als unzustellbar zurückgekommen.

»Und es gibt sie gar net«, verkürzte Kajetan ihre Erzählung.

Die alte Frau riss die Augen auf.

»Sie wird umgezogen sein«, rief sie. »Aber wie find ich raus, wo sie jetzt ist? Weiß ja gar net, wo ich da zum Suchen anfangen müsst.«

»Nirgends«, sagte Kajetan. »Die gibts net.« Er warf einen Blick auf das Blatt, das ihm die Ladnerin gegeben hatte. Er griff danach und zerknüllte es langsam.

Antonie Süssmeier stieß einen entsetzten Schrei aus. Sie entriss ihm das Blatt. Schniefend strich sie es glatt.

»Bitte, Herr Kajetan«, schluchzte sie, »Sie müssen mir diese Firma finden. Und den Donerl.«

»Hm.« Kajetan hob die Brauen. »Leicht ist das net.«

Sie nickte stumm, griff in ihre Schürze, holte ein Taschentuch hervor und schnäuzte sich.

»Und außerdem – wenn ich sie find, dann ist noch lang nicht gesagt, dass Sie das Geld zurückkriegen.«

»Das ist es ja«, flüsterte sie gebrochen. »Ich brauchs. Sonst ... sonst muss ich ins Zuchthaus.«

Kajetan verschluckte sich.

»Entschuldigens ... was?!«

Während Antonie Süssmeier den Kaffee abwischte, den Kajetan auf die Tischplatte geprustet hatte, erzählte sie, dass sie vor einiger Zeit vor Gericht zitiert worden war. Irgendjemand – nein, nicht der Koprater von St. Joseph, der würde sich seine Fundgrube nicht selbst ruinieren – habe in einem Stapel von Magazinen herumgewühlt, den sie kurze Zeit zuvor, zusammen mit einem Stapel sehr wertvoller Bücher, erhalten hatte. Dieser Mann habe zwei dieser Magazine und eines der neu hereingekommenen Bücher gekauft, und kaum drei Wochen später sei ihr eine Anzeige überbracht worden.

»Wegen was denn, um Himmels willen?«

Sie sank auf ihren Stuhl zurück.

»Wegen ›Verbreitung unzüchtigen Schrifttums‹ hats geheißen«, berichtete sie mit kraftloser Stimme. »Aufm Gericht haben sies mir dann gezeigt, ich habs ja selber noch gar net angeschaut gehabt. Das Buch hat ›Decamerone‹ geheißen, und von den Hefterln eins ›Die Garçonne‹ und das andere ›Insel – Magazin für Einsame‹. Da drin soll es so, wie sag ich, so Anzeigen gegeben haben von – ach, Herr Kajetan, wie sag ich bloß? – von so Leuten, wo halt andersherum sind.«

»Aber da können doch Sie nichts dafür!«

»Freilich net! Aber erzählens das denen amal! Und wissens, was ich gekriegt hab?!« Ihre runzelige Hand patschte auf den Tisch. »Dreihundert Mark Straf, Herr Kajetan! Dreihundert! So ein Haufen Geld! Von so viel leb ich ein halbes Jahr lang!«

»Vor allem ein Geld, das Sie net haben werden«, stellte Kajetan besorgt fest.

Ihr Kinn fiel auf die Brust.

»Was meinen denn Sie«, flüsterte sie. »Und nächste Woch ist letzter Zahltermin. Wenn ichs net zusammenkrieg, dann muss ich für vierzig Tag ins Zuchthaus.« Eine Träne sickerte aus ihrem Auge und rollte über die Wange. Mit erstickter Stimme fuhr sie fort: »Aber eher ... eher häng ich mich auf.«

Kajetan erschrak.

»Unterstehens Ihnen, Frau Süssmeier!«, rief er. »Dann red ich nie mehr mit Ihnen!«

12

Natürlich gab es die »Wiener Chemische Gesellschaft« nicht mehr. Desgleichen ihre Münchner Zweigstelle, die offensichtlich nur der Akquisition von Anteilsscheinen gedient und nur wenige Wochen im Hotel »Vier Jahreszeiten« existiert hatte. Ein älterer Bediensteter meinte sich an eine gut aussehende Frau erinnern zu können, die das Ganze geleitet hatte. Er hatte in seinen Unterlagen geblättert und auf einen Namen gedeutet: Wilhelmine Freifrau von Ruse.

Ein Anruf beim Adelsverband ergab nur, was Kajetan ohnehin erwartet hatte. Weder eine Person noch ein Geschlecht dieses Namens existierte. Der Schnösel am Telefon meinte ihn darüber aufklären zu müssen, dass »Ruse« französisch sei und soviel wie »List« oder »Trick« bedeuten würde. Dass er es mit Ganoven zu tun hatte, wusste er längst selber.

Er musste als Erstes mit Donerl sprechen. Soviel hatte ihm die Ladnerin noch sagen können, dass der Verschwundene früher öfters in einer der Gaststätten im Thal verkehrt hatte.

Kajetan konnte sich denken, um welche es sich handelte.

Er schöpfte Hoffnung: Die Kellnerin Burgi vom »Soller« war für ihr weltmeisterliches Gedächtnis bekannt. Und sie mochte ihn.

»Ob ich den Süssmeier-Donerl kenn? Paule! Und ob ich das tu.« Burgi stützte sich mit der Rechten an einer Tischplatte auf, stemmte die Linke in die Hüfte und stellte einen Fuß auf die Spitze. »Die Rechnung, die der bei mir noch offen hat, die kenn ich allerdings genauso gut. Lieg ich falsch, wenn ich annehm, dass er bei dir auch eine offen hat?«

»Da liegst eher richtig, Burgi«, grinste Kajetan.

»Aber erst komm ich dran, gell?« Sie drohte ihm lachend mit dem Finger.

»Ich werds ihm ausrichten. Aber erst einmal müsst ich ihn finden.«

»Paul – er wirds machen wie alle. Wenn die Schulden beim einen zu hoch sind, gehn sie zum Nächsten.«

»Hättst eine Idee, wer der Nächste sein könnt?«

Ein lauter Fluch segelte durch die voll besetzte Gaststätte. »Burgi! Zahl ich dich jetzt fürs Umeinanderstehn oder für d' Arbeit?«

»Halt dein Schnabel!«, gab Burgi in gleicher Lautstärke zurück. »Schenk lieber gescheit ein, dann fällt dir der Feim net gleich wieder zsamm!«

Aufgeräumt wandte sie sich wieder zu Kajetan. »Wo er jetzt is? Da fragst mich zu viel.«

Sie beugte sich zu einem Gast. »Tomerl, weißt du, wo sich der Süssmeier-Donerl rumtreiben könnt? Kommst doch viel umeinander mit deiner Droschken.«

Der Angesprochene schüttelte den Kopf.

Sein Nachbar mischte sich ein. »Wen suchts denn, Burgi?«

»Den Süssmeier-Donerl.«

»Der ist ausgewandert. Hab ihn neulich in der ›Lothringer Bierhalle‹ gesehen.«

Burgi stemmte ihre runden Arme in die Hüften.

»Ah? Du gehst mir fremd, Bartl? Is dir der ›Soller‹ nimmer gut genug, gell? Musst zu de Grattlern naufgehn, oder was?«

»Wo ...«, begann Kajetan.

»Haha! Freilich, mit der Marille werd ich fremdgehen!« Bartls ansehnlicher Bauch wogte heiter. »Andrerseits, im Winter hätt ich immer noch ihren Holzhax zum Einheizen, auch nicht zum Verachten.«

»Dass du ein ganz ein Sparsamer bist, weiß ich.«

»Wo ...«, versuchte Kajetan es wieder.

»Hab halt nix zum Verschenken, Burgi.«

»Ah geh zu, Bartl! Bist mir ja net zwider, aber ein paar Pfennig Trinkgeld täten dich auch nicht umbringen.«

»Wo ...«

»Die Burgi sagt, wies ist«, fiel Bartls Nachbar lachend ein. »Gabelmacher, du bist so ungefähr das Geizigste, was mir in meinem Leben untergekommen ist.«

»Weil ich mich Gabelmacher Bartholomäus schreib! Und nicht Rudolf Graf Rotz«, brummte Bartl griesgrämig. »Ja, zerreißts euch nur das Maul. Da lach ich bloß.«

Kajetan nahm Anlauf: »Wo wär denn die ›Lothringer Bierhalle‹?«

13

Nachdem Marille, die Wirtin der »Lothringer Bierhalle«, ihre Schimpfkanonade beendet hatte, die von der Erwähnung des Gesuchten ausgelöst worden war, erfuhr Kajetan immerhin so viel, dass Donerl das Viertel vermutlich noch nicht gewechselt hatte und – wenn er nicht doch schon den Rest seines Gehirns versoffen hatte – vermutlich alle Gasthäuser meiden würde, in denen sich Sozen und Kommunisten aufhielten; aus Gründen, die jedem sofort einleuchteten, der sich sein saudummes Gerede bereits einmal hatte anhören müssen.

Das reduzierte die Zahl der Gasthäuser, die Kajetan absuchen musste. Und schon in der »Gaststätte Sedan« wies man ihn mit einer wortlosen Kopfbewegung an einen Tisch hinter dem Windfang.

»Darf man sich zu dir setzen, Donerl?«

Unter einem Schopf wüst abstehender Haare erschien ein gerötetes, gedunsenes Gesicht. Donerl griff nach seinem Bierkrug.

»Vo-vo-von woher kennst du mich?«

»Darf man?« Kajetan setzte sich, ohne eine Antwort abzuwarten.

Der Wirt trat an den Tisch. Kajetan bestellte ein Viertel Roten. Der Wirt nickte und wandte sich wieder zur Theke, nicht ohne Kajetan mit einem misstrauischen Blick gestreift zu haben.

»Von wo ich dich kenn, Donerl? Die Tant schickt mich.«

»Die Tant ...« Der junge Mann ächzte leise.

»Du weißt ja, um was es geht?«

Donerl stellte sich dumm. »Is schlecht beinander?«

»Ziemlich. Seit ihr ein Haufen Geld abgeht.«

»Kann ich doch nix dafür. Außerdem, die paar Mark. Die hats doch, die gibts bloß net zu.«

»Paar Mark? – Fünftausend sinds, ums genau zu sagen.«

»Ja, und?!« Donerl wollte aufbrausen, hielt sich aber zurück, als der Wirt den Wein vor Kajetan stellte. Leiser fuhr er fort: »Was is'n des heut? Nix is des. Geht dich außerdem ein Dreck ...«

Kajetan unterbrach ihn. »Wenn mans dringend braucht, aber net hat, ist es viel.«

»Die Toni-Tant!«, fuhr Donerl ärgerlich auf. »Die Toni-Tant hat doch von nix ein Dunst! Das Geld is angelegt.«

»Sie brauchts aber. Und zwar auf der Stell. Wem hast dus gegeben?«

Donerl schob das Kinn herausfordernd vor.

»Is angelegt«, beharrte er. »Möcht echt wissen, was dich das überhaupt angeht?«

»Das wiederum geht dich nichts an. Ich sag dir bloß so viel, dass ich dir einen Aufenthalt in einer berühmten Pension besorgen werd, wenn sich rausstellt, dass du deine Tant ausgeschmiert hast.«

Donerl glotzte verständnislos. »Pension? Hats dich?«

Kajetan schürzte boshaft die Lippen. »Liegt in der Nähe vom Perlacher Forst, is sogar ein Luftkurort, weils dort eine ganz saubere, ja direkt gesiebte Luft gibt. Und es hat sogar eine eigene Wach- und Schließgesellschaft.«

Donerls Augen wurden rund.

»Bist du ...?«

»Nein, ich bin net von der Polizei. Aber wenn du net auf der Stell eine Antwort gibst, sorg ich dafür, dass du sie kennenlernst.«

»Ich hab die Tant nicht ausgeschmiert!«, rief Donerl. »Ich habs wirklich angelegt. Kanns dir schriftlich zeigen.«

Die Gaststätte war bis auf zwei ältere Gäste, die auf der anderen Seite des Raumes vor einem Schachbrett saßen, leer. Sie sahen mit unbeteiligter Miene auf.

Kajetan hatte einen Schluck genommen. Bedächtig stellte er das Glas ab. »Und wo?«

»Ist so eine Dings – so eine chemische Fabrik oder so was ...« Er musste husten. »... gewesen.«

»Gewesen?«

»Jaa! Ist doch net meine Schuld! Die Firma ist eingegangen, liqui ... liqui ...«

»Liquidiert«, half Kajetan. »Bei einer Liquidation gibts aber oft noch was zurück, wenn auch net alles. Wars vielleicht gar keine Liquidation? Sondern ein Konkurs?«

»Kann auch sein. Ich hab gehört: Liquidation.«

»Und die Anteilsscheine?«

Donerl zog den Rotz hoch. »Kann ich mir jetzt in die Matratze stecken. Oder im Winter damit das Holz anzünden. Oder mir den Arsch abwischen, je nachdem.«

Kajetan beobachtete ihn nachdenklich.

»Ich glaub dir net, Donerl. Du wirst dir das doch net gefallen haben lassen!«

Der junge Mann riss die Hände hoch. »Aber was hätt ich'n tun sollen? Die Firma hat irgendwo ihren Sitz in Wien gehabt. Ich hab doch allweil bloß mit einem Angestellten zu tun gehabt. Aber seits die Firma nimmer gibt, find ich'n nimmer.«

»Wie bistn überhaupt darauf gekommen, dich bei der Firma einzukaufen?«

Donerl wand sich. »No ja, heut redt ja die ganze Welt davon, dass das mit den Anteilsscheinen viel besser ist, als wie es auf die Bank zu tragen. Die bescheißen dich ja, wo sie bloß können. Und mit Aktien, da verdienst viel mehr. Hab ich mir halt denkt, leg ichs Geld von der Tant da an, und sie hat eine Freud. Kennt sich ja nimmer aus, wies geht heutzutag.«

»Geh zu, Donerl. Bloß eine Freud wolltst der Tant machen!«, ätzte Kajetan »Eine bissl eine Provision hast dir dabei nicht abgezweigt?«

»Für die Unkosten, ein paar Mark. Is mir ja schließlich zugestanden.«

»Und wo sind die? Nein, lass mich raten: Die hast du ins Nothilfeprogramm für notleidende Münchner Wirte investiert.«

»Red nur dumm daher«, knurrte Donerl.

»Sag noch mal, wer dich auf diesen Blödsinn ...«

»Blödsinn? Das war kein Blödsinn! Meinst, ich hätt mich nicht erkundigt? Jeder hat mir zugeraten. Das mit der Dings – der Chemie, hat ein jeder gesagt, das ist ein Geschäft, wo eine Zukunft hat!«

»Und wer zum Beispiel hat dir zugeraten, oder besser gesagt, das Geschäft vermittelt?«

Donerl wich seinem Blick aus.

»Kennst eh net«, sagte er kleinlaut.

Kajetan legte die Stirn in Falten. Sein Ton wurde schärfer.

»Donerl, ich sags kein zweites Mal. Entweder du rückst auf der Stelle damit heraus, damit wir schauen können, ob noch was zu reparieren ist, oder du rückst in Sankt Adelheim ein. Weißt schon – die Pension.«

Etwas erinnerte Kajetan jetzt an einen Wurm unter einer gerade gelüpften Steinplatte.

»Eine ... eine Frau is es gewesen.«

Kajetan nickte grimmig. »Solide, vertrauenswürdig, was?«

»An und für sich schon.«

»Also eher net. Wo hast du sie kennengelernt?«

»In der ›Odeonsbar‹.«

Kajetan seufzte. Ausgerechnet dort. Die Odeonsbar war der Treffpunkt abgetakelter Finanzleute, verkommener Reichswehrler, Hochstapler, gescheiterter Künstler und lebensuntüchtiger Erben.

»Und heißen tut sie wie?«

»Das war ein Fräu'n Mizzi.«

»Mizzi.«

Donerl bemerkte den abschätzigen Ton.

»Du, das war eine Noble! Net, dass du meinst, ich fall auf jeden Scherben rein.«

Kajetan nickte gallig. »Mizzi. Und wie noch?«

»Kann ich mich nimmer erinnern.«

»Aber der hast du das Geld gegeben?«

»Nein, sie hat mich nur einem der Besitzer von dieser Firma vorgestellt. Du – das war ein Feiner. Ein Doktor, ganz was Gescheites. Und Kulturelles!«

»Triffst du deine Mizzi heut noch manchmal?«

»Nein ... Es ... es ist dann ein bissl komisch geworden. Auf einmal nämlich, hat mirs Fräu'n Mizzi gesagt, wär ihr Verlobter oder was weiß ich aufgetaucht, von wegen, ich sollt mich ja net unterstehen und probieren, dass ich sie ihm ausspann, so quasi. Das Fräu'n Mizzi hat dann gemeint, sie müsst schon auch auf ihren guten Ruf schauen, obwohl ihrs Herz brechen tät ...« Ein glücklicher Schimmer leuchtete aus Donerls versoffenen Zügen, um sogleich wieder einer Weinerlichkeit Platz zu machen. »... und deswegen sollt ich mich nimmer, also ... na ja ...«

»Bist halt ein Gentleman«, lobte Kajetan. »Also – der Verlobte von der Mizzi hat dir ein paar Fäuste unter die Nase gehalten, stimmts?«

»Net direkt. Sie hats mir gesagt. Dass der ganz narrisch werden kann, hats gemeint, und dass ich da schon vorsichtig sein müsst bei dem. Und des kennt man ja, die haben da so eine übertriebene Dings mit ihrer Ehre, die Noblen. Hätt ich mich am End noch duellieren sollen oder so was? Wo der des bestimmt alle daumlang macht? Außerdem wollt ich der Mizzi keine Umständ machen. Wos so tränzt hat, wie er ihr den Umgang mit mir verboten hat.«

»Du hast ein weiches Herz, Donerl«, bemerkte Kajetan. »Habs immer schon gewusst.«

»Du kannst blöd daherreden. War ein Risiko. Hab ich mir halt net antun wollen.«

Kajetan nickte. »Wenns um dich geht, bist also schon vorsichtig.«

»Man muss auf sich schaun. Was hätt ich denn tun sollen? Sag mirs doch du, du Gscheithaferl, du ganz gscheites.«

»Was du tun hättst sollen, Donerl, das weiß ich net. Bloß, was du *jetzt* tun musst. Nämlich das Geld zurückzahlen. Es ist dir übergeben worden. Nichts anderes interessiert das Gericht.«

»Ah was! Ah was! Zurückzahlen!«, rief Donerl verzweifelt. »Und von was? Schau mich doch an! Dann gib mirs doch du, du Komiker.«

»Aber du wirst doch net die ganzen Fünftausend hergegeben haben?!«, rief Kajetan ungläubig. Donerls Schultern sanken kraftlos herab.

»Alles ... alles is fort!« Donerls Blick kroch über das staubmatte Parkett der Wirtsstube und hob sich flehend zu Kajetan. »Zwanzig Prozent sollt ich kriegen, wenn ich mich an dem Geschäft beteilig. Eine nagelneue Fabrik für Metallveredelung oder so haben die vorgehabt! Zwanzig Prozent! Im Jahr! Und jetzert?« Der junge Mann zog den Rotz hoch. Er ballte die Fäuste. »Es sind ... allweil die kleinen

Leut sinds, die aufs Kreuz gelegt werden.« Seine Stimme wurde wieder fester. »Aber irgendwann, das sag ich dir, da wird das anders.«

Kajetan lehnte sich zurück. Er nickte bedächtig.

»Allweil die Kleinen«, bestätigte er.

»Gell, das sagst doch auch!« Donerl hob den Kopf, dankbar dafür, jemanden gefunden zu haben, der ihm zustimmte.

»Allweil«, wiederholte Kajetan.

»Das ... das ist doch eine elendige Sauerei, ist das! Sagst doch auch, oder?«

Kajetan trank sein Glas leer.

»Tja. Wie mans nimmt, Donerl.«

»Wie?« Der junge Mann kniff seine Lider misstrauisch zusammen. »Was redst denn so kariert?«

Kajetan sah auf den jungen Mann herab.

»Zahlen!«, rief er in Richtung der Schänke, ohne Donerl aus den Augen zu lassen. Der Wirt wischte sich die Hände an seiner Schürze und griff nach seiner Geldbörse.

Donerl zupfte an Kajetans Ärmel. »Was solln das heißen: Wie mans nimmt?«

Kajetan zog seinen Arm zurück. »Donerl«, begann er nachsichtig, »du hast doch gesagt, dass es allweil die kleinen Leut sind, die aufs Kreuz gelegt werden, oder? Allweil – hm? Wenns aber allweil so ist ...«

»Ja, red ich doch!«

»... dann könnten die kleinen Leut es doch langsam amal kapieren? Möcht man doch meinen, oder?«

Hinter Donerls Stirn passierte noch nichts. Seine Augen irrten über Kajetans Gesicht.

Der Wirt war an den Tisch getreten.

»Da kommt er halt net mit, der Donerl.« Er lachte gutmütig und gab Donerl einen leichten Knuff. »Der Herr meint bloß, dass du mit deiner Blödheit selber schuld bist.«

Donerl sah aufgebracht von einem zum anderen. »Aber ... zwanzig Prozent! In einem Jahr! Bin doch net deppert! Habs mir doch schriftlich geben lassen!«

Der Wirt grinste. »Donerl, wenn einer wie du den Spekulanten spielen möcht, dann kanns ja bloß danebengehn.«

Dankend nahm er die Zeche in Empfang. »Hab ich nicht recht, Herr?«

»Könnt schon sein.« Kajetan war bereits aufgestanden, schob den Stuhl an den Tisch und ging.

Jetzt dämmerte es dem Donerl.

»Aber wenns uns doch allweil wieder überlisten!«, kreischte es hinter Kajetans Rücken. »Diese Dreckskapitalisten! Diese Judensäue! Aber warts bloß, wenn mir einmal dran sind! Mir – das Volk!«

Kajetan warf ihm einen mitleidigen Blick über die Schulter zu, ohne seine Schritte zu verlangsamen. Seufzend trat er ins Freie. Ein Blick auf die bereits tief im Westen stehende, glasige Sonne sagte ihm, dass die »Odeonsbar« bald öffnen würde.

Er sprang auf das Trittbrett einer Tram, die sich vor dem Bahnhof gerade in Bewegung setzte.

Wie und warum sich Donerl kurze Zeit später erneut auf die Suche nach einer Wirtschaft machen musste, in der er wieder eine Zeit lang gelitten wäre, bekam er nicht mehr mit.

Donerl, tief gedemütigt, hatte weitergebelfert. Bis dem Wirt schließlich der Kragen platzte.

»Jetzt halt endlich dein Maul!«, rief er barsch. »Ging mir grad noch ab, die Politisiererei da herin.«

Donerls geschwollenes Gesicht glühte. »Aber wenns doch wahr ist!«

»Was denn, in Gottes Namen?«

Der junge Mann schnappte nach Luft. »Dass es der Jud ist, der Dreckskapitalist, der unsereinen ruiniert.« Sein Blick irrte Zustimmung heischend im Gastraum umher, doch mehr als einige geringschätzige Blicke erntete er nicht.

»Schmarrn. Weil ein jeder Jud ein Kapitalist ist, oder was?« Der Wirt schob die Geldschublade unter die Theke und fuhr fort, das Geschirr zu spülen. »Da schau dir lieber den Schuster-Kraus von vis-a-vis an. Hat früher jeden Tag bei mir gegessen. Jetzt aber scheints mir, als ob er mittags sein Schuhleder abfiseln müsst, so ein Mordskapitalist, wie der ist.«

»Sei doch froh, dass er nimmer kommt«, geiferte der Betrunkene.

»Ah so? Da sollt ich auch noch froh sein, wenn ich Kundschaft verlier?«

»Ja freilich!«, trumpfte Donerl auf. »Dafür stinkts doch nimmer nach Jud bei dir!«

»Pass einmal auf, Mannderl, gell?« Ein Ton von Mitleid und Verachtung klang aus den Worten des Wirtes. »Pass ganz gut auf: Bei mir, das ist eine anständige Wirtschaft, wie ein jeder weiß.« Sein Blick kreiste über die Gäste am Fenstertisch. »Hab ich nicht recht? Was sagts ihr, Prechtl? Reindl? – Herrgottzack, Reindl! Speib doch nicht allweil auf'n Boden!«

»Ja, wohin sonst?«, gab der Alte ungerührt zurück.

Der Wirt dachte einen Augenblick nach, wusste aber keine rechte Antwort darauf. Er wandte sich wieder an Donerl. »... mit einer anständigen Kundschaft, verstehst? Die, wenns aufschreiben lässt, auch irgendwann zahlt – wennst mitkommst, auf was ich da rausmöcht. Und ich hab eine ganze Latten von anständige Gäst, gell, die wo Juden sind. Der Missöh Kohn vom Theater drüben, der Herr Gutmann von der Zeitung und ein Haufen andere. Alles noblige Leut, wo schon bei mir gewesen sind! Wos du dir, was ein gscheites Benehmen ist, ruhig eine Scheiben abschneiden könntst!«

»Von den Noblen, da hab ich erst amal genug«, grunzte Donerl.

»Das kannst halten, wie du magst«, beschied der Wirt, ohne seine Arbeit zu unterbrechen. »Ob aber ein Jud bei mir einkehrt oder nicht, da redst mir du net drein. Haben wir uns verstanden? Du – garantiert! – net!«

»Ein deutscher Wirt, der a so redt?«, konterte Donerl gespreizt. »Muss ich mich schon echt wundern.«

»Wirst dich vielleicht bald noch mehr wundern, wennst net bald eine Ruh gibst«, blaffte der Wirt zurück. Er verscheuchte die Fliege, die vor seinem Gesicht tanzte. »Aber zu was red ich eigentlich so lang mit einem Besoffenen? Trink aus. Von mir gibts eh nichts mehr, wenns du net endlich deine Schulden zahlst. Hab schon ghört vorhin, dass ich net der Alleinige bin.«

Der junge Mann überging die Bemerkung. Er duckte seinen Kopf zwischen die Schultern. Seine Augen wurden zu Schlitzen.

»Wart einmal!«, sagte er in einem Ton, als wäre gerade eine Erleuchtung über ihn gekommen.

Der Wirt stöhnte. »Wasn noch? Hab doch gsagt, du sollst ...«

»›Anständige Leut‹, hast gsagt, sind die Juden, wo bei dir einkehren?«

Der Wirt tauchte wieder Gläser ein.

»Hab ich. Weils wahr ist. Und dass du austrink ...«

»Und ›nobel‹? ›Nobel‹ hast doch auch gsagt?« Ein verschlagenes Grinsen glitt über Donerls Gesicht. »Bist vielleicht gar selber einer?«

Das Klirren der Gläser verstummte. Für einen Augenblick war

nichts als das Summen der Fliege zu hören. Verstohlene Blicke streiften den Wirt.

»Ja, weiß mans denn?«, setzte Donerl triumphierend nach.

»Ein was soll ich sein?« Die Stimme des Wirts klang heiser.

»Na was schon?«, krähte Donerl. »Ein Jud! Weil du sie gar so verteidigen musst!«

Der Wirt glotzte einige Sekunden ungläubig. Dann nahm er seine Hände aus dem Spülbecken, trocknete sie an seinem Schurz und strich mit der Rechten wie abwesend über seinen linken Oberarm.

Donerls Augen weiteten sich erschrocken.

»Hehe?! Derf einer bei dir jetzt nimmer sei Meinung sagen?«

Der Wirt hatte sich bereits stapfend in Bewegung gesetzt. »Freilich derf er des!«, gestand er gelassen zu, was jedoch nicht mit seinem zorngeröteten Gesicht übereinstimmte. »Beschweren derf er sich dann halt net, wenn er drauf die meinige zu hören kriegt.« Schon spürte Donerl einen unerbittlichen Griff in seinem Nacken, hörte den Kragenknopf seines letzten Hemds abplatzen, fühlte sich emporgehoben und mit ratternden Absätzen zum Ausgang geschleift.

»Donerl«, hörte er eine mühsam beherrschte Stimme, »du hast ein paar Fehler. Aber dein schlimmster ist, dass du allweil wieder übersiehst, wanns genug ist.«

»Auaaaah!!!« Ein Tritt beförderte den jungen Mann ins Freie. Der Wirt, jetzt jeder Zoll ein Herrscher seines Reichs, stützte seine Hände in die Hüften und blieb – eine schnaubende, mit wuchtigem Fleisch, Muskeln und Zorn hinterfüllte Barrikade, die kein Ungebetener je überwinden würde – noch einen Augenblick im Türrahmen stehen.

»Und für so was ... für so was haben wir unsere Knochen hingehalten im Krieg ... das wirst mir zahlen, das Hemd! Du ... du ...«

Winselnd suchte Donerl das Weite.

Der Wirt holte mit bebenden Nasenflügeln Luft. Er wandte sich an seine Gäste, die die Szene mit zustimmendem Gemurmel verfolgt hatten.

»Geh zu, Wirt«, mümmelte der alte Prechtl ausgleichend. »Da tät ich mich doch überhaupt nicht bekümmern. Weißt doch selber, wies ist: Der eine scheißt mit dem Arsch, der andere mit dem Hirn. – Prechtl, des sagst du doch auch?«

»Mhm«, nickte der Angesprochene. »Schachmatt bist trotzdem.«

»Herrschaften ...« Der Wirt strich sich mit dem Handrücken über die glänzende Stirn. »... ich bitt den Vorfall zu entschuldigen. Ich bin ein grundguter Mensch, aber ...« Er reckte sich würdevoll. »... beleidigen, des lass ich mich wirklich net!«

Gemessenen Schrittes kehrte er zur Schänke zurück.

Die beiden Alten brummten respektvolle Zustimmung und widmeten sich wieder dem Schachbrett, um Sekunden später zusammenzuzucken:

»Reindl! Du alter Saubär! Wie oft soll ich dir noch sagen, dass du mir net aufn Boden speiben sollst?«

14

Inspektor Isidor Zunhammer trat in die Pedale. Vor ihm wand sich die Straße nach Starnberg hinauf. Seine Schenkel schmerzten längst, und jeden Tritt begleitete er mit einem keuchenden Laut. An einer von hohen Buchen gesäumten Stelle stieg er ab und schob das Fahrrad an den Straßenrand. Er stellte es schräg, lehnte sich daran und versuchte, seinen heftig schlagenden Puls durch tiefe Atemzüge zu beruhigen. Noch immer war es heiß. Der junge Polizist öffnete einen weiteren Knopf seines Hemdes.

Er blickte sich um. Die Dämmerung hatte eingesetzt. Die Benediktenwand erstrahlte in milchigem Rot. Im Westen würde die Sonne bald hinter dem Horizont verschwunden sein. Es war windstill. Aus der Senke, die er gerade durchquert hatte, drang das ferne Geläut einer Schafherde, die sich durch ein Spalier langer Schatten auf einen Stall zubewegte. Hinter einer Straßenkuppe tauchte ein Auto auf. Zunhammer konnte hören, wie der Fahrer auf einen anderen Gang wechselte. Das Geräusch näherte sich, wurde aber gleich wieder von einer bewaldeten Geländeripppe verschluckt.

Zunhammer streckte sich. Langsam ließen die Schmerzen in seinen Oberschenkeln nach. Er schob das Fahrrad wieder auf die Fahrbahn und stieg langsam bergan. Es würde bereits dunkel sein, wenn er in München ankam.

Immer wieder kreisten seine Gedanken um das, was er an diesem Nachmittag erfahren hatte. Eigentlich konnte er zufrieden sein. Einige seiner Vermutungen waren bestätigt worden. Klar war aber auch, dass sich der Fall, mit dem er sich beschäftigte, in eine Dimension zu weiten begann, mit der er nicht gerechnet hatte. Er würde sehr genau überlegen müssen, wie er mit ihr umging. Und er musste vor allem vorsichtig sein.

Zunhammer wurde schmerzhaft klar, dass er völlig auf sich allein gestellt war. Hätte er sich nicht doch seinen Kollegen Scharmann und Veigl anvertrauen sollen? Sein Gefühl jedoch sagte ihm noch immer, dass er richtig entschieden hatte.

Das Motorengeräusch hinter ihm schwoll an. Zunhammer sah sich nicht um, schob das Rad jedoch näher an den Straßenrand.

Eine Brücke, unter der sich ein flacher Wiesenbach zum Talgrund schlängelte, verengte die Straße. Das Auto war dicht hinter ihm. Zunhammer hatte die Mitte der Brücke bereits erreicht, als der Motor plötzlich aufheulte. Er fuhr entsetzt herum, ließ das Rad fallen und machte einen Satz zur Seite. Er hörte ein blechernes Krachen, als er gegen das Balkengeländer prallte. Ein heftiger Schmerz durchzuckte ihn, dann verlor er das Gleichgewicht, fuchtelte einige Sekunden haltsuchend mit den Händen und kippte dann in die Tiefe.

Als er die Augen aufschlug, lag er neben dem Bachufer. Er musste eine Weile ohne Bewusstsein gewesen sein.

Eine erleichterte Stimme sagte:

»Gott sei Dank, Mathilde. Hin ist er net.«

Langsam wich der Nebel vor seinen Augen. Ein Paar schwerer Zöpfe baumelte vor seinem Gesicht. Zwei Mädchen beugten sich besorgt über ihn.

Stöhnend stützte er sich auf die Ellbogen. Die Mädchen, nicht älter als zwölf Jahre, halfen ihm dabei.

»Geht schon«, flüsterte Zunhammer.

»So was Geschertes«, schimpfte die Größere. »Ich wett fast, der hat das extra getan!« Sie schob den Knoten ihres Kopftuchs gegen den Hals.

»Hast Glück gehabt«, sagte ihre Schwester. »Ist ein Zufall gewesen, dass wir grad vorbeigekommen sind.«

»So ein gescherter Mensch«, wiederholte das erste Mädchen, »einfach einen zusammenfahren und dann sich net kümmern!«

Zunhammer richtete sich auf. Sein Fahrrad lag verbeult neben ihm.

»Hast dir was brochen?«

Zunhammer schüttelte den Kopf.

»Wer ... wer ist es gewesen?«

»Haben wir net gesehen. Ein schwarzes Auto wars. Aber es ist ganz schnell weitergefahren.«

»Gar net wahr«, widersprach das Mädchen mit den Zöpfen. »Stehen geblieben ist es schon. Einer wollt schon aussteigen. Aber wie er uns gesehen hat, hat er schnell die Tür zugehauen, und fort sinds gewesen.«

»Hast dir auch echt nix tan?«, fragte die Ältere.

»Echt nix.« Zunhammer streckte sich und lächelte schwach. »Gehts, sonst wirds euch zu finster.«

Die Mädchen grüßten, griffen sich ihre Milchkannen und verschwanden in der Dämmerung. Zunhammer setzte sich auf das Brückengeländer und nahm sein Gesicht in die Hände.

Ruhig, Zunhammer, ruhig. Jetzt ist es halt so weit. Sie sind dir dahintergekommen, früher oder später hats ja geschehen müssen.

Aber allein kommst du jetzt nicht mehr weiter!

Der junge Polizist sah zum Himmel. Wer konnte ihm jetzt helfen? Kurz wehrte er sich gegen den Gedanken, der ihm soeben durch den Kopf geschossen war. Dann stand sein Entschluss fest.

Sein schepperndes Fahrrad schiebend, schritt er weit aus.

15

In der »Odeonsbar« herrschte um diese Tageszeit noch kaum Betrieb. Dichte, tief geraffte Vorhänge tauchten den verwinkelten, durch Säulen und Sichtblenden in Separees geteilten Raum in ein dämmeriges Dunkel. Als sich Kajetan nach einigen Sekunden orientiert hatte, nahm er eine Bewegung wahr. Aus dem Hintergrund löste sich eine Gestalt. Ein Mädchen, deren ausladende Hüften nicht zu ihrer verblüffend schmalen Taille passen wollten, näherte sich mit wiegendem Schritt und blieb vor ihm stehen. Aus einem Glas nippend, musterte sie ihn.

»Grüß Ihnen«, gurrte sie. Mit dem Zeigefinger tupfte sie einen imaginären Tropfen von ihren Lippen. Bevor Kajetan etwas sagen konnte, hakte sie sich ein und führte ihn zu einem der Tische. Obwohl sie sich um das in den Salons gepflegte Münchnerisch bemühte, war ihre Tiroler Herkunft nicht zu überhören.

»Hab gesagt: Grüß Ihnen.«

Kajetan räusperte sich. »Grüß Gott.«

Sie lachte samten und rückte an ihn heran. »Sie sind nett.«

Der Kloß aus Kajetans Hals war noch immer nicht gewichen. Er fühlte, wie ihre weiche Brust sich an seine Seite drängte.

»Hm, ja.«

»Ich bin die Mary.« Ein kurzer Blick unter schweren Lidern maß ihn. »Und du?«

»Ich? Der ... der Paul. Der Paul ...«

Sie legte einen Finger auf seinen Mund. »Der Nachnam ist unwichtig – Paul.«

Sie spitzte die Lippen.

»Hab dich noch nie bei uns gesehen. Neu in München?«

Er spürte ihren Atem an seiner Wange.

»Bloß kurz. Geschäftlich. Ich ... ah ...«

»Was möchst gern – Paul?« Sie leerte ihr Glas. »Is heiß, hm?«

»Ja, das stimmt.«

Sie fingerte an ihrem Dekolleté.

»Am liebsten möcht man sichs Gewand vom Leib reißen, gell?« Sie kiekste unschuldig. »Aber das ist net erlaubt. – Also sag, was möchst?«

»Ah, also ... Ich wollt an und für sich bloß ...«

»Sag, was du trinken magst.« Wieder spürte er ihre weiche Brust. »Dann redt sichs viel leichter, stimmts net?«

»Ja, schon, aber ... sagens, Sie sind die Mary, habens gesagt?«

»Jaa«, bestätigte sie wie eine Mutter, die ihren neugierigen Kleinen für seine ersten Entdeckungsreisen lobt. »Hast ein gutes Gedächtnis, Paul. Aber jetzt sag, was wir trinken. Ich bin schon ganz ...« Schalk blitzte aus ihren Augen. Sie beugte sich an sein Ohr und raunte vertraulich: »... schon ganz trocken. Könntst mich ein bissl nass machen, Paul – hm?«

Wieder versuchte Kajetan, den Kloß aus seinem Hals zu räuspern. Etwas hatte in seinem Bauch zu prickeln begonnen.

»Das ist jetzt ein bissl blöd«, begann er, ehrlich verlegen. »Aber ... ich hätt da nämlich eine Empfehlung an ein Fräu'n Mizzi. Ist die ...«

Über Marys Blick zog ein Schatten.

»... net da?«, beendete er betreten.

Sie rückte schmollend von ihm ab und sah ihn mit einem bekümmerten Blick an.

»Ja, tut mir jetzt schon ein bissl leid, gell«, beeilte sich Kajetan zu erklären, »aber eigentlich bin ich wegen was anderem da.«

»Versteh schon.« Sie verzieh ihm lächelnd, strich mit der Rechten um seinen Nacken und neigte sich vor. Kajetan blickte in eine kalkweiße, blau durchäderte Schlucht. Kurz schwindelte ihn.

»Hast so was Interessantes, so was ... Fremdländisches, Paul.«

»Mein Vater ist net von da«, gab Kajetan zu. »Die Mutter schon.«

Sie bestupte sein Kinn.

»Bist bestimmt ein Künstler oder so was, hab ich recht?«

»Ich?«

»Stimmt, gell? So einen Bart haben bloß Künstler, glaub mirs.«

Er spürte ihren Atem an seiner Wange.

»Aber ...«

»Paul«, wieder legte sie ihren Finger auf seinen Mund. »Die Mizzi ist nichts für einen wie dich. Sie ist eine Schlechte. Die möcht bloß dein Geld. Außerdem hat sie sich einen reichen Haberer gegabelt und hats nimmer nötig, herzukommen.«

Sie fingerte an seinem Ohrläppchen. Kajetan zog die Schultern hoch.

»Da ... da bin ich kitzlig. Und wo ...«

Sie kicherte. »Wo ich kitzlig bin, möchst wissen, hm?«

Mary verstand ihr Geschäft. Kajetan fühlte, wie ihm heißer wurde. Auch das Kribbeln in seinem Bauch war tiefer gesunken, obwohl er sich Kaltblütigkeit verordnet hatte. Verdammt! Warum funktionierte nie, aber auch wirklich nie, was er sich in Bezug auf Frauen vorgenommen hatte?

»Das möchst gern wissen – gibs zu, Paul«, lockte Mary.

Ja! Natürlich wollte er! Ein Vierzigjähriger ist doch nicht aus Holz! So schaufelte die Münchner Frauenwelt einen mickrigen Detektiv auch nicht mit Angeboten zu! Im Gegenteil – hundeeinsam fühlte er sich manchmal. War das vielleicht ein Leben? Stand ihm nicht längst wieder einmal zu, sein müdes Kämpferhaupt auf ein weiches Kissen aus Wonne, Wärme und Weiblichkeit zu legen? Kurz nur, wirklich nur ganz kurz? Anziehend war Mary, sehr hübsch und gut gelaunt, duftend nach Frau, und ihr herziger Tiroler Akzent ließ ihm Bilder von weichen, sonnensatten Almwiesen unter majestätischen Gipfeln aufsteigen und ... *und du, Paule, hast leider einen Auftrag.*

Er gab sich einen Ruck. »An und für sich möcht ich bloß wissen, wo ich das Fräu'n Mizzi finden kann.«

»Aber Paul«, schnurrte Mary. »Hab dir doch gsagt: Sie hat sich einen Reichen geangelt.«

»Und wo wohnt sie denn jetzt?«

»Ich glaub, im ›Deutschen Kaiser‹. Aber Paul, du bist ...«

»Und wie heißt ihr Mann?«

Sie rollte die Augen nach oben. »Weiß ich doch net ...«

Noch einmal griff sie entschlossen an. Sie warf die Lippen auf.

»Paul. Du bist mir soo sympathisch ...« Sie sah neckisch an sich herab. »Gefall ich dir net?«

»Doch«, platzte Kajetan heraus, hatte sich jedoch sofort wieder im Griff. »Aber da drum gehts gar net, Fräu'n Mary.«

Sie seufzte leise und sah ihn herzerweichend an. Er hob unbeholfen die Schultern.

»Dann hab ich wohl ein Pech mit dir«, sagte Mary traurig. »Schad, Paul.«

In ihren Augenwinkeln funkelte etwas. Kajetan achtete nicht darauf.

»Können Sie sich wirklich nicht an den Namen von der Fräu'n Mizzi ihrem Mann erinnern?«, bohrte er. »Probieren Sies doch, bitt schön.«

Mary verneinte stumm. Sie hob den Kopf und sah ihm ins Gesicht. Kajetan wich ihrem Blick betreten aus. Ehe er sich versah, griff sie mit einer flinken Bewegung nach seiner Hand und zog sie an ihren Busen. Klirrend zersprang das Glas, das sie mit dem ausgespreizten kleinen Finger vom Tisch gestoßen hatte. Kajetan zog verdattert seine Hand zurück.

»Des wär hin«, stellte Mary zufrieden fest. »Dass du dich aber auch so dalkert anstellen musst!« Sie deutete auf die Scherben. »Des zahlst fei, gell?«

»Was?!«

»Kost fünfzig Mark, wenn einer ein Glasl zsammschmeißt.«

»Fünfzig Mark?«, fuhr Kajetan auf. »Hats dich?«

»Zahlst gleich oder soll ich den Willi holen?«

»Aber für fünfzig Mark, da ... da krieg ich auf der Dult ja fünfzig davon!«

Sie war aufgestanden und einige Schritte zurückgewichen.

»Siehst du da irgendwo die Mariahilf-Kirchn?« Sie grinste abschätzig. »Net, gell? Dann is da herin auch net die Auer Dult. Was du aber bei uns herin kriegst, sind ein paar gesalzene Watschen, wenn du net auf der Stell zahlst.«

Sie wartete Kajetans Antwort nicht ab und wandte sich mit lauter

Stimme nach hinten. »Willi! Der Bauern-Drä-drä hat mir ein Glas zerschmissen und mag net zahlen!«

Mürrisch schlurfte der Kellner heran. Zwei Arme schlenkerten an seiner Seite, mit denen er sich vermutlich unter dem Knie kratzen konnte, ohne sich bücken zu müssen. Das Mädchen wies empört auf Kajetan.

»Erst lasst er mich ewig lang an ihn hinwetzen, und dann macht er keine Zech!«

Willi würdigte sie keines Blicks.

»Muss des sein, Mare«, maulte er. »Allweil darf ich die Leut hauen, bloß weil du dich so dumm anstellst.«

»Willi!!!« Sie stampfte wie ein jähzorniges Kind auf.

»Na meinetwegen«, lenkte der Kellner ein, »damit die arme Seel eine Ruh hat.«

»Des ist doch *sie* gewesen!«, verteidigte sich Kajetan. »Sie selber! Sie hats umgeschmissen!«

»Freilich.« Willi zog den Tisch mit einem Ruck zur Seite. »Geld her. Sags bloß einmal.«

Fieberhaft stellte Kajetan eine Rechnung auf. Der Kellner war zwei Köpfe größer als er. Sein Schurz spannte sich zwar um eine ansehnliche Wampe, doch Schultern, Oberarme und schaufelgroße Pranken verrieten, dass Kajetan im direkten Kampf keine Chance gegen ihn haben würde. Mit seinem Phlegma kaschierte er vermutlich, dass er blitzschnell reagieren konnte.

Der Spruch des alten Gaetano, des älteren Bruders seines Vaters, der in den Föhringer Ziegeleien geschuftet hatte, fiel ihm ein.

Che cosa fa il topo furbo, quando il gatto vuole mangiarselo?

Ja, Gaetano, sag es mir: Was tut die schlaue Maus, wenn die Katze sie fressen will? – Schnell!

Paolo – abbaia come un cane!

Natürlich. Sie bellt wie ein Hund! Wie einfach war es doch früher gewesen – Ausweis ziehen, »Polizeidirektion München! Inspektor Kajetan!« und Ruhe. Aber jetzt bluffen und sich als Polizist ausgeben? Die Ganoven wären frühzeitig gewarnt.

Kajetan verfluchte die alte Ladnerin, die ihn in diese Lage gebracht hatte. Und sich, weil er diesen Auftrag, der ihm kaum etwas einbringen würde, angenommen hatte. Gleichzeitig wuchs sein Zorn darüber, so billig hereingelegt worden zu sein. Die beiden würden sich die fünfzig Mark teilen.

»No, was is, Goaßbart? Wirds bald?«

Willi beugte sich interessiert vor. Sein Gesicht zeigte keinen Hass, eher so etwas wie das Mitleid eines gefühlvollen Henkers. Hab ja gar nichts gegen dich, schien seine Miene auszudrücken, ich mein persönlich. Eigentlich machts mir gar keinen Spaß, dich halbe Portion zu vermöbeln. Aber die Weiber, weißt ja selber ... ich habs einfach bloß dick, wenn die Weiber hysterisch werden.

»Jaja«, sagte Kajetan heiser.

Verdammt, wo war die Schwachstelle dieses Gorillas?

»Ich seh aber noch nix«, meinte Willi.

»Haun schon zusammen, das Arschloch!« Mary feixte rachelüstern. Sie kaute erregt am Nagel ihres kleinen Fingers, ihr Busen hob und senkte sich, und ihre Lider flatterten wie ein Nachtfalter im Licht.

Willis Geduld schien allmählich dem Ende zuzugehen. Seine Schaufelhände setzten sich in schlenkernde Bewegung.

»Ich seh allweil noch nix, Meister.«

Kajetan meinte gehört zu haben, wie es in seinem Kopf »klick« gemacht hatte. Er ließ die Finger zitternd zur Innentasche seiner Jacke wandern. Mit der Rechten krallte er sich an der Tischkante fest, als sei er nahe daran, einen Schwächeanfall zu erleiden. Verschüchtert sagte er:

»Wer ... wer kriegts denn? Du oder sie?«

Willi sah fragend zu Mary. Im gleichen Augenblick riss Kajetan die Tischdecke ab, schleuderte sie über den Kellner, trat dem blind mit den Armen Rudernden in die Knie und hechtete mit einem Satz über die Sitzbank in Richtung Ausgang.

Willi kämpfte immer noch mit der Decke.

»Ich seh nix!«, kam es dumpf drunter hervor.

16

»Soso.«

Der Rezeptionist des Hotels »Deutscher Kaiser« tupfte sich den Schweiß von Stirn und Nacken. Er ließ seinen Blick über Kajetan hinweg durch das belebte Foyer schweifen. Dann beugte er sich wieder geschäftig über eine Tabelle, die vor ihm auf dem Tresen lag. Er machte eine Notiz, wirbelte herum und fuhr, halblaut Zahlen murmelnd, mit dem Finger am Schlüsselbrett auf und ab. Aus den Augenwinkeln beobachtete er, wie sein Kollege sich an das andere Ende der Empfangstheke begab und den Telefonhörer in die Hand nahm.

Er wandte sich mit einer flinken Drehung Kajetan zu, der abwartend vor ihm stand.

»Dass ich einen Haufen zu tun hab, fällt Ihnen schon auf, hm?«, fragte er mürrisch. »Sinds mir net bös, aber Sie sind mir schon der Rechte. Ob wir einen geldigen Doktor da haben, mit einer Kebsn, die Mizzi heißt, fragens mich? Im Vertrauen gesagt: Einen ganzen Haufen davon hab ich. Aber erstens weiß ich net, warum ich das jemandem erzählen soll, und zweitens, ob ich das überhaupt möcht. Verstehens? Das Wort ›Diskretion‹ werdens schon einmal gehört haben, oder?«

»Selbstverständlich.«

Der Rezeptionist sandte wieder einen nervösen Blick zu seinem Kollegen.

»Detektiv, hm? Lasst wieder eine Frau Gemahlin ihr treues Gespons kontrollieren?« Er grinste wissend. »Geben Sies zu. Kenn ich doch, seh ich doch auf den ersten Blick.«

»Gut geraten«, lobte Kajetan. Der Kollege hatte das Telefongespräch beendet. Der Rezeptionist stützte seine Hände auf der Theke ab.

»Trotzdem. Von mir hörens nichts. Und wenns erlauben, Herr, dann stellens Ihnen ziemlich blöd an. Für was haltens mich denn eigentlich?«

»Und wenn sichs rentieren tät?«, fragte Kajetan halblaut.

Ein kurzer Blick taxierte ihn.

»Rentieren?«, wiederholte der Rezeptionist erbost. »Jetzt tuns mir aber schleunigst den Gefallen und verziehen Ihnen, gell?«

»Aber ...«

Er wurde lauter: »Dann sagen wirs amal so. Ich mag Leut net, die ihren Zinken in die Unterwäsch von andere Leut reinstecken. Und wenn ich einen net mag, kann ich ziemlich zwider werden. Das heißt auf Deutsch: Schleichens Ihnen, und zwar auf der Stell. Wissens, wo die Tür ist? Ich zeigs Ihnen.«

Er verließ seinen Platz, packte Kajetans Ärmel und zog ihn durch die Halle. Verärgert machte sich Kajetan frei. Der Rezeptionist ging voraus. Schwungvoll öffnete er die verglaste Eingangstür. Als Kajetan an ihm vorbeiging, hörte er ein gezischtes: »Wie viel?«

Kajetan fasste sich schnell. »Drei.«

»Pff! – Fünf!«

»Vier.«

»Gib her«, raunte der Rezeptionist. Während Kajetan in seiner Tasche kramte, fügte er hinzu: »Mich vor allen Leuten fragen! Sonst bist schon noch gesund?«

Unauffällig nahm er das Geld in Empfang.

»Merci«, murmelte er durch die Zähne. »Also: Doktor Toussaint heißt er ...«

»Komischer Nam. Ausländer?«

Der Rezeptionist machte eine ungeduldige Handbewegung. »Hat einen deutschen Pass, muss aber ein Welschschweizer oder so was sein. Wohnt im Dritten. Ist scheints was Wichtiges, kriegt neuerdings mords noblen Besuch. Sein Gspusi heißt Mizzi. Eine schikanöse Person! Fuchst mich, wo sie bloß kann. Bloß deswegen sag ichs dir, damit ich sie so schnells geht wieder aus dem Haus hab. Müssten übrigens jetzt grad im Café ›Fahrig‹ drüben sein, wie fast jeden Tag. Aber von mir weißt dus net, verstanden? Und jetzt hau ab.«

»Moment. Und wie schaut er aus?«

»Das langt für vier Mark«, zischte der Rezeptionist. Er schob Kajetan nach draußen.

»Und unterstehen Sie sich ja nicht noch einmal, unser Haus derart zu inkommodieren, Sie Herr, Sie!« Er warf die Tür hinter ihm zu.

17

Lärmendes Stimmengewirr empfing Kajetan. Das Café »Fahrig« am Karlsplatz war voll besetzt, wie immer um diese Zeit. Nur an einem kleinen Tisch in der Nähe des Eingangs hatte Kajetan Platz gefunden. Er musste bald erfahren, warum sich niemand zu dem fahlhäutigen, etwa fünfzigjährigen Gast, vor dessen knochigem Gesicht ein voller Aschenbecher dampfte, hatte setzen wollen.

Ein Paar wässriger Augen richtete sich auf Kajetan.

»Grüß Gott, Herr Nachbar.«

Kajetan nickte zurückhaltend.

»Gestatten«, setzte sein Gegenüber nach, »Blech mein Name. Ehemals in Diensten des geschätzten Vaterlandes. Jetzt Literat.«

»Ah, echt?«, gab Kajetan höflich zurück.

»Echt.« Blech nickte mit mürbem Stolz und präzisierte: »Verfasse Lyrik.«

»Soso«, meinte Kajetan und sah über ihn hinweg. Die Luft des Cafés war von Rauch vernebelt, durch den sich der Schein gelblich glimmender Lampen zu kämpfen versuchte. Soweit er sehen konnte, saßen an den Tischen fast ausschließlich Paare.

Wie sollte er bloß herausfinden, wer die Gesuchten waren?

Eine Bedienung bahnte sich zu ihm durch. Kajetan bestellte ein Achtel Rotwein.

Blech sog den Rauch seiner Zigarette tief ein. Er hustete. »Darf ich ... darf ich dem werten Herrn eine Kostprobe vortragen?«

Kajetan wich aus. »Ich, ah, mach mir an und für sich nichts aus so was!«

»Wie bitte?« Blech tat entsetzt. »Dann ham Sie noch nie mit wahrer Literatur zu tun gehabt, mein Herr. Hörn Sie mal zu: ...«

Kajetan nickte abwesend, während er weiter unauffällig im Raum herumsah.

»*Morgenrot!* – Ja?«

»Jaja.«

Der Lyriker hatte mit mehr Begeisterung gerechnet. Hatte er nicht überzeugend intoniert? Oder hatte ihm sein Gegenüber gar nicht zugehört? Vermutlich nicht, denn sonst würde er doch jetzt bereits an seinen Lippen hängen! Also noch einmal:

»*Morgenrot – Morgenrot!* – Ja?«

»Mhm.«

War das Toussaint? Der Mann im grauen Anzug, mit dem knochigen Gesicht und dem halbseidenen Menjou-Bärtchen, der neben dem Eingang saß und von dessen Begleiterin nur der mit einem hochgeschlossenen Kleid bedeckte Rücken und eine ausladende Steckfrisur zu sehen war? Nein – der Anzug war ihm mindestens eine Nummer zu weit. Wer im »Deutschen Kaiser« wohnte, dem würde er passen.

Oder diese junge Frau am Tisch neben ihm? Bubikopf, blauer Chintz über einem sehr schlanken Körper, blasiert lächelnd, die Zigarettenhand geziert abgespreizt? Nein – der Mann, der ihr gegenübersaß, himmelte sie verzweifelt an. Sie aber gab nur, zwischen zwei

Zügen, kurze schnippische Antworten, die ihren Verehrer zu quälen schienen. Das sollte zu einem Betrüger passen, der vermutlich einer Menge Leute Geld aus der Tasche gezogen hat?

Und dort drüben ...

»Morgenro-ot, Morgenro-ot! Ist der Mensch nicht ein Idio-ot!«

Blech kicherte gackernd.

»Na? Fängt gut an, nich'wa? Und geht noch weiter. Passen Se mal auf ...«

»Entschuldigens, Herr«, sagte Kajetan, ohne den Dichter anzusehen. »Ich bin grad net so konzentriert. Und ich versteh auch wirklich nichts davon.«

»Waren wir etwa nicht im Felde?«

»Doch. Aber, bitt schön ...«

»Na, dann hörn Se mal noch genauer hin, wies weitergeht: *Kann man diesen Blödsinn fassen, dass Mensch und Mensch sich so sehr ha ... ha ...«*

Ein Hustenanfall unterbrach den Vortrag.

»Bitt schön, der Herr.« Die Bedienung stellte das Weinglas vor Kajetan ab.

»Wenn er Sie geniert, rührens Ihnen, gell?« Sie beugte sich an sein Ohr. »Wer ein Geld hat, darf halt spinnen.«

Kajetan machte eine wegwerfende Handbewegung.

»Hör gar net hin.«

Sie grinste. »Das is gescheit von Ihnen.«

Blechs Atem rasselte.

»... Mensch und Mensch sich so sehr ha-a-ssen.« Er stupste Kajetan an. »Na? Was sagen Sie? Metrik in Ordnung?«

Kajetan stöhnte auf. »Sie, jetzt lassens mich doch bitt schön in Ruhe meinen Wein austrinken.«

Der Literat war gekränkt. Er sah zur Decke.

»Haben Sie überhaupt verstanden, was ich vorgetragen habe? Und was Sie die Ehre hatten, hören zu dürfen?«

»Ja-a«, meinte Kajetan gedehnt.

Das Geiergesicht sprang wieder vor. »Ham Sie nicht. Können Sie gar nicht!«

»Freilich hab ich. Und jetzt ...«

Blech drückte seine Zigarette aus, rührte mit dem Stummel im Aschenbecher und griff sofort wieder nach der Packung. »Das wage ich doch sehr zu bezweifeln«, sagte er eigensinnig, während er sich eine neue Zigarette in den Mund steckte. »Sie würden anders reagiert haben.«

Kajetan antwortete nicht. Der Dichter war fassungslos.

»Morgenro-ot, Morgenro-ot! Ist der Mensch nicht ein Idio-ot! Merken Sie noch immer nichts, Sie Ignorant?«

»Gestatten, der Herr, wenn ich mich einmische. Ich sehe, dieses Subjekt belästigt Sie ebenfalls.« Ein schneidig aussehendes, schnauzbärtiges, rundköpfiges Männchen vom Nebentisch hatte sich umgedreht.

»No ja«, sagte Kajetan. »Er spinnt halt ein bisschen.«

»Spinnen?« Der Schneidige rumpelte empor. Zornbebend baute er sich vor Blech auf.

»Ich fordere Sie augenblicklich auf, Ihre jedem vaterländischen Geist hohnsprechenden Äußerungen zu unterlassen!«, quakte er. »Es ist un-er-träglich!«

Der Dichter sah unter müden Lidern auf seine Zigarette.

»Unerträglich?«

Der Schnauzer des Schneidigen zitterte.

»Unerträglich! Jawohl! Ich finde kein! anderes! Wort dafür!«

Blech hob den Kopf.

»Waren der Herr im Felde?«

»Das ist völlig ohne Belang! Ich ...«

Blech schnitt ihm das Wort ab. »Also nicht«, stellte er kühl fest. »Ich aber.«

Der Vaterländische klappte ein paar Mal den Mund auf und zu.

»Hatte leider nicht die Ehre, Sie Zersetzer!«

»Das dacht ich mir. Sonst wüssten Sie, was das Wort ›unerträglich‹ tatsächlich bedeutet.«

Die Bedienung belieferte gerade einen Nachbartisch. Ohne ihre Arbeit zu unterbrechen, fuhr sie mit barscher Stimme dazwischen.

»Schluss jetzt!«, kommandierte sie.

»Aber ... aber ... unerhört ...«, stotterte der Verteidiger des Vaterlands.

»Sie lassen den Herrn Blech in Ruh!« Sie stellte sich vor ihn und zeigte befehlend zur Seite. »Da is Ihr Platz!«

Der Held wagte noch einen trotzigen Blick, gehorchte dann aber brav. Während die junge Frau damit begann, von einem Tisch Gläser aufzuräumen, stieß sie Kajetan leicht an. Sie wies mit einer Kopfbewegung zur Raummitte.

»Sie – schauens. Da drüben ist was frei geworden. Da habens Ihre Ruh.«

Kajetan nickte ihr dankbar zu und stand auf.

»Und Sie, Herr Blech«, fuhr sie streng fort, um es sich dann aber anders zu überlegen und sonnig lächelnd vorzuschlagen: »Schreibens halt auch amal was Nettes!«

»Ich bin nicht ... nett!«, grummelte Blech finster. »Die Welt ist auch nicht nett zu mir.«

»Ach gehns, Herr Blech!« Das junge Mädchen, bereits mit leeren Gläsern beladen, strahlte ihn an. »Gehns! Weil ich net nett zu Ihnen bin!«

Hätte Blech jetzt nicht hastig an seiner Zigarette ziehen müssen und sein Gesicht hinter einer Rauchwolke versteckt, hätte man sehen können, wie sich der schmale Strich seines Mundes leicht gehoben hatte und in seinen Augen kurz ein Schimmer von Schmerz und Weichheit aufgetaucht war.

Kajetan war erleichtert, dem Gezeter der beiden Männer entkommen zu sein. Er hatte sich kaum gesetzt, als er wie elektrisiert aufhorchte.

»Mizzi!«, hörte er. »Du bringst mich zum Rasen! Wie oft soll ichs dir noch erklären, des mit der Romantik? Schreibs dir halt auf, wennst zu blöd zum Merken bist.«

Kajetan drehte sich unauffällig um. Der Mann am Nebentisch war schlank und, soweit man dies bei einem Sitzenden erkennen konnte, hoch gewachsen. Rasch notierte Kajetan dunkles, gepflegt zurückgekämmtes und nur an den Schläfen grau meliertes Haar, eine Andeutung von Geheimratsecken, ein kantig-männliches Gesicht, helle, lebhafte Augen, ein akkurat rasiertes Oberlippenbärtchen, einen für die Lokalität beinahe zu teuren, hahnentrittgemusterten Anzug. Er redete auf eine auffallend hübsche junge Frau ein.

Kajetan fuhrwerkte an seinem Tischchen herum, als störe ihn, dass dieser wackele. Schließlich konnte er eine Position einnehmen, aus der er die beiden aus den Augenwinkeln beobachten konnte.

»Romantik«, sagte der Mann, »das hat zum Beispiel mit Gedichten zum tun, die vom Wald, von der Natur und so handeln, capito? Vor gut hundertzwanzig Jahren ist das gewesen, heut ist das nimmer modern.«

Sie lächelte bewundernd. »Bist du gscheit, Fredi.«

»Was bistn so boshaft?«

»Boshaft? Mein ich ernst, echt.«

»Dann is ja gut – aber sag: Wie kommst denn überhaupt drauf? Mizzi! Du studierst doch Kunstgeschichte! Nicht Literatur. Hab ich dir doch schon hundertmal erklärt!«

»Er hat neulich damit angefangen, und da hab ich mich gleich nimmer auskannt.«

»Soso. Da glaub ich aber eher, dass er was anderes gemeint hat, wenn er von Romantik geredet hat. Wollt er mit dir ins Restaurant, stimmts? In eins mit Kerzen und so Zeugs?«

»Nein. Einen Ausflug möcht er gern machen mit mir.«

»Gib Obacht, Mizzi.«

»Wegen was? Der jedenfalls greift mich nicht an«, beharrte sie. »Keiner tuts, wenn ich nicht mag.«

Am Tisch auf der anderen Seite explodierte urplötzlich Gelächter, das sich zum minutenlangen Gebrüll steigerte, um nach einer Weile zu beschwipstem Gekicher abzuebben.

Die Stimmen der beiden tauchten wieder hervor, waren jetzt aber merklich verhaltener.

»... eben. Und genau da wirds gefährlich. Mizzi – bist jetzt mit mir bisher gut gefahren oder nicht?«

»Geht so.«

»Übertreibs nicht mit deinen Komplimenten. Jedenfalls – auch du hast deine Pflichten, Mizzi! Und was bis jetzt rausgekommen ist, ist nichts dagegen, was noch kommt.«

»Sprüch machen kannst. Aber findst das eigentlich gerecht, dass ich die Arbeit hab und du ...«

»Was!? Dass ich nichts tu? Und wer hat das Ganze eingefädelt? Wer ölt denn das Ganze vor? Und wer sorgt dafür, dass nichts aufkommt? – Na gut, wenn du meinst, es geht auch ohne mich ...?«

»Ach, Fredi, jetzt sei nicht schon wieder eingeschnappt. Denkt ja keiner dran.«

»Na, möcht ich auch hoffen. Übrigens, frag den alten Deppen doch einmal, ob er sich für Metallurgie interessiert. Oder nein, lass lieber bleiben. Hinterher möcht er auch da drüber noch mit dir dischkrieren.«

»Was soll des sein: Metall ...«

»Verstehst du net, Mizzi. Sag einmal, wollt er dich net zum Konzert ausführen?«

»Stimmt. Muss ich mich ja schicken.«

»Dann schick dich. Und tu mich bloß nicht blamieren. Wenn er mit dir einen Dischkurs über Musik auch noch anfangen möcht, schwätzt du, dass du so dermaßen beeindruckt bist, dass du gar nicht reden kannst, capito? Was anderes wirst dir ja anziehen, oder? Und patz dich bloß nicht an. Geistige Leut wie der mögen keine Farb im Gesicht.«

»Weiß ich, Fredi. Was tustn du noch?«

»Geschäfte, Mizzi. Geschäfte.«

Der Blick der Bedienung kreiste wie immer aufmerksam im Raum umher. Wer wollte noch etwas zu trinken? Wer aufbrechen? Wo würde jemand bald vom Stuhl fallen? Wo drohte ein giftiger Streit unter Besoffenen in handfeste Auseinandersetzung zu kippen? Und wovon träumt dieser angenehme Herr mit dem Bebel-Bart, der die ganze Zeit fast unbewegt in sein Weinglas starrt? Den sie vorhin vor dem armen Blech gerettet und ihm einen neuen Platz besorgt hatte?

Woran mochte er denken? An seine Frau? Seine Geliebte? War er unglücklich?

Nie wäre sie darauf gekommen, dass Kajetan nüchtern dabei war, eins und eins zusammenzuzählen:

Toussaint musste das Metier gewechselt haben. Dummköpfe wie Donerl dazu zu bringen, ihm Anteilsscheine für dubiose Firmen abzukaufen, war ihm vermutlich zu aufwendig geworden. Im Augenblick war er offensichtlich auf Erpressung spezialisiert. Er führte Mizzi naiven Zeitgenossen wie Haswanger zu. Sie wiederum mimte die Unschuld vom Lande, während er den besorgten Angehörigen gab.

Kajetan ertappte sich bei einem gewissen Respekt für die beiden. Was sie taten, war nicht einfach zu bewerkstelligen, erforderte Umsicht und Intelligenz, und wenn er gar an Haswanger dachte, dann erschien es ihm irgendwie sogar gerecht.

Dann aber fiel ihm wieder ein, dass unter ihren Opfern auch die alte Süssmeierin war.

18

Der Nachthimmel war stumm und verhangen. Eine erschöpfte Reglosigkeit lastete auf der Stadt. Noch immer strahlten Gebäude und Pflaster vor Wärme.

Seit mehr als einer Stunde war Kajetan nun hinter Toussaint her. Nachdem dieser das Café kurz nach Mizzi verlassen hatte, war er in die Hofeinfahrt eines Hauses in der Reichenbachstraße eingebogen. Bevor Kajetan sich einen Reim darauf machen konnte, was der Gauner dort gesucht hatte, war dieser schon wieder auf die Straße getreten. Seinen Gehstock schwenkend, schlenderte er über die Ludwigsbrücke, passierte das Volksbad und stieg zum Gasteigspital hinauf. Kajetan, der sich bereits bemühen musste, Abstand zu halten, hatte ihn kurz verloren, als er ihn im Lichthof eines Kinos in der Preysingstraße wiederentdeckte. Toussaint blieb vor den Schaukästen stehen, beugte sich zu den Reklamefotos und setzte seinen Weg fort. Die Straße war fast menschenleer. Aus einer Gaststätte, deren Fenster geöffnet waren, drang Stimmengewirr. Gedämpft schlug die Glocke der Johanniskirche die zehnte Nachtstunde. Ein junger Mann mit lappiger Schiebermütze und wehender Jacke, wie ein Don Quichotte aufrecht auf einem eiernden Damenfahrrad sitzend, das bei jedem Tritt das Geräusch einer hungrigen Katze von sich gab, überholte Kajetan. Er passierte noch den Lichthof einer trüben Straßenlaterne, dann sank wieder Stille auf das Pflaster herab. Hin und wieder blieb Toussaint stehen und sah um sich, als suche er nach Orientierung. Dann marschierte er zielstrebig weiter, ließ eine Tram vorbeifahren und verschwand in der Steinstraße.

Kajetan folgte ihm vorsichtig. Als er um die Ecke bog und in die schmale Straße hineinblickte, war Toussaint verschwunden. Kajetan ging einige Schritte in die Straßeneingänge, die auf eine Kreuzung mündeten. Nichts. Von irgendwo her drang das Kreischen kämpfender Kater, das vom heiseren Gebell eines betagten Hundes beantwortet wurde. Ein leichter Wind, spürbar kühler, wehte von den Feldern hinter dem Ostbahnhof heran.

Er ging denselben Weg wieder zurück. Kurz bevor er die Kellerstraße erreichte, hörte er das Geschrei zweier Männer. Er horchte auf, ging einige Schritte zurück. Die Stimmen kamen aus einer Hofeinfahrt. Vorsichtig schlich Kajetan näher. Der Durchgang war unbeleuchtet. Das trübe Außenlicht eines rückwärtigen Einganges jedoch malte eine unwirkliche Szenerie.

Mit flatterndem Rock, wie ein Huhn, das vor dem Metzger flüchtet, rannte Toussaint quer durch den Hof. Nun stand er mit dem Rücken an einer übermannshohen Ziegelwand, die Arme ausgebreitet. Seine Finger tasteten verzweifelt nach einem Griff, mit dem er über die Mauer klettern konnte. Gepolter im Treppenhaus kündigte einen Verfolger an, eine Tür flog kreischend auf und knallte scheppernd gegen den Verputz. Toussaint erstarrte. Ein breiter Schatten fiel auf ihn. Die Silhouette eines gedrungenen, breitschultrigen Kahlkopfes bewegte sich auf ihn zu. Toussaint stieß unverständliche Worte aus. Er schien zu versuchen, den Angreifer zu beschwichtigen. Kajetan schlich näher.

Nun sah er, dass an der Rechten des Kahlkopfes eine Axt pendelte. Jetzt war auch Toussaints Stimme zu hören.

»Lass gut sein, Gollinger! Herrgott noch amal! War doch net so gemeint.«

Ein Grunzen antwortete ihm.

»Gollinger!!!«

Der Mann, den Toussaint Gollinger genannt hatte, stapfte unbeirrt voran. Toussaint machte einen verzweifelten Schritt zur Seite, wieder einen zurück. Er saß in der Falle.

Kajetan sah, dass der Kahle nur noch wenige Schritte vor Toussaint stand. Er hob die Axt.

»Gollinger«, kreischte Toussaint, »Gollinger, Gollinger ...!«

Ein Säugling begann zu weinen. Aus dem Nachbarhaus drang wütendes Geschrei. Ein Fenster wurde klappernd geschlossen. Toussaint hielt die Hände schützend vor seinen Kopf.

Ein Wahnsinniger! Kajetan verließ seine Deckung, war mit zwei, drei Riesenschritten im Rücken des Kahlkopfs und trat ihm mit Wucht in die rechte Kniekehle. Mit einem überraschten Laut kippte der Mann zur Seite. Toussaint löste sich aus seiner Erstarrung, stieß sich von der Wand ab und setzte zum Sprung über den Liegenden an.

Gollinger bekam seine Hosenbeine zu fassen. Toussaint stolperte und stürzte zwischen Kajetan und Gollinger, befreite sich mit gezielten Hieben und hastete in die Dunkelheit.

Der Glatzkopf lag auf dem Bauch. Kajetan kniete auf seinem Rücken und hielt die Arme mit festem Griff. Gollinger krümmte sich in ohnmächtigem Zorn.

»Zu zweit seids!«, röhrte er. »Feige Hund! Feige!«

Kajetan verstärkte den Griff. Gollinger stöhnte auf.

»Lass mich aus, du Halunk, du elendiger!«

»Horch mir einmal zu, Gollinger«, keuchte Kajetan. »Ich hab nichts damit zu tun.«

»Des ... des merk ich«, ächzte der Kahle.

Kajetan wollte etwas erwidern. Etwas, das wie ein Gong durch sein Gehirn dröhnte, hinderte ihn daran. Er verlor die Besinnung.

19

Wie im Nebel hörte Kajetan: »Ich erwürg ihn.« Das war der Kahlkopf.

Eine energische Frauenstimme antwortete: »Das tust nicht. Du bleibst da, und ich hol die Wach.«

»Ah was! Die Wachtl! Da kimmt der Bazi ein paar Tag ins Gefängnis, und dann ist er wieder da! Nichts da! Den werd ich mir jetzt ein bissl zurechthobeln.«

»Du hobelst in deiner Arbeit, und zwar a so, dass ich mir net wieder von der Billerin anhören muss, was du für einen Stiefel zusammenkistlerst. Ihr Büfett geht! Keine Tür, sagts, bringts mehr zu. Meinst, des ist eine Freud? Wenn ich mich von die Leut dumm anreden lassen muss?«

»Die Billerin solls Maul halten. Ist halt ein feuchts Loch bei der. Kann ichn da dafür?«

»Man möcht ja auch ein Stolz haben, wenn der Mann ein Kistler ist, oder?«

Der Kistlermeister brummte etwas.

»Also!« Das war wieder die Stimme der Frau, die einem Feldwebel alle Ehre gemacht hätte: »Wenn du net gehst, dann tus ich! Du passt auf ihn auf und rührst ihn net an, verstanden?!«

»Wally! Nein!«, rief der Schreiner verzweifelt.

Kajetan öffnete die Augen einen Spalt weit. Neben ihm stand eine kleine, rundliche Frau. Sie fuchtelte mit einer eisernen Pfanne, während sie mit ihrem Gatten stritt.

»Oskar! Hat er dich jetzt überfallen oder net?!«

»Freilich ... aber ...«

Kajetan stöhnte leise auf.

»Huh!« Sie machte einen Satz zurück. Mit ausgestrecktem Arm wies sie ihren Mann zurück und hob ihre Waffe.

»Oskar! Jetzt gehst auf der Stell nüber!«

»Nein, Wally!«

»Warum denn net, du Rindvieh, du stures?«

Kajetan hob den Kopf. »Warum wohl ... weil dann ein paar von seinen Dummheiten rauskommen täten ...«

»Von ... von was redtn der, Oskar?« Sie stemmte ihre Arme in die Hüften und sah auf Kajetan herab. »Red, Bürscherl. Ich glaub, jetzt wirds interessant.«

Er stützte sich auf die Ellbogen. »Ich ... ich bin dazugekommen, wie Ihr Mann grad den Herrn Doktor Toussaint umbringen wollte.«

»Schmarrn!«, protestierte Gollinger. Kleinlaut fügte er hinzu: »Eine Angst bloß sollt er kriegen, sonst nichts.«

Sie sah ihren Gatten scharf an. »Derf ich jetzt endlich erfahren, von wem die Red is? Und was da gespielt wird? Oskar?!«

Gollinger wand sich.

Mit lauerndem, Unheil verkündendem Singsang wiederholte sie: »Oskar?! Könnts sein, dass du mir was zum Erzählen hast?«

20

Obwohl die Stelle am Hinterkopf, wo ihn die Gollinger Wally getroffen und für einige Sekunden außer Gefecht gesetzt hatte, immer noch schmerzhaft pochte, dachte Kajetan erheitert daran, dass der Schreinermeister in den nächsten Tagen alles andere als eine leichte Zeit haben würde.

Denn schließlich hatte dieser nicht umhin gekonnt zu gestehen, dass er, es war nach dem Faschingsball der Schreinerinnung, eine – »das war das allererste Mal, Wally, ich schwörs dir!« – Affäre mit einem Mädchen aus der »Odeonsbar« gehabt hatte, wohin ihn einige haltlose Kollegen gegen seinen Willen – »ich hab ja gar nimmer gwusst, was ich tu, Wally, ich war ja praktisch bewusstlos!« – geschleppt hatten.

Die Sache habe sich danach noch eine gewisse Zeit hingezogen –

»ganz kurz bloß, Wally, bloß ein- oder zweimal noch hab ichs gsehn! Weißt ja, wie gutmütig ich bin, und die is ja so an mir ghängt!« – »Oh, ihr Männer seids ja so dumm, so dumm! Auf so einen Scherben, da habts einen Gout! Und ein bravs, anständigs Weiberts zählt nix!« Dann aber hätten ihn recht unverblümt vorgebrachte Geldwünsche ernüchtert. Und da er eh bei der ganzen Geschichte immer ein ungutes Gefühl gehabt haben wollte – »Wenn du wüsstest, wie ich hab leiden müssen in der Zeit, Wally, ach!« –, habe er schließlich die Bremse gezogen.

Eines Tages habe sich dieser Herr – nein, Toussaint habe er nicht geheißen, sondern anders – bei ihm gemeldet. Er sei der Bruder des Mädchens und fühle sich, was er als honoriger Münchner Handwerksmeister gewiss verstehen könne, für das Wohl seiner Schwester verantwortlich. Er habe sich längere Zeit im Ausland aufgehalten, beruflich, und sei bei seiner Rückkehr zutiefst entsetzt gewesen, dass seine Schwester auf die schiefe Bahn geraten sei. Dabei habe er doch der Mutter auf dem Sterbebett hoch und heilig versprochen, auf sie Obacht zu geben. Und jetzt wolle er, verantwortlich wie er sich fühle, ihr einen neuen Lebensanfang verschaffen, raus aus dem Sumpf und all dem schlechten Leben.

Das fände er sehr honorig, hatte Gollinger noch geantwortet, und eigentlich sei ihm dieser Herr zunächst durchaus sympathisch gewesen, weil so höflich und überhaupt: ein wirklich feiner Mensch. Aber was er, Gollinger, damit zu tun habe, habe er gefragt.

»Herr Gollinger«, habe der feine Herr daraufhin erklärt: »Ist Ihnen denn nicht klar, dass Sie die Unschuld meiner innigst geliebten Schwester auf dem Gewissen haben? Können Sie es vor Ihrem Herrgott vertreten, die Unerfahrenheit eines jungen, reinen Menschen ausgenützt zu haben?« Da habe Gollinger dann doch herzhaft lachen müssen. Alles habe er sich vorzuwerfen – »vor allem, dass ich dich, meine liebe Wally, so hinterkünftig hintenrum hintergangen hab, ach, wenn ich damals bloß net so bewusstlos gewesen wär!« –, aber das nicht, nämlich diesem raffinierten – »oh, und wie die raffiniert gewesen ist! Man ist da ja praktisch richtig machtlos als Mann, da kann eins ja gar nicht mittun bei so viel Raffiniertheit!« –, diesem ausgefeimten Luder die Unschuld geraubt zu haben. Der andere habe daraufhin ziemlich beleidigt getan, so ungefähr: Erst die Unschuld rauben und dann auch noch verleumden, das sei zu viel. Er wisse, dass seine Schwester noch immer in ihn, Gollinger, verliebt sei und auf Heirat hoffe. Wenn der Herr Schreinermeister also nichts spenden tät für die Rettung seiner Schwester, dann tät er sich gezwungen sehen, andere Saiten aufzuziehen.

An welche er dabei denke, hatte Gollinger wissen wollen. No, gäb es da nicht so ein Gesetz, habe der andere scheinheilig gefragt, das den Bruch des Eheversprechens unter Strafe stellt?

Haha! So dermaßen blöd sei er nun auch wieder nicht, habe Gollinger geantwortet! Er wisse genau, wo der Has jetzt hinläuft. Aber er könnt mindestens fünf Kollegen aus der Innung nennen – »Wer?!«, hatte die Gollingerin aus ihrem Rotztuch herausgeschrien: »Saubande, dreckerte!« –, die bestätigen könnten, um was für eine Unschuld, besser gesagt, um was für ein ausgeschamtes Mistviech es sich da handeln tät. Nie käm er mit so was durch, nie!

Kann schon sein, war die Antwort. Aber eine Verhandlung gäbs. Und ein Gered und ein Gschiss und eine Schand!

Und jetzt sei dem Gollinger ganz anders geworden. »Weil da hat er mich gepackt. Weiß der Teufel, wie der Bazi das gerochen hat. Weißt, die Wally und ich, wir sind von drunt auffer – von bei Passau –, und da kannst dir, wenn einmal die Polizei bei dir vor dem Haus steht, gleich den Strick kaufen. Die Schand, die bleibt dir dein Leben lang. Und drum möcht ich auch heut noch nichts mit der Polizei zum tun haben, auf gar keinen Fall, verstehst? Erschnofelt muss der das haben, erschnofelt wie ein Hund.«

Gollinger habe ihn erst einmal fortgeschickt. Er müsse nachdenken. Ganz krank sei er geworden in den zwei Wochen, vor lauter Hin und Her, vor lauter Sich-Fürchten und Wut, weil das Geld hätte er ja auch nicht Zum-Fenster-Rausschmeißen gehabt. Dann aber sei ihm ein Licht aufgegangen.

»Frech ist der einfach bloß gewesen, bloß rotzfrech! Hats einfach probiert, ob ich auf seinen Tricks reinfall! Der weiß ja ganz genau, dass auf dem Gericht das ganze Märchen rauskommt, und dann ist er ja selber dran! Wegen Erpressung, und wer weiß, was er sonst noch auf dem Kerbholz hat.«

Er habe den sauberen Herrn Bruder gestern Nacht in die Werkstatt bestellt, derweil die Wally noch bei der Tant Elis war, dies ja so mit dem Rheumatischen hat bei dem Wetter und mit dem Bügeln allein gar nimmer nachkommt, von ihren Fratzen hilft ihr ja keiner, eine schöne Bagasch ist das, aber spechten nach ihrem Sparbuch!

Was Gollinger vorgehabt habe? Na, halt das, was er immer machte, wenn sich ein Holz allzu sperr zeigen würde: »Ich spanns halt auf die Bank, so lang bis passt!« – »Jaja, und dann gehts doch, wie der Billerin ihr Bufett!«, hatte Wally mit einem mächtigen Schnäuzer wieder zu ihrer kurzzeitig aufgeweichten Kraft zurückgefunden. Als der treusorgende Bruder dann gekommen sei, habe er ihn mit ein paar ordentlichen Watschen begrüßt und ihm klargemacht, was seine Antwort auf die Einladung zu dieser edlen Rettungsaktion sein würde.

»Dann gehts aufs Gericht!«, habe der andere geschrien, und er, der Gollinger, habe daraufhin gesagt, dass ihm das wurscht sei und dass er ihm jetzt leider die Hacke aufsetzen müsse, weil eh schon alles egal sei.

»Tja, und das andere, das wissts ja jetzt eh. Natürlich wollt ich ihn nicht umbringen, ich bin doch kein Rindviech, wenigstens nicht so eins.«

»Dass ich das anders seh, wirst mir in Zukunft nicht krummnehmen können, Oskar«, hatte Wally reserviert angemerkt.

»Was kann ich denn dafür?!« Gollinger war Scham und Empörung in Person. »Allerweil die Weiber mit ihrer Dings, ihrer ... ihrer Sinnlichkeit!«

»Sagens, Sie Hanswurscht, was kuderns denn in einer Tour?«

Kajetan zuckte zusammen. Er blickte in das erboste Gesicht einer älteren Frau, die ihm gegenübersaß. »Mir gfallt mein Hut. Und außerdem gehts niemand nix an, was ich aufhab!«

Kajetan konnte nicht mehr an sich halten. Laut lachend verließ er die Trambahn am Isartorplatz und ging, an verständnislos dreinschauenden Passanten vorbei, in Richtung Thal. Erst jetzt wurde ihm bewusst, dass er einen passablen Schwips mit sich hertrug, denn die Gollingerin hatte ihr schlechtes Gewissen darüber, bei ihrem Einsatz ordentlich ausgeholt und entsprechend zugeschlagen zu haben, damit zu besänftigen versucht, indem sie Kajetan mehrere Stamperl Obstler aufgenötigt hatte.

Entlassen hatten ihn die beiden erst, nachdem er geschworen hatte, keinem Menschen je von dieser blamablen Angelegenheit zu erzählen. »Weil unser Ehrsamkeit, die geht uns über alles. Sie brächt uns um, die Schand, was, Wally?«

»Uns, Oskar?«

»Freilich, Wally! Da sagerten die Leut dann noch, ja, was hat denn der Gollinger für einen Besen daheim, dass er hinausgrasen muss?«

Mochten Kajetans Schritte jetzt auch etwas tapsig geraten, so waren seine Gedanken doch noch einigermaßen klar. Mizzi natürlich war es gewesen, die den Schreinermeister bezirzt hatte.

Auch das Gespräch im »Café Fahrig« zwischen Mizzi und dem Schwindler konnte sich Kajetan nun besser erklären. Hörte sich nicht alles danach an, dass Mizzi für den Kontakt mit einem wohlhabenden Feingeist präpariert werden sollte? Sie als Kunststudentin aus gutem, doch leider verarmten Hause, allein in der schlimmen Welt? Rief dies nicht nach einem edlen Beschützer? Nach einem Idioten also, so herzenswarm wie lebensfern, der auf dieses Theater hereinfallen würde?

Klar war auch, dass es sich bei den beiden um keine Vorstadtschlawiner handelte. Es würde nicht leicht werden, an das Geld der Frau Süssmeier zu kommen. Noch hatte Kajetan keine Idee, wie er es anstellen konnte.

Er schob das Tor zum Hinterhof auf. Mit einem Schlag war er müde geworden, und noch immer erinnerte ihn ein dünnes Pochen am Hinterkopf an die Wehrhaftigkeit der Gollingerin. Morgen Früh würde er damit beginnen, sich einen Plan zurechtzulegen.

Er freute sich auf sein Bett.

Schwer atmend stieg er die Treppe empor. Als er den Schlüssel in das Schloss schob, stutzte er. Es hatte doch zuvor nie geklemmt? Er versuchte es ein paar Mal, bis ihm die Idee kam, dass er vergessen haben könnte, die Tür abzusperren. Kajetan seufzte erleichtert und drückte die Klinke.

Die Tür öffnete sich nur einen Spalt. Etwas hielt von innen dagegen. Kajetan stemmte sich ein, zwängte seine Hand in den Spalt und begann zu schieben.

Ein eigenartiges Geräusch ließ ihn aufhorchen. Stöhnte da jemand?

Kajetan begann zu schwitzen. Es musste ein schweres Gewicht sein, das vor der Tür lag. Schließlich hatte er die Tür so weit geöffnet, dass er sich durch den Spalt durchschieben konnte. Er tastete nach dem Lichtschalter. Und mit einem Schlag wurde er nüchtern. Vor ihm lag ein zusammengekrümmter Körper. Kajetan sah einen rotblonden Schopf und, knapp oberhalb des Halsansatzes, die Wunde, aus der klebriges Blut sickerte.

Kajetan fror plötzlich.

»Thadädl«, flüsterte er.

21

Kajetan atmete auf. Endlich würde er seine Aussage machen können. Er war müde, es musste bereits weit nach Mitternacht sein. Seit mehr als einer halben Stunde hatte er auf der Altstadt-Wache auf das Eintreffen Inspektor Scharmanns gewartet. Zwei Polizisten hatten ihn nicht aus den Augen gelassen. Fast sah es danach aus, als hielten sie ihn für einen Verbrecher, der sich bei erster Gelegenheit davonmachen wollte – idiotisch!

Inspektor Scharmann wirkte übel gelaunt und übernächtigt.

»Ah? Sie?«, sagte er und ließ sich an einem Tisch nieder. »So schnell sieht man sich wieder.«

Er winkte und deutete auf den Stuhl auf der anderen Seite des Tisches. Kajetan setzte sich. Er holte Luft.

»Gut, dass Sie da ...«

Scharmann erwiderte Kajetans erleichtertes Lächeln nicht. Schroff unterbrach er: »Worum is gegangen?«

Kajetan verstand nicht.

»Über was Sie mit Inspektor Zunhammer gestritten haben, möcht ich wissen!«

Kajetan riss den Mund auf.

»Wirds bald?!«

Langsam dämmerte es Kajetan. Scharmann ging davon aus, dass *er* es war, der Zunhammer niedergeschlagen hatte.

»Üb ... über nichts!«, stotterte er. »Ich ...«

»Sie haben ihm ohne Grund eines über den Schädel gezogen«, folgerte Scharmann giftig. »Ganz was Neues.«

»Ich hab ihn in der Wohnung gefunden!«, beteuerte Kajetan. »Wenn ich es gewesen wär, hätt ich doch nicht selber den Doktor und euch geholt!«

Scharmann betrachtete ihn eisig. »Was hättens denn sonst tun sollen? Alles andere hätt Sie ja noch verdächtiger gemacht.«

Kajetan war wie betäubt.

»Wa-wa ...?«

»Sie sind natürlich verhaftet.«

»We-we ...«

»Schwafelns nicht rum wie ein Hottentott!«, fuhr ihm Scharmann grob über den Mund. »Und vor allem, fragens nicht so scheinheilig!

Wollens mir vielleicht weismachen, dass es bloß eine kleine Rankelei gewesen ist?«

»Was Rankelei? Mit wem? Und wieso bin ich verhaftet?«

»Was meinst, was das ist, wenn man einen so zurichtet, dass er wahrscheinlich nimmer wird?!«, brüllte Scharmann. »Sie sind festgenommen wegen versuchtem Mord. Und so, wies ausschaut, bald wegen Mord – aufstehn!«

Scharmann griff nach einer Handfessel, trat hinter Kajetan und schloss dessen Hände zusammen. »Ah, und was haben wir denn da? Schaut ja gar aus wie ein Bluterguss?«

Kajetan spürte, wie sich ihm die Nackenhaare sträubten. Seine Knie schlotterten.

»Warum soll ich ...« Er schluckte. »... soll ich ...?«

»Stellens Ihnen nicht so blöd. Hab ich dick, so was.« Scharmann schob ihn zur Tür. »Sie kommen mit in die Direktion! Tief sinds gerutscht, Kajetan. Arg viel tiefer wirds bald nicht mehr gehen.«

»Warum?!«, schrie Kajetan außer sich.

Scharmann holte aus und schlug ihm ins Gesicht.

»Weil Sie einen Kollegen erschlagen haben!«, schrie er mit äußerster Wut.

Kajetan taumelte einem der Wachhabenden in die Arme, der ihn mit angewiderter Miene von sich stieß.

22

Baines betrat als Letzter den Frühstücksraum. Man registrierte ihn höflich und gab seinen Morgengruß verhalten zurück. Die Besitzerin war bereits dabei, die ersten Tische zu säubern. Sie warf ihm einen freundlichen Blick zu, in dem er jedoch eine winzige Spur von Missbilligung zu entdecken glaubte. Ihm war danach zumute, sich mit einer boshaften Bemerkung Luft zu machen, aber er beherrschte sich.

Er hatte schlecht geschlafen. Obwohl er sich ausführlich kaltes Wasser ins Gesicht geworfen hatte, fühlte sich sein Kopf noch immer unangenehm heiß an, seine Gelenke steif wie schwergängige Scharniere. Sahen die taktvoll verstohlenen Blicke, die er aus den Augenwinkeln wahrnahm, dass er in der vergangenen Nacht seinem Vorsatz wieder untreu geworden war und sich geradezu wütend in eine bierdunstgeschwängerte, lärmende Bierwirtschaft am Markt geworfen und dort, mit den tiefen, gierigen Zügen des Verdurstenden, in rascher Folge ein Bier nach dem anderen getrunken hatte?

Vor sich selbst hatte er sich damit gerechtfertigt, sich nach den ärgerlichen Erfahrungen, die ihm bereits am ersten Tag seines Aufenthalts bereitet worden waren, einen Fehltritt gönnen zu dürfen. In Wirklichkeit hatte er gehofft, damit das Gefühl betäuben zu können, erneut gedemütigt worden zu sein.

Gleich nachdem er das Fehlen seiner Geldbörse bemerkt hatte, hatte er sich nach der nächsten Polizeiwache erkundigt. Dort hatte man seine Anzeige widerwillig aufgenommen, ihm aber zu verstehen gegeben, dass er sich keinerlei Hoffnung machen bräuchte, dass er für seine Dummheit selbst verantwortlich sei und gefälligst aufpassen solle, wo er sich herumtreibe. Als der Protokollant auch noch seine britische Staatsbürgerschaft feststellte, schien dies dessen Abneigung noch zu verstärken.

»So?«, hatte er in kaum kaschiertem, unverschämtem Ton gefragt. »Von England sinds her? Und was haben wir im Deutschen Reich verloren?«

Baines hatte kurz überlegt, ob er einem Polizisten den Grund seines Aufenthalts verraten sollte. Immerhin war der Beamte auf die Republik vereidigt worden, und folgerichtig wäre gewesen, dass er auf die Information, ein englischer Journalist wolle den Führer einer republikfeindlichen Partei aufsuchen, noch ungnädiger reagierte. Einer Eingebung folgend, gab Baines schließlich doch den richtigen Grund an – mit dem Ergebnis, dass der Beamte unvermittelt einen geradezu servilen Ton anschlug. Es hätte nicht viel gefehlt, dass er mit einem der neuen Polizeiautos, über die auch die Wachen seit einiger Zeit verfügten, zu seiner Pension zurückeskortiert worden wäre. Er verließ die Wache mit der inständigen Versicherung, dass alles, aber auch wirklich alles zur Aufklärung dieses verabscheuungswürdigen Diebstahls unternommen würde sowie der Bitte, er möge sein unerfreuliches Erlebnis nicht verallgemeinern und München in guter Erinnerung behalten.

Es hatte Baines' Laune keinesfalls gehoben, dass er es nur dem Hinweis auf diesen Nazi verdankte, so behandelt zu werden, wie es ihm zustand. Seine Verwirrtheit und Verunsicherung musste fast dazu eingeladen haben, ihn zu demütigen. Wie mager war doch sein Selbstvertrauen, wie leicht war der dünne Schorf abzukratzen, unter dem nichts als Verletzbarkeit und Schwäche brannten.

Nur deshalb hatte er Liter um Liter in sich hineingeschüttet, weil er sich danach sehnte, den in ihm schwärenden Selbsthass damit löschen zu können, und sei es nur für Stunden.

Immerhin war er noch in der Lage gewesen, sein Zimmer zu erreichen, ohne dass jemand seinen Zustand bemerkte. Von dem, was danach geschah, wusste er nichts mehr. War er nicht irgendwann aufgeschreckt, weil ein seltsames Geräusch aus dem Hinterhof durch das geöffnete Fenster gedrungen war? Hatte es nicht nach einem gepressten Schrei und danach, dass irgendetwas Schweres zu Boden gepoltert war, geklungen?

Er musste es geträumt haben.

Der Kaffee war noch warm, doch nicht so heiß, wie er es sich gewünscht hätte. Mittlerweile waren die anderen Gäste aufgebrochen. Frau Eisenschitz, die in der angrenzenden Küche geschäftig werkte, sandte immer öfter prüfende, ungeduldige Blicke durch die geöffnete Tür, die sie mit einem freundlichen, aber nichtssagenden Lächeln verzierte, wenn sie versehentlich den Blick Baines' kreuzten.

Er beherrschte einen erneuten Impuls, scharf darauf hinzuweisen, dass die in der Hausordnung vermerkte Frühstückszeit noch nicht zu Ende sei. Er hatte die Tasse gerade leer getrunken und war im Begriff, aufzustehen, als er hörte, wie die Türglocke am Ende des Flurs läutete.

Baines schob den Stuhl an den Tisch und ging hinaus. Er sah, wie Silvester gerade einen Boten verabschiedete und die Tür schloss.

»Donald ...?«

Baines drehte sich auf dem Treppenabsatz um. Silvester hielt ein Kuvert in die Höhe.

»Da – hat einer grad für dich abgegeben.«

Baines kam näher.

»Von wem?«

Silvester zuckte die Schultern, drückte ihm den Brief mit abweisender Miene in die Hand und ging wortlos an ihm vorbei.

»Schau halt.«

Baines riss den Umschlag auf.

Das Werbebüro der Nationalsozialistischen Arbeiterpartei erklärte knapp, dass der für heute vorgesehene Gesprächstermin hinfällig sei.

Ein neuer Zeitpunkt würde mitgeteilt. Nicht wann, nicht wo. Keine Begründung. Keine Entschuldigung. Dafür mit deutschem Gruß.

Baines drehte das Blatt ratlos in den Händen.

Was nun? Bedeutete das etwa, dass er noch Wochen in München auszuharren hatte, bis man sich irgendwann bequemte, ihn bei diesem aufgeblasenen Österreicher vorzulassen? Waren die famosen Kontakte des Lords etwa doch nicht so gut, wie dieser eitel getönt hatte? Sollte er drängen? Oder doch abwarten?

Nun gut, er könnte die Zeit nützen, sich mit ehemaligen Kollegen aus seiner Zeit bei der »United Press« zu treffen. Noch in Berlin hatte er sich erkundigt: Der alte Göran Granholm, der für die »Aftons nyheter« und das »Argentinische Tagblatt« arbeitete, hatte sich in München niedergelassen. Auch Estelle Thomson war in München gestrandet. Nach einer gescheiterten Ehe mit einem Deutschen, für den sie den Job bei der UP aufgegeben hatte, schrieb sie jetzt für die »Chicago Tribune« und den »Philadelphia Herald«. Damals hatten sie sich gut verstanden. Vielleicht konnten sie ihm einen Rat geben?

Er bemerkte, dass Silvester auf der Schwelle der Bürotür stehen geblieben war und ihn ernst betrachtete.

»Sag, Donald – tust du jetzt auch bei den Nazen mit?«

»Ich? Wie kommst du darauf?«

Er ging auf Silvester zu.

»Weil ich ... ach!«

»Weil – was?«, bohrte Baines. Was ging in Silvesters schlichtem Gehirn vor? Weshalb war er plötzlich so reserviert?

Der Bruder der Wirtin machte eine wegwerfende Handbewegung. »Ach, geht mich ja überhaupt nichts an«, meinte er. »Aber des Bürscherl, des den Brief grad abgegeben hat – weißt, Donald, ich schmecks bloß schon ein Kilometer gegen den Wind, die Bagasch, die.«

»Silvester! Ich bin Journalist! Wenn ich einen von denen treff, dann heißt das doch noch lang nicht, dass ich jetzt bei denen mitmache!«

Was glaubte dieser ungebildete Bursche eigentlich, mit wem er es zu tun hatte? Musste er sich jetzt schon vor Leuten verantworten, deren Wissen gerade einmal auf ein paar Jahren Volksschule beruhte?

Silvester schien seinen Ärger nicht wahrgenommen zu haben.

»Echt net?«

»Nein!«, bestätigte Baines entschieden.

»Hab mirs ja auch gar net recht vorstellen können«, lenkte Silvester erleichtert ein. »Aber, Donald, den Gefallen tust uns schon, dassd net auf alles reinfällst, was die dir verzapfen?«

Baines versprach es. Ein Waisenknabe sei er nicht mehr, erklärte er beherrscht.

»Gibt nämlich schon noch ein paar Leut, die mit dem ganzen Krampf net mittun. Unds tät mir weh, wenns im Ausland so ausschaut, als gäbs bei uns bloß lauter Rindviecher. Und wenn das auch noch von dir käm, Donald.«

»Da musst du wirklich keine Bedenken haben, Silvester.« Baines zwang sich zu einem Lächeln. »Ich überlege mir gerade, ob ich nicht beleidigt sein soll, wenn du so von mir denkst.«

»Bloß net!« Silvester hob lachend die Hände. »Aber jetzt hast was gut bei mir, des is wahr. Und drum kehren wir morgen oder übermorgen in einer Wirtschaft ein – je nachdem, wies dir halt ausgeht! Na, was meinst?«

23

Der Polizist dirigierte Kajetan an den Vernehmungstisch, nahm ihm die Handfessel ab und drückte ihn auf den Stuhl. Kurze Zeit danach betrat Inspektor Scharmann wieder den Raum. Seine Laune hatte sich seit gestern Nacht nicht gebessert. Kajetan mit einem verächtlichen Blick streifend, setzte er sich.

»Wie gehts dem Thad ...«

»Ich frag!«, donnerte Scharmann.

Kajetan sah auf seine Hände. Er schüttelte den Kopf.

»Sagens einmal, haben Sie eigentlich eine Krankheit? Dauernd wackelns mit dem Kopf. Auch gestern schon.«

Kajetan sah ihm ins Gesicht.

»Ich ... ich soll den Thadädl erschlagen haben?«

Scharmann beugte sich vor. In seinen Augen glitzerte verhaltene Wut.

»Erstens einmal hab ichs langsam dick, dieses verlogene ›Ich soll ihn erschlagen haben‹ und zweitens: Von dem Sie reden, damit das ein für alle Mal klar ist – sonst fangens nämlich gleich wieder eine – ist mein Kollege, der Herr Inspektor Isidor Zunhammer! Der jetzt im Schwabinger Krankenhaus im Sterben liegt, so wies ausschaut. Sie können überhaupt froh sein, dass Sie mir zwischen die Finger gekommen sind. Die anderen hätten Sie gleich auf der Stell einen Kopf kürzer gemacht. War ein ganz schöner Rumor, wie bekannt geworden ist, dass es wieder einen Kollegen erwischt hat.«

»Ich bins aber nicht gewesen! Ich hätt doch nie einen Grund dafür gehabt! Wie oft soll ichs denn noch sagen?«

»Keinen Grund?« Scharmann hob verächtlich die Brauen. »So? Und was ist damit, dass er auf den Posten gekommen ist, auf den Sie noch immer scharf sind? Sie haben doch nie einsehen wollen, dass Sie bei uns nichts mehr verloren haben.«

»Weil das auch noch nicht ganz entschieden ist«, widersprach Kajetan.

»Ha! Genau! Aber wenn dieser Posten schon von einem anderen belegt ist, dann schauts doch gleich noch mal schlechter aus, hab ich nicht recht? Hat Sie gewurmt, geben Sies zu.«

»Blödsinn!«

Die Augen Scharmanns wurden zu Schlitzen.

»Noch einmal so eine Frechheit, dann blitzts, Bürscherl.«

Kajetan setzte sich aufrecht.

»Es hat mich nicht gewurmt. Ich hab mich für den Thadädl gefreut.«

Scharmann brauste auf. »Der Herr Inspektor Zunhammer hat keinen Spitznamen wie der Kasperl auf der Dult, ist das klar?!«

»Von mir hat er sichs gefallen lassen.«

Scharmann atmete hörbar aus. Sein Blick war unverwandt auf Kajetan gerichtet. Er wurde nachdenklicher.

»Sie kennen den Herrn Inspektor Zunhammer aus seiner Anwärterzeit, stimmts?«

»Er ist mir zugeteilt gewesen.«

»Sie waren also sein Anleiter.« Scharmann verzog den Mund. »Tja, und jetzt wird der ehemalige Schüler auf einmal zum Konkurrenten. Tut weh, das glaub ich gern.«

»Blöd ...!«

Scharmann schoss einen warnenden Blick ab.

»Es ... es stimmt einfach nicht.«

Der Inspektor tat, als habe er es überhört. Seine Stimme klang jetzt, als seien kollegiale Gefühle in ihm erwacht.

Er seufzte.

»Herr Kajetan, wenn ich mich in Ihre Lage versetz, dann kann ich Sie ja fast verstehen. Deswegen ist das übrigens jetzt noch nicht die eigentliche Vernehmung, sondern ein, na sagen wir, ein eher persönliches Vorgespräch, eben damit ich das Ganze besser versteh. Und es tät mich bestimmt auch gewaltig wurmen, wenn ich zuerst ein – ja, sagen wir ruhig, wies ist – ein allseits respektierter Beamter gewesen wär und dann erleben müsst, wie mich so ein Jungfuchs an die Wand drückt ...« Eine Handbewegung kam Kajetans Widerspruch zuvor. »... und ich kann mir auch vorstellen, dass man so eine Tat am liebsten aus seinem Hirn ausradieren tät.«

»Ich muss nichts ausrad ...«

»Ich red, und Sie hören zu! Ich sag Ihnen nämlich, wies gewesen ist: Kajetan, Sie haben von mir am Vormittag gehört, dass der Inspektor Zunhammer auf Ihrem Sessel hockt, stimmts? Dann habens ihn zu sich gelockt – oder nein, sagen wir erst einmal – zu sich eingeladen, wieder mal über die alten Zeiten zu reden oder so was. Aber dann hat ein Wort das andere gegeben, und – patsch ... hm?«

Kajetan sah ihn entgeistert an.

»Vielleicht wars ja gar keine Absicht«, meinte Scharmann. »Aber Sie werden halt auch ein Zornpinkel sein können, wie jeder von uns. Ich kanns auch.« Er lehnte sich zurück und sah wie gedankenverloren nach oben. »Und dann, tja, dann sieht einer auf einmal rot ... und da liegt da auf einmal ein Trumm Eisen ... und ...«

»Es war kein Trumm Eisen.«

»Ah? Was dann?«, fragte Scharmann mit freundlicher Neugierde.

»Ich bin nicht auf den Kopf gefallen, Herr Inspektor«, erwiderte Kajetan kühl. »Und ein paar von den einfacheren Tricks kenn ich auch noch. Es ist weder ein Trumm Eisen noch sonst was gewesen. Ich hab nicht zugehauen.«

»Schlauberger, hm?«, brummte Scharmann ärgerlich. »Wird Ihnen aber nichts nutzen. Es passt nämlich eins ins andere.«

»Bis auf die Tatsach, dass ich überhaupt nicht daheim gewesen bin, wie das passiert sein soll.«

Scharmann verschränkte die Arme vor der Brust.

»Habens gesagt, stimmt«, räumte er herablassend ein. »Dann erzählens mir doch bitt schön noch mal, wo Sie gewesen sein wollen.«

»Hab ich doch bei der gestrigen Vernehmung schon gesagt!«

»Sie werdens mir so oft sagen, wie ichs hören will, verstanden? Außerdem kann ich mich dran erinnern, dass Sie eine Zeit lang gebraucht haben, bis es Ihnen eingefallen ist.«

Scharmann hatte richtig beobachtet. Schon auf der Fahrt in die Polizeidirektion, und nachdem er endlich realisiert hatte, dass man ihn verdächtigte, hatte Kajetan sich den Kopf darüber zerbrochen, wie er seine Unschuld beweisen könnte. Kurz hatte er daran gedacht, dass er den Gollingerischen hoch und heilig versprochen hatte, die peinliche Affäre geheim zu halten. Dann aber war er zu der Überzeugung gelangt, dass die öffentliche Ehrsamkeit des Haidhauser Schreinermeisters doch deutlich geringer wog als der Verdacht gegen ihn, der ihm, wenn er ihn nicht entkräften konnte, jahrzehntelanges Zuchthaus einbringen würde. Aber er konnte wenigstens versuchen, den wirklichen Grund des Treffens aus der Sache herauszuhalten.

»Also, ich höre? Wo waren wir?«

Der unverwandt lauernde Blick Scharmanns begann Kajetan zu beunruhigen.

»Ich war in Haidhausen oben.«

»Wann?«

»Zwischen zirka zehn und drei viertel zwölf. Hab nicht auf die Uhr geschaut.«

»Und mit wem waren Sie da zusammen, haben Sie gesagt?«

»Mit dem Gollinger Oskar aus der Steinstraße. Und seiner Frau.«

»Gollinger Oskar und Frau«, echote Scharmann. »Aha. Und was war der Grund für das Treffen? Und das um die Zeit, wo ein anständiger Mensch schon im Bett liegt, der unanständige erst recht?«

»Es hat keinen besonderen Grund gegeben.«

Scharmann lächelte ölig. »Ach, gehns zu?«

»Na ja, ich hab gesehen, dass er noch in der Werkstatt ist, und bin hinein. Eine Viertelstund später ist dann auch seine Frau gekommen.«

»Schöne Gschicht«, lobte Scharmann. »Kennen Sie sich eigentlich schon länger? Muss ich eigentlich nicht fragen – wenn man jemanden mitten in der Nacht besucht, dann muss das schon ein ziemlich guter Bekannter sein.«

Kajetans Unruhe wuchs.

»Na ja, schon. Wir kennen uns einigermaßen gut.«

»Und woher?«

»Weiß nimmer genau.«

Scharmann drehte genüsslich die Daumen vor seiner Brust. Nachdenklich wiederholte er:

»... Sie kennen sich also gut, Sie und der Herr und die Frau Gollinger ...«

»Hab ich doch schon x-mal gesagt.«

Scharmann hob abwehrend die Hände.

»Weiß ich, weiß ich. Wollt auch bloß noch mal hören, ob alles zusammenpasst. Ich hab nämlich den Inspektor Veigl nach Haidhausen raufgeschickt.«

»Und?!«

Scharmann drehte sich in Richtung Tür.

»Veigl!!! Kommens einmal rüber! Dalli!«

War das Theater abgesprochen, um ihn mürbe zu machen? Oder hatte sich Veigl in der Nähe der Tür postiert, um dem Gespräch zu lauschen? Der Befehl Scharmanns war kaum verklungen, da stand er bereits neben seinem Kollegen. Sein Gesicht war gerötet, und seine Augen flogen unruhig umher.

»Einen Schreinermeister Oskar Gollinger aus Haidhausen gibts«, berichtete Veigl. »Aber der kennt keinen Herrn Kajetan!«

Scharmann kostete seinen Triumph grinsend aus.

Kajetan war wie vom Donner gerührt. Etwas krallte sich in seinen Nacken. Seine Kehle wurde ihm eng.

»Das gi-gibts nicht!«, flüsterte er.

»Es ist zwar ein bissl komisch gewesen, weil er ganz käsweiß geworden ist und ich schier gar Angst gekriegt hab, dass ihn der Schlag trifft. Aber so viel hat er trotzdem noch rausgebracht, dass er von einem Herrn Kajetan sein Lebtag noch nichts gehört hat und ...«

Scharmann ergänzte: »... daraus folgt ja, dass er sich auch nicht mit so einem Herrn getroffen hat.«

»Dann hat er gelogen!«, keuchte Kajetan. »Diese feige, bigotte ...!«

»Oder Sie sinds, der lügt!«

»Herr Veigl! Haben Sie ihm gesagt, was mir blüht, wenn er nicht die Wahrheit sagt?!«

»Hat er natürlich nicht«, kam Scharmann zuvor. »So was bringt die Leut bloß durcheinander. Wenn einer weiß, dass der andere wegen seiner Aussag sein Lebtag ins Zuchthaus marschiert oder sie ihm gar deswegen den Kragen abrasieren, da wird mancher sentimental und fängt an, Blödsinn zu verzapfen.«

»Aber ... und seine Frau?! Haben Sie die auch gefragt?!«

»Die war grad nicht da – gell, Veigl? Sie können jetzt übrigens wieder gehen.« Veigl gab etwas von sich, das nach einem »Jawohl« klang, nickte abgehackt und verließ den Verhörraum.

»Sodala ...« Scharmann nahm gelassen die Arme von der Lehne, beugte sich vor und betrachtete sein Gegenüber nachdenklich. Jetzt hatte er beinahe so etwas wie Mitleid mit diesem Mann, der einmal – so hatte er sich immer wieder anhören müssen – einer der besten Polizisten der Stadt gewesen war. Hätte er sich nicht selbst in Schwierigkeiten gebracht, wäre heute nicht er, Scharmann, der Leiter der Abteilung, sondern dieser Kajetan. Aber das war nun nicht mehr zu befürchten.

»Sagens einmal, Herr Kajetan«, meinte der Inspektor, und jetzt schien er ehrlich neugierig, »Sie wissen schon, um was es geht, hm? Sie haben nicht irgendeinen Bierkopf umgehauen, sondern einen Polizeibeamten. Aus dem Krankenhaus hör ich, dass es nicht gut steht. Wenn der Kollege nicht überlebt, dann werden Sie mit schwerer Körperverletzung sowieso nicht, aber auch mit Totschlag nicht mehr davonkommen. Es ist ernst, Freunderl. Ist Ihnen das klar? Der Kopf wackelt. Haben Sie gehört, was ich gesagt hab?«

Kajetan nickte stumm. Seine Gedanken jagten: Dieser Schwachkopf von Inspektor war von seiner Schuld vollkommen überzeugt! Aber bis die Gollingerischen bei der Verhandlung schließlich doch noch zu einer Aussage gebracht werden konnten, würden Monate vergehen. Und das hieß St. Adelheim, hieß Untersuchungsgefängnis, hieß: Seine Existenz wäre ruiniert. Und die alte Frau Süssmeier würde man in ein paar Tagen vom Dachgebälk schneiden können ...

»Also, was machen wir, Herr Kajetan? Ein schnelles Geständnis bringt immer ein bissl was«, bemerkte Scharmann kollegial. »Wissens ja noch von früher.«

Scharmann hatte den Eindruck, dass der Gefangene ruhiger geworden war. Fügte er sich endlich in das Unabänderliche?

»Dann kann ich schon einmal den Kollegen und das Protokoll holen, oder?«

»Das könnens schon, Herr Inspektor.« Kajetan hob das Gesicht. »Aber ... mir fällt grad noch was ein ... das ...« Er schüttelte den Kopf, als wundere er sich über sich selbst. »... das hab ich ganz vergessen gehabt ...« Er senkte beschämt den Kopf. »Dass einer bloß so durcheinander sein kann? Jetzt muss ich mich fast genieren ...«

24

Inspektor Veigl hatte unwillkürlich Haltung angenommen, als Toussaint das Büro der Kriminalpolizei betrat, in die Mitte des Raumes schritt und diesen augenblicklich mit einer zwingenden Aura von Macht und Elite füllte. Gebieterisch schwenkte er den Oberkörper, als erwarte er einen willfährigen Diener, der ihm Mantel und Hut abnehmen würde.

»Guten Tag, die Herrschaften. Doktor Alfred Toussaint mein Name. Herr Inspektor Scharmann? Mit Herrn Inspektor Veigl durfte ich ja bereits Bekanntschaft schließen. Man wünscht mich zu sprechen?«

Inspektor Scharmann stand unwillkürlich auf, was er sonst nur beim Eintreffen eines Vorgesetzten tat.

»Grüß Gott, Herr Doktor.« Er wies auf einen Stuhl. »Bitt schön ...«

Toussaint warf einen leicht indignierten Blick auf das ihm zugemutete Möbel, das in seiner Gegenwart noch schäbiger wirkte. Er setzte sich und ließ eine Reihe makelloser Zähne sehen.

»Ist mir selbstverständlich eine Ehre, der Staatsmacht zu Diensten zu sein. Nur konnte mir Ihr werter Kollege keine näheren Auskünfte darüber geben, worum es eigentlich geht. Ich weiß also gar nicht, ob ich Ihnen wirklich behilflich sein kann.«

»Ich glaub schon, Herr Doktor«, beruhigte Scharmann. »Herr Veigl? Sind Personalien et cetera vom Herrn Doktor aufgenommen?«

Veigl bestätigte atemlos.

Aus Toussaints Worten klang die verhaltene Ungeduld bedeutender Persönlichkeiten: »Dann bitte ich Sie um Ihre Fragen, Herr Inspektor. Wenn ich Sie nur vorab darum bitten dürfte, das Procedere so konzentriert wie möglich zu gestalten, da ich gerade dabei war, mich für ein wichtiges Treffen mit meinem geschätzten Kompagnon, Herrn Major Rupp, vorzubereiten. Eine Sache von einiger Wichtigkeit – Sie verstehen?«

Scharmann hatte sofort die Befehlsgewalt der Stimme erspürt.

»Ich bin mir sowohl sicher, dass wir die Angelegenheit bald erledigt haben, wie auch, dass Sie uns helfen können, Herr Doktor.«

»Bestens.« Toussaint war zufrieden. »Ihr werter Kollege hat bereits angedeutet – worauf ich mir aber keinen Reim machen konnte –, dass eine, wie er sich ausdrückte, zwielichtige Person behauptet, gestern Abend mit mir zusammen gewesen zu sein.«

Scharmann streifte seinen Kollegen mit einem säuerlichen Blick. »Das hat er Ihnen schon gesagt?«

Toussaint lächelte mit gespieltem Schuldbewusstsein.

»Ich gestehe, etwas insistiert zu haben, um die Angelegenheit gleich vor Ort zu erledigen, da ich – Sie wissen, mein Treffen. Ihr Mitarbeiter hatte vollstes Verständnis.« Er wandte sich zur Seite. »Ich bedanke mich ausdrücklich.«

Veigls Gesicht glühte. Er wechselte nervös den Stand.

Toussaints eisblaue Augen richteten sich wieder auf Scharmann. »Nun? Um wen geht es?«

»Um einen Herrn Kajetan.«

Toussaint legte die Fingerspitzen sorgfältig aneinander. Er überlegte.

»Kajetan? – Und der Vorname?«

»Paul.«

Der Doktor öffnete seine gepflegten Hände.

»Wissen Sie, ich führe derzeit sehr viele Gespräche in geschäftlichen Dingen. Wenn ich Sie richtig verstehe, soll ich gestern Abend ein derartiges Gespräch mit diesem Paul ... Kajetan geführt haben.«

Scharmann nickte. »Haben Sie?«

»Sie gehen keine Umwege, Herr Inspektor. Respekt.« Toussaint lächelte mit huldvoller Anerkennung. »Nur – ich muss zugeben, ein relativ schlechtes Namensgedächtnis zu haben und in letzter Zeit, wie schon erwähnt, sehr viele Gespräche mit den unterschiedlichsten Partnern zu führen. Allein gestern hat ein Treffen das andere gejagt.«

»Hat es«, echote Scharmann beeindruckt.

»Sie benötigen aber doch nicht deren Namen, oder? Ich wüsste nicht, ob ...« Der Doktor hielte inne, beugte sich ruckartig nach vorne und dämpfte die Stimme. »Ich möchte Sie auch bitten, den Namen meines Kompagnons überhört zu haben. Was in Planung ist, erfordert äußerste Diskretion, ist aber nichtsdestoweniger von größter Bedeutsamkeit in Bezug auf die Durchsetzung vaterländischer Interessen.« Der Atem nationaler Erhabenheit durchströmte den Raum. Der Doktor stellte den Kopf schräg. »Sie verstehen mich?«

Es war ein in eine Frage gekleideter Befehl. Scharmann hob beruhigend seine Rechte.

»Sie haben den Namen des Herrn Major mir gegenüber nicht erwähnt, Herr Doktor«, versicherte er.

Toussaint wandte sich mit gewichtiger Miene an Veigl. Dieser nickte eilfertig.

»Ich danke Ihnen, meine Herren«, sagte der Doktor bewegt. »Um aber auf Ihre Frage zurückzukommen – wie gesagt, ist mein Namensgedächtnis nicht das Allerbeste. Mit Gesichtern, so es denn eines ist, das der Erinnerung würdig ist, tue ich mich um Grade leichter. Sagen Sie also, wäre es möglich, mich diesem Mann gegenüberzustellen? Es würde doch einiges beschleunigen, nicht wahr?«

Scharmann drückte seinen Rücken gegen die Stuhllehne und legte beide Hände auf die Tischplatte.

»Einen Augenblick noch. Kann ich Sie so verstehen, dass Sie gestern Abend tatsächlich ein Gespräch mit diesem Paul Kajetan gehabt haben?«

»Ich habe gestern Abend mit einem an meinen Plänen sehr interessierten Herrn gesprochen, das stimmt«, räumte Toussaint ein. Eine Spur schärfer fügte er hinzu: »Ob es sich dabei aber um jenen Mann handelt, den Ihr werter Kollege als ›zwielichtig‹ zu bezeichnen geruhte, wage ich zu bezweifeln. Ich pflege nicht mit Personen zu verkehren, die auch nur den Anschein erwecken, sich mit diesem Adjektiv schmücken zu können.«

Scharmann wehrte sich gegen das Gefühl, eine Ungebührlichkeit begangen zu haben.

»Wo ... wo hat dieses Gespräch stattgefunden?«

Toussaint legte wieder nachdenklich die Fingerspitzen aneinander.

»Im Osten – ich kenne mich in der Vorstadt nicht so gut aus.«

»Erlauben Sie mir die Frage, Herr Doktor –«

Toussaint lächelte großzügig. »Selbstverständlich, Herr Inspektor.«

»Wie kommt ein Mann der Gesellschaft wie Sie in so ein, also wir sagen ...« Er überlegte kurz, ob dieser Scherz für das Niveau seines Gesprächspartners nicht zu billig sein würde, wagte ihn aber schließlich doch. »... wir sagen Glasscherbenviertel dazu, also in so eine Gegend?«

Der Doktor jedoch schien klare Worte aus Volkes Mund zu genießen.

»Haha. Wie sagten Sie? Glasscherbenviertel? Das ist gelungen, sehr gelungen.«

Scharmann senkte geschmeichelt den Blick. Er sah wieder auf.

»Meine Frage war ...«

»Ah ja.« Toussaint setzte eine schwärmerische Miene auf. »Wissen

Sie, ich bin ein leidenschaftlicher Flaneur. Es lenkt ab von so manch unlösbar scheinenden Dingen, gibt Raum für Überlegung. Ich glaube, es war Zufall. Wir wurden einander in einem Restaurant vorgestellt. Der Herr ist, was ich sehr angenehm fand, ein äußerst interessanter Gesprächpartner, und über höchst anregenden Gesprächen über die Historie der Stadt und die gewaltigen Veränderungen der vergangenen Jahre haben wir uns plötzlich auf der Isarhöhe befunden. Ich erinnere mich noch, dass er davon sprach, das Gebäude über der Brücke – es ist doch ein Spital, nicht wahr? – sei ein idealer Platz für einen Konzertsaal, und schon König Ludwig habe davon geträumt –, aber ich komme jetzt wohl etwas ab. Bitte entschuldigen Sie, Inspektor.«

Scharmann hob abwehrend die Hand.

Toussaint schüttelte nachdrücklich den Kopf.

»Nein, ich sehe Ihre Ungeduld, Herr Inspektor. Ich habe vollstes Verständnis dafür. Nebenbei, mir geht es nicht anders – mein Kompagnon legt größten Wert auf Disziplin, auch, was die Einhaltung von Terminvereinbarungen betrifft.«

Wieder nahm seine Stimme einen verschwörerischen Klang an: »Dürfte ich Sie übrigens bei dieser Gelegenheit erneut darum bitten – auch im Sinne eines dringlichen Wunsches des Herrn Majors –, dies mit größter, mit allergrößter Verschwiegenheit zu behandeln?«

»Sie haben mein – unser – Wort bereits, Herr Doktor.«

»Ich wusste, dass ich mit Ihrem Verständnis rechnen kann.« Wieder stand der hohe Ernst nationaler Angelegenheiten im Raum. »Also? Ich hatte vorgeschlagen, mich diesem Herrn einfach gegenüberzustellen. Ich muss allerdings nochmals hinzufügen, dass ich mir nicht vorstellen kann, dass es sich um meinen Gesprächspartner handelt, denn dann wäre schwer vorstellbar, dass er irgendeiner kriminellen Tat auch nur verdächtig ist.«

»Eine letzte Frage noch, Herr Doktor ...«

»Aber gewiss. Ich sehe, Sie nehmen Ihre Aufgabe sehr ernst.«

»Wie sah der Mann aus, mit dem Sie gestern Abend zwischen zehn Uhr und Mitternacht im Münchner Osten gesprochen haben?«

»Oh, ich fürchte, jetzt habe ich wieder zu viel versprochen. Sehen Sie, ich sagte bereits, dass ich an diesem Tag fast ein Dutzend Gespräche geführt habe und dieser Herr einer von vielen war. Lassen Sie mich kurz nachdenken ... etwa so groß wie Sie, einen Meter fünfundsiebzig, wenn ich richtig schätze. Eher dunkles Haar, einen kleinen Bart ...«

Scharmann sandte einen vielsagenden Blick zu seinem Kollegen. Veigl machte ein besorgtes Gesicht. Er schien die Luft anzuhalten.

»... Bart, jawohl ...« Toussaint legte seine Hände entschlossen auf seine Oberschenkel. »Herr Inspektor, ich wäre Ihnen wirklich sehr verpflichtet, wenn Sie die Sache abkürzen könnten. Ich habe fast den Eindruck, als ob Sie meiner Aussage Misstrauen entgegenbringen. Ich weiß selbstverständlich um Ihre Pflichten, aber wenn ich eine Aussage mache, dann stehe ich mit meinem Namen dafür ein. Es wäre mir mehr als fern, einen Hochstapler darin zu unterstützen, sich meines Namens zu bedienen. Ich habe schließlich einen Namen zu verlieren.«

Scharmann öffnete den Mund. Toussaint, dessen Stimme einen Ton kultivierter Empörung angenommen hatte, ließ ihn nicht zu Wort kommen.

»Brauchen Sie weitere Reputation? Den Herrn Major nannte ich Ihnen bereits. Wen noch? Den Herrn Kommerzienrat Kauner, den Grafen Sinzendorf ...«

Scharmann fuchtelte mit den Händen, als würde er von einem Schwarm lästiger Mücken attackiert.

»Natürlich nicht, Herr Doktor. Es war nur ...«

»Die Vorschriften – verstehe«, verkürzte Toussaint. »Können wir jetzt?«

Die Stimme eines Mannes, der keinen Widerspruch mehr duldet! Wie von einer Sprungfeder gehoben, sprang Scharmann auf.

Veigl hatte bereits die Tür zum Nebenraum geöffnet. Scharmann scheuchte den Wachbeamten mit einer Handbewegung zur Seite und wies auf Kajetan.

»Ist das der Mann, mit dem Sie gestern Abend Ihre Unterredung hatten?«

Außer einem kaum sichtbaren, kurzen Lidtick zeigte Toussaints Gesicht keine Regung. Kajetans und sein Blick sanken für Sekunden ineinander. Erwartungsvoll wanderten die Augen der Inspektoren vom einen zum anderen. Veigl wagte nicht zu atmen.

Toussaints Gesicht hellte sich auf.

»Ja, natürlich!«, beendete er die gespannte Stille. »Aber natürlich! Selbstverständlich!«

»Kein ... Zweifel?«

»Herr Inspektor!«

Scharmann sank unmerklich in sich zusammen. Er straffte sich wieder und wandte sich an Kajetan.

»Warum habens ...« Er räusperte sich. »Warum erzählens dann vorher so einen Blödsinn von einem Schreiner in Haidhausen droben?«

Toussaint antwortete für ihn. »Meine Herren!«, sagte er nachsichtig. »Ich hatte Ihnen doch angedeutet, dass gewisse Dinge in Vorbereitung sind, für die derzeit noch Verschwiegenheit vonnöten ist.«

Scharmann rieb sich die Schläfen.

»Tja, dann, dann ... Sie bestätigen ...?«

»Aber natürlich, meine Herren! Natürlich bestätige ich!«, fiel ihm der Doktor ins Wort. »Herr Kajetan! Wie geht es Ihnen? Und sagen Sie, was um Himmels willen hat Sie in diese Situation verschlagen?« Ohne eine Antwort abzuwarten, wandte er sich empört an Scharmann: »Herr Inspektor! Ich muss mit aller Deutlichkeit sagen: Hier kann es sich nur um ein groteskes Missverständnis handeln.«

25

Scharmann und Veigl hatten sich immerhin, wenn auch wortkarg und seinem Blick ausweichend, bei Kajetan entschuldigt.

»Des tut mir jetzt ... ah ... leid, dass wir Sie ... ah ... dass wir Sie ein bissl hart hergenommen haben«, brummte Scharmann. »Aber Sie hätten uns das mit dem Herrn Doktor ja auch gleich sagen können.« Er überwand sich: »Nichts für ungut, hm?«

Kajetan winkte ab. »Wie gehts dem Zunhammer?«

»Schlecht«, berichtete Veigl bekümmert. »Hat ihn schwer erwischt. Liegt im Schwabinger Krankenhaus, wissens ja schon.« Er ging zur Tür und legte die Hand auf die Klinke. »Ich bring Sie runter.«

Gedankenversunken griff Kajetan nach seinem Mantel.

»Bleibt bloß noch, was er mitten in der Nacht bei mir gewollt hat«, meinte er.

Scharmann stand bereits auf der Schwelle zu seinem Büro.

»Wenn Sies uns nicht sagen können?«

»Ich denk ja schon selber die ganze Zeit drüber nach. Aber mir fällt nichts ein.«

Scharmann gab einen unwirschen Ton von sich und drehte den beiden Männern den Rücken zu.

»Gibts schon eine Idee, warum man ihn umbringen wollte?«, setzte Kajetan nach. »Kanns denn was mit einem Fall zu tun haben, den er ...«

Scharmann drehte sich ärgerlich um.

»Kanns ja verstehen, dass Sie wissen möchten, wer Sie in den ganzen Schlamassel geritten hat. Aber bei allem Verständnis – Sie sind nimmer bei der Polizei! Lassens die Finger davon. Haben wir uns verstanden?«

Er schlug die Tür hinter sich zu.

Kajetan folgte Veigl auf den Flur. Der Inspektor trippelte neben ihm her.

»Der arme Zunhammer! So ein Verdruss! Vor gut einem halben Jahr erst hat er seine Leni geheiratet, und jetzt ... nein, so ein Verdruss aber auch!« Er schüttelte mitfühlend den Kopf. Kajetan war mit seinen Gedanken woanders. Er war frei – aber der Preis dafür war, dass dieser Halunke von Toussaint ihn jetzt kannte. Er hatte zuvor bereits verschiedene Pläne durchgespielt, wie er ihm das Geld wieder abjagen könnte. Am meisten hatte ihn die Idee gereizt, ihn mit seinen eigenen Waffen zu schlagen, sich als Geschäftsmann auszugeben und ihm irgendeine lukrative Sache vorzugaukeln. Die andere war gewesen, ihm einfach einige Beweise auf den Tisch zu knallen und ihn vor die Entscheidung zu stellen: Geld zurück – oder Anzeige. Beides war nun nicht mehr möglich.

Veigl riss ihn aus seinen Gedanken.

»Herr Kajetan, sagens – habens echt keinen Dunst, was der Zunhammer von Ihnen gewollt haben könnt? Das wenn wir wüssten, kämen wir gleich weiter.«

Kajetan schüttelte den Kopf. »Frag ich mich doch selber die ganze Zeit.«

»Hat er Sie denn öfter besucht?«

»Überhaupt nicht! Ein paar Mal sind wir uns zufällig über den Weg gelaufen.«

»Hm ...«, machte Veigl nachdenklich. »War wahrscheinlich früher schon ein bissl ein Extriger, ein Einzelgänger, hm?«

»Ein bissl«, gab Kajetan zu. »Er wirds halt machen, wie ichs ihm beigebracht hab: erst dann Laut geben, wenn man was rausgekriegt hat, was Hand und Fuß hat.«

Veigl pflichtete ihm bei. Schweigend gingen sie eine Weile nebeneinander her.

»Vielleicht hat er bei einem der Fälle nicht durchgeblickt und wollt mich um Rat fragen«, sagte Kajetan, ohne wirklich daran zu glauben. Zunhammer war ein Sturkopf gewesen. »An was hat er denn in letzter Zeit gearbeitet?«

»Des Übliche halt«, meinte Veigl. »Ein Mechaniker von Giesing droben, der seine Frau erschlagen hat. Und ein Bub von der Au, der seiner Schwester ein Kind gemacht hat und es dann in den Bach gestoßen hat. Ist aber alles nichts, für das er einen Rat gebraucht hätt.«

»Sonst nichts?«

»Einen Selbstmord haben wir vor drei, vier Wochen gehabt, wo der Zunhammer mal gemeint hat, dass ihm da was komisch vorkäm. Aber der Fall ist längst abgeschlossen, und da hat er auch nichts mehr unternommen.«

Veigl hielt die Tür auf. Eine Wolke heißer Luft schwallte Kajetan entgegen. Er blinzelte in die Sonne.

26

Toussaint nippte an seiner Tasse.

»Du spielst gern va banque, hm?«

»Bloß wenns sein muss«, erklärte Kajetan. Er war nicht überrascht gewesen, als ihn Toussaint unter dem Gewölbe des Alten Rathauses abgefangen hatte. Nach kurzem Disput – Kajetan wollte eigentlich so schnell wie möglich den schwer verletzten Zunhammer aufsuchen – hatten sie sich auf das Hinterzimmer eines Cafés in der Ledererstraße geeinigt. Sie waren allein.

Toussaint nickte anerkennend. »Gefällt mir, ehrlich. Na gut, was ist dir übrig geblieben? Aber die Sach hätte schiefgehen können, wenns mir net gelungen wär, den Inspektor und vor allem seinen Kollegen einzuseifen. Hätt ich ihm net aus der Nase ziehen können, um was es geht, dann hätt ichs net riskiert.«

»Ermittlungsarbeit aus dem Handbuch wars jedenfalls net«, bemerkte Kajetan.

Toussaint lachte leise. »Jetzt wird uns aber doch net gleich das Herz deswegen brechen, oder? Aber – wie hast du so sicher sein können, dass ausgerechnet ich dir aus der Soß helf?«

»Das weißt doch. Sonst hättst es net getan.«

Toussaint grinste. »Aus purer Dankbarkeit, weil du mir den Gollinger vom Leib gehalten hast. Und weil ich halt ein weiches Herz hab.«

»Erzähl ihn noch mal, den Witz.«

»Na gut - dann, weil du Zeuge gewisser, sagen wir einmal, geschäftlicher Aktivitäten meinerseits geworden bist und damit net hinterm Berg gehalten hättst?«

»Und du dann nimmer aus der Ettstraße rausgekommen wärst«, ergänzte Kajetan. »Wenigstens nimmer so bald.«

»Möglich«, räumte Toussaint ein. »Aber zuerst hast, nehm ich an, meinen Freund Gollinger als Alibi angegeben, aber dem wars Hemd erst einmal näher als die volle Hosen.«

Kajetan bestätigte grimmig.

»Aber eins bleibt trotzdem noch, Toussaint - sag, dein richtiger Nam ist das ja net, oder?«

Toussaint grinste herablassend. »Na? Ich hör da doch kein Misstrauen gegen amtliche Urkunden heraus?«

Kajetan ging nicht darauf ein. »Eins bleibt noch: Du hättst es so hinbiegen können, dass sie deine Aussage im Hotel aufnehmen. Genauso, wie du sie heut früh geblendet hast, hättest du dem Scharmann und dem Veigl was vormachen können, und sie wären gar net auf andere Ideen gekommen. Wieso bist du so ein Risiko eingegangen und gehst eiskalt hin, ohne dass es notwendig gewesen wär?«

»Was für ein Risiko? Dass du aufgesprungen wärst und geschrien hättst: Der Mann gehört sofort verhaftet?« Er sah ihn kopfschüttelnd an. »Und du meinst, ich hätt dann noch große Lust gehabt, dir dein Alibi zu geben?«

Kajetan musste es verneinen.

»Es war ganz einfach«, erklärte Toussaint. »Weil ich dem Veigl ein paar Hinweise aus der Nase ziehn hab können, ist mir sofort ein Licht aufgegangen, dass es sich bloß um denjenigen handeln konnt, der dem Gollinger ins Kreuz gesprungen ist. Und weil ich auch längst gewusst hab, dass sich einer in der ›Odeonsbar‹ nach der Mizzi erkundigt hat - bei der Gelegenheit, Respekt, wie du dem Willi ausgekommen bist -, und mir auch im ›Café Fahrig‹ aufgefallen ist, dass da einer ganz auffällig unauffällig zu uns herüberschaut, und ich drittens gemerkt hab, dass du mir nach Haidhausen nachgehst - du also net hinter der Mizzi, sondern hinter mir her bist -, tja, und weil mir zu viel Anhänglichkeit besonders jetzt ziemlich lästig ist, da hab ich mir halt dacht, kannst vielleicht ein ganz gutes Geschäft mit ihm machen. Du weißt, was für eins ich mein?«

Kajetan nickte widerwillig. »Bist du sicher, dass ich einschlag?«

»Ziemlich«, meinte Toussaint bestimmt. »Weil dir net viel anderes übrig bleibt, gell? Also, damits klar ist: So wenig wie du magst, dass ich meine Aussage zurückzieh, so wenig mag ich, dass mir einer grad jetzt in die Quer kommt. Wenn du das probierst, wirst erst einmal einen Haufen Scherereien haben. – Bissl mehr Ekstase, Kamerad. Ich find, des ist ein gutes Geschäft.«

Er verschränkte seine Finger hinter dem Kopf und lehnte sich zurück. »Wer von meiner Kundschaft hat dich überhaupt engagiert? – Herrgott noch amal! Jetzt schau net wie sieben Tag Regenwetter, Mensch – c'est la vie!«

Er zog ein silbernes Etui aus seiner Tasche und entnahm ihm eine Zigarette.

»Jetzt pass mal auf«, Kajetan war gereizt. »Ob du und deine Mizzi irgendwelche Leut reinlegen, ist mir grad wurscht. Aber wenn du Leuten das Geld aus der Tasche ziehst, die selber kaum genug zum Leben haben, dann ...«

Der Gauner entzündete ein Streichholz.

»Von wem redst du überhaupt?«, wunderte sich Toussaint. »Mit solchen mach ich keine Geschäfte. Weil sie nichts haben.« Er paffte genüsslich.

»Und was ist dann mit der alten Süssmeierin?«

»Süssmeierin?« Toussaint dachte nach. »Kenn ich net.«

»Aber ihren Neffen kennst du, den Donerl! Der bei dir Anteilsscheine gekauft hat.«

»Ach, der. Musst entschuldigen, so kleine Beträge, die vergisst einer schnell. Und – was ist mit dem? Hat ers der Tant aus dem Nachtkastl gestohlen? Da muss sie sich an ihn halten.«

»Red keinen Blödsinn«, fuhr Kajetan auf. »Der Donerl hat net mehr als den Käs zwischen seinen Zehen. Und die alte Frau braucht das Geld unbedingt zurück.«

»Nix da«, konterte Toussaint entschieden. »Das hab ich mir ehrlich verdient.«

»Ehrlich?!«

»Ja, du Komiker!«, blaffte Toussaint. »Das war eine Arbeit, mir die Leut so hinzubiegen! Da hab ich Auslagen gehabt, was meinst denn du? Außerdem ist kein Fünferl mehr da, ich muss ja auch von was leben. Und die Firma ist vorschriftsmäßig liquidiert worden. Anteile sind bekanntlich Risiko. Kajetan, schau mich einmal genau an. Schau ich aus wie einer von der Heilsarmee? Ich bin Geschäftsmann, capito?«

»Geschäft! Geschäft! Ein fauler Tricks ist das! Ein Gauner bist!«

Toussaint sah ihn mitleidig an.

»Reg dich net auf«, sagte er milde. »Des ist ungesund.«

»Geschäftsmann! Ha!« Kajetan war in Rage geraten. »Und was, bitt schön, verkaufst du?«

»Der kann fragen«, seufzte Toussaint. »Aber weil dus bist: Was ich verkauf, ist Erfahrung. Und Hoffnung, aufs Reichsein, auf Liebe, auf Ruhm, was du willst. Nimm die Deppen, die meine Anteilsscheine gekauft haben. Was glaubst, wie selig die das Jahr über gewesen sind? Zwanzig Prozent waren zugesagt, und jeder der Käufer hat das Gefühl gehabt, von mir ausgesucht worden zu sein. Oder nimm den Gollinger. Ein Vierteljahr hat der glauben dürfen, dass er allweil noch der Stier von Haidhausen ist. Die Aufregung, ob ihn die Mizzi wieder hinlässt, hat ihn sogar von seiner Gicht kuriert. Und was ist eigentlich, wenn die Fußbodenbrett-Berta in der Zeitung liest: ›Mit Doktor Ritters Salbe zur idealen Büste‹, sich die für teures Geld kauft, aufs rachitische Gestell schmiert und von ihrer guten Partie träumt, die sie sich damit einfangen will? Wird da geschrien: Betrug? Aber ich seh schon, du gehst net mit der Zeit. Ich aber, ich füg mich drein, verstehst?«

Kajetan nahm den letzten Schluck und stellte die Tasse ab.

»Ich muss weg.« Er winkte der Bedienung und stand auf. »Hab keine Zeit, mir so einen Schmarren anzuhören.«

»Wenn du meinst.« Toussaint zuckte gelangweilt die Schultern. Er hob den Kopf und sah Kajetan scharf an.

»Aber noch einmal: Untersteh dich und funk mir noch einmal dazwischen.« Leise drohend fügte er hinzu: »Ich mag gern einen Spaß, aber die, die ich mach, könnten dir net gefallen.«

27

Im Flur der Abteilung für Gehirnverletzte des Schwabinger Krankenhauses herrschte nachmittägliche Ruhe. Eine ältliche Nonne mit ausladender, gestärkter Flügelhaube wies Kajetan den Weg zum Zimmer Zunhammers.

»Seine Frau is grad da. Bleibens nicht lang. Sinds so gut, ja?«

Sein Herz klopfte heftig, als er vor der Tür des Krankenzimmers stand. Zunhammer war der Einzige, der das Rätsel auflösen und erklären konnte, was er spät nachts bei ihm gesucht hatte! Es konnte unmöglich Zufall sein, dass er ausgerechnet in seiner Wohnung niedergeschlagen worden war! Aber durfte er ihn schon jetzt mit seinen Fragen behelligen? Soweit er es gestern in seiner Panik wahrgenommen hatte, war der junge Mann am Kopf verletzt worden. Würde ihn Zunhammer überhaupt verstehen, ihm antworten können?

Behutsam drückte Kajetan die Klinke herab.

Was er sah, traf ihn wie ein Schlag. Etwas drängte würgend aus seiner Kehle, er musste schlucken und fühlte, wie sein Kinn zu zittern begann. Seine Stimme versagte.

»Thadädl ...«

Kajetan stand wie angeheftet auf der Schwelle.

Zunhammer lag, halb sitzend, am Ende des dämmrigen Raumes. Der Verband ließ nur sein Gesicht frei. Seine Augen waren geschlossen, die gerötete Wange hing schlaff. Aus seinem schiefen, geöffneten Mund troff Speichel.

Eine junge Frau saß auf seinem Bett. Sie war über ihn gebeugt und hielt die Arme um ihn geschlungen, ihr Gesicht nah an seinem. In der Linken hielt sie ein Tuch, mit dem sie die Mundwinkel des Gelähmten abtupfte. Mit der anderen Hand streichelte sie sein Gesicht.

Kajetan verstand nicht, was sie flüsterte. Aber spüren konnte er, dass es Worte von maßloser Innigkeit waren, zauberische, heilende Worte. Er konnte ihr Gesicht erst sehen, als sie sich, mit zusammengepressten Lidern, kurz von ihrem Mann abwendete. Es war von Schmerz gezeichnet. Tränen liefen über ihre Wangen. Kajetan spürte, wie Wut in ihm wuchs.

Die Frau musste ihn aus den Augenwinkeln wahrgenommen haben. Ihr Blick war müde. »Wer bist du?«, fragte sie leise.

Er stotterte seinen Namen. Noch immer hielt er sich an der Türklinke fest.

»Du?« Ihre Augen sprühten plötzlich vor Hass. »Verschwind!«

Die Nonne drängte an ihm vorbei.

»Was ist denn los, um Christi Himmels willen? – Frau Zunhammer! Nehmens Ihnen doch zusammen!«

»Verschwind!!!« Die Stimme der jungen Frau überschlug sich. »Will keinen mehr sehn von euch! Nie mehr!«

»Is jetzt grad schlecht«, flüsterte die Nonne Kajetan zu. »Kommens doch ein andermal.«

»Nein!« Die junge Frau war außer sich. »Nie mehr!«

»Herrgott!!! Jetzt stehens doch nicht so blöd umeinand!«

Die Schwester packte ihn energisch am Arm, drängte ihn hinaus und zog die Tür hinter sich zu.

Kajetan glaubte noch gesehen zu haben, dass sich Zunhammers Augen geöffnet hatten. Benommen ging er rückwärts.

»Na, na, na!« Er war in die Arme eines älteren Arztes gestolpert, der ihn verärgert ansah.

»Entschuldigung«, stammelte Kajetan. Der Arzt nahm sie an. Er machte eine Kopfbewegung in die Richtung des Krankenzimmers.

»Verwandt, hm?«

Kajetan wischte sich mit dem Ärmel über die Wange. »Ein ... Kollege.«

Der Arzt nickte verstehend. »Deswegen müssen Sie mich trotzdem nicht über den Haufen rennen.«

Er wollte seinen Weg fortsetzen. Kajetan hielt ihn am Ärmel fest.

»Wird ... wird er wieder gesund?«

»Wir tun, was wir können.« Der Arzt machte sich frei. »Auskünfte erhalten nur die Angehörigen.«

»Herr Doktor!« Kajetan lief neben ihm her. »Wann wird er denn wieder reden können?«

»Reden?« Der Arzt blieb stehen und sah Kajetan ins Gesicht. »Soll das ein Scherz sein?«

28

Keiner seiner Nachbarn konnte Kajetan weiterhelfen. Alle hatten um Mitternacht längst schlafend in ihren Betten gelegen. Auch Frau Eisenschitz vom Nebenhaus und ihr Bruder wollten nur bemerkt haben, dass irgendwann Polizei und Krankenwagen vor dem Nachbarhaus eingetroffen waren. Nichts aber, was die Zeit davor betraf.

Die Pensionsinhaberin hatte aus ihrer Reserviertheit zwar keinen Hehl gemacht, gab aber schließlich doch Auskunft: »Nein, Herr Kajetan. Wir selber schlafen ja vorne raus. Das einzige Zimmer, das hinten raus geht, ist das von dem Herrn aus England. Aber ...« Sie machte eine beredte Pause. »... der hat bestimmt nichts hören können.«

Silvester kümmerte sich nicht um ihren strafenden Blick, während er freimütig berichtete, dass er diesen Mister Baines gestern Nacht gehört hatte, wie er sturzbetrunken durch den Flur gepoltert war.

»Das war zwar um zwölf rum oder kurz davor.« Er lachte. »Aber so besoffen, wie der war, hat der bloß noch die Engerl singen gehört.«

Kajetan verließ die beiden, nachdem er auch ihnen beteuert hatte, nur deshalb die Nacht in der Polizeidirektion verbracht zu haben, weil ihn ehemalige Kollegen um Mitarbeit bei der Aufklärung dieser rätselhaften Geschichte gebeten hätten.

Antonie Süssmeier war die Letzte auf seiner Liste. Das Gesicht der alten Ladnerin war grau. Sie schüttelte den Kopf.

»Tut mir leid, Herr Kajetan. Wenn ich einmal schlaf, dann schlaf ich«, erklärte sie bedauernd, um sogleich die Frage zu stellen, der Kajetan am liebsten ausgewichen wäre. Ein schwacher Hoffnungsschimmer glomm aus ihren Augen.

»Aber, sagens, habens den armen Buben schon gefunden?«

Kajetan warf ihr einen überraschten Blick zu. Sie meinte doch nicht etwa Donerl damit?

»Wen sollt ich sonst meinen? Habens ihn finden können?«

»Hab ich, aber ...«

Ihr Gesicht leuchtete auf. »Herr Kajetan!«, hauchte sie glücklich. »Und? Ist er gesund? Was hat er gesagt wegen dem Geld?«

Kajetan entschloss sich, die Wahrheit zu sagen.

»Er ist gesund. Aber mit dem Geld schauts schlecht aus. Wie ichs Ihnen gesagt hab, Frau Süssmeier: Die Firma gibts gar nimmer.«

Sie starrte ihn einige Sekunden wie betäubt an. Sie tastete nach einer Stuhllehne.

»Schwindler ...?«, flüsterte sie ungläubig. »Er ... er hat sich ausschmieren lassen?«

»Frau Süssmeier ...« Kajetan berührte ihren Ärmel. Sie schob ihn weg. Tränen traten in ihre Augen.

»Könnens ... gar nix mehr machen?«

Er zögerte mit einer Antwort. Die Geschehnisse in den vergangenen Stunden hatten ihm keine Zeit gelassen, darüber nachzudenken.

»Is wegen Ihrm Honorar, gell?«, schniefte sie. »Weil Sie von andern was kriegen, aber von mir nix.«

»Krampf!«

Sie überhörte seinen Protest. »Ich hätt Ihnen schon was auf d'Seiten gelegt. Aber wenn halt gar nix mehr da is ...«

»Frau Süssmeier!«, unterbrach Kajetan aufgebracht. »So einen Blödsinn möcht ich echt net hören!«

»Gehens«, flüsterte sie. »Bitt schön ...«

»Frau Süssmeier!«, rief Kajetan. »Wehe, wenn Sie einen Schmarrn machen! Wir haben doch noch Zeit!«

»Gehens«, wiederholte sie mit ausdrucksloser Stimme.

»Frau Süss ...«

»Hörens net?!«, schrie sie, am ganzen Körper zitternd: »Sie sollen gehen!«

»Das tu ich auch!«, bellte Kajetan zornig zurück, bereute aber im gleichen Augenblick seinen Ausbruch.

»Wir kriegen das Geld«, beteuerte er hilflos. Hastig verließ er die Wohnung.

Wütend über seine Ratlosigkeit überquerte er den Hinterhof. Ein Spruchbeutel, ein Angeber war er! Nicht den Schimmer einer Idee hatte er, wie er sein Versprechen einlösen konnte! Und – er konnte nichts gegen Toussaint unternehmen! Dieser würde nur hämisch lachen, wenn er versuchen würde, ihn unter Druck zu setzen.

»Dann zeigst mich halt an, Kajetan!«, würde er höhnen. »Dann könnts aber passieren, dass auch mir bei der Polizei was einfällt. Eine schöne Gschicht zu deinem Alibi zum Beispiel.«

Heftig packte er den Türgriff, als wolle er die Tür aus den Angeln reißen. Sie krachte gegen die Wand des Treppenhauses. Er tastete nach dem Lichtschalter.

»Grüß Gott, Herr Kajetan«, sagte die junge Frau verschüchtert. Sie stand eilig auf. »Entschuldigens, aber die Tür ist offen gewesen ...«

Kajetan brauchte einen Moment, bis er sich wieder gefasst hatte.

»Frau Zunhammer ...?«

29

»Ich ... ich wollt mich bloß bei Ihnen entschuldigen.«

»Schon recht«, meinte Kajetan. »Aber das brauchts nicht.«

»Doch. Ich hab Ihnen Unrecht getan, Herr Kajetan.«

»Wenn Sie wirklich geglaubt haben, dass ich Ihren Mann überfallen hab, dann schon«, sagte er. »Aber Sie werden halt ein wenig durcheinander gewesen sein.«

Sie nickte ernst. »Aber jetzt weiß ich, dass Sie es net waren. Der Dori – mein Mann – hats mir gesagt.«

»Gesagt?«, stutzte er. »Aber ...«

Zunhammer konnte doch nicht mehr sprechen! Und er selbst hatte doch seinen Zustand gesehen!

Sie erriet seine Gedanken.

»Ich versteh ihn«, erklärte sie. »Es geht net schnell, und ich kapier auch net alles, aber es geht. Fragens mich net, wie – aber ich versteh, was er sagen will. Und er hat gesagt, dass Sie es net gewesen sind.«

»Hm«, machte Kajetan nachdenklich. Er setzte sich an den Rand seines Schreibtisches.

»Hat er ... hat er Ihnen auch gesagt, warum er mich mitten in der Nacht besuchen wollte?«

Sie schüttelte den Kopf.

»Das hab ich zwar gefragt, aber da ist nichts gekommen. Wir haben einen Haufen anderer Sachen zum Reden gehabt.«

»Darf ich fragen, was?«

»Ich ... ich bin in der Hoffnung.«

Er verstand.

»Frau Zunhammer ...«

Sie lächelte scheu. »Sie können schon Leni zu mir sagen.«

»Gern – Leni, ich muss rauskriegen, wer es gewesen ist, der ihn so zugerichtet hat. Auch bei der Polizei haben sie mich gleich verdächtigt, und ob die net irgendwann wieder auf die Idee kommen, ist noch gar net ausgemacht. Und ich hab ihn gern gemocht, deinen Mann.«

»Umgekehrt auch«, sagte sie warm.

Wieder hatte Kajetan das Bild des Schwerverletzten vor Augen. Er nickte bewegt.

»... und der Schlüssel dazu ist, warum er zu mir gewollt hat, Leni.«

»Weiß schon«, erwiderte sie. »Aber darüber sagt er mir nichts.«

Natürlich, dachte Kajetan. Er will dich schützen.

»Magst du mir helfen, Leni?«, fragte er.

30

Leni hatte ihn befremdet angesehen, als wolle sie sagen: Wie kannst du daran zweifeln? Denkst du vielleicht, ich tät hinnehmen, wenn man mir den Mann erschlägt?

Eine halbe Stunde später betraten sie den Genossenschaftsblock in der Dreimühlenstraße. Das Fahrrad im Zwischenhof, dessen Hinterreifen zu einem Achter zerbogen war, war Leni erst am Nachmittag aufgefallen. Es gehörte ihrem Mann, und sie war sich sicher, dass es gestern Vormittag noch unbeschädigt gewesen war. Kajetan ging in die Knie und fingerte zwischen die Speichen.

»Trollblumen«, stellte er fest. Wenn Zunhammer mit diesem Fahrrad einen Unfall gehabt hatte, dann musste er an einem Ort geschehen sein, an dem das Wasser sehr sauber war, also weit außerhalb der Stadt.

»Ich kanns Ihnen net sagen, wohin er gefahren ist. Ich hab ihm angesehen, dass ihn in letzter Zeit was beschäftigt hat. Aber was, darüber hat er nie mit mir geredet.«

Kajetan richtete sich auf.

»Dann zeig mir jetzt bitt schön eure Wohnung.«

Leni ging voraus.

»Ich fürcht halt, dass wir nichts finden«, meinte sie, als sie die Tür im zweiten Stock aufschloss. »Hab ja selber schon alles durchgeschaut.«

»Schaun wir mal, dann sehn wirs schon«, meine Kajetan.

Leni Zunhammer war eine gewissenhafte Hausfrau. Dass alles ordentlich an Ort und Stelle lag, brachte Kajetan schnell dazu, nach Verstecken Ausschau zu halten. Doch weder hinter Schrank und Kommode noch unter den Matratzen oder hinter der Eckbank fand er etwas, was einen Hinweis darauf hätte geben können, was den jungen Polizisten umgetrieben hatte. Er rieb sich den Nacken.

»Hast du seit gestern irgendwas weggeschmissen?«

Sie verneinte bestimmt.

»Das Einzige, was mir ein bisserl komisch vorgekommen ist, wär das ...« Sie hatte eine Schublade des Küchenschranks geöffnet und hielt ihm ein zerknittertes Blatt Papier entgegen. »Habs in einer Hose von ihm gefunden, die ich ihm gewaschen hab. Er hat allweil irgendwas drin vergessen. So genau ers mit der Arbeit allerweil genommen hat, daheim ist er eher ein Schlamper.«

Kajetan strich das Blatt an der Tischkante glatt. Die Schrift war kaum mehr lesbar.

»Komisch«, murmelte er. Sie trat an seine Seite.

»Soziale Politik und Siedlungswesen ...«, murmelte sie. Sie sah Kajetan fragend an.

»Leni, hat sich der Thadädl – ich mein ...«

Sie beruhigte ihn. »Kannst ihn schon so nennen. Ich habs auch manchmal getan. Wenn ich ihn wieder mal tratzen hab müssen.«

Kajetan schmunzelte. »Müssen?«

»Ja. Wenn er mir mal wieder zu ernst geworden ist«, erklärte sie. »Aber so richtig krumm hat ers nie genommen.«

Kajetan wandte sich wieder dem Flugblatt zu. Soweit es noch lesbar war, handelte es sich um die Ankündigung einer Veranstaltung im »Münchner-Kindl-Keller«.

»Hat er sich denn für so was interessiert?«, fragte Kajetan.

»Für das Soziale schon. Aber ... Siedlungswesen? Und der Schriftsteller, der da sprechen soll, dieser ...«

»Hermann Hesse«, half Kajetan.

Sie dachte kurz nach. »Nein. Ich glaub wirklich net, dass das sein Ding gewesen ist.«

»Aber wieso hebt er es dann auf?«

Sie zuckte ratlos die Schultern. Kajetan lehnte sich mit dem Rücken an das Bufett, verschränkte seine Arme und knetete bedächtig sein Kinn.

»Leni ...«, begann er, »ich hab allweil weniger Zweifel, dass der Thadädl an einem Fall gearbeitet hat, den er geheim halten hat wollen. Vor allen Leuten, vor seinen Kollegen, sogar – aber das aus einem anderen Grund – vor seiner Frau ...«

Leni sah zur Zimmerdecke und bewegte die Lippen, als spreche sie Kajetans Worte nach. Mit einem Nicken forderte sie ihn auf, weiterzureden.

»... und wenn er, wie du sagst, sonst eher ein Schlamper gewesen ist, dann muss er absichtlich dafür gesorgt haben, dass bei dir nichts zu finden ist.«

»Komm ich net ganz mit«, gab sie zu.

»Na, die Frag ist doch einfach, warum er das tut. Und eine Antwort könnt sein, dass die Geschichte so riskant ist, dass er es sogar vor dir geheim halten will, um dich nicht hineinzuziehen, wenns schiefgeht.«

Sie hörte ihm aufmerksam zu.

»Ich weiß selber noch net so recht, wos hinführt«, gab Kajetan zu. »Aber wenn die Sach nach seiner Einschätzung so riskant ist, und glauben wir ihm das jetzt einmal, weil hysterisch war der Thadädl eher nicht ...«

»Vorsichtig ist er gewesen«, bemerkte sie.

»... dann könnt die Tatsache, dass er niedergeschlagen worden ist, bedeuten, dass ihm doch ein winziger Fehler dabei unterlaufen ist und doch irgendwer einen Verdacht geschöpft hat – oder?«

Sie sah nachdenklich an ihm vorbei.

»Aber wer kann der ›irgendwer‹ sein?«

Kajetan hob fragend die Hände. »Es können Leute sein, die auf ihn aufmerksam geworden sind, weil er bei ihnen rumgeschnüffelt hat. Es können die eigenen Kollegen sein, denen was aufgefallen ist.« Er rieb seine Schläfen und stöhnte ärgerlich. »Könnte! Irgendwas! Irgendwer! Herrgott noch einmal! Sicher ist bloß, dass der Thadädl im Krankenhaus liegt. Alles andere ist wackliger wie der Boden im Erdinger Moos.«

»Könnt sein«, sagte Leni abwesend.

Kajetan betrachtete sie gedankenverloren. Dann fiel sein Blick wieder auf das Flugblatt.

Er stutzte. »Aber – das ist ja heut?«

Entschlossen stieß er sich vom Küchenschrank ab.

»Komm! Das schauen wir uns an! Vielleicht ...«

Er stockte.

Jetzt erst fiel ihm auf, wie mitgenommen Leni war. Sie schüttelte kraftlos den Kopf.

»Geh du allein«, sagte sie leise. »Ich fürcht mich ... vor de Leut ...«

31

Der Kleine Saal des »Kindl-Kellers« war bis auf den letzten Platz gefüllt. Schwitzend duchfurchten die stämmigen Kellnerinnen die Reihen, über denen Schwaden von Rauch zur holzgetäfelten Decke emporschwebten, sich dort zu nahezu undurchdringlichem Nebel ballten und das Licht der Lüster zu bräunlichen Funzeln trübten. Die Luft roch nach Tabak, Bier und Schweiß. Schulter an Schulter an den langen Holztafeln sitzend, verfolgte das Publikum das Geschehen auf einem Podium an der Stirnseite des Saales.

Kajetan ergatterte einen Sitz auf einer Wandbank. Ein älterer, breitgesichtiger Mann in abgewetzter Strickweste, der seine Hemdsärmel über die kräftigen Handwerkerarme gekrempelt hatte, rückte bereitwillig zur Seite. Kajetan deutete auf die Bühne.

»Is der da vorne der berühmte Dichter?«

Der Handwerker schüttelte den Kopf. »Nein. Der hat gekabelt, dass er net kommen kann, hats geheißen.« Er grinste abschätzig. »Wennst mich fragst, war das eh ein Tricks. Wär ja sonst nie so ein Haufen Leut gekommen.«

»Und wer ist der Langhaarige im Nachthemd, der da vorn hockt?«

»Geh zu! Bistn du für einer – den kennst net? Des ist doch der Kohlrabi-Apostel. Noch nie gsehn auf dem Viktualienmarkt, den Adolphe?«

»Adolphe?« Kajetan kramte vergeblich in seinem Gedächtnis.

»So heißt er, genau, aber mit einem ›e‹ hintendran – ein Spinnerter halt«, meinte der Alte gemütlich. »Ich bin bloß da, weil in der Schwemm drüben kein Platz mehr gewesen is.« Er nahm einen Schluck aus dem Maßkrug und wischte sich den Mund mit dem Handrücken ab. »Aber, des muss man auch sagen: Hie und da hat er gar net so unrecht.«

Kajetan kniff seine Augen zusammen und versuchte, sich auf das

Geschehen auf der Bühne zu konzentrieren. Eben hob der Prediger wieder die Stimme.

»Verehrte Anwesende, liebe Genossen, liebe Freunde! Und damit komme ich schon zum Ende meiner Ausführungen, in denen ich die Grundzüge unserer Siedlungsidee zu erklären versucht habe. Ich schließe mit dem Ruf: Es lebe die brüderliche Liebe unter den Menschenkindern! Der Kommunismus der Liebe! Die Freiheit von Zwang und Unterdrückung!«

Wohlwollender Beifall plätscherte. Adolphe hatte dieses Mal nicht eine seiner barocken Straßenpredigten gehalten, sondern sachliche Argumente aufgereiht, mit denen er die Notwendigkeit der Umkehr begründete. Er wusste, dass ihm heute nicht nur einfaches Straßenvolk lauschte, sondern auch etliche reputierliche und vermögende Herrschaften aus der bürgerlichen und akademischen Welt, deren Anwesenheit allein er bereits als einen Erfolg buchte.

»... und ich eröffne die Debatte!«

Der Prediger setzte sich und sah erwartungsvoll ins Publikum. Geraune wogte auf, als sich von einem Tisch nahe der Bühne ein junger Mann erhob und zu sprechen begann.

»Lauter!!! Hört man doch nix!!!«

»Bitte um Aufmerksamkeit!«, rief Adolphe und nickte dem Sprecher aufmunternd zu. »Bitte wiederholen Sie, mein Herr.«

Der junge Mann kämpfte mit seiner Aufregung. »Ich hab nicht viel zum Sagen. Stimmt ja auch viel ... Aber ich möcht schon einmal fragen, wie ihr das machen wollts mit dem Verändern und so. Des gibt doch ein Ding, ein Durcheinander, ein ... also ...« Ihm fehlten die Worte. Ungelenk setzte er sich. Verlegen nahm er den mageren Beifall auf.

»Eine wichtige Frage wurde gestellt!«, lobte Adolphe väterlich. »Wer möchte darauf antworten?« Er spähte im Saal umher.

Ein blasses Gesicht schoss in die Höhe. Hinter blitzenden Gläsern lächelte die Gewissheit, binnen Kurzem die Unverständigkeit der Welt besiegt zu haben, indem er sie an seinen Erkenntnissen teilhaben lassen würde.

Allerdings sah es danach aus, als wolle die im »Kindl-Keller« vertretene Welt die dafür nötige Andacht erst einmal nicht aufbringen.

»Bitte um Ruhe!«, mahnte Adolphe wieder.

»Ich bin Mitglied der Sied...«

»Ruhe!!!« Adolphe erhob sich und ließ seine Blicke gebieterisch kreisen. Der Lärm ebbte ab. Er setzte sich wieder.

»Bitte!« Er beobachtete den Sprecher mit leiser Besorgnis. Ausgerechnet der Träumer Fidelis musste sich melden. Warum waren gerade die Besten unter seinen Jüngern so bescheiden, gierten seine Sorgenkinder dafür umso mehr danach, im Rampenlicht zu stehen?

»Bitte!«, wiederholte er.

Es bestand kein Zweifel, dass die Selbstsicherheit des jungen Mannes bereits einen Dämpfer bekommen hatte. War es nicht Missachtung, die ihm da entgegengebracht wurde? Eindeutig! War dieses ungehobelte Volk seiner Bemühungen überhaupt würdig? Er entschloss sich, den Weg des Märtyrers zu gehen. In seiner Stimme vibrierten Zorn und Verletztheit, als er erneut ansetzte: »Ich bin Mitglied der Siedlung ›Neue Menschen‹!«

Das hämische »Ja, das wissen wir schon!«, warf ihn eigenartigerweise nicht völlig zu Boden, sondern löste einen geradezu kämpferischen Schwung in Fidelis aus. »Ich stimme dem, was der Herr da eben gesagt hat, zum Teil zu. Aber wir sehen in dem Chaos, das vielleicht kommen wird, die Möglichkeit eines umfassenden Abbaus der wahnsinnigen Zustände, unter denen die Völker durch die überspannte Entwicklung der kapitalistischen Wirtschaft geknechtet werden ...«

Von einer Runde in der Nähe des Eingangs kam Gejohle, das von trotzigem Beifall gekontert wurde.

Der Handwerker neben Kajetan stierte nachdenklich in seinen Krug. »Hat er net unrecht.«

Der Redner hatte die Störung mit einer hölzernen Armbewegung abgewehrt.

»Die immer mehr um sich greifende Materialisierung und Mechanisierung des gesamten Lebens, die alle Welt in einen Taumel der Gier nach Besitz und Macht versetzen, dieses ganze giftige Geschwür, das man zusammenfassend Kapitalismus nennen kann, ist überreif!«

»Schau doch erst amal, dasst selber reif wirst, Studenterl!« Der Zuruf, begleitet von ausdauerndem Gelächter, kam von irgendwo. Mit weißen Knöcheln hielt sich der junge Mann an einer Stuhllehne fest. Es war gemein! Wo war dieser Feind, warum war er Feind? Fidelis begann zu haspeln. »Ich ... ich glaube, dass die Menschheit nur durch einen radi ... radikalen Eingriff vor dem völligen Untergang gerettet werden kann!«

Verblüfft registrierte er, dass der Beifall das hämische Gejohle zu übertönen begann. War er schon nahe daran gewesen, den Faden endgültig zu verlieren, so fasste er jetzt neuen Mut. Es war gelungen! Er war überzeugend! »Und so dürfen wir nicht erschrecken, wenn es zum Chaos kommen sollte. Denn dann werden die Städte derart in Mitleidenschaft gezogen, dass die zusammengepferchten Millionen es dort gar nicht mehr aushalten können. In Massen werden sie auswandern aufs Land und die ungenützten Landstriche und die unrationellen Ländereien der großen Güter bevölkern, und in neuer freier Gesellungsform werden sie sich zusammenfinden zu gegenseitiger Hilfe in brüderlicher Liebe. Dann werden Menschen ...«

Er hatte falsch geatmet, aus Angst, Störern zu einer Unterbrechung Gelegenheit zu geben. Was er jetzt hörte, in diesem Bruchteil von Sekunden, in denen er nach Luft rang, irritierte ihn: Kein Zweifel, die Unruhe im Saal hatte wieder zugenommen! Aber – war sie zustimmend oder bösartig?

»... werden die Menschen im neuen Bunde mit den Kräften des Himmels und der Erde ihr Wesentliches wiederfinden und wird die ...«

Ein Orkan ließ den Saal erbeben. Aus! Aus! Dieser Gegner war zu mächtig! Fidelis setzte sich in einer Hast, als habe sich unter ihm die Henkersklappe geöffnet, geradewegs in eine brodelnde See wütender Zurufe und Geschrei, deren Fluten auch über die Wenigen zusammenbrachen, die ihm Beifall zu zollen versuchten. Adolphe hatte eine Sandale ausgezogen und – niemand konnte es hören – bearbeitete seinen Tisch wie ein emsiger Fleischer.

Schließlich erschöpfte sich der Tumult. Die wachen Rufe der Kellnerinnen waren wieder zu hören, das Publikum unterhielt sich untereinander.

Adolphe hielt den Moment für gekommen, die Zügel wieder in die Hand zu nehmen. Er sah in den Saal. Ah! Dort! Eine ausgestreckte Hand.

»Bitte!« Adolphe machte eine einladende Handbewegung. »Und wieder Ruhe! Freunde! Genossen!«

Zweihundert Augenpaare richteten sich auf den an seiner Brille ruckelnden Mann, dessen Äußeres an einen späten Theologen ebenso wie an einen pedantischen Kontoristen denken ließ.

»Ich möchte, mit Verlaub, zum Thema des Abends zurückkehren.« Zustimmendes Gemurmel bestätigte ihn. Er steckte seine Daumen hinter die Revers seiner Anzugjacke und schwenkte seinen Oberkörper in alle Richtungen. »Die Idee der Landsiedlungen beschreibt, nach meiner bescheidenen Meinung – und natürlich der unseres Vereins ›Heil durch Natur‹ – eine jener bedeutsamen und zukunftsweisenden Wege, auf denen unser Volk wieder zu seiner ursprünglichen Kraft und Gesundheit gelangen kann.«

»Da hat er net unrecht«, bemerkte Kajetans Nachbar.

»Jedoch!« Der Daumen schlüpfte hinter dem Revers hervor, ein Zeigefinger hob sich. »Wir können diese gewaltige Aufgabe nur erfüllen, wenn sich unser Volk treu bleibt. Was das bedeutet, werden Sie fragen. Nun – Treue gegen sich selbst, gegen die gottgegebene Eigenart unserer Gemeinschaft bedeutet, dass wir in unsere Siedlungen nichts Fremdes, nichts Dunkles hineinnehmen dürfen. Nur reines Blut entspricht reiner Seele, und nur reine Seelen können einheitlich und ihrer Eigenart treu sein und Höchstes schaffen ...«

Die Köpfe des Publikums flogen herum, als Adolphe mit Stentorstimme unterbrach.

»Ist eine Bemerkung dazu erlaubt?«

In den etwas pfarrerhaften Ton des Verbandsfunktionärs, dem man spielend abnahm, von nichts als der Sorge um das Wohl der Menschheit beseelt und bewegt zu sein, mischte sich überraschend gereizte Unduldsamkeit.

»Grundsätzlich ja. Aber lassen Sie mich ...«

»Keine Angst!« Adolphe war emporgeschossen. Angriffslustig, die Hände auf die Tischplatte gestützt, rief er scharf: »Meine Bemerkung ist nur kurz!«

Das Publikum verstummte. Alle Augen waren auf Adolphe gerichtet. Donnernd sauste die Faust auf die Tischplatte. »Ich lehne es ab, dem Verein ›Heil durch Natur‹ Gelegenheit zu verschaffen, seinen Dreck zu verkünden! Das ...« Wieder hüpfte das Glas auf Adolphes Tisch, zuckten die Zuhörer auf den vorderen Plätzen zusammen. »... lasse ich nicht zu!«

Empörte Stimmen widersprachen. Mühelos gelang es Adolphe, sie zum Schweigen zu bringen.

»Gut! Dann werde ich diesen Blödsinn der Urteilskraft der Anwesenden anheim geben. Sagen Sie mir also: Ist dieser Verein nicht der Urheber jener unerträglichen Schriften, die von der Züchtung lichtvoll blonder Menschen mit blauen Augen, von der angeblichen Gefahr der Vermischung der Rassen handeln?«

Aus dem Gesicht des Verbandsfunktionärs glühte der Hass.

»Jawohl!«, schrie er. »Unsere Siedlung ist für völkische Reinhaltung und Aufzucht, für die Pflege deutscher - jawohl, deutscher! - Eigenart!«

Der Saal drohte überzukochen. Schon klirrten Gläser. Der entfesselte Tumult übertönte Adolphe, der, einem besessen nagelnden Dachzimmerer vor Ausbruch eines Sturmes gleich, mit seiner Sandale auf den Tisch drosch. Er machte einen Satz zum Bühnenrand. Die ausgestreckten Arme auf- und abbewegend, als bereite er einen Flug über die Menge vor, bemühte er sich, das Chaos einzudämmen. Vergeblich.

So plötzlich, wie er aufgebraust war, ebbte der Lärm wieder ab. Finger deuteten jetzt auf einen Platz seitlich der Bühne, an dem ein schmales, blasses Mädchen stand, die Hände an die Seite gepresst. Das berückend junge Gesicht, von blondem, im Schein der Lüster warm schimmerndem Haar gerahmt, war über die Köpfe der brodelnden Menge ins Nichts gerichtet.

Mit flinken Blicken prüfte Adolphe die Lage. Wunderbar! Eine Jeanne d'Arc der Reformbewegung, fähig, die im Zwist liegenden Heerscharen zu einen, ein Urbild von Unschuld, Demut und engelhafter Milde. Einladend streckte er seine Arme in Richtung des Mädchens.

»Bitte!« Es wurde so still, als hielte jeder im Saal die Luft an.

Die jungmädchenhafte Brust hob sich unmerklich.

»Der ... Mensch ... der muss sich ändern ... dann ... ändert sich die Welt!«

Sie hatte leise, aber mit überwältigender Inbrunst gesprochen. Zunächst zögernder, dann - als deutlich wurde, dass dies alles war, was sie zu sagen hatte - anschwellender Applaus und wohlwollendes Gemurmel begleiteten sie zu ihrem Platz zurück. Adolphe sah ihr mit glänzenden Augen nach. Ein Geschenk des Himmels! Vorsichtig, um die feierliche Bewegtheit der Menge nicht zu abrupt zu beenden, sagte er: »Und nun - verehrte Anwesende, liebe Freunde, liebe Genossen - gibt es weitere Beiträge?«

Er registrierte eine Bewegung in der Mitte des Raumes und streckte den Hals.

»Ah ja!«

Er hob die Stimme: »Das Wort hat der Genosse Doktor Harlachinger!«

Respektvolles Geflüster erhob sich, als sich ein stämmiger Mann in dunklem, bürgerlichem Anzug, dessen Weste und Bund von einem ansehnlichen Bauch gefüllt waren, würdevoll aufrichtete. Er rückte an seiner Krawatte. Mit geübter Stimme, deren Lautstärke vom ersten Ton an präzis auf Saalgröße und Publikum eingestellt war, begann er: »Genossen! Verehrte Anwesende! Ich spreche zu euch als Mitglied der Sozialdemokratischen Partei Deutschlands.«

Wie er es immer tat, setzte er auch jetzt eine kurze Pause, um sein und das Gewicht seiner Partei wirken zu lassen. Er hätte darauf verzichten sollen.

»Macht nix, Herr Harlachinger! Kann einem jeden passieren!«

Heiterkeit kam auf und verstärkte sich, als der verschmitzt grinsende Frechling entdeckt wurde. Harlachinger wippte indigniert auf den Sohlen.

Adolphe war dem Alten gewogen. Er hatte ihn vor einigen Jahren kennengelernt, und Harlachinger war es gewesen, der ihm unter dem Siegel der Verschwiegenheit geraten hatte, seine Siedlung im Ammerland als »Kriegerheim« zu etikettieren. Das durfte natürlich niemand von den jungen Siedlern wissen, es hatte aber die Schwierigkeiten mit einigen Behörden augenblicklich verringert und brachte immer wieder einige erkleckliche Spenden ein. Mit dem Hinweis auf die Anwesenheit des berühmten Dichters (Hermann Hesse hatte natürlich nie mehr als ein allgemeines Interesse geäußert und wusste gar nicht, dass man ihn hier erwartete) hatte er ihn dazu überreden können, hier zu erscheinen.

Adolphe hob die Hand wie ein Dirigent. »Bitte um Ruhe! Es sollte unsere erste Pflicht als Vorkämpfer für die Freiheit sein, die Freiheit der Rede zu respektieren! Bitte, Herr Doktor Harlachinger!«

Dieser hatte mittlerweile beschlossen, Spaß zu verstehen. Er strich seinen Kinnbart glatt.

»Als Mitglied der Sozialdemokratischen Partei Deutschlands und des Vorstands des Konsumvereins München-Ost e. V. stehe ich einigen Ihrer Gedanken durchaus nicht ablehnend gegenüber. Ich darf besonders darauf hinweisen, dass in puncto Lebensmittelreinheit seitens des Konsumvereins größtes Augenmerk auf naturnahe Produktion gelegt wird. Auch unsere Initiativen zur Verbesserung der Wohnsituation der arbeitenden Bevölkerung haben reichsweit hervorragende Ergebnisse hervorgebracht, ich darf auf die überall aufblühenden Gartenstädte hinweisen. Auch hier also durchaus Gemeinsamkeiten.

Nun aber – wo sind die Unterschiede? Wo beginne ich?« Er legte die Hände hinter seinem Rücken ineinander. »Nun, vielleicht so: Ich habe den Ausführungen aufmerksam zugehört. Aber nichts vernommen, das das allgemeine, das politische Leben berührt hätte. Brauchen wir aber nicht, um Verbesserungen in allen Bereichen zu erreichen, eine feste Basis? Glauben Sie tatsächlich, dass Sie allein mit der Kraft Ihrer Ideen gegen das Kapital, gegen den Militarismus siegen werden? Ich höre immer, wenn ich mit Ihresgleichen spreche: Man sei gegen die Herrschaft des Kapitals, aber auch gegen die Parteienwirtschaft, mag nichts zu tun haben mit Roten und Schwarzen – bitte erklären Sie uns, wie Sie ohne eine starke politische Bewegung, wie es meine Partei ist, gegen den Abbau des in der Revolution errungenen Achtstundentages, gegen Mietwucher und gleichzeitige Wohnungsnot, gegen die soziale Not in unserer Stadt vorgehen wollen?« Befriedigt nahm er den Beifall entgegen. »... und als Antwort höre ich so etwas wie: Ein geistiges Ideal – so habe ich es jedenfalls verstanden – solle die Führung des Volkes übernehmen. Meine Freunde! Fallen wir hier auf Theokratie, auf die Vorantike zurück? Oder geht es doch nur darum, dass damit ein – reformerisch verbrämter – Führungsanspruch selbst ernannter geistiger Eliten gefordert wird? Die, wenn ich sie mir genauer ansehe und kaum Vertreter der Arbeiterschaft in ihren Reihen entdecke, verblüffende verwandtschaftliche Beziehungen zur alten Elite aufweisen?«

Aus der Ecke, in der der blasse Student saß, war ein empörtes Schnauben zu vernehmen.

»Is auch wieder was dran«, hörte Kajetan neben sich.

Der alte Doktor kam zum Ende: »Wenn sich Ihre reformerische Bewegung nicht in Ablehnung der Industrie erschöpft, nicht den krausen Ideen einer Rückwandlung der modernen Gesellschaft in eine handarbeitende Landbevölkerung verfällt, wenn sie in der Lage ist, sich ...« – Und hier warf der Redner flammende Blicke um sich – »... vom unverantwortlichen Unsinn einer – ich bringe dieses Wort kaum über die Lippen – Rassezüchtung zu distanzieren, sich einreihen möchte in unseren Kampf gegen Not und Elend, gegen Kapitalismus und Militarismus, für Frieden und Arbeit – dann wird sich unsere Partei dem Gespräch nicht verweigern. Ich danke Ihnen.«

Freundlicher Beifall begleitete ihn zu seinem Tisch. Er hatte sich noch nicht ganz gesetzt, als eine Stimme in seinem Rücken ertönte.

»Also – zum Frieden, da sag ich bloß: und Vierzehnachtzehn?«

Doktor Harlachinger schob den Stuhl mit einem Ächzen wieder an den Tisch. Er lächelte gequält und sah über den Kneifer. »Dieser gewohnt sachfremde und von keiner Kenntnis politischer Zusammenhänge getrübte Einwand kommt vermutlich – ja, ich irre nicht – vom Genossen Linsenmeier von der Arbeiter-Union.«

»Richtig!«, schallte es kernig zurück. Alle Blicke wanderten zu Linsenmeier, der, mit einem gemütlichen Grinsen im Gesicht, die fleischigen Arme vor der Brust verschränkt, seinen Gegner nicht aus den Augen ließ.

Harlachinger nahm seinen Kneifer ab.

»Neunzehnhundertvierzehn, sagen Sie. Ein schmerzhafter, doch – jawohl, leider – gerechtfertigter Einwurf. Ich kann nur sagen: Die deutsche Sozialdemokratie war nicht immer gleich gut, und sie hat in ihrer Geschichte auch Fehlwege eingeschlagen. Aber ich versichere: Sie hat gelernt.«

»Wers glaubt, wird selig«, konterte Linsenmeier trocken.

Falls Harlachinger gehofft hatte, diese Bemerkung mit einer verächtlichen Handbewegung als dummes Nachgemaule abtun zu können, hatte er sich getäuscht. Linsenmeier richtete sich jetzt zu voller Größe auf. Er grinste nicht mehr. »... und zum Recht auf Arbeit, da sag ich bloß: Kreuzwehe Männer, magere Frauen, Kinder, die verwahrlost streunen, weil ihre Alten keine Kraft und keine Zeit mehr für sie haben, eine Industrie, die auch noch den letzten Rest von gesunder Natur frisst, Körper und Seelen schindet, dass man am End bloß noch in die Grubn möcht, weil man da drin endlich amal ausschlafen kann – ein Recht darauf wird gefordert?«

Harlachinger brauste auf.

»Ich bin nicht gewillt, die Leistungen meiner Partei von primitiver Polemik besudeln zu lassen. Nicht von einem Anarchisten wie Ihnen, Linsenmeier.«

»Aaach!« Linsenmeier tat mitfühlend. »Jetzt is er beleidigt.«

Der alte Doktor hatte genug. Er hatte es nicht nötig, sich lächerlich machen zu lassen. Zornig bahnte er sich einen Weg zum Ausgang.

Linsenmeier zuckte unschuldig mit den Schultern. Dann wandte er sich zur Bühne: »Und wann ich noch ganz bescheiden was nachfragen dürft: Von was lebt denn ihr von der Siedlung eigentlich?«

»Von der Hände Arbeit!«, bellte Adolphe.

Linsenmeier war nicht zu beeindrucken. »Und zu was musst du dann betteln gehn auf dem Viktualienmarkt?«

Adolphe wusste bereits, dass er bald etwas unternehmen musste. Im Publikum saßen viele Skeptiker, aber auch viele, die er als potente Unterstützer ins Auge gefasst hatte. Er war einmal auf Linsenmeier getroffen, hatte ihn aber falsch eingeschätzt! Oh, diese falsche Behäbigkeit, diese hinterhältige Tour, seinen Kontrahenten glauben zu lassen, es mit einem Einfaltspinsel zu tun zu haben! Wie konnte er die Stimmung herumreißen? – Er musste diejenigen erreichen, deren Sympathien Linsenmeier bereits zugeflogen waren und in deren Blicken er bereits Mitleid mit dem Verlierer zu sehen glaubte!

»Nun – die Millionen, mit denen ich für meine propagandistische Arbeit überhäuft werde, verwende ich, wie allgemein bekannt und ...« Er zupfte wie nebenbei an seiner verwaschenen Tunika. »... sichtbar, für meinen Herrenschneider in der Theatinerstraße!«

Das saß! Den redlichen, jeglichem Luxus entsagenden Bettelmönch hervorzukehren, war goldrichtig gewesen! Das Publikum applaudierte aufgeräumt. Er kriegte sie wieder! Jetzt musste er nachsetzen!

»Und sehr enttäuscht wäre ich, wenn wir uns nicht darin einig wären, dass so mancher einfache, nicht mit materiellen Gütern gesegnete Mann auf unseren Straßen mehr Ehre im Leibe hat als einer, dessen Profit auf Ausbeutung, Betrug und Zerstörung der Natur beruht!«

Auch gut! Mehr als das! Wer fühlte sich nicht angesprochen, wenn dem einfachen Mann, der mit seinem Verdienst mit Müh und Not über die Runden kam, Würde und Ehre zugesprochen wurde? Beifall und Zurufe zeigten, dass er die richtigen Worte gewählt hatte.

Adolphe sah Linsenmeier herausfordernd an. Doch das anerkennende Nicken seines Kontrahenten gefiel ihm nicht. Linsenmeier wankte keineswegs, er machte vielmehr den Eindruck eines sieggewohnten Preisboxers, der keine Schwierigkeiten hat, seinem Gegner auch einmal einen verdienten Punkt abzugeben. Um gleich darauf wieder – oh, und wieder so hinterlistig mit scheinbarer Unbedarftheit spielend! – anzugreifen:

»Dann fass ich – mit meinem schlichten Gehirn, wie der Herr Harlachinger so ähnlich festgestellt hat – zusammen: Wie man im Allgemeinen hört, ist die Siedlung ›Neue Menschen‹ noch längst nicht in der Lage, sich selbst zu tragen, denn sonst gäbe es keine Notwendigkeit, auf Straßen und Plätzen dafür zu sammeln. Überhaupt kein Geheimnis ist ebenfalls, dass einige geldige bürgerliche Mäzene, denen bei der Sammlung für Not leidende Arbeiterkinder der Geldbeutel zu bleibt wie der Hennenarsch im Winter, eure famose Siedlung mit nicht unerheblichen Mitteln unterstützen.«

Linsenmeier ließ die empörten Zurufe an sich abtropfen.

»Habs gleich, habs gleich!« Er wartete geduldig, bis sich wieder halbwegs Ruhe eingestellt hatte. »Zwei Sätze bloß noch: Ich hab deswegen das Wort ›bürgerliche‹ betont, weil ich mich doch frag, woher wiederum das Vermögen dieser Herrschaften stammt, und damits schneller geht, beantwort ichs mir gleich selber: Es ist Geld, das der Arbeiterschaft abgepresst worden ist. Lieg ich also verkehrt damit, dass bereits da ein gewisser Geburtsfehler der ganzen Sach vorliegt und sich der Heilsanspruch einer kleiner Gruppe kleinbürgerlicher Stadtflüchtlinge schon deshalb auf Staubkörndlgröße reduziert, da er mit dem Unheil des arbeitenden Volkes ermöglicht wurde?«

Er wandte sich noch einmal mit gespieltem Bedauern an die Zuhörer: »Seids mir nicht bös, dass ich ein weng giftig hab werden müssen. Aber meine Zeit hab ich schon mit was Sinnvollerem durchbracht.«

Damit nahm er seine Jacke von der Lehne und verließ den Saal, mit einem Achselzucken ignorierend, was ihm Adolphe nachschleuderte:

»Wahrlich, wahrlich! Eine treffendere Demonstration von Verbohrtheit und Arroganz hätte es nicht geben können!«

Schnell versandete der zaghafte Beifall.

Während jetzt ein Wichtigtuer dafür warb, die leidige Politik endgültig aus der Diskussion zu verbannen, und mit einem sonor vorgetragenen Lob von Vegetarismus und Freikörperkultur begann, kämpfte Adolphe gegen die Ahnung, womöglich einen Fehler begangen zu haben, als er auf diese Veranstaltung setzte, von der er sich versprochen hatte, seine Siedlung endlich aus ihrer nicht enden wollenden finanziellen Malaise zu bringen. Er hatte sich stark genug gefühlt, auf Unwägbarkeiten einer Diskussion zu reagieren, in der er nicht mehr ausschließlich im Mittelpunkt stand.

Aber was war eingetreten? Der Beifall kräuselte mager vor sich hin, von einem Sturm der Begeisterung konnte keine Rede sein, keine freudig gezückten Geldbörsen, nichts. Seine Anhängerschaft, von der Schärfe der Auseinandersetzungen getroffen und von einigen schlüssig scheinenden Argumenten verwirrt, wagte kaum noch einen Mucks. Zweifelte auch sie bereits?

Er durfte jetzt kein Risiko mehr eingehen, musste das Ruder herumreißen, das Unerfreuliche umwidmen zu einer Kalvarienstation auf einem zwar dornigen, doch letztlich Heil bringenden Weg! Sein Gehirn arbeitete fieberhaft. Schon machten sich die Ersten zum Gehen auf, Herablassung und Enttäuschung im Gesicht.

Auch Kajetan entschied, nicht mehr länger zu warten. So sehr er auch darüber nachgedacht hatte, so wenig hatte er sich einen Reim darauf machen können, warum Zunhammer die Einladung zu dieser seltsamen Veranstaltung bei sich aufgehoben hatte. Während er nach einer Bedienung spähte, um zu zahlen, sah er, dass es an einem der Saaleingänge unruhig geworden war. Immer wieder öffnete sich die Tür, sickerte ein Pulk später Besucher in den Saal.

Kajetan zählte gerade die Münzen auf den Tisch, als er von einer Bewegung auf der Bühne abgelenkt wurde. Er riss ungläubig die Augen auf. Den Mann, den Adolphe soeben zur Rede aufforderte, kannte er doch! Das war doch ...

»Genossen!«, tönte es markig und zugleich anrührend heimisch von vorne, »ich bin zwar bloß ein einfacher Arbeiter, wo nicht a so gscheit ist wie die ganzen Herrschaften, wo schon gredt haben vor mir, und ...«

Der einfache Arbeiter machte gespreizte Schritte nach links und nach rechts, die fetten Arme wie die billige Kopie eines antiken Tribunen in die Hüften gestemmt.

»... und von hinterkünftiger Politik und dem ganzen Fili-Fa, da kenn ich mich auch net aus. Und möchts auch gar net. Aber auch wenn ich bloß ein einfacher Arbeiter bin, dann heißt des noch lang net, dass ich nichts begreifen tät ...«

»Is jetzt auch ... wieder net falsch«, bemerkte Kajetans Nachbar. Dieser jedoch starrte fassungslos nach vorne. Das war doch – jawohl, Hölzl! Ein alter Bekannter von ihm, den er kennengelernt hatte, als er noch Polizeiinspektor war; mäßig begabter Einbrecher während des Krieges, dann überzeugter Revolutionär, als alles revolutionär war, und nachdem sich der Wind gedreht hatte, auf Seiten der Vaterländischen. Ausgerechnet er trat jetzt als Musterausgabe eines klassenbewussten Münchner Arbeiters auf? Das verhieß nicht Gutes.

»... und ich sags gradraus, weil mir als einfacher Arbeiter des Verdruckte net a so liegt: Die Burschoa, de müssen weiter! Wie, ist mir wurscht, von mir aus hängt sies alle auf!« Hölzl hob die geballte Faust mit einer albern-zackigen Bewegung auf Schulterhöhe. Sein

»Rotfront!« ging in einer Flut empörter Rufe und Beleidigungen unter. Er grinste angestrengt.

»... d-da hat er jetzt au-auch wieder recht«, befand Kajetans Nachbar.

Kajetan schüttelte entgeistert den Kopf. Hölzl war wieder bei den Kommunisten gelandet?

Unmöglich! Was wurde hier eigentlich gespielt?

Auf der Bühne gab Adolphe wieder den flatternden Enterich, als sich aus der Gruppe der Neuankömmlinge ein breitschultriger junger Mann erhob, das Gesicht zu einem geringschätzigen Grinsen verzogen. Er stellte die Beine kampfbereit aus.

»He?! Was seids denn ihr für eine Bagasch?!«

Stühle rückten, Hälse drehten sich nach hinten.

»Glaub fast, ihr seids Kommunistensäu da herin! Kommt mir grad a so vor!«

Nach einem Moment verdutzten Schweigens setzte empörter Widerspruch ein. Adolphe, der im ersten Augenblick in seiner Bewegung erstarrt war, warf sich in die Brust.

»Ich erlaube Ihnen nicht, derart ...«

»Halt dein Maul, Ersatzchristus, zottliger!« Ein Zweiter aus der Gruppe der Neuankömmlinge war ihm ins Wort gefallen. Seine Kumpane gaben sich nun ebenfalls zu erkennen.

»Kommunistensäu seids, stimmts?«

Natürlich! Kajetan fiel es wie Schuppen von den Augen. Hölzl ist einer der ihren, hat ihnen das Stichwort geliefert! Nur weg von hier! Er stand rasch auf.

Hölzl war einen Schritt zurückgewichen. Er warf sich in die Brust: »Und was seids dann ihr?!«

»Wirst gleich sehn!« Der Trupp begann, sich rücksichtslos nach vorne zu arbeiten. Angstschreie, Keuchen und zornige Rufe hallten durch den Saal. Adolphes Blick irrte hilflos umher.

»Verlassen Sie augenblicklich unsere Versammlung!« Es klang bereits lächerlich. »Wartet nur, ihr Verblendeten! Bald wird euer Führer im Nichts seiner eigenen Lächerlichkeit und Verlogenheit versunken sein!«

Ein wildes Durcheinander hatte eingesetzt. Gäste stolperten in panischer Angst über ineinander verknäulte Körper; andere hatten sich mit Stühlen bewaffnet und gingen, zum Äußersten entschlossen, auf die Truppe los.

Tränen des Zorns und der Enttäuschung stiegen in Adolphes Augen. Es war aus! Alles war vergebens gewesen! Einige der Zuhörer hatten zuvor signalisiert, seine Siedlung unterstützen zu wollen – jetzt waren sie endgültig abgeschreckt. Er würde mit leeren Händen zurückkehren. Schniefend raffte er seinen Redetext zusammen.

Ein krachender Faustschlag landete auf der Nase des blassen Studenten, der versucht hatte, sich den Schlägern entgegenzustellen. Ein Bierkrug segelte durch die Luft und traf den Anführer der Schlägerbande zwischen Nase und Augen. Er brüllte auf, Blut schoss aus der Wunde

Kajetan hatte sich bereits zur Eingangstür vorgearbeitet. Er wusste, wie der Abend wieder einmal enden würde. Bald würde die Polizei eintreffen.

Und er war keinen Schritt weitergekommen.

32

Kajetan hatte sich die ganze Nacht im Bett herumgewälzt. Die Backofenhitze, die sich in seiner Kammer unter dem Dach angesammelt hatte, aber auch die Schnaken des nahen Stadtbaches, der seit Tagen nur noch als schlieriges Rinnsal dahinplätscherte, hatten ihren Teil dazu beigetragen, dass er erst einschlief, als der Morgen bereits dämmerte. Von den Türmen schlug es zehn Uhr, als er aufschreckte, sich rasch ankleidete und sich auf den Weg in den Schwabinger Norden machte.

Kajetan hatte versucht, sich innerlich darauf vorzubereiten, was ihn erwartete. Doch als er jetzt vor der Tür des Krankenzimmers stand, zögerte er wieder einige Sekunden, bevor er sie öffnete.

Wieder wurde ihm die Brust eng. Zunhammer war allein. Sein Gesicht war schweißnass, sein rechter Mundwinkel hing schlaff herab. Er atmete mit leisem Gurgeln, es schien ihm Mühe zu bereiten. Seine Augen tränten. Er schien Kajetan nicht wahrzunehmen.

Kajetan setzte sich behutsam an seine Seite, tastete nach der Hand des Liegenden und drückte sie. Er musste schlucken.

»Grüß dich, Thadädl.«

Zunhammer drehte sein verheertes Gesicht langsam herum. Ein

brüchiger Ton drang aus seiner Kehle. Wieder fühlte Kajetan, wie ihm Tränen in die Augen schossen. Der junge Mann war groß und kräftig gewesen, schlank und von zäher Widerstandsfähigkeit. Jetzt bot er das Bild einer Hilflosigkeit; berührender, als die eines Säuglings es je sein konnte, im Gesicht noch den Schrecken jener zersplitternden Sekunden eingebrannt, als er die herabsausende Keule gehört haben musste und gleichzeitig erkannte, dass er ihr nicht mehr ausweichen konnte, und in den Augen noch das ungläubige Staunen, wie es jemandem gelingen konnte, ihn derart zu vernichten.

»Kennst mich schon noch, gell?«, sagte Kajetan leise.

In den starren Augen des Kranken erschien ein unmerklicher, warmer Glanz. Wieder antwortete ein kehliger Ton.

Kajetan zog ein Taschentuch hervor und wischte sich die Wangen ab. Er wollte es wieder einstecken, als er sah, wie sich ein Speichelfaden aus dem hängenden Mundwinkel löste. Er beugte sich vor und tupfte die Unterlippe Zunhammers ab.

»Hn-hn ...«, machte der Verletzte.

Kajetan presste die Lippen aufeinander. Warum hatte man Zunhammer mit derartiger Brutalität traktiert? Wem stand er im Wege?

»Diese ... diese Drecksäue.« Hilflos täschtelte er die feuchtkühle Hand. Zunhammer schwieg. Nur sein unverwandter Blick lebte.

»Thadädl, jetzt sitz ich da wie ein Depp und weiß nicht weiter. Ich kann mir grad so viel ausrechnen, dass du irgendwas von mir gewollt hast. Aber was? Und was mich auch wundert ist, dass du ...«

Verstand ihn Zunhammer überhaupt? Der Arzt hatte es zwar bejaht, aber ...

»Verstehst du, was ich sag, Thadädl?«

Wieder leuchteten die Augen des Verletzten unmerklich auf.

»Hn ...«

In diesem Augenblick fiel Kajetan das Gespräch mit Leni ein. Hatte sie nicht behauptet, ihr Verlobter habe ihr gesagt, dass Kajetan unschuldig sei?

»Thadädl, sag – heißt es ›Ja‹, wenn du einmal so ...« Er machte das Geräusch nach, »... so tust?«

Der Verletzte bestätigte.

»Und zweimal heißt ›Nein‹?«

Auch das bestätigte Zunhammer. Kajetan fühlte, wie sich sein Puls beschleunigte.

»Thadädl, ich werd diese Drecksäue finden, die dir das angetan haben! Ich versprechs dir! – Kannst du probieren, mir etwas zu sagen?«

Zunhammer deutete an, es versuchen zu wollen.

»Hast du gesehen, wer dich überfallen hat?«

Nein.

»Hast du eine Idee, wer dahinter stecken könnte?«

Ja! Zunhammer atmete keuchend.

»Hat es mit deiner Arbeit zu tun, mit einem Fall, an dem du gearbeitet hast?«

Es hatte.

»Aber deinen Kollegen hast du nichts gesagt, stimmts?«

Es stimmte.

»Hat die Sache auch mit mir zu tun? – Ich mein, so privat sind wir zwei ja nie gewesen, dass du ohne Grund mitten in der Nacht zu mir gehen tätst?«

Ja.

Kajetan sah zur Seite. Alles bestätigte, was er bereits vermutet hatte. Aber jetzt kam er ohne Namen, Motive und Beweise nicht mehr weiter! Er wandte sich wieder an Zunhammer.

»Du hast einen Zettel aufgehoben, der auf die Landkommune von so einem spinnerten Apostel hinweist. Bist du hinter dem her gewesen? Hat der was angestellt?«

Nein.

»Aber warum hast du den Zettel mitgenommen?!«

Pure Verzweiflung darüber, nicht sprechen zu können, sprühte jetzt aus den Augen des jungen Polizisten. Kajetan griff erschrocken nach seiner Hand und streichelte sie.

»Wird schon wieder, Thadädl ... wird schon wieder ...«

Er hatte plötzlich eine Idee. Er kramte nach einem Stück Papier, malte mit raschen Strichen die Buchstaben des Alphabets darauf und hielt es dem Verletzten vor die Augen.

Zunhammer bestätigte, das Geschriebene entziffern zu können.

»Du gibst sofort Laut, wenn ich mit dem Stift am richtigen Buchstaben bin. Verstanden? Also, pass auf, Thadädl: Ich brauch von dir einen Namen, um rauszufinden, an welchem Fall du gearbeitet hast.«

Kajetan fing an, mit dem Stift von Buchstaben zu Buchstaben zu fahren. Als Zunhammer signalisiert hatte, fertig zu sein, las Kajetan.

Nicht Thadädl nennen.

Kajetan schniefte gerührt. Es war der Spitzname des Jungen gewesen, mit dem er ihn gutmütig geneckt hatte, obwohl er schon bald erkannt hatte, dass dieser alles andere als der linkische Simpel war, als der er ihm auf den ersten Blick erschienen war.

»Ich versprechs dir, Tha ... – Isidor.«

Wieder leuchtete ein matter Glanz in den Augen Zunhammers auf.

Um Leni kümmern.

»Tu ich, ich versprechs! Aber jetzt brauch ich unbedingt einen Namen, um rauszukriegen, an welchem Fall du gearbeitet hast! Dann lass ich dich für heut in Ruh!«

Er deutete wieder auf die Buchstaben.

Bereits beim ersten reagierte Zunhammer. Kajetan notierte ein ›A‹.

Es folgte das ›D‹, dann ein ›O‹, schließlich ein ›L‹.

Kajetan stutzte. »Adol ...? Adolphe? Also geht es doch um den Apostel?«

In Zunhammer ging plötzlich eine Veränderung vor sich. Er begann stoßend zu atmen. Ein Zittern, als versuche er verzweifelt, sich aus der grausamen Fesselung seiner Lähmung zu lösen, durchfuhr den jungen Mann. Aus seinem Mund floss Speichel. Er schloss gepeinigt die Augen.

»Thadädl!«

Kajetan sprang auf. Hatte er ihn überfordert? Er musste sofort Hilfe holen!

Kajetan musste völlig überhört haben, dass jemand die Türklinke herabgedrückt hatte.

Inspektor Scharmann, vor Erschütterung wie benommen, stand auf der Schwelle.

»Kollege Zunhammer ... im Namen von ... von alle Kollegen ...« stotterte er hilflos

Kajetan schob ihn zur Seite, rannte auf den Flur und brüllte nach dem Arzt.

33

Der Arzt hatte die beiden Männer barsch aus dem Raum gewiesen. Der Patient sei völlig erschöpft, das hätten sie doch erkennen müssen! Er brauche jetzt absolute Ruhe.

Die Tram rumpelte in die Stadt. Kajetan und Scharmann, die den gleichen Weg hatten, waren eine Weile schweigsam nebeneinander gestanden. Nachdem die Schaffnerin ihre Fahrkarten markiert hatte, brach Scharmann das Schweigen.

»Dass es so schlimm ist ...«

Kajetan streifte ihn mit einem ausdruckslosen Blick. Er war in Gedanken bei Zunhammer. Thadädl war also doch hinter diesem Adolphe her! Aber was wollte er von diesem Verrückten? Kajetan erinnerte sich daran, dass auf der Veranstaltung im »Kindl-Keller« ein paar Mal der Name des Dorfes gefallen war, in dessen Nähe sich die Siedlung des Apostels befand. Ried. Irgendwo südlich des Würmsees. Vielleicht kam er endlich weiter, wenn er diesen Adolphe genauer unter die Lupe nahm?

Scharmann ballte die Fäuste.

»Den wenn wir erwischen«, sagte er gepresst. Er wiederholte es, etwas leiser.

Kajetan maß ihn mit einem kurzen Augenaufschlag.

»Er ... er war ein guter Kollege«, sagte Scharmann weich. »War Verlass auf ihn.«

Kajetan konnte nur nicken. »Das war es.«

»Und dass er ziemlich stur hat sein können – mein Gott, da hat jeder sein Eigenes. Mich hats net geniert.«

Kajetan sah ihm ins Gesicht.

»Er lebt noch, Herr Scharmann. Und davon hat er net viel, wenn wir ihm schon jetzt eine Grabred machen.«

»Habens recht«, gab Scharmann bedrückt zu.

Die Tram hatte sich gefüllt. Am Feilitzsch-Platz hatte sich ein Pulk junger Leute in die Waggons gedrängt. Die beiden Männer standen nahe beieinander und hielten sich krampfhaft an einer Stange fest, um nicht aneinandergepresst zu werden. Schimpfend boxte sich die Schaffnerin ihren Weg frei.

»Aber helfen, das kann ihm jetzt bloß noch der Doktor«, bemerkte Scharmann niedergeschlagen.

Wieder vergingen einige Minuten, in denen sie dem lebhaften Geplauder der jungen Leute lauschten.

»Habens schon Hinweise?«, fragte Kajetan in beiläufigem Ton.

Scharmann zögerte mit der Antwort. »Gibt keinen einzigen Zeugen«, sagte er einsilbig.

»Aber es liegt doch nah, dass es was mit einem Fall zu tun hat, an dem er gearbeitet hat.«

»Alle Fälle, mit denen er in der letzten Zeit befasst gewesen ist, sind ordentlich abgeschlossen worden.«

»Es gibt also noch keine Spur«, folgerte Kajetan nüchtern.

Scharmann sah aus dem Fenster.

»Und wenn, dann werdens verstehen, dass ich Ihnen das net ausgerechnet in der Linie Acht verkünden tät.«

»Un'verstätt!«, bellte die Schaffnerin.

Die Studenten drängten schwatzend an den beiden Männern vorbei.

»Und das sag ich Ihnen auch, Herr Kajetan: Ein Problem hätt ich durchaus damit, wenn Sie mir Informationen bloß deswegen vorbehalten täten, weil Sie eine Wut auf die Polizei haben.«

»Hab ich die?«

Scharmann ging nicht auf diesen Einwurf ein.

»Ich jedenfalls hab Sie nicht rausgeschmissen.«

»Weiß ich.«

»Gut. Dann könntens mir ja sagen, was Sie dem Zunhammer da zuletzt unter die Nase gehalten haben.«

»Das Alphabet.«

»Lesen kann er? Ist das wahr?«

Kajetan bestätigte es unwillig. Hätten Zunhammers Kollegen nicht auch selbst darauf kommen können?

»Reden wir jetzt einmal Deutsch miteinander, Herr Scharmann ...«

»Immer. Gern.«

»Die erste Spur, der Sie nach sind, war ja net unbedingt die richtige, wie ich selber hab feststellen dürfen.«

Scharmann funkelte ihn gereizt an. »Herrgott! Die Sache ist doch in *Ihrer* Wohnung passiert! Und das Motiv war doch erst amal einleuchtend! Und dass Sie den Doktor und uns alarmiert haben, hat dem auch net widersprochen. Bei einer Tat im Affekt, und nach so was hats im ersten Moment ausgeschaut, tut das jeder Zweite.«

Kajetan musste es zugeben.

»Außerdem – wenn Sie sich erinnern, haben Sie ordentlich einen sitzen gehabt.«

»Jetzt übertreibens«, protestierte Kajetan.

»War so. Und überhaupt: Sie müssen nicht mehr eingeschnappt tun. Dass ein jeder von uns erst einmal rot sieht, wenns einen Kollegen erwischt, das werdens ja grad noch verstehen. Ich hab mich außerdem dafür entschuldigt. Ist sonst absolut net meins. Also, ich mein, wir sind soweit quitt. Oder?«

Kajetan konnte nichts dagegensetzen.

Scharmann lenkte ein. »Ich weiß, dass sie ein guter Polizist gewesen sind, Herr Kajetan«, sagte er versöhnlich. »Kann mir auch gut vorstellen, dass Sie auch als Detektiv viele von Ihren Kollegen in die Taschen stecken.« Er wurde wieder ernst. »Und deswegen: Wenn Sie noch was rauskriegen, dann erwart ich von Ihnen, dass Sies mir sagen, ja?«

Kajetan dachte nicht daran. Vielleicht hatte Thadädl falsch entschieden, als er seine Kollegen nicht einweihte. Aber er musste seine Gründe gehabt haben.

»Gut«, schlug er ein. »Aber dann möcht ich auch was von Ihnen.«

»Habs mir dacht.«

»Ich möcht, dass Sie sich alle Fälle, an denen der Zunhammer zuletzt gearbeitet hat, noch einmal genau anschauen.«

»Hab ich doch längst getan. Hat aber nichts ergeben.«

»Dann tun Sies noch mal.«

Scharmann schluckte den Ärger hinunter, der kurz in ihm aufgestiegen war.

»Von mir aus.« Er grinste verhalten. »Bilden Sie sich aber bloß net ein, dass ich gegen die Vorschriften verstoß und einem dahergelaufenen Detektiv erzähl, wenn dabei was rausgekommen ist.« Er zwinkerte. »Gebens mir aber trotzdem Ihre Telefonnummer. Wir können ja einmal im Hofgarten miteinander spazieren gehen. Ist eh ungesund, wenn man dauernd im Büro hockt.«

34

Erwartungsvolle Stille herrschte, nachdem die verschüchterte Zimmerkellnerin, welche die Teilnehmer der Konferenz mit Tee und – im Falle des Majors – mit einem Glas Porto versorgt hatte, die Tür hinter sich geschlossen hatte. Doktor Toussaint hatte ihr eingeschärft, ab sofort keine Störung mehr zu verursachen.

Nur der schnaubende Atem des Majors und das leise Klingen der Teetasse, die die Witwe Cerny auf der Untertasse abstellte – vorsichtig, um die Konzentration des sich in gemessenen Schritten hin und her bewegenden Erfinders nicht zu stören –, waren zu hören. Auch Mizzi, trotz züchtigem Haarknoten, strenger Brille und blütenweißem Labormantel noch immer eine Augenweide, war vom Ernst der Stunde hingerissen und schien vor Ehrfurcht den Atem anzuhalten. Der Doktor hatte die rührend zurückhaltende junge Frau mit wohlwollenden Worten als Fräulein Guhlke eingeführt und seine wissenschaftliche Assistentin als ausgesprochen anstellig gelobt. Den Mund niedlich gespitzt, als halte sie sich jede Sekunde bereit, die so Großes schaffenden Hände ihres Meisters zu küssen, und kerzengerade wie eine Gardistin stand sie neben einem mit schwarzem Tuch verhangenen Tisch hinter dem Vortragspult.

Während seine Zuhörer das Schweigen Toussaints für die Manier des Denkers hielten, der sich ein letztes Mal sammelte, um für den angekündigten Vortrag die geeigneten Worte zu finden, waren dessen Gedanken bei seinen Zuhörern.

Frau Cerny, die Witwe eines einflussreichen Anwalts, deren rundes, gerötetes Gesicht auf einem Hals saß, der sich wie der Strunk einer verdorrten Pflanze in einem spitzenbesetzten Kragen verlor – die hatte er längst für sich eingenommen. Ein geschmeidiger Handkuss, ein von einem langen, glühenden Blick begleitetes Kompliment auf einer Soiree des Gärtnerplatztheaters hatten genügt, um bald Gast in den Teerunden des Cernyschen Salons am Habsburgerplatz zu werden. Die Witwe schwärmte für Kunst, für tiefes, inneres Erleben und geriet bei okkulten Themen genauso in Verzückung, wie sie bei winzigen Verfehlungen ihres Personals mit bösartiger Herabsetzung zu reagieren pflegte. Nach ihren Worten galt ihre keusche Sehnsucht dem Knüpfen eines Netzes seelenverwandter Edelmenschen. Einige Andeutungen jedoch, bei denen eine Woge von Hitze und Aufregung über ihr Gesicht geflutet war, hatten Toussaints Vermutung bestätigt, dass hinter ihrem kleinen, von eng anliegender Korsage nach oben gepressten Busen noch andere Wünsche auf Erfüllung pochten.

Neben ihr saß einer dieser Edelmenschen. Graf Sinzendorf, einst ein schneidiger Draufgänger, jetzt jedoch alt, knochig, mit den unleidlichen Zügen des Magenkranken. Sein Anwalt hatte, wie es sich für die meisten der Rechtsbeistände der entmachteten Adelshäuser gehörte, die Reichskommission für die Fürstenentschädigung ordentlich über den Tisch gezogen, so dass der Graf sein Geld seitdem noch sorgloser ausgeben konnte. Er tat dies wechselweise mit der großherzigen Unterstützung junger, natürlich talentierter Künstlerinnen, gelegentlich in verschwiegenen Séparées, aber auch mit dem Aufbau einer chaotisch strukturierten Gesteinssammlung, die es ihm erlaubte, sich ›Gelehrter‹ nennen zu lassen. Beide, die Cerny wie Sinzendorf, waren strohdumm, blasiert. Von ihnen ging keinerlei Gefahr aus. Daneben aber – Ingenieur Strömmer! Rund, vor Aufregung kurzatmig, stocksteif auf dem Sessel sitzend. Auf ihn hatten sich die anderen Teilnehmer als Experten geeinigt. Konnte er gefährlich werden? Nicht wirklich, aber auf ihn musste er sich konzentrieren.

Der Ingenieur war zweifellos Fachmann, doch die Anwesenheit von Adel und hohem Militär schüchterte ihn offensichtlich ein. Schon nach kurzem Wortwechsel hatte Toussaint gewusst, wie er mit ihm umzugehen hatte – einige Fachausdrücke, bei denen sich der Ingenieur als Experte über die anderen erheben konnte, würden Wunder wirken.

Toussaint war gut darauf vorbereitet. Jeden der Einwände Strömmers würde er mühelos parieren. Schon während des Krieges, als Ladengehilfe in der Wiener Drogerie, in der er unter anderem jene Mittelchen abzweigen konnte, die ihn vor der Einberufung beschützt hatten, hatte er – damals noch eine Karriere als Erfinder erwägend – alles verschlungen, was mit der Veredelung von Metallen zu tun hatte. Es hatte ihn nie mehr losgelassen, wenn ihn auch die Zeiten zwangen, anderen Beschäftigungen nachzugehen.

Weiter. Major Rupp. Ein Genussmensch, was seinem Leibesumfang anzusehen war. Kurzhalsig, eitel über die Glatze geklebtes Schläfenhaar, kleine, wache Äuglein, gerissen. Gibt gerne das joviale Raubein, dann aber auch wieder den Kulturmenschen. Der Major, den Legenden um seine Taten während des Krieges und beim Einmarsch auf das von den Räten beherrschte München umrankten, hatte sich einige Zeit in Ungarn aufgehalten und war vor etwa zwei Jahren nach München zurückgekehrt. Zu unsicher mussten ihm allerdings die politische Lage und die Chancen der ihm noch immer nahestehenden vaterländischen Bewegungen scheinen, weshalb er sich – beste Beziehungen bestanden offenbar noch immer – ins Geschäftsleben gestürzt und ein erfolgreiches Handelsunternehmen gegründet hatte. Nichtsdestoweniger – und daher war er wichtig! – verkehrte er nach wie vor mit seinen einstigen Weggefährten, ließ sich aber nicht mehr gerne in die Karten sehen, welcher der vielen vaterländischen Vereinigungen er sich tatsächlich zugehörig fühlte – man munkelte, er sei zu den Kaiser-Monarchisten konvertiert, andere registrierten, dass er mit dem Wittelsbacher Kronprinz verkehrte, dritte wiederum sahen ihn dazu zu oft auf Veranstaltungen der Nationalsozialisten. Er dementierte jedenfalls nie, wenn jede dieser Gruppen versuchte, ihn als Kriegshelden oder Kämpfer gegen die rote Gefahr für sich zu reklamieren. Um ihn zu überzeugen, musste Toussaint seine Argumente um Hinweise auf die nationale Bedeutung seines Verfahrens erweitern.

Jetzt nur noch Kommerzienrat Kauner, der auf die Anwesenheit des Ingenieurs gepocht hatte. Er war schwerer einzuschätzen. Breites, fleischiges Gesicht, die Andeutung eines Schmisses. Zurückgelehnt, gelassene Skepsis. Kauner war nicht irgendjemand – er war Miteigentümer eines Chemiekonzerns mit Sitz in Mitteldeutschland, saß im Vorstand des Bayerischen Industriellenverbandes. Nicht ganz klar war, ob er noch in die Tagesgeschäfte eingriff – nicht zu bezweifeln war aber, dass Kauner noch immer über großen Einfluss verfügte. Er war zwar als Mann der Rechten bekannt, aber auch als kühler Pragmatiker. Nie hatte er die Berichte der »Münchner Post« dementiert, wonach er große Summen an die Hitlerischen gespendet haben sollte, die ihm dafür einen SA-Trupp leihweise überließen, um einigen aufmüpfigen Störenfrieden unter den Arbeitern seiner Münchner Filiale einzubläuen, wer der Herr im Hause war.

Kauner würde sich, was die wissenschaftliche Seite anging, auf Strömmers Einschätzung verlassen, ansonsten auf praktische Argumente reagieren. Und diese mussten sich nur auf einen Begriff reimen: auf Profit.

Eine leichte Euphorie, erfrischend und wärmend zugleich, durchflutete Toussaint. Eine bessere Wahl hätte die Cerny nicht treffen können – eine Ansammlung eitler, egoistischer Idioten, die nur eines verband: Sie konnten den Hals nicht voll kriegen – und waren dazu bereits reich. Nein – es konnte nichts mehr schiefgehen.

»Ich bitte, die Vorhänge zu schließen!«

Selig, ihrem verehrten Genie zu Diensten sein zu dürfen, setzte sich Fräulein Guhlke trippelnd in Bewegung.

Die Tischlampe des Vortragspults warf jetzt ein geheimnisvolles Unterlicht auf das Gesicht des Doktors.

Toussaint faltete die Hände vor seinem Mund und verharrte wieder einige Sekunden in der Pose äußerster Konzentration. Nicht einmal das Schnauben des Majors war jetzt noch zu hören.

»Hochverehrte Dame, werte Herren«, begann Toussaint. »Bevor wir zu unserem Experiment schreiten, gestatten Sie mir zu Beginn unserer Zusammenkunft einige Worte der Erläuterung. Sie haben Anspruch darauf, mit den wesentlichen Grundlagen meiner Methode der Transmutation – oder, wenn Sie so wollen, Veredelung von Metallen – vertraut zu werden. Eines wissenschaftlichen Verfahrens also, das schon immer die Menschheit bewegt hat, das Anlass zu Fantasien und – leider, ich will und kann es nicht verhehlen – auch zu Scharlatanerie gegeben hat.«

Ingenieur Strömmer räusperte sich. Toussaint bedachte ihn mit einem Blick kollegialer Verschworenheit.

»Skepsis, meine Herren«, Toussaint reckte seinen Zeigefinger, »ist sehr wohl eine unabdingbare Eigenschaft wissenschaftlichen Denkens! Sich jedoch im Übermaß von ihr leiten zu lassen kann die Lähmung des Fortschritts bedeuten. Auch die Wissenschaft bedarf der Visionen, des entdeckerischen Wagemuts, und nur jene Völker, die den Mut dazu aufbrachten, wurden und werden mit reichem Lohn bedacht. Und, auffallend, es waren immer Außenseiter und unabhängige Köpfe, die, den fest gefügten Weltbildern zum Trotz, zu neuen Ufern gelangten.« Toussaint lächelte fein in Richtung des Majors. »Da ich Anlass habe, davon auszugehen, dass für die Anwesenden das Wort Mut kein Fremdwort sein dürfte ...«

Rupp nickte geschmeichelt. Der Blick Toussaints umfasste wieder die Runde der Zuhörer.

»... und ich weiterhin einen vorzüglichen Sachverstand voraussetzen darf ...« Hier durfte Ingenieur Strömmer ein anerkennendes Zwinkern in seine Richtung wahrnehmen, was seine stocksteife Gespanntheit etwas löste: »... werde ich mich, mit Ihrer geschätzten Erlaubnis, kurz fassen.«

Der Major schürzte zustimmend die Lippen. Wieder faltete Toussaint seine Hände vor seinem Mund, wandte sich zur Seite und verharrte für einen Augenblick mit geschlossenen Augen in grübelnder Positur.

Graf Sinzendorf nutzte die Pause, nahm einen Schluck Tee und setzte die Tasse mit leisem Kling ab, was ihm einen zurechtweisenden Blick der Witwe einbrachte.

Jetzt nickte der Erfinder versonnen. Er umfasste die Vorderkante des Pultes und wandte sich mit energischem Ruck an seine Zuhörer. Seine Augen versprühten plötzliche Leidenschaft.

»Edle Metalle, meine Dame, meine Herren, sind der unwiderlegbare Beweis für die Existenz einer Rangordnung zwischen Niederem und Höherem, sie sind die Majestäten unter den Metallen, und sie sind Sinnbild äußerster Reinheit.«

Mit einem gönnerhaften Nicken verriet der Graf, dass er sich damit auskannte.

»Sie sind jedoch auch, ganz profan, ein wesentliches Element unseres Alltags. Als klingende Münze, also als Mittel des wirtschaftlichen Verkehrs, aber auch als nahezu unzerstörbare, von Turbulenzen letztlich unberührte Stockage in wirtschaftlich unsicheren Zeiten. Und so nimmt es nicht wunder, dass es in der Geschichte immer wieder Versuche zur Transmutation einfacher Metalle gegeben hat. Misslungene Versuche, aber auch, jawohl, geglückte Versuche – Herr Ingenieur, ich sehen Ihnen eine Frage an? – Bitte sehr!«

Strömmers Wangen hatten eine leichte Rötung angenommen. »Haben Sie eine Erklärung dafür, warum diese dann bisher nicht verwirklicht wurden?«

Alle Blicke richteten sich auf den Erfinder. Dieser nickte überlegen.

»Ich danke Ihnen für diesen Einwand. Jawohl, mein lieber Herr Ingenieur Strömmer, eine Erklärung dafür habe ich selbstverständlich. Dürfte ich Sie dazu aber noch um etwas Geduld bitten?«

Strömmer musste jedoch unbedingt beweisen, wie ernst er die ihm zugedachte Rolle nahm: »Wenn nämlich nicht ein Gehalt von mindestens fünf Prozent erreicht werden kann, dann ...« Er schrumpfte unter dem strafenden Blick der Witwe zum Winzling und vollendete haspelnd: »... ist die Angelegenheit nicht rentabel.«

»Da haben Sie völlig recht, Herr Ingenieur«, räumte der Doktor wohlwollend ein. »Aber dürfte ich Sie noch einmal bitten, mir vorab Gelegenheit zu einigen grundsätzlichen Erörterungen zu geben?«

»Ja«, fiel Frau Cerny beherzt ein. »Wir würden jetzt gerne hören, was der Herr Doktor vorzutragen hat.« Sie warf einen Zustimmung heischenden Blick in die Runde.

»Ich verspreche Ihnen, verehrter Herr Ingenieur Strömmer, dass ich Ihre Frage ausführlich beantworten werde. Und so weit kann ich bereits jetzt darauf eingehen, als ich behaupten möchte, dass die Wissenschaft immer auch von so manchen irrationalen Einflüssen geprägt war. Lassen sie mich dazu einen kurzen – ich verspreche, sehr kurzen – Ausflug in die Antike machen.«

Der Graf unterdrückte ein Gähnen. Toussaint hob die Stimme.

»Über Jahrhunderte hinweg hielten klügste Köpfe an Erklärungssystemen von der Unzerteilbarkeit einzelner Stoffe fest, mit denen man glaubte, alle Welträtsel lösen zu können. Nun – ja, Sie schmunzeln, Herr Ingenieur, und das zu Recht! Was aber sagen Sie, wenn ich behaupte, dass bereits die berühmten Sybillinischen Weissagungen – ein Text aus dem ersten Jahrhundert nach Beginn unserer Zeitrechnung wohlgemerkt – Hinweise auf die Existenz einer *materia prima* enthalten? Und es gerade diese Erkenntnis ist, die in unseren Tagen die Basis für Hunderttausende chemischer Verbindungen und einer gewaltigen Industrie geworden ist?«

Toussaint machte eine Pause. Unvermittelt brach es empört aus ihm heraus: »Hätte man diese Hinweise nicht jahrhundertelang als heidnischen Firlefanz abgetan, wie viel Irrwege wären der Wissenschaft erspart geblieben?! Diese Ignoranz!«

Die Witwe litt mit ihm.

»Und deshalb – meine liebe, gnädige Frau, meine Herren – ist auch eine kurze historische Betrachtung bisheriger Versuche der Transmutation von Metallen von einigem Nutzen. Denn Sie werden anschließend erkennen, dass Sie hier nicht Zeuge irgendwelcher Obskuritäten werden ...« In der Gewissheit, dass keiner der Anwesenden ihn dessen jemals verdächtigen würde, fuhr er mit erhobener Stimme fort: »... sondern dass wir uns, auch hier und jetzt, im gewaltigen Strom der Entwicklung des menschlichen Wissens bewegen!«

Nicht nur der Witwe schauderte. Man war dabei, Geschichte zu machen! Der Denker wechselte sofort wieder in die Rolle des nüchternen Wissenschaftlers.

»Nun, von frühen Versuchen wissen wir sehr wenig – ihre Erkenntnisse wurden in geheimwissenschaftlichen Zirkeln gewonnen und peinlich gehütet. Aus gutem Grunde! Denn für Jahrhunderte mussten unvoreingenommene Forscher fürchten, der Inquisition überantwortet zu werden. Dennoch finden wir bereits im siebzehnten Jahrhundert, nämlich in Johann Christian Orschalls berühmtem Büchlein ›Wunderdrey‹ einen durchaus ernst zu nehmenden Grundversuch mit einem – nur in Kürze, meine verehrte Dame, meine verehrten Herren, nur in Kürze! – Amalgam aus Blei und Quecksilber, welches mit von Salpetersäure übergossenem Kupferoxyd und anschließender Erhitzung ein veredeltes Metall ergibt – in Orschalls Falle waren es erwiesenermaßen Silber und Gold.«

Das Stichwort war gefallen. Die Zuhörer hingen jetzt an seinen Lippen. Toussaint löste sich vom Pult und ging gemessenen Schrittes umher.

»Weitere Versuche, etwa einer geheimnisvollen ›Hermetischen Gesellschaft‹ zu Berlin, folgten. Und wieder war es ein unabhängiger, visionärer Geist, nämlich der Engländer Sir Humphrey Davis, dessen Schriften Anfang des neunzehnten Jahrhunderts entscheidende Weichen stellten. Ein Engländer, meine Herren, jawohl.« Er hob die Brauen und sah fragend um sich. »Sie wissen, warum ich dies betone?«

Seine besorgte Miene übertrug sich auf die Anwesenden.

»Sie wissen es«, stellte der Doktor bedeutungsvoll fest. »Hier manifestiert sich bereits die Gefahr eines gewissen Vorsprungs, dessen Auswirkungen keineswegs gering eingeschätzt werden dürfen.«

Wieder veränderte er die Stimmlage.

»Was hat Sir Humphrey entdeckt? Nichts anderes, als dass die gesamte Materie aus einigen wenigen Urbausteinen besteht.« Er blieb stehen. Plötzliche Begeisterung überwältigte ihn. »Sehen Sie?! In welch genialer Weise dieser große Denker das uralte Wissen um das Vorhandensein einer *materia prima* wieder aufgreift?!«

Seine Augen leuchteten. Gemurmel antwortete ihm. Er fasste sich wieder und dozierte mit sonorer Stimme: »Wenig später experimentiert Tiffereau in Paris mit Wasserstoff, Stickstoff und Sauerstoff, und wieder kann eine nachweisbare Transmutation erzielt werden.«

»Eine Zwischenfrage, Herr Doktor«, knarzte der Graf ungeduldig, »wenn Sie von Transmutation sprechen, so reden wir doch von der Umwandlung ordinären Metalls in, äh, ja, Gold, nich'wa?«

Eine Pause trat ein. Toussaint ließ sein edles Profil bewundern, sah, von feinem Weh ermattet, zur Decke und schien für einen Moment den Faden verloren zu haben. Die Cerny erkannte es als Erste:

das Genie – es war gekränkt! Seine in höchsten Sphären schwebenden geistigen Kostbarkeiten waren in die Niederungen primitivster Gewinnsucht gezerrt worden! Eine Ungeheuerlichkeit! Und – oh, diese Blamage! – ausgerechnet *sie* war es gewesen, die den Grafen, dieses Monstrum an Unsensibilität, in diesen Kreis extraordinärer Persönlichkeiten eingeführt hatte!

Sie durchbohrte ihn mit einem sengenden Blick. »Herr! Graf!«

Toussaint dankte ihr mit einem unauffälligen Lächeln. Er hob seine Hand und erklärte erhaben: »Es geht mir, und dafür bitte ich um Verständnis, zunächst um das Revolutionäre meines wissenschaftlichen Prinzips.«

»Verstehe«, lenkte von Sinzendorf kleinlaut ein.

»Nur noch ein wenig Geduld, Herr Graf. Jetzt nämlich komme ich zu einem entscheidenden Meilenstein, und wieder wird dieser – ja, ich muss es erwähnen – nicht von der deutschen Wissenschaft gesetzt, sondern von einem Amerikaner. Nun aber ist es kein wissenschaftlicher Außenseiter, nein, sondern Doktor Stephen Emmens, ein namhaftes Mitglied der amerikanischen Gesellschaft für Chemie. Seine Entdeckung fasse ich kurz zusammen: Edelmetalle sind bekanntlich schwer. Größere Schwere bedeutet also größere Dichte – es geht also darum, die chemischen Strukturen zu modifizieren, gewissermaßen ineinander zu schieben.«

»Und das hat er beweisen können?«, warf der Kommerzienrat ein. »Ich meine, hat er ...?«

Der Doktor wusste sofort, was er wissen wollte.

»Er hat! Sonst würde ich Ihre wertvolle Zeit nicht damit vergeuden«, unterbrach er mit Spuren der Ungeduld, wie sie große Geister für sich beanspruchen dürfen. »Wenn ich Ihnen einige der Zeugen für seine Demonstrationen nennen dürfte, so waren darunter bekannte Namen wie Gouverneur Roosevelt, Mister Carnegie, der Direktor der Staatlichen Münze der Vereinigten Staaten, Mister Preston, oder der Generalkommissar für die Pariser Weltausstellung, Mister Peck.«

»Oh«, machte die Witwe.

»Respektabel«, sagte der Graf mit Blick auf den Major, der ebenfalls beeindruckt genickt hatte.

»Herr Ingenieur? Sie möchten etwas fragen?«

Strömmer nickte hastig. »Und wie sollte dieser Prozess bewerkstelligt werden?«

»Durch Druck, Herr Ingenieur.«

Strömmer sah zur Seite und überlegte angestrengt.

»Wieso kommen unsere Wissenschaftler nicht auf den Trichter?«, fiel ihm der Graf aufgebracht ins Wort. »Die deutsche chemische Industrie ist schließlich weltweit führend, oder irre ich mich?«

»Weil das Reich, nich'wa, wirtschaftlich und politisch geknebelt ist«, erklärte der Major herablassend.

»Ein Skandal!«, empörte sich die Witwe, um mit verunglücktem Zwinkern hinzuzufügen: »Aber glücklicherweise verfügen wir ja über so brillante Köpfe wie unseren lieben Herrn Doktor.«

Der Graf trommelte mit den Fingern auf die Tischplatte.

»Aber jetzt sagen Sie endlich mal«, polterte er, »wenn das irgendwelche Quacksalber im Mittelalter schon beherrscht haben und es in jedem Kochtopf zu machen ist, wieso wird es dann nicht gemacht?«

Alle Köpfe wandten sich wieder zu Toussaint.

»Tja«, sagt er wissend. »In der Tat, diese Frage muss gestellt werden.«

Der Graf sah herausfordernd in die Runde.

»Hähä! Weil ein Haken dabei ist, natürlich!«

Die Cerny wollte wieder sterben. Doch Toussaint bestätigte bereitwillig: »Sogar mehrere, verehrter Herr Graf. Der erste, wenn auch nicht bedeutendste Grund scheint leider auch ein wenig in unserer Mentalität zu liegen.«

»Das möchte ich gerne erklärt haben!«

»Mit Vergnügen, Herr Kommerzienrat. Sehen Sie, der deutsche Wissenschaftler zeichnet sich bekanntlich durch seine sprichwörtliche Tüchtigkeit aus. Doch gleichzeitig existiert eine gewisse Neigung zu einer – nennen wir es einmal – überzogenen Gründlichkeit.«

Den Graf interessierte das nicht.

»So. Na, nun spannen Sie uns nicht auf die Folter. Sie sagten doch, die Goldproduktion ...«

»Transmutation von Metallen, Herr Graf«, korrigierte Toussaint nachsichtig.

»... ist längst möglich. Was ist, noch mal, der Haken? Ich will schließlich wissen, worauf ich mich einlasse.«

Bevor sich die Witwe wieder vor das bedrängte Genie werfen konnte, um ihn vor der Instinktlosigkeit des Grafen in Schutz zu nehmen, pflichtete der Major dessen Worten nüchtern bei, und auch der Kommerzienrat nickte beifällig. Nur Strömmer war geknickt – der Part des Inquisitors wäre schließlich seiner gewesen.

Toussaint hatte vollstes Verständnis.

»Lieber Herr Graf – alles, was Sie bewegt, bewegte auch mich!«, gestand er. »Erlauben Sie, dass ich einen weiteren Grund nenne, wobei es sich bereits um eine ganze Summe von Hemmnissen handelt – nun, wie immer, wenn es um Großes geht.« Eine leichte Bitterkeit in seiner Stimme verriet jetzt, dass er sehr gut zu wissen schien, wovon er sprach: »Neid also, Kleingeisterei, Fantasielosigkeit, Störmanöver der Bergbaukonsortien, Angst vor Preisverfall und gekaufte Verleumdung in der Presse.«

»Ein Skandal!«, befand die Witwe. Toussaint machte eine verächtliche Handbewegung, mit der er zeigte, dass er es längst nicht mehr nötig habe, sich mit derart zwergenhafter Opposition zu beschäftigen.

Er richtete sich zu voller Größe auf: »Die entscheidenden Gründe aber, meine verehrte Dame, meine Herren, sind diese: Alle diese Versuche kamen jeweils um einige Jahre zu früh! Sie litten zum einen an – aus der Zeit heraus verständlichen – theoretischen Defiziten, wie auch an mangelnder Präzision bei der Bemessung der Zutaten und der Einwirkungszeiten. Aber vor allem …« Tousssaint hob den Zeigefinger, »vor allem daran, dass mangels großindustrieller Produktionsweisen die Schere von Aufwand zu Ertrag noch zu ungünstig ausfallen musste. Und hier sind wir am entscheidenden Punkt angelangt, verehrte Frau Cerny, meine Herren! Wenn die Möglichkeiten industrieller Produktion einerseits, meine wissenschaftlichen Erkenntnisse andererseits zusammengeschlossen würden, so wäre auch dieses letzte Hindernis beiseite gefegt.«

Der Major schürzte nachdenklich die Lippen. Er sah zu Strömmer.

»Wir würden diesen Punkt gerne etwas näher ausgeführt haben, Herr Doktor.«

»Dazu bin ich gerne bereit, lieber Herr Ingenieur. Hier, bei der Begrenztheit der Zeit, kann ich nur so viel sagen: Bei der von mir avisierten Produktion mittels Hochdruck-Kraftmaschinen im Tonnenbereich werden Rohstoffe, produktionsbezogener Aufwand inklusive der Kosten für Arbeitskräfte nur mehr etwa fünfzig Prozent des durch Verkauf erzielten Gewinns darstellen.«

Im Tonnenbereich! Fünfzig Prozent Gewinn!

Toussaint konnte es regelrecht sehen, wie in den Gehirnen der Anwesenden jetzt Rechenapparate ratterten, die Kuponscheren klapperten, die Münzen klingelten. Aber noch hatte er sie nicht! Spätestens, wenn es darum ginge, die Beteiligung zu zeichnen, käme die Nüchternheit zurück. Zwar war es gelungen, sie von seiner Genialität zu überzeugen. Trotzdem bräuchte es noch einen weiteren Anstoß, um ihre Gier anzuheizen. Und was war verführerischer als die Aussicht, ihn – den über den Sphären schwebenden Erfinder – über den Tisch ziehen zu können?

Toussaint richtete sich auf. In feierlichem Ton, und dabei die Augen seherisch in die Ferne gerichtet, kündigte er ein Bekenntnis an. »Nennen Sie mich einen Träumer, einen Idealisten! Aber ich habe beschlossen, die Ergebnisse meiner Forschungen der Allgemeinheit zur Verfügung zu stellen. Unser Vaterland allein, das es in diesen Zeiten schwer hat wie nie zuvor in seiner Geschichte, soll davon profitieren. Ich werde meine Entdeckung dem Vaterland entgeltlos zur Verfügung stellen!«

Der Major glotzte ihn an. Seine Blicke flogen in alle Richtungen. Auch Kauner war verdattert. Der Graf verstand überhaupt nichts mehr.

»Wunderbar, Herr Doktor«, flötete Frau Cerny.

Fräulein Guhlke war längst vor Hingabe und Bewunderung zerschmolzen. Auch Strömmer fand großartig, was der Erfinder von sich gegeben hatte. Der Kommerzienrat brachte ihn mit einem giftigen Blick zum Schweigen.

»Nun – ein privates Konsortium könnte dies doch durchaus ebenfalls ...«

Der Major schoss aus seinem Sessel: »Famos, Herr Doktor!«, jubelte er schnaufend. »Ganz famos!« Er legte seine Hand auf seine Brust und verkündete begeistert: »Ich stelle mich, nich'wa, als Treuhänder des deutschen Volkes zur raschen Verwirklichung dieses Ziels, nich'wa, zur Verfügung.«

Kauners Stirnfalten vertieften sich.

»Ich danke Ihnen, Herr Major.« Toussaint kämpfte mit einer tiefen Rührung. »Ich danke Ihnen allen!«

Die Witwe Cerny war endgültig davon überzeugt, dass ihr gräflicher Begleiter auch nicht den Funken einer Idealität in sich hatte, als dieser trocken einwarf, eigentlich wegen eines Experiments gekommen zu sein. Erleichtert stellte sie fest, dass der Erfinder keinesfalls getroffen war, sondern ebenfalls begierig zu sein schien, zum praktischen Teil seiner Ausführungen übergehen zu können. Er strahlte den Grafen dankbar an.

»Sehr richtig, Herr Graf! Der Worte sind genug gewechselt, sagt der Dichter. Kommen wir nun zu unserem Experiment. Es wird aus nachzuvollziehenden Gründen nur eine kleine Demonstration sein – seien Sie also bitte nicht enttäuscht, wenn Sie anschließend nur eine geringe Ausbeute des zu erzielenden Endprodukts sehen werden – entscheidend ist die Prozentualität.«

»Natürlich!«, hauchte die Witwe.

»Wie Ihnen bekannt ist, habe ich gestern in Anwesenheit und unter Aufsicht Herrn Ingenieur Strömmers eine Mischung verschiedener Bestandteile vorgenommen. Über die Zusammensetzung ist Ingenieur Strömmer in Kenntnis gesetzt.«

Strömmer bestätigte eifrig.

»Es handelt sich dabei um Titankaliumoxalat, Ferrosulfat, Kupfervitriol ...«

»Wir vertrauen Ihnen, Herr Ingenieur!«, unterbrach der Major.

»Herr Ingenieur Strömmer hat, um jede nachträgliche Modifikation der Bestandteile auszuschließen, diese Mischung mit in sein Hotelzimmer genommen.«

Toussaint warf den Kopf in den Nacken und sah zu seiner Assistentin. Sie verstand seinen stummen Befehl sofort, eilte heran und zog den schwarzen Vorhang zurück. Alle Blicke richteten sich auf den Tisch, auf dem eine seltsame Apparatur installiert war. Der Doktor erklärte lehrerhaft:

»Was Sie hier sehen, ist eine Retorte nach dem Prinzip der Leydener Flasche. Daneben sehen Sie einen Elektromagneten und einen Funkenindikator. Da das Experiment mehr als zwei Stunden dauern würde, haben Herr Ingenieur Strömmer und ich uns entschieden, den chemischen Prozess schon vorzeitig einzuleiten. Nach Beginn desselben hat Herr Ingenieur Strömmer den Raum persönlich abgeschlossen und den Schlüssel aufbewahrt. Sie bestätigen dies, Herr Ingenieur?«

Strömmer nickte gehorsam. »Korrekt.«

Toussaint zog seine Taschenuhr und klappte sie auf. Seine Augen glänzten, als er wieder aufsah.

»Meine Dame, meine Herrschaften – in genau sechzig Sekunden werden Sie Zeuge einer Transmutation nach dem Doktor-Toussaintschen Verfahren sein!«

Jetzt wagte niemand mehr zu atmen.

»Fünfzig ... vierzig ... dreißig ...«

Die Spannung stieg. Sogar Toussaint war jetzt von seiner Inszenierung hingerissen. Obwohl er bereits vor sich sah, was in wenigen Minuten auch geschah: Strömmer stürzte auf den Behälter zu, öffnete ihn mit zitternden Fingern. Minuten später verkündete er atemlos, dass die Mischung nach seiner vorläufigen Schätzung einen mindestens zehnprozentigen Goldanteil enthalte. Die rot-glänzenden Granulate gingen von Hand zu Hand, während Ingenieur Strömmer einen Säuretest durchführte.

Er schnappte nach Luft. »Achtundzwanzig Karat!«, japste er.

Alle Blicke richteten sich auf den Doktor, der bescheiden die Augen niederschlug.

Fast schämte er sich.

Es war so leicht gewesen.

Mit einem unauffälligen Blick streifte er Mizzi. Eine leichte Wehmut beschlich ihn. Sie spielte ihren Part großartig.

Nur nicht weich werden, dachte er. Was konnte er dafür, dass das Leben so hart sein konnte? Hatte er die Welt etwa gemacht?

35

Die Essenszeit war schon vorüber, als Kajetan am Kirchplatz von Ried das Postauto verließ. Die Sonne brannte vom Himmel, und ein feiner Windhauch wehte den bitteren Geruch von dampfendem Mist über den staubigen Platz. Es war still. Die Läden, ein Kolonialwarengeschäft, Bäckerei und Metzgerei, waren geschlossen. Aus dem offenen Eingang des Gasthauses am Kirchplatz tönte gedämpftes Stimmengewirr. Träge Blicke streiften Kajetan, als er die Wirtsstube betrat. Nur noch zwei Tische waren besetzt.

Die Wirtin, eine knochige Frau in den Fünfzigern, sah ihn von oben bis unten an und fuhr fort, eine Tischplatte abzuwischen, ehe sie auf seine Frage reagierte.

»Wohin möchtens?«

»Zur Siedlung ›Neue Menschen‹. Die liegt doch im Gemeindegebiet, oder?«

Sie warf ihm einen Blick über die Schulter zu und schrubbte emsig weiter.

»Kann schon sein. Aber wo genau, weiß ich auch net.«
»Wer weiß es denn?«
Sie zuckte die Schultern.
»Und überhaupt – was möchtens denn von denen?«
»Geschäftlich«, erklärte Kajetan. »Ich bin in Gemüs tätig.«
Sie verstand nicht.
»Ich hab eine Handlung in der Stadt«, präzisierte Kajetan.
Am Tisch nebenan hatte man zugehört. Ein junger, schnauzbärtiger Mann legte den Arm über die Stuhllehne. Er grinste abfällig.
»Und da musst zu denen da gehen?«
Er drehte sich wieder zu den anderen und deutete mit dem Daumen auf Kajetan. »Habt ihrs ghört? Was unsereins hat, taugt den Stadterern in Minga nimmer.«
Ein ausgemergelter Alter pflichtete ihm giftig bei.
»Verstehst du nicht, Gidi. Die haben eben die Bauernarbeit komplett neu erfunden. Was unsereins tut, is nimmer wissenschaftlich.«
Der junge Bauer stieß ein verächtliches »Pah!« aus. Ihm gegenüber saß ein untersetzter Mann gleichen Alters mit gutmütigem Gesicht.
»Seids nicht so boshaft«, meinte er. »Wer von uns hätt denn den Grund da hinten noch haben wollen? Is doch bloß Sand drunter, und der alte Burgstaller hat doch alles vor die Hund gehen lassen mit seiner Elends-Sauferei. Ein paar Jahr noch, dann wär alles zusammengefallen, wenns die nicht übernommen hätten und es wieder herrichten.«
»Herrichten? Ha!« Sein Gegenüber lachte böse. »Eine Schand is, sonst nix. Möcht net wissen, was die da hinten alles miteinander treiben. Sollt man amal aufräumen da.«
Ein Vierter, ein älterer Mann mit verwaschenem Schurz, versuchte auszugleichen.
»Also, mich genieren die net. Sind freundlich, und was bei mir einkaufen, wird auch bezahlt.«
Der junge Mann, den die anderen Gidi genannt hatten, fuhr ärgerlich auf. »Was soll des heißen? Dass die anderen alle bloß Grattler sind und dich ausschmieren?«
»Dreh mir nicht das Wort im Maul um, Gidi«, konterte der Kramer gelassen, »ich sag bloß, und das werd ich wohl noch dürfen, dass ich denen nichts nachsagen kann, weil sie mich bezahlen, wies sich gehört.«
»Tun wir auch«, warf der Alte ein.

»Schon«, gab der Kramer zu. »Bloß wann.«

Der Gutmütige stieß den Alten an. »Der Gidi hätt am liebsten einen Zaun ums Dorf gemacht, damit nichts Fremdes hereinkommt, hm?«

Der Alte war nicht seiner Meinung. »So einen hätt ich aber auch gern, Lugg, des glaubst.«

»Wird eh nimmer lang gehen mit denen«, stellte Gidi befriedigt fest. »Der Rupp wird ihnen schon heimleuchten. Von ein paar Zotteln lasst der sich net aufhalten.«

Lugg zog die Brauen missbilligend hoch. »Noch gehörts ihm nicht. Pacht ist allweil noch Pacht. Da gibts bestimmt einen Vertrag, und an den wird sich auch der Rupp mit seiner Kiesgrube halten müssen.« Er wandte sich an die Wirtin. »Ich tät zahlen, Mare.«

»Den Vertrag habens aber mit dem Baron gehabt. Und der lebt nimmer. Die Karten werden bald neu gemischt, werdets sehn.«

Der Kramer sog an seiner Pfeife. »Ah ja?«

»Kannst drauf wetten«, beharrte Gidi trotzig.

Lugg drückte der Wirtin einige Münzen in die Hand.

»Gidi, ich weiß schon, dass du ein Geschäft mit dem Rupp gemacht hast, wenns auch net so gut gewesen ist, wie du dir einbildest. Aber wenn ihm jeder von hier Grund um Grund gibt, dann ist unser Dorf bald bloß noch eine einzige Sandgrube. Und die anderen Bauern werden sich umschauen, wenn sie Jahr um Jahr ihren Brunnen tiefer graben müssen.«

Der junge Bauer drehte sich zu Kajetan.

»Ich hab in der Näh noch ein paar Hifeln stehn. Wennst magst, kannst mitfahren.«

Kajetan sagte erfreut zu. Als sie vom dämmrigen Tenn des Gasthauses ins Freie gehen wollten, begegneten ihnen zwei junge Männer in verschlissener Arbeitermontur, die mit schwerfälligen Schritten auf die Gaststube zusteuerten.

Kajetan fiel auf, dass sie Luggs zurückhaltenden Gruß frostig zurückgaben.

36

»Wiah!«

Der junge Bauer schlug die Zügel auf den Rücken seines Pferdes. Es setzte sich in Bewegung. Bald lag das Dorf hinter ihnen.

»Dass es in diesem Jahr gar so dampfig sein muss«, sagte Lugg kopfschüttelnd. »Aber dass es einmal anständig runtertuschen würd, davon ist auch keine Red.«

»Ist trocken bei euch, hm?«

Lugg sah Kajetan von der Seite an.

»Kannst laut sagen. Heut früh ist zwar ein bissl was runtergekommen, aber die paar Tropfen machens Kraut auch nicht fett. Und mit der neuen Kiesgrube wirds auch nicht besser. Das Grundwasser geht allweil tiefer runter, so wie die alles aufreißen.«

Die Zügel klatschten auf den Rist des Pferdes.

»Wiah, Monerl. Schlaf mir nicht ein.«

Unter Hufen und Rädern knirschte die Schotterstraße, das Zugtier lief in gemächlichem Trab.

»Die Leut von dieser Siedlung sind nicht bei jedem gelitten«, stellte Kajetan nach einer Weile fragend fest.

»Na ja, muss einen ja auch nicht wundern, oder? Die meisten Leut sind nicht so scharf drauf, wenn sie sich mit was beschäftigen müssen, was außer der Reih ist.«

»Und du?«

»Mir sinds nicht zwider, echt nicht«, erklärte Lugg. »Neulich, da hat uns die Martha, unser Stalldirn, eine Lungenentzündung gekriegt, und da ist eine von denen dauernd bei ihr geblieben, weil wir aufm Feld drauß zu tun gehabt haben. Des ist schon nobel, da käm von den Nachbarn keiner drauf. Ich sag allweil: Jetzt sinds schon da, und da schauen wir halt, wie wir miteinand auskommen.«

»Aber der Grund gehört ihnen net?«

»Nein. Sie habens vom Baron gepachtet.«

»Von was für einem Baron?«

»Von Marain schreibt sich die Familie. Er selber – also der Aloys von Marain, der auf dem Gut drüben gewohnt hat – lebt aber nimmer.«

»Hat der denn net gewusst, wem er seinen Grund gibt?«

»Hat er schon. Der hat da irgendwie Verständnis gehabt für so Ideen, und ich mein gar, amal gehört zu haben, dass sich der Adolphe – des ist der Anführer von denen – und der Baron schon vom Krieg her kennen. Aber jetzt, wo der gestorben ist – ich weiß net, ob der Bruder von ihm da noch mittut.«

»Das beste Land is es angeblich auch net, wie ich grad gehört hab.«

»Kannst laut sagen«, bestätigte der junge Bauer. »Is viel zu viel Kies drunter. Deswegen specht der Besitzer von der Kiesgruben drüben schon so lang drauf. Kriegt sein Hals gar nimmer voll. Breit sich allweil mehr aus, den Hanseder hat er schon ganz umgraben. Wenns viel regnet und die Grube zuläuft, dann meinst jetzt schon, er wohnt auf einer Insel. Irgendwann rutscht ihm seine Hüttn ab.«

»Da wirds doch Regeln geben, wie viel Sand genommen werden darf?«

»Schon. Aber dem Rupp ist des wurscht. Und wenn der Hanseder selber so blöd ist und ihm den Grund bis ein paar Meter vor dem Haus verkauft, was willst da machen?«

»Er wird das Geld gebraucht haben.«

»Das hat er allerdings. Und das nutzt der Rupp aus. Ich mag ihn net, aber mit der Gemeinde, dem Bürgermeister und auch mit dem Kreisamt, da kann ers halt und kriegt eine Abbaugenehmigung nach der anderen.«

»Die da vorhin noch ins Wirtshaus gekommen sind – sind das Leute vom Kieswerk gewesen?«

Lugg bestätigte.

»Der eine von den zweien ist zuvor ein Häuslbauer gewesen. Hat eh schon so wenig Grund gehabt, dass er fast verhungert wär. Und von dem wenigen hat der Depp auch noch die Hälfte ans Kieswerk verkauft. Na ja, immerhin hat er da jetzt Arbeit gekriegt. Und der andere ist von auswärts. Der is mir richtig zwider.«

»Hat man fast merken können.«

Der junge Bauer lachte. »Kann man ruhig. Was soll denn der Schmarrn, bei uns in Ried eine Notpolizei aufzustellen?«

»Notpolizei?«

»Blöd, gell? Zehn oder zwölf sinds. Im Wald hinten machens ihre Schießübungen. Der Besitzer von der Kiesgruben war da dahinter. Glaub gar, der meint, dass ihm wer sein Sandloch stehlen möcht! Überall sieht er Kommunisten.«

»Habts ihr denn welche?«

»Beim Bauernbund werden schon ein paar dabei sein«, meinte Lugg. »Aber die ich kenn, sind kreuzbrave Kundn. Wenn der Pfarrer denen bei der Beicht ins Gewissen redt, ists gleich aus mit der Revolution.«

Der Weg hatte die Ebene verlassen und durchquerte ein kleines Waldstück. Das Fuhrwerk ächzte und schaukelte in den Fahrrinnen.

»Aber es ist schon seltsam, hm? – Auf der einen Seit fürchten die Leut das Neue wie der Teufel das Weihwasser, auf der anderen macht keiner das Maul auf, wenn einer den Gemeindegrund aufreißt und ausweidet wie der Metzger die Kuh.«

Kajetan gab ihm recht.

»Nein, ich und viele vom Dorf tun da net mit, wenn über die Leut von der Siedlung boshaft geredet wird«, fuhr Lugg fort. »Sind alles studierte Leut, net solchene Holzköpf. Haben mich schon ein paar Mal eingeladen, aufd Nacht. Schön is gewesen, gesungen habens, und einer hat Gedichte vorgelesen. Und ganze Regale voller Bücher hams drin, stell dir vor – aber auskennen, tja, auskennen mit der Landwirtschaft tun sie sich halt überhaupt net!«

Sie befanden sich wieder auf freier Strecke. Ein brettebenes Tal, von Wald und Vorgebirgen flankiert, weitete sich vor ihnen. Durch die strohigen Stoppelwiesen schlängelte sich ein Bachlauf. Am Fuß eines Berghanges ragte der Turm eines Kieswerkes aus dem Wald. Am gegenüberliegenden Talhang hob sich eine Reihe niedriger, baumloser Hügelkuppen.

Der junge Bauer stieß Kajetan mit dem Ellbogen und machte eine Kopfbewegung. »Da! Schau einmal rüber zur Leiten. Da sinds schon.«

Kajetan schaute in die Richtung, in die der junge Bauer gedeutet hatte. Unterhalb eines Hügelkamms entdeckte er einen hoch mit Heu beladenen Leiterwagen, vor den ein Zugtier gespannt war. Eine Frau mit langem Haar und knielangem Rock führte es, eine Gruppe von vier schmalen Gestalten, ebenfalls in flatternde Gewänder gehüllt, begleitete das Gefährt und rechte das Heu, das immer wieder vom Wagen fiel.

Lugg seufzte. »Drei Wochen habens Zeit gehabt, aber jetzt erst fahrens das Heu ein, akkurat, wos noch feucht ist. Wird ihnen doch faul. So blöd ist doch kein Viech, dass es so was noch frisst, hm?«

Kajetan versuchte nicht erst, den Fachmann zu spielen. Aber es leuchtete ihm ein, was der junge Bauer sagte.

Der Weg hatte sich verengt. Gemächlich sank die Ebene zum Bach hinab. Lugg straffte die Zügel. »Muss man halt schon auch mal aufs Wetter schaun, bevor man zum Heuen anfangt, net wahr?«

»Eho … Monerl … Eho!«, dirigierte der Bauer ruhig. Das Pferd schüttelte die Mähne. Das Fuhrwerk verlangsamte seine Fahrt.

Kajetan beobachtete die Gruppe. Der Heuwagen bewegte sich schaukelnd auf einem schmalen, kaum erkennbaren Feldweg vorwärts.

In der Stimme Luggs mischte sich Mitleid mit Unwillen: »Viel zu hoch beladen haben sie ihn. Da bleibens ja stecken.«

In diesem Augenblick stockte der Tross. Aufgescheucht liefen die Siedler um den Wagen herum. Die langhaarige Frau spreizte sich im Boden ein und versuchte, das Zugtier in Bewegung zu setzen.

»Eho!«, sagte der junge Bauer alarmiert. Er zog heftig an der Leine und starrte gebannt auf den Hang.

»Des gefällt mir net«, sagte er ahnungsvoll.

Erst jetzt, als das Fuhrwerk stand, waren die aufgeregten Rufe der Siedler zu hören. Der Wagen neigte sich. Ein vielstimmiger, verzweifelter Schrei flog heran und brach sich an den Hängen.

»Um Gottes willen!«, stieß der Bauer hervor. »Er fällt ihnen um!!!« Er schoss auf und schrie aus vollem Hals: »Abschirren! Schirrt die Kuh ab!!! Deppen! Elendige Deppen!!!« Er ließ sich auf das Sitzbrett fallen und peitschte auf das Pferd ein. »Wiah! Wiah!«

»Wir müssen denen helfen! Halt dich gut fest«, keuchte Lugg, die Augen auf den Weg gerichtet. Schnell gewann das Fuhrwerk an Fahrt. Knallend spritzte der Schotter gegen den Wagenboden.

Die Halsadern des Bauern traten hervor. »Wiah! Wiah!«, brüllte er in das ohrenbetäubende Gepolter. Kajetan hatte sich an die Sitzbank geklammert, jetzt hob ihn ein heftiger Stoß und schleuderte ihn zur Seite. Er ruderte mit den Armen und konnte gerade noch eine der Wagenleitern greifen. »Wiah! Wiah!!! Wiah!!!« Die Fahrt wurde schneller, je steiler sich die ausgewaschene Fahrrinne neigte. »Wistaha!!! Wistaha!!! – Diott! Diott! – Wiah!!!« Die Mähne des Pferdes flog.

In grausamer Langsamkeit sank der Heuwagen zur Talseite. Für den Bruchteil einer Sekunde ruckte er einige Zentimeter zurück, um dann endgültig mit einem vernichtenden Geräusch, in dem sich das Brechen und Splittern des Holzes, das markerschütternde Röhren des Zugtieres in Todesangst und die Entsetzensschreie der Siedler mischten, mit erbarmungsloser Wucht zu Boden zu krachen, und kurz darauf ein zweites und drittes Mal, gehüllt in eine Wolke von Staub und aufspritzender Erde, umzuschlagen und schließlich am Fuß des Hangs zerschmettert liegen zu bleiben.

Der Bauer peitschte wie ein Besessener auf das Pferd ein. Donnernd flog der Wagen über die Bohlenbrücke. Schwer atmend erreichten die beiden Männer den zertrümmerten Wagen. Wie gelähmt umstanden die jungen Siedler die Katastrophe. Der Staub senkte sich sanft zur Erde zurück.

»Is ...« Lugg wischte sich den Schweiß von der Stirn, »is wer zu Schaden kommen?«

Er erhielt keine Antwort. Die junge Frau, die die Kuh geführt hatte, löste sich zuerst. Weinend stürzte sie sich auf die Kuh und versuchte, mit verzweifelten Bewegungen die Trense aus dem Maul des Tieres zu lösen. Sie gab es auf und sank auf das tote Tier, dessen offene Augen sich langsam trübten.

Jetzt kam Bewegung in einen jungen Mann mit schulterlangen Haaren und Tolstoi-Bärtchen.

»Der ... der Wagen war zu alt«, meinte er zu wissen.

Lugg wirbelte herum und funkelte ihn an. »Ah was! Zu bequem seids gwesen, dass zweimal fahrts!«

Der junge Mann senkte schuldbewusst den Kopf.

Lugg schien sein Ausbruch sofort leid zu tun. Sein Blick fiel auf das schluchzende Mädchen, das noch immer das tote Tier streichelte.

Der junge Bauer trat berührt näher. Er warf einen Blick auf die Kuh und suchte nach einem tröstlichen Wort.

»Vielleicht ... vielleicht gibts noch gute Würscht?«, versuchte er es.

Ein tränenumflorter Blick belehrte ihn: »Aber wir ... wir essen doch kein Fleisch.«

37

Kajetan hatte gerade noch das letzte Postauto erreicht, das ihn nach München zurückbrachte. Es war bereits dunkel, als er am Südbahnhof aus dem Wagen stieg. Kaum war er einige Schritte gegangen, als ihm die schwere, schwüle Stadtluft sofort wieder den Atem verschlug. Sein Körper fühlte sich an, als schleppe er eine Ladung Steine auf dem Rücken, sein Herz pumpte träge und schmerzend, und binnen weniger Minuten war er in Schweiß gebadet.

Während er die Thalkirchner Straße entlangtrottete, kreisten seine Gedanken um das, was er an diesem Nachmittag erlebt hatte.

Es war nicht mehr möglich gewesen, mit den Siedlern ein vernünftiges Gespräch zu führen. Was die alteingesessenen Bauern zwar auch nicht als sonderlich spaßiges Erlebnis abtaten, es sich aber dennoch nicht leisten konnten, in stundenlanger Melancholie zu versinken, das hatte der Gruppe einen schweren Schlag versetzt. Die einzige Kuh war tot, das Winterheu endgültig verloren. Geld und Lebensmittel wurden immer knapper.

Die Kommunarden hatten zuvor schon schlecht gewirtschaftet, gutmütig immer wieder Besucher aufgenommen. Diese waren ein paar Tage geblieben, hatten den Siedlern geschmeichelt, mit bewundernden Worten den innigen Ton von Liebe und Achtung unter den »Neuen Menschen« gepriesen, die schreiend-roten Malereien der Giebel und des Hausinneren gelobt, die sie als keltische Gottheiten oder andere vorchristliche Heilsbringer interpretierten. Die meisten von ihnen hatten sich aus dem Staub gemacht, als man ihnen nach einigen Tagen höflich zu verstehen gegeben hatte, dass man sich wünsche, der Gast möge die Hände aus den Hosentaschen nehmen und dafür, dass er beim Essen schließlich auch ungeniert zulange, doch auch einmal im Stall Hand anlegen.

Von Begeisterung hatte Kajetan nichts mehr gespürt. Die jungen Leute fühlten sich alleine gelassen – Adolphe, ihr Lehrer, war noch nicht aus der Stadt zurückgekehrt.

Immerhin hatte er einigen Bemerkungen entnehmen können, dass Luggs Worte über den Besitzer der Kiesgrube kein Geschwätz waren. Die Siedler hatten Angst um ihre Zukunft. Der verstorbene Baron von Marain hatte ihnen das aufgegebene Anwesen und einige Hektar Boden zu einem lächerlichen Preis verpachtet und sich vor sie gestellt, wenn sie öffentlich angegriffen worden waren. Mit seiner Hilfe hatte schließlich ein zwar noch sehr fragil ausbalanciertes, doch erträgliches Miteinander entstehen können, und einige Nachbarn aus der Gemeinde machten keinen Hehl daraus, dass ihnen der Enthusiasmus der jungen Leute durchaus Respekt abnötigte.

Kajetan blieb stehen und wischte sich den Schweiß von der Stirn.

Aber all das hatte ihn nicht vorwärts gebracht. Er hatte keinen einzigen Hinweis gefunden, der in Zusammenhang mit Zunhammers geheimer Untersuchung hätte stehen können. Eine offensichtlich zufällige Namensgleichheit des Besitzers der Sandgrube mit dem ins

Ausland geflohenen Major aus Walching hatte ihn einen Augenblick lang irritiert, aber auch dies erklärte erst recht nicht, warum Zunhammer diesem Adolphe auf der Spur gewesen sein sollte. Zunhammer war kein Hellseher, er konnte erst tätig werden, wenn ein Verbrechen verübt worden war. Aber nach allem, was Kajetan wusste, stand der Naturapostel nie unter Anklage oder im Verdacht, in ein Verbrechen, gar in einen Mord verwickelt zu sein. Ein Fall »Adolphe« existierte nicht!

Als Kajetan die schwere Hoftür in der Hildegardstraße aufschob, hörte er ein gedämpftes Klingeln. Es kam aus seinem Büro.

»Endlich«, sagte Inspektor Scharmann am anderen Ende der Leitung. »Wo können wir uns treffen?«

38

Das kurze Aufleuchten eines Zündholzes am nördlichen Ende der Kohleninsel war das verabredete Zeichen. Im Mondlicht sah Kajetan, wie Scharmann über die Steinmauer der Gartenanlage zur Isar hinabstieg, wo ihn die Nachtschwärze verschluckte. Er schlenderte an die Stelle, an der der Inspektor verschwunden war. Nachdem er sich prüfend umgesehen hatte, machte er einen Satz über die Brüstung. Durch das Rauschen des Flusses hörte er leise Scharmanns Stimme.

»Hier bin ich!«

Tastend bewegte sich Kajetan im Mondschatten vorwärts. Inspektor Scharmann saß auf einem Felsquader und sah auf den silbrig glänzenden Fluss.

»Noch komplizierter gehts nicht?«, schimpfte Kajetan. »Wollens mich ersäufen?«

Scharmann lachte kehlig. »Keine schlechte Idee. Wenn ich mir überleg, in was für einen Schlamassel ich mich mit Ihnen reinreit!«

Kajetan setzte sich neben ihn. »Ist noch gar nicht ausgemacht, wer da wen in einen Schlamassel treibt. Also?«

Scharmann hatte Wort gehalten und die Fälle noch einmal überprüft, die Zunhammer in den letzten sechs Monaten bearbeitet hatte.

»Aber es war vertane Zeit«, behauptete er. »Es hilft uns nicht weiter.«

»Werden wir schon sehn. Erzählens schon.«

»Von mir aus: Fall Nummer eins war ein siebzehnjähriger Bub aus dem Gries, der seine Schwester umgebracht hat, weil er Angst vor dem Zuchthaus gehabt hat. In das wär er nämlich gekommen, weil seine vierzehnjährige Schwester von ihm schwanger gewesen ist – die Leut haben zu acht in zwei Zimmern gewohnt. Das Bürscherl hat sich zwar ziemlich raffiniert rausgeredet, aber für den Inspektor Zunhammer war das eine Geschichte, die er mit der linken Hand gemacht hat.«

»Also gestrichen. Weiter?«

»Dann ein Raubmord in der Maxvorstadt. Den hat er aber auch bald aufklären können, weil der Trottel die Sachen einem Hehler angeboten hat, der mit uns zusammenarbeitet.«

»Streichen wir auch.«

»Tät ich auch sagen. Weiters eine ein bisserl verzwicktere Sache: Eine Frau aus dem Hackenviertel hat zusammen mit ihrer Freundin, die pikanterweise auch das Gspusi von ihrem Gatten gewesen ist, diesen mit einem Gift betäubt und in die Isar gekippt. War insofern eine verzinkte Geschichte, weil sich rausgestellt hat, dass das Opfer eigentlich der Täter war.«

»Wie geht das?«

»Die habens nicht dumm angestellt. Also: Der Ehemann wars eigentlich, der seine Frau loshaben wollte! Sein Plan war, dass sein schlampertes Verhältnis – sein Gspusi mein ich – sich an die Ehefrau wanzen und sie überreden sollte, ihn zusammen mit ihr umzubringen und irgendwo in einen Weiher zu kippen. Dann, nachdem er sich eine Zeit lang versteckt gehalten hätt, sollt ein unbekannter Erpresser die Frau so fertig machen, dass sie selber den Strick nimmt. Der Plan hätt hinhauen können, weil die Ehefrau ziemlich schwermütig gewesen sein soll. Pech war bloß, dass die das Gift falsch abgemessen haben und es den sauberen Gatten tatsächlich erwischt hat. Das hat den Zunhammer damals ein bissl gefuchst, aber gepackt hat ers am End doch.«

»Auch abgeschlossen?«

»Bis aufs letzte i-Düpferl. Die Verhandlung ist übernächste Woch.«

»Können wir also auch streichen. Was noch?«

»Da hörts dann schon auf. Bis auf eine Geschichte, wo sich einer im Forstenrieder Wald die Kugel gegeben hat, war das alles. Aber die ist auch abgeschlossen. War tatsächlich Selbstmord.«

»Ist sie das wirklich? Ich mein ...«

Scharmann fiel ihm ärgerlich ins Wort. »Kajetan, wir sind keine Anfänger! Außerdem hat sich einiges getan, seit Sie weg sind – ich mein, was die Kriminaltechnik betrifft. Wo Sie damals noch zum Wahrsager haben gehn müssen, da bringen wir die Sachen ins Labor und haben ein paar Stund später unsere Ergebnisse.«

»Hat es sich bei diesem Selbstmörder zufällig um einen Baron von Marain gehandelt?«

Kajetan hörte, wie Scharmann die Luft anhielt.

»Woher wissens denn das schon wieder?«

»Weil ich mich noch immer frag, welche Verbindung es zwischen diesem Naturapostel und einem der Fälle vom Zunhammer geben kann!«, platzte Kajetan heraus. »Und der Fall Marain war einer davon.«

»Da komm ich jetzt nicht mit«, meinte Scharmann. »Was für ein Naturapostel?«

»Er nennt sich Adolphe – mit ›e‹ hintendran, wahrscheinlich, weils nobler klingt. Dieser Adolphe lebt, zusammen mit ein paar von seinen Anhängern, auf einem Hof, den er von diesem Baron von Marain gepachtet hat.«

»Und wie kommen Sie überhaupt auf diesen ...?«

»Adolphe«, ergänzte Kajetan. Etwas warnte ihn, Scharmann davon zu berichten, dass er diesen Namen von Zunhammer erhalten hatte. »Ich hab eine Notiz in der Wohnung vom Zunhammer gefunden.«

»Aber wir haben doch auch alles durchgeschaut!«

»Tja«, bemerkte Kajetan.

»Versteh«, sagte Scharmann. »Da wirds ja schon lichter. Das könnt heißen, dass der Zunhammer den Apostel in Verdacht gehabt hat, diesen Selbstmord bloß inszeniert zu haben. Aber wenns mir jetzt noch erklären, wieso ein Pächter seinen Verpächter umbringen soll? Er ist doch eher auf ihn angewiesen?«

»Stimmt. Aber wenn das Motiv ein ganz anderes war?«

»Und was?«

»Was weiß ich? Ein privater Grund? Die zwei, der Baron und der Apostel, haben sich schon vom Krieg her gekannt.«

»Aus dem Krieg!«, stöhnte Scharmann. »Meinens den Dreißigjährigen, den Siebziger oder den letzten? Ich mein – gehts net ein bissl genauer?«

»Nein.«

»Ich werd net schlau aus Ihnen.«

»Ich aus mir auch net«, gab Kajetan zu.

»Das ist wahrscheinlich zu wenig.« Scharmann stand auf. »Dann, tät ich sagen, hätten wirs, oder?«

»Wartens noch.«

»Seh keinen Anlass.«

»Ich schon. Es gibt noch was, was mir bei dieser ganzen Sach komisch vorkommt und wo es vielleicht doch einen Zusammenhang gibt. In dem Dorf, in dem dieser Baron von Marain gewohnt hat, gibts einen Geschäftsmann namens Rupp, der auf das Grundstück, auf dem jetzt dieser Naturapostel und seine Anhänger hausen, scharf ist.«

»Versteh«, meinte Scharmann sarkastisch, »der nächste Verdächtige. Dieser Rupp hat den Baron wegen ein paar Quadratmeter Grund um die Ecke gebracht. Ist doch Blödsinn, Herr Kajetan! Kann ja sein, dass er drauf scharf war – aber deswegen braucht jemand wie der Rupp keinen umzubringen. Das hat der doch gar net nötig!«

Kajetan horchte auf. »Kennen Sie ihn vielleicht?«

»Hab ihn mal irgendwo kennengelernt, zufällig. War seinerzeit ein hohes Vieh bei den Einwohnerwehren, muss dann eine Zeit lang im Ausland, glaub, in Ungarn gewesen sein. Heut baut halb München mit seinem Sand. Is scheins net auf den Kopf gefallen.«

Kajetan hatte die letzten Worte Scharmanns nicht mehr verfolgt.

Major Rupp! *Sein Rupp!*

Natürlich – deshalb hatte ihn Zunhammer aufsuchen wollen! Er wusste, dass Kajetan früher einmal mit Rupp zu tun gehabt hatte! Dass er ihn kannte! Er wollte seinen Verdacht von ihm bestätigt haben, dass hinter der Fassade des noblen Geschäftsmannes etwas anderers verborgen war. Rupp musste bei diesem angeblichen Selbstmord des Barons eine Rolle gespielt haben! Langsam lichtete sich das Dunkel.

»Sagens mir bitt schön, was Sie jetzt denken?«, bat Scharmann launig.

Er gab nur hin und wieder ein Brummen von sich, als ihm Kajetan seine Hypothese darstellte.

»Die Sach hat bloß einen Haken, Herr Kajetan«, meinte Scharmann unbeeindruckt. »Soweit mir bekannt ist, hat der Baron einen Bruder – also einen Erben. Auch wenn dieser Rupp, was schon schwachsinnig genug wär, den Baron aus dem Weg geräumt hätt, dann tät ihm das Grundstück noch lange nicht zufallen. Außerdem beruht das eh schon mehr als wacklige Gerüst auf der Annahme, dass dieser Baron von Marain sich *nicht* selber erschossen hat.«

»Genau! Und drum müssen Sie ...«

»Die Sache ist aber gründlich ermittelt worden, Herrgott noch mal!«

»Von wem? Vom Zunhammer?«

»Die Sach ist ihm zugeteilt gewesen, ja! Unter Kollegen redet man sich bei Ermittlungen nicht rein! So, und jetzt langts mir langsam mit Ihren Fantastereien!«

Er stand entschlossen auf.

»Herr Scharmann!«

»Wasn noch? Ich bin müd!«

»Nehmen Sie sich noch einmal die Obduktionsergebnisse vor! Und die Zeugenaussagen!«

Scharmann schwieg einige Sekunden.

Kajetan drängte weiter:

»Wir brauchen alles! Schauen Sie besonders auf Kugel und Waffe, die Art der Verletzung, die ...«

»Sie sind ja krank!«, stieß Scharmann hervor. »Gute Nacht! Lassen Sie mich in Zukunft bloß in Ruh mit Ihrem Schmarren!«

Das Rauschen des Flusses verschluckte seine Schritte.

Kajetan blieb noch einige Minuten sitzen und starrte auf das gemächlich dahinströmende Wasser, in dem sich die Brückenbeleuchtung spiegelte. Eine feuchtkühle Brise machte ihn frösteln. Der Mond war weitergewandert.

Er nahm den Kopf in seine Hände.

Es musste Rupp sein, der hinter der ganzen Sache steckte! Aber warum, um alles in der Welt, hatte Zunhammer diesen Adolphe genannt, als er ihn nach seinem Fall gefragt hatte? Warum nicht Rupp?

39

Donald Baines hatte sein zweites Glas Wein leer getrunken. Er sah mit angestrengtem Blick über die Köpfe der lauthals schwatzenden Besucher hinweg, die die Terrasse des Cafés bevölkerten, entdeckte die Bedienung, machte sie auf sich aufmerksam und orderte das nächste Glas. Als er sich wieder an seinen Tisch zurückdrehte, bemerkte er, dass er beobachtet wurde.

»Du hast dich verändert, Donald Baines«, stellte Estelle Thomson fest. »Und jetzt komm mir nicht mit dem Spruch: Wir alle haben es getan.«

Baines versuchte, ihrem Blick standzuhalten. Der Satz hatte ihm auf der Zunge gelegen. Er grinste angestrengt.

»Das hatte ich nicht vor«, behauptete er. »Aber ich hoffe doch, wir alle haben seit der Zeit, in der wir zusammengearbeitet haben, etwas dazugelernt.«

Er suchte den Blick Göran Granholms. Der weißbärtige Journalist nickte zustimmend und fuhr fort, seine Pfeife zu stopfen.

»Ich meinte damit: Du trinkst zu viel und zu schnell«, konstatierte Estelle, freimütig und unerbittlich wie immer. »Das fällt mir auf, und das war früher anders.«

Göran blinzelte durch den Pfeifenqualm. »Dein Pech, Don. Sie mag dich.«

»Es ist heiß, und ich habe Durst«, verteidigte sich Baines gereizt. Er und Estelle waren sich früher einmal mehr als nur kollegial nahe gestanden. Er wusste, dass es ihr mit ihrer Sorge ernst war. Trotzdem machte es ihn wütend, durchschaut worden zu sein.

»Wenn ich eine Gouvernante brauche, werde ich an dich denken, meine liebe Estelle.«

Sie stippte die Asche von ihrer Zigarette.

»Sorry«, meinte sie. »Wenn das ein bisschen nach obenhin klang, wars keine Absicht.«

Baines zuckte unbestimmt die Achseln und sah an ihr vorbei zum Eingang des nächtlichen Englischen Gartens, in dem noch immer ein Kommen und Gehen herrschte.

»Hebt euch euer Liebesgeflüster für später auf, meinen Segen habt ihr«, fiel Göran gutmütig ein.

Er wandte sich an Baines. »Ich weiß allerdings nicht, ob ich dir wünschen möchte, dass dich dieser Hitler, dieser Teutonen-Messias, bald erhört.«

»Wie meinst du das?«

»Einmal, lieber Don, weil ich mich freuen würde, dich ein paar Tage länger hier zu haben. Es tut gut, mit Leuten von außerhalb zu reden. Du meinst nämlich plötzlich, dass sich der Nabel der Welt hier befindet, hier in München.

Die Thomson stimmte nachdenklich zu.

»Und zum zweiten, weil ... weil ...« Er sah sich um.

»... dieser Hitler ein Großmaul und Idiot ist«, ergänzte die Thomson heftig. »Es ist wirklich eine Beleidigung, sich mit ihm beschäftigen zu müssen.«

Granholm fuchtelte mit seiner Pfeife.

»Das können Sie so nicht sagen, Estelle«, widersprach er mit merklich gedämpfter Stimme. »Man muss ihn ernst nehmen.«

»Sie missverstehen mich, Göran. Ich sagte nur, was ich von ihm halte. Nicht aber, dass er nicht ernst zu nehmen wäre. Schließlich habe ich mich durch sein Buch gequält. Gott sei Dank verkauft es sich misera ...«

»Liebe Estelle, ich weiß ...« Granholm legte ihr die Hand auf den Arm und wartete, bis die Bedienung das Weinglas vor Baines abgestellt hatte und wieder verschwunden war, »... ich weiß Ihr Temperament zu schätzen.« Er senkte die Stimme. »Aber könnten Sie Ihre Lautstärke bitte etwas drosseln?«

Sie sah ihn überrascht an. Baines sah von einem zum anderen. Granholms Gelassenheit war einer leichten Nervosität gewichen.

»Ich werde mich bemühen.« Die Amerikanerin drückte ihre Zigarette aus.

»Ich habe Sie unterbrochen, verzeihen Sie.«

Sie strich ihr kupfern schimmerndes Haar mit den Händen zurück.

»Sie haben ja Recht, Göran. Es ist nur ... eine Schande ist es. Dieser Hochstapler bestimmt bereits, wie wir untereinander zu sprechen haben!«

»Sie nennen ihn Hochstapler?«, wunderte sich Baines. Er beeilte sich, zu erklären: »Ich meine, man kann seine Aussagen, seine Ziele scharf zurückweisen, aber ...«

Mit einer energischen Handbewegung wischte sie über den Tisch. Ihre Augen blitzten.

»Dieser Kerl ist nichts als ein Plagiator und nicht besser als andere

Betrüger dieses Fachs. Von Mussolini klaut er Theatralik und Strategie, Napoleonische Gespreiztheiten kreuzt er mit Streitaxt schwingenden teutonischen Helden, gibt Bismarck genauso wie er sich, wenn es gerade nötig ist, als volksnaher Rebell kostümiert. Er hat etwas von einem Schauspieler.«

»Darüber sollten wir uns doch freuen«, warf Granholm mit freundlichem Spott ein. »Wie oft habe ich Sie über die Kulturlosigkeit der Politik stöhnen hören?«

Sie hatte sich eine neue Zigarette angezündet. »Da haben Sie nicht genau zugehört«, korrigierte sie. »Ich sagte vielleicht einmal, dass ich mir wünschen würde, mehr Künstler an der Macht zu sehen. Von gescheiterten Künstlern habe ich nie gesprochen.«

Granholm nickte generös. »Leuchtet ein.«

»Plagiator«, wiederholte Baines nachdenklich. »Gewiss, für seine Auftritte mag das zutreffen, aber ...«

Sie ließ ihn nicht ausreden.

»Don! Auch an seinen politischen Ideen ist nichts, aber auch gar nichts neu. Was er an außenpolitischen Zielen hat, ist nicht viel anderes als das, wovon der deutsche Bourgeois und seine Generalität bereits vor dem Krieg träumten.«

»Und das wäre?«

Sie stieß eine Rauchwolke in den Himmel. »Nehmen Sie beispielsweise seine Ideen zur Neuordnung Osteuropas. Die Tschechoslowakei will er in zwei Staaten trennen, Jugoslawien stellt er sich als Konglomerat kleinerer, leicht lenkbarer Staaten vor, damit er, wenn er einen Durchmarschkorridor nach Osten braucht, keine Rücksichten zu nehmen braucht.«

»Das hat er so offen geäußert?«

»Er hat es natürlich anders ausgedrückt. Der dauernde Frieden, den er anstrebe, sei nur in einer Ordnung garantiert, in der nationale Selbstbestimmung und weitgehende ethnische Identität gewährleistet seien. Übrigens spricht er auffallend oft vom Frieden.«

»Was sich aus seinem Mund aber immer etwas eigenartig anhört«, bemerkte Granholm.

Die Thomson nickte ihm zu. »Nein«, sagte sie, sich wieder Baines zuwendend. »Kein Quantum Originalität ist an diesem Kerl. Außer, dass er über eine geradezu wölfische Witterung für die Schwäche seiner Gegner verfügt.«

»Erlauben Sie ein offenes Wort, Estelle?«

»Ich gestatte keine anderen, mein Bester.«

Granholm erwiderte ihr Lächeln nicht. »Wenn Ihre Abneigung nur darauf beruht, dass Sie etwas gegen seine Manieren und seine Einfallslosigkeit haben, dann ...«

»Er ist Anti-Demokrat!«, unterbrach sie heftig. »Gut, Politiker mit leeren Köpfen und miserablen Manieren haben wir ebenfalls, aber ...«

»Sacco und Vanzetti hat es jedenfalls wenig genützt, dass die Millionen, die gegen ihre Hinrichtung kämpften, das schöne Recht der demokratischen Meinungsäußerung hatten. Estelle – kein Staat dieser Erde ist ein Paradies. Tun also auch Sie nicht so, als wären es ausgerechnet die Vereinigten Staaten.«

Sie gab sich geschlagen. »Da mögen Sie recht haben«, sagte sie leise.

Granholm paffte befriedigt eine Rauchwolke in die Nachtluft.

»Zurück zu diesem Österreicher ...«, begann er nachdenklich. »Ich habe mir über diese eigenartige Person so meine Gedanken gemacht. Möchten Sie sie hören, Don?«

Baines nickte.

»Er kommt von ganz unten. Menschen, die sich ihrer Herkunft schämen, neigen zu Hybris und Brutalität. Ja, ich glaube, dass er sehr gefährlich ist. Ein Mann mit seiner Herkunft kann nie innehalten, kann nur nach vorne fliehen, denn hinter ihm ist nichts als das dunkle Loch der Bedeutungslosigkeit. Soweit ich ihn kennengelernt hab, ist er mental nicht stärker als jeder durchschnittliche Mensch. Wenn er stark ist, dann deshalb, weil er mit Stärke versehen wird. Von jenen, deren Ziele er im Gegenzug zu realisieren hat.«

Er stützte beide Ellbogen auf den Tisch. »Da ist aber noch etwas anderes, was mich irritiert, auf eine Weise aber auch wieder beruhigt. Die alte Elite des Reichs ist eine hochfahrende, auf Tradition und Herkunft pochende Kaste, nicht wahr? Sie wird es nicht hinnehmen, dass jemand die ihr zustehende Macht beansprucht, der aus den unteren Schichten, also – in ihren Worten – aus dem Pöbel kommt.«

»Worauf wollen Sie hinaus, Göran?«

»Ganz einfach: Ich kann mir einfach nicht vorstellen, dass man diesen Hitler jemals akzeptieren wird. Gewiss hat die alte Kaste nach 1918 Zugeständnisse machen müssen; aber, Freunde, das geschah unter dem Zwang der Massen! Sich jedoch willig auf diesen Mann einzulassen, sich ihm gar unterzuordnen, dazu wird sie nicht bereit sein. Stellen Sie sich vor: Von einem ungehobelten Emporkömmling, der es im Krieg nicht weiter als bis zum Gefreiten brachte, sollten Sie Befehle entgegennehmen?«

»Nun ja«, gab Baines zu bedenken. »Immerhin hat er, wie ich mich informiert habe, das Eiserne Kreuz zweiter und erster Klasse erhalten. Das war nicht eben alltäglich.«

»Ich weiß«, stimmte Granholm zu. »Dann aber würde mich interessieren: Warum wurde er niemals befördert?«

»Beförderung hieße, ihm Führungskompetenz zuzusprechen«, beschied die Amerikanerin. »Die jedoch hat man ihm vermutlich nicht zugetraut. Vor einiger Zeit machte in diesem Zusammenhang übrigens ein böses Gerücht die Runde.«

Granholm hatte bei ihren Worten zustimmend genickt. Auch er kannte es.

»Werden Sie deutlicher, Estelle, Göran!«, mahnte Baines. »Welches Gerücht?«

Granholm machte eine einladende Handbewegung in Richtung Estelle und sog an seiner Pfeife.

»Das Gerücht lautete schlicht, dass unser Großkotz diese Orden, mit denen er sich zum Muster soldatischer Tugend stilisiert, niemals erhalten hat.« Estelle Thomson genoss Baines' Verblüffung. »So lautet, ich betone, das Gerücht!«, stellte sie klar. »Aber es würde durchaus Sinn machen. Für Hitler ist nichts wichtiger, als in Wehrmachtskreisen anerkannt zu werden. Schließlich weiß er um die Macht der alten Kaste.«

»Und – du hast nachgeforscht?«

Die Amerikanerin lächelte geschmeichelt. »Soweit das möglich ist. Fest steht, dass die Regimentstagebücher keinen Hinweis auf den Vorfall geben, der zur Verleihung der Orden geführt haben soll. Nicht den kleinsten. Seltsam, nicht?«

»Aber es muss doch einen Anlass gegeben haben! Eine besonders tapfere Tat! Irgendetwas!«

»Donald! Ich sagte doch: Nichts!«

»Aber das wäre ein Skandal erster Güte! Er erfindet seine Orden wie jeder billige Hochstapler seinen Adelstitel?«

»In der Tat wäre es ein Skandal, der ihm den Kopf kosten würde. Aber kühl dich ab. In den Regimentstagebüchern ist zwar kein Grund für die Auszeichnung zu finden, aber die Verleihung der Eisernen Kreuze an ihn ist darin dokumentiert, mit allen dazugehörigen Formalien. Empfehlung und Beurteilung des Vorgesetzten, Ort und Zeitpunkt der Verleihung. Hätte Hitler die Orden nicht erhalten, hätte er alle diese Dinge nachträglich fälschen müssen. Das ist schier unmöglich.«

»Respekt, Estelle!«, meinte Granholm. »Sie haben die Bücher einsehen dürfen? Wie ist ihnen das gelungen?«

»Sie glauben gar nicht, wie eitel die Militärs sind. Da kommt eine englische Journalistin mit dem Plan, die berühmtesten deutschen Regimenter zu porträtieren – und prompt stehen alle Türen offen.«

»Erzähl weiter, Estelle«, bat Baines. Oh, er würde diesem Windhund auf den Zahn fühlen! Und wenn es Lord Rothermore nicht passte, dann würden ihm alle anderen Blätter seinen Bericht aus der Hand reißen. Aber warum hatte Estelle nichts daraus gemacht?

»Ich bin keine Geheimagentin, Donald, auch keine Polizistin. Ich hatte nicht die technischen Möglichkeiten, die Bücher auf Herz und Nieren zu prüfen. Und es schien mir auch unwahrscheinlich, dass man Hitler die Gelegenheit gegeben hätte, die Tagebücher eines auf seine Glorie pochenden Regiments fälschen zu lassen. So weit ist er noch nicht. Ich traue ihm vieles zu – aber diese Geschichte könnte wahr, könnte aber ebenso gut ein Schuss in den Ofen sein. Bei den so genannten ›Vaterländischen‹ herrscht jedenfalls ein kaum vorstellbares Hauen und Stechen.«

Baines hatte ihren letzten Erklärungen mit wachsendem Unmut zugehört.

»Erlaubst du jetzt auch mir ein offenes Wort, liebe Estelle? Kann ...«

»Auch dir, Donald.«

»... kann es sein, dass du gerne ein wenig heiße Luft produzierst? Erst diese Andeutungen, dann aber: Sorry, Leute, war doch nichts?«

Sie war nicht gekränkt. »Kann sein, Donald. Aber das gehört schließlich zu unserem Geschäft, nicht wahr? Außerdem bleiben ja bei genauerem Hinsehen doch noch einige Rätsel. Ich habe jedenfalls trotz meiner Zweifel einige der ehemaligen Vorgesetzten aufgesucht.«

»Gefährlich, was Sie da tun«, gab Granholm zu bedenken.

»Das habe ich nicht bezweifelt.«

»Was sagten diese Vorgesetzten?«, drängte Baines.

»Sie überschlugen sich mit ihrem Lob. Der Mann muss wirklich ein toller Bursche gewesen sein. Und kein Einziger hat irgendetwas geäußert, was diesem Gerücht Nahrung geben würde.«

»Du hast wirklich alle damit befassten Vorgesetzten gesprochen?«, wollte Baines wissen.

»Soweit sie noch am Leben waren, ja, alle. Einen davon konnte ich nicht mehr sprechen, weil er sich kurze Zeit zuvor umgebracht hatte. Er muss krank gewesen sein, so wurde mir jedenfalls gesagt, und aus der Art, wie man es mir mitteilte, glaubte ich auf eine Geisteskrankheit schließen zu können. Er lebte vereinsamt auf seinem Gut irgendwo in der Nähe des Starnberger Sees. Weiter als bis zu seinem Hausdiener bin ich nie gekommen. Aber selbst wenn – ich bin davon überzeugt, auch das Gespräch mit ihm hätte nichts anderes erbracht. Die Aussagen der anderen waren eindeutig, auch wenn sie sich nicht mehr genau an den exakten Zeitpunkt und den Anlass erinnerten. Verständlich – Hitler war ja nicht der einzige Soldat, der das Eiserne Kreuz erhalten hat. Gerade gegen Kriegsende wurde es offenbar inflationär vergeben – was vermutlich in Korrelation zu der sich verschlechternden Lage stand. Man musste die Leute ja irgendwie bei der Stange halten. Und die allgemeine Kriegsmüdigkeit war nicht mehr zu übersehen.«

»Die Deutschen waren davon überzeugt, dass der Krieg nur ein paar Wochen dauernd würde und die Bewaffnung der Gegner nur aus Dreschflegeln und Sensen bestände«, lästerte Granholm. »Aber wenn das Ganze wenigstens einen einzigen Sinn gehabt hat, dann den, dass heutzutage keiner von ihnen mehr Lust auf Krieg hat.«

Die Thomson sah ihn skeptisch an. »Sind Sie sicher?«

»Sehr sicher. Die Deutschen sind zwar manchmal etwas seltsam, aber keine kompletten Idioten. Sehen Sie es denn anders?«

»Ich fürchte, ja. Wenn ein Deutscher heute sagt: Nie wieder Krieg, dann meint er lediglich: Nie wieder einen Krieg verlieren, nie mehr eine derartige Katastrophe erleben. Wenn der Krieg aber gewonnen werden kann – warum nicht? Nein, Göran, es tut mir leid. In diesem Land riecht es nach vielem, aber immer weniger nach Frieden.«

»Sie sind ein verdammt ungemütlicher Mensch, Estelle«, tadelte Granholm. »Sie können einem richtig die Laune verderben. Stimmts, Don?«

»Sorry.« Sie tat schuldbewusst. »Dann reden wir von Angenehmerem. Habe ich euch schon erzählt, dass den Kollegen von der ›Times‹ verboten worden ist, in ihren Berichten das Wort ›Nazi‹ zu verwenden?«

»Was?!«

Sie nickte.

»Es klänge wie ›nasty‹.«

40

Wie eine fürsorgliche Mutter ihr Kind bedeckt, so hatte sich tiefe Nacht über die Siedlung im Ammerland gesenkt. In den sternenübersäten Nachthimmel gestanzt, beschien die elfenbeinerne Scheibe des Mondes den Burgstaller-Hof. Aus den Fenstern des Gemeinschaftsraums drang bierfarbenes Licht. Eine trübe Öllampe erhellte den ehemaligen Heuboden. Auf langen Bänken, die ihnen auch als Schlafplätze dienten, lagerte ein erschöpfter Haufen.

Das Abendessen war längst beendet. Wie immer gegen Ende der Woche, an dem – so sparsam man auch wirtschaftete – das wöchentliche Budget aufgebraucht war, hatte es eingeweichtes Getreide, eine aus Resten der Vortage gemixte Suppe, Salat und etwas Obst gegeben.

In den ersten Monaten, nachdem sie den verwahrlosten Hof in Besitz genommen und ihn binnen weniger Tage zu einem Heim ausgebaut hatten, das ihnen wie ein Schloss im Paradies erschien, hatte geradezu rauschhafte Begeisterung geherrscht. Tage und Abende waren gefüllt mit fröhlichem Mutwillen, mit Gelächter, Gesang und ernsten, erfüllenden Gesprächen.

Jetzt, da der Tisch gähnend leer geräumt war, kroch Trostlosigkeit heran. Niemand wusste mehr etwas zu sagen, fast ein jeder schien zu fühlen, dass der Versuch, die Stimmung zu ändern, von den anderen als Lüge aufgefasst würde.

Tilla war mit ihren achtundzwanzig Jahren die Älteste in der Gemeinschaft. Ihr Wort hatte auch deshalb Gewicht, weil sie als gelernte Gärtnerin dafür sorgte, dass der eigene Bedarf an Gemüse wenigstens halbwegs gedeckt werden konnte.

Es war kurz nach Ende des Kriegs gewesen, als sie ihren schockierten Eltern unvermittelt eröffnet hatte, dass sie ihre Ausbildung abbrechen, ihre Verlobung mit einem mehlhäutigen Assessor aufkündigen und auf Wanderschaft gehen wollte. Zusammen mit einem jungen Mann, der bereits vor einiger Zeit aus der bürgerlichen Welt geflohen war und die von seinen Eltern bereits arrangierte Karriere als Staatsbeamter ausgeschlagen hatte, betrat sie die Landstraße, ihrer beider Habe auf einem von Hand gezogenen Leiterwagen verstaut. Sie durchstreiften den Süden Deutschlands. Mit wachsendem Geschick gelang es ihnen, Nacht für Nacht Unterkunft zu finden, einmal bei gutmütigen Bauern, dann wieder, wenn es das Wetter erlaubte, unter freiem Himmel. Sie tauchten ein in die zweite Welt der Berber und Landstreicher, der »Kunden«, mit ihrem Geflecht verschwiegener Stützpunkte, ihrer Sprache und ihren Liedern, lernten die Berberzinken zu entziffern, die ihnen sagten, wo sie Aufnahme und Hilfe finden würden. Oder die sie warnten, wenn man bei ihrem Anblick die Hunde von der Leine lassen würde. Ihren Lebensunterhalt verdienten sie mit Gelegenheitsarbeiten. Arno, so hieß Tillas Begleiter, war ein kräftig zupackender Mann. Wenn bräsige Hopfenbauern die Reihen der Saisonarbeiter abschritten und sie dabei wie Schlachtvieh taxierten, so ging an ihm nie einer vorbei, ohne ihn mit dem Stock zu berühren und zur Gruppe der bereits Selektierten zu schicken. Tilla war bald als anstellige und verständige Arbeiterin bei der Weinernte in der Rheinebene geschätzt. Ergab sich nichts, so bauten sie sich auf den Wochenmärkten auf. Arno spielte Gitarre, sie sang herzergreifende Moritaten oder Lieder, die sie auf ihrer Wanderung gelernt hatte. Immer weiter dehnten sie ihre Wanderungen aus und befanden sich gerade auf einer kurvigen Uferstraße zwischen Triest und Duino, als Tilla mit einer Fehlgeburt zusammenbrach und mehrere Tage in einem winzigen Dorfkrankenhaus verbringen musste. Schon bald bemerkte sie, wie Arno von einer schmerzenden Ungeduld befallen wurde. Das zupackende, unbekümmerte Drauflosstürmen, das sie zuvor an ihm so geliebt hatte, entpuppte sich als krankhafte Unruhe, und eines Nachts hatte er ihr, unter stoßweisem Schluchzen, von einem Kriegserlebnis erzählt. Von mörderischem Artilleriefeuer belegt, war er verschüttet und erst nach Tagen befreit worden. Seit dieser Zeit fühle er ein nie wirklich verlöschendes Feuer in sich, von dem er glaube, dass es ihn verzehren würde, sobald ihn etwas an einen Ort fessele.

Ihre Eltern, beim Anblick der ausgezehrten Heimkehrerin bis aufs Mark erschüttert, schöpften noch einmal Hoffnung. Sie setzten alle Hebel in Bewegung, um ihre Tochter wieder in die bürgerliche Welt zurückzuführen. Es war vergeblich. Kaum hatte Tilla wieder etwas Kraft geschöpft, befand sie sich wieder auf einer Landstraße, atmete tief ein, kostete den Geruch der blühenden Felder und einer frischen Brise.

Irgendwann hatte sie Arno wieder getroffen. Er hatte sich verändert, hatte den Namen seines Großvaters aus dem Elsässischen angenommen und ließ sich jetzt Adolphe nennen. Seine Bedürfnislosigkeit hatte etwas Mönchisches gewonnen, das von seinem Äußeren – die härene Tunika trug er schon damals – noch unterstrichen wurde. Sie hielt auf Distanz, obwohl er sie wieder umwarb.

Als er sie eines Tages einlud, eine Siedlung auf dem Land mit aufzubauen – ein früher Vorgesetzter würde ein aufgegebenes Anwesen im Bayerischen zur Verfügung stellen –, hatte sie nach einigem Zögern zugestimmt. Auch sie brachte Freunde und Freundinnen mit. Studenten gesellten sich dazu, Arbeitslose, Weltflüchtlinge und, selten, neugierige, walzerfahrene Handwerker. Alle waren sie von irgendeinem Schicksal und den Zeitläuften aus einer Bahn geschleudert worden.

Die ersten Jahre in der Siedlung waren die schwersten, zugleich die schönsten. Jede Herausforderung, jede Krise wurde meist mühelos bewältigt.

Und jetzt? Jetzt sollte alles vorbei sein? Was war es bloß, das alle so erschöpft hatte? Und warum kam Adolphe nicht zurück? Er hatte versprochen, vor Einbruch der Nacht hier zu sein. Er würde allen längst wieder Mut gemacht haben.

Es würde längst wieder gesungen und gelacht werden. Wie früher.

Tilla lehnte sich an die Wand und schloss die Augen. »Fidelis«, sagte sie leise.

Der junge Mann hob den Kopf, stützte seine Ellbogen auf und sah sie fragend an.

»Willst du uns nicht etwas vorlesen?«

»Gut«, sagte er nach einer Weile, setzte sich auf, kramte in seiner Tasche und zog ein kleines, zerfleddertes Papierbündel hervor und schlug es auf. Nachdem er an eine Stelle gerückt war, an der das Lampenlicht auf die aufgeschlagene Seite fiel, sagte er leise: »Habs heute Morgen geschrieben.«

Mit der freien Hand strich er das in die Stirn fallende, strohige Haar zurück.

»In diese Stille, berührt kaum
von den Winden, den jagenden Winden der Seen
dringen die Rufe
die Rufe der maßlosen Not.
Aus Mündern!
würgend den Schrei!
Aus Gesichtern!
die Maschinen zerstampft!

Die, starrend ins Nichts ...
wandern ins Dunkel ...«

Mit einer Kopfbewegung schleuderte er sein Haar aus der Stirn.

»Schön ist das«, sagte ein Mädchen berührt. »Ist das wirklich von dir?«

Fidelis sandte einen geschmeichelten Blick ins Dunkle.

»Geht noch weiter.«

Er hielt die Kladde gegen das Licht.

»In grausem Gelärme, so mürbend,
verfallen den Nächten, dem Tod
halten wir stand,
Liebe erklärend,
enormem Sturm.
Sachte schon anschwillt
unser Gesang,
füllend, wie reiner, rauschender Quell
die silbernen Schalen der Hoffnung.«

Er klappte das Heft zu. Einige klatschten.

»Schön«, wiederholte das Mädchen. »So schön.«

Von draußen klang ein leises Klirren.

»Seid mal still«, sagte jemand beunruhigt. »Was ist das für ein Geräusch gewesen?«

Es wird Adolphe sein, dachte Tilla. *Nun wird alles wieder gut.*

41

»Werdens plärren, seine Weiber«, sagte der Mann mit dem jungenhaft glatten Gesicht. Er sah auf den mondbeschienenen Fluss, der sich träge durch die Engstelle unter der Brücke wälzte. Auf den Wellen tanzte weiße Gischt. »Was meinst, Andres?«

Der kräftig gebaute Mann neben ihm hatte sich auf das Brückengeländer gestützt.

»Kann schon sein«, meinte er gelangweilt. »Schau lieber, ob er net doch noch auf einmal zum Schwimmen anfängt. Bei so Heiligen wie dem weiß mans nie.«

»Haha! Die schundige Sau und noch schwimmen!«

»Mach keine Sprüch, Edi. Was war denn mit dem einen in München oben? Da hast auch gesagt, der ist garantiert hin. Und was ist gewesen? Zusammenflicken habens ihn wieder können.«

Der Junge fuhr auf: »Jetzt wär ich dran schuld! Weißt doch, wie schnell wir abhauen haben müssen, weil der Dings, der Detektiv, da grad heimgekommen ist.«

»Hättst gleich gescheit zugehauen, wärs net passiert«, beschied ihn der Kräftige. »Und jetzt hältst den Schnabel.«

Der Junge schwieg verärgert.

»Weißt du eigentlich, warum wir den Apostel verräumen haben müssen?«, fragte er nach einer Weile. »Ich meine, er ist eine schundige Sau gewesen, mit seinen Weibern, und kreuz und quer habens wahrscheinlich umeinand gevögelt, aber Schundsäu sind andere ja auch – sag, wieso grad den?«

»Mir wurscht«, brummte der Ältere. »Ich tu, was mir angeschafft wird.«

»Weißt es nicht?«

»Nein! Wird schon einen Grund geben. Geht uns nichts an.«

Der Jüngere sah wieder auf das schwarze Wasser der Ammer.

»Wirst sehn, morgen findens ihn«, meinte er nachdenklich. »In Chicago, da steckens ihnen die Haxen in einen Kübel und tun einen Mörtel hinein, und dann schmeißen sies hinein. Die bleiben garantiert drunten.«

Der kräftig gebaute Mann drehte ihm sein Gesicht zu.

»Hätt ma auch tun sollen«, setzte der Jüngere nach. »Ich jedenfalls ...«

Er stockte, als er den unverwandten Blick seines Kollegen auf sich spürte.

»Und ich«, sagte der Kräftige, »ich werd um Solderhöhung angehn. Weil ich dauernd dein blöds Gered aushalten muss.«

Der Junge schnappte verärgert auf. »Blöds Gered!« Er deutete auf den Fluss hinab. »Andres! Da!«

Die Tunika Adolphes schimmerte auf, als sein Körper durch einen Streif flirrenden Mondlichtes geschwemmt wurde. Das Bündel drehte sich gemächlich im Kreis, verschwand unter einem Schwall, tauchte kurze Zeit danach wieder auf, wurde kleiner und kleiner und war schließlich nicht mehr zu sehen.

»Da!«, wiederholte der Junge eigensinnig. »Den findens doch gleich.«

»Das sollens vielleicht auch«, erwiderte der Ältere. »Schadt doch nichts, oder?«

»Aber ...«

»Dann weiß ein jeder gleich, was ihm blüht, wenn er net seine Goschen hält.«

Wieder fühlte der Junge den Blick des Älteren auf sich. Er klammerte sich fest an das Geländer, damit sein Frösteln nicht bemerkt wurde.

»Fahrn wir endlich«, sagte er, »sonst kommt noch wer.«

42

Kajetan war müde. Einen Plan nach dem anderen hatte er erdacht, durchgespielt und wieder verworfen, bis er irgendwann in Schlaf gesunken war.

Jetzt versuchte er vergeblich, die Schläge der Turmuhren zu zählen. Aus allen Himmelsrichtungen und fast gleichzeitig drangen sie auf ihn ein und waren für sein schlaftrunkenes Gehirn schwer auseinander zu halten.

Als die Töne verklungen waren – er meinte sich auf acht Uhr festlegen zu können –, hörte er, wie jemand an seiner Tür klopfte. Stöhnend wand er sich aus dem Bett, stieg in die Hose, schlüpfte in seine Schuhe und fuhr sich mit den Fingern durch das zerwühlte Haar.

Als er die Tür aufschloss, stand die alte Süssmeierin vor ihm.

Er erschrak. Die Alte war grau im Gesicht. Kajetan zog sich die Hosenträger über die Schultern und stopfte sich das Hemd in den Bund.

»Morgen is so weit«, sagte sie leise.

»Mo-morgen?!«, stotterte Kajetan.

Sie nickte. »Wie schauts denn aus, Herr Kajetan? Hat sich der Donerl umgetan?«

Wieder fuhr er sich mit der Hand durch den Schopf. Ja, wie sah es aus? Was Donerl betraf, so wäre die Frage am leichtesten zu beantworten gewesen. Der würde wohl mittlerweile in keiner Wirtschaft mehr gelitten sein und schnarchte vermutlich auf einer Parkbank gerade seinen Rausch aus. Aber sonst war er in den vergangenen Tagen keinen Schritt weitergekommen. Der Anschlag auf Zunhammer, die

Turbulenzen um seine Verhaftung und seine Versuche, die wahren Täter zu finden, hatten ihn völlig in Beschlag genommen.

Sein Zögern verriet ihn. Sie musste die Antwort aus seinem Gesicht gelesen habe, nickte unmerklich und wandte sich zum Treppenabsatz.

»Sie hätten schon was kriegt«, flüsterte sie tonlos.

»Frau Süssmeier!«

Sie drehte sich nicht um. Langsam ging sie die Stufen hinab.

»Frau Süssmeier!!!« Er nahm zwei Stufen auf einmal und stellte sich ihr in den Weg. »Wir kriegens schon noch, Frau Süssmeier!«

Sie hieß ihn mit einer entschlossenen Handbewegung zur Seite zu gehen.

»Machens jetzt bloß keinen Blödsinn, Frau Süssmeier!«, rief er hilflos.

Sie drehte sich halb um. »Weiß schon. Sie schauen mich dann nimmer an.« Sie lächelte matt. »Hab allweil Sinn für Spassetl gehabt. Jetzt ist er mir aber vergangen.«

»Mir auch!«, schimpfte Kajetan. »Und deswegen verbitt ich mir so was: Hätten schon was gekriegt! Wenn ich zusag, sag ich zu! Herrgott noch amal! Frau Süssmeier!«

Wortlos stieg sie die Treppe hinab. Krumm und kraftlos glotzte ihr Kajetan hinterher. Mit einem trockenen Knall, als habe ein Richter soeben ein Urteil verkündet, fiel die Tür hinter ihr ins Schloss.

Dieser verfluchte Toussaint! Er rannte fluchend in seine Wohnung zurück, hetzte wie eine gefangene Ratte hin und her. Auf dem Fuß würde er jetzt ins Hotel stürmen, diesem Hund an die Kehle gehen und ihn so lange schütteln, bis ... Plötzlich erstarrte er. Er schniefte leise. *Hättest ja wirklich schon eher draufkommen können,* schalt er sich.

In Windeseile zog er sich an und rannte auf die Straße.

43

»Der Herr Haswanger ist so früh noch nicht zu sprechen.« Der Ton der ältlichen Haushälterin verriet, dass sie es missbilligte, wenn jemand um neun Uhr vormittags noch in den Federn lag.

»Dann weckens ihn auf. Es ist dringend. Sagens ihm bloß meinen Namen.«

Einige Minuten vergingen, bis der Dichter herbeiwankte, sich am Geländer entlang hangelnd, rotäugig, die aufgeschwemmten Wangen von geplatzten Äderchen durchzogen. Er bat Kajetan in sein Zimmer und verriegelte mit fliegenden Bewegungen die Tür.

»Sie kommen hierher?! Sie haben doch nicht ... haben Sie irgendjemand den Grund Ihres Besuches erzählt?«, erkundigte er sich ängstlich. »Zum Glück ist meine Gattin schon außer Hause.« Er grinste bitter. »Sie engagiert sich in letzter Zeit wieder verstärkt für die Produktion von Würsten, müssen Sie wissen.«

Kajetan schüttelte den Kopf. »Natürlich habe ich keinem etwas gesagt, Herr Haswanger.«

Der Dichter sah an sich herab.

»Bitte entschuldigen Sie meinen Aufzug, ich ...«

»Sie haben eine schwere Nacht gehabt«, half Kajetan ungeduldig aus. »Aber es ist dringend. Es geht um den Bruder des Mädchens.«

»Aber ich sagte Ihnen doch, er wollte mir eine Woche Zeit geben.«

»Ich weiß«, unterbrach ihn Kajetan. »Hören Sie mir zu, Herr Haswanger. Ich hab Ihnen doch gesagt, dass es sich bei der Angelegenheit auch um eine Erpressung handeln könnte ...«

»Ich erinnere mich. Aber das ist unmöglich.«

»Das haben Sie gesagt, richtig. Aber, Sie verstehen, ich musste sichergehen und habe deshalb Erkundigungen eingezogen.«

»Wie konnten Sie das? Ich hatte Ihnen doch weder Namen noch irgendwas mitgeteilt?«

»Ich bin Detektiv, lieber Herr Haswanger.« Kajetan spielte den in seiner Berufsehre Verletzten.

»Natürlich, natürlich ...«, beschwichtigte Haswanger.

»Verlangen Sie bitt schön nicht von mir, meine Methoden zu verraten.« Kajetan dämpfte die Stimme. »Wichtig ist doch nur, dass Ihre Angelegenheit diskret beendet wird.«

»Diskret, ja!«, stimmte der Dichter eifrig zu. »Und, was sind Ihre Erkenntnisse?«

Kajetan schenkte ihm einen anerkennenden Blick.

»Dass Sie mit Ihrer Menschenkenntnis recht gehabt haben, Herr Haswanger!«

Der Dichter stutzte einen Augenblick. Dann lächelte er eitel. »Sie zweifelten daran?«

»Eine Berufskrankheit.«

»Verstehe«, sagte Haswanger.

»Das Mädchen wollte Sie tatsächlich nicht in Schwierigkeiten bringen und hat sich einer Kurpfuscherin anvertraut.«

»Ich wusste es doch! Die Gute! Die Liebe!« Haswanger war gerührt.

»Und sie war tatsächlich für kurze Zeit in Lebensgefahr.«

»Schrecklich!«, hauchte der Dichter. Plötzlicher Schauder durchlief ihn. Er sah zur Seite. Wäre das nicht ein Stoff für ein neues Stück? Modern, schonungslos, an den Sorgen des Proletariats orientiert, wie es das heutige Publikum forderte?

Kajetan holte ihn in die Wirklichkeit zurück: »Es ist ebenfalls richtig, dass sie von ihrem Bruder aufopferungsvoll gepflegt wird. Er ist sich bewusst, dass er seine Schwester nicht in ein Krankenhaus bringen kann, da das eine Anzeige wegen Abtreibung zur Folge hätte. Seien Sie ihm dankbar, Herr Haswanger! Wenn er nicht so selbstlos wäre, käm alles vor Gericht, und damit ... muss ich noch deutlicher werden?«

»Bitte nicht!«, flehte der Dichter. »Ein Albtraum.«

»Beruhigen Sie sich. Auch er will vermeiden, dass seine Schwester ins Zuchthaus kommt.«

»Geschwisterliebe ist etwas Herrliches!«

Haswangers Augen leuchteten warm.

»Kommen wir jetzt zu den Kosten«, ernüchterte ihn Kajetan. »Und sinds mir nicht bös, wenn ich ein bisserl drängen muss. Noch ist die Sache nämlich nicht ohne Gefahren.«

»Wovon sprechen Sie, Herr Kajetan?«

»Der Bruder hat tatsächlich bereits erhebliche Schulden machen müssen, obwohl er sich bis aufs Äußerste einschränkt. Dass er als einfacher Arbeiter nur kaum mehr verdient, als er selbst für seinen Lebensunterhalt braucht, ist Ihnen ja bekannt.«

»Ist es, ja. Aber wo ist die Gefahr, von der Sie sprachen?«

»Ich habe den Bruder beschattet. Die Gefahr – und sie ist gleichzeitig auch Ihre Chance – besteht darin, dass er sich noch keine richtigen Vorstellungen davon macht, wie viel die Pflege seiner Schwester noch verschlingen wird. Wenn wir nicht unsererseits sofort mit einem Vorschlag vorpreschen, könnte er – unter dem Einfluss falscher Berater – illusionäre Vorstellungen entwickeln.«

»Verstehe«, erwiderte Haswanger aufgeregt.

»Je früher wir das tun, desto eher wird ihm klar, welche Grenzen seiner Forderung gesetzt sind. Natürlich setzen wir unser Angebot erst einmal tiefer an, um dann auf die Summe zu kommen, die wir – das heißt Sie – für akzeptabel halten.«

Haswanger hatte aufmerksam zugehört. Er verschränkte die Arme. »Wie viel sollen wir bieten?«

Kajetan hob abwehrend die Hand. »Nicht so schnell. Zuerst einmal sollten wir grob überschlagen, was ihm zustände. Das wären nach meiner Schätzung – Behandlungskosten bei verschwiegenen Ärzten, Medikamente, in Grenzen Verdienstausfall et cetera – summa summarum zirka siebentausend.«

»Siebentausend!!!«

Kajetan nickte ungerührt. »Nach unten abgerundet!«

»Das ist unmöglich!«, platzte Haswanger heraus, sah sich hastig um und fügte dann leiser hinzu: »Das ... das ist zu viel. Ich meine, für einmal ...«

»Das ›einmal‹ hatte Folgen, vergessen wir das nicht«, mahnte Kajetan. »Aber ich bin noch nicht ganz fertig. Das wären die realen Kosten, die abzuschätzen der Bruder bestimmt nicht in der Lage ist. Er ist nicht sehr intelligent.«

Ein Hoffnungsschimmer glomm in den Augen des Dichters auf. »Worauf wollen Sie hinaus?«

Kajetan schlug die Beine übereinander. »Ich werde ihm dreitausend vorschlagen. So naiv wird er wiederum auch nicht sein, dass er nicht sehen würde, dass das zu wenig ist. Aber er wird schließlich bei fünftausend das Gefühl haben, gut bedient worden zu sein.«

»Fünftausend ...«, ächzte der Dichter.

Kajetan stand auf und sah Haswanger eindringlich an. »Aber dafür kann ich nur garantieren, wenn wir sofort in die Offensive gehen, Herr Haswanger! Verstehen Sie? Geld auf den Tisch, es ihn sehen, spüren, riechen lassen – und ihm sofort eine Vereinbarung unter die Nase schieben!«

44

Es gab wenige Menschen, die je erlebt hätten, dass Antonie Süssmeier die Worte fehlten. Sie sah Kajetan an, dann wieder auf das Bündel Geldscheine, das er ihr in die Hand gedrückt hatte, dann seitwärts ins Nirgendwo und wieder zu Kajetan. Schließlich fing ihr Kinn zu beben an. Eine Träne sickerte aus ihren Augenwinkeln.

»Mei ...«, flüsterte sie. Verschämt wischte sie sich mit den runzeligen Händen über die Augen.

Während Kajetan unbeholfen ihre Schulter tätschelte, fiel sein Blick in die Küche. Sie war bereits penibel aufgeräumt.

Er war also gerade noch rechtzeitig gekommen! Er schluckte. Verdammt, warum musste er immer so nah am Wasser gebaut haben?

»Nimmst es zurück, dein blöds Gered?«, sagte er, bemüht grob, um seine Bewegtheit zu verbergen.

Sie nickte unter Tränen. »Ich tu ... ich tu beten für Ihnen ... in Altötting ...«

Jetzt wusste er, woher das Wort »Gotteslohn« rührte. Er lächelte dankbar und verabschiedete sich schnell.

Die leidige Toussaint-Geschichte war erledigt, endlich. Auch wenn er gezwungen gewesen war, sie hintan zu stellen – sie war ihm nie aus dem Kopf gegangen, hatte ihn gehemmt, hatte seine Gedanken gefesselt und verhindert, sich voll auf die Lösung des Rätsels um den Anschlag auf Thadädl zu konzentrieren.

Schon sah er klarer, wie er weiter vorgehen musste. Ein wenig jedenfalls.

45

Baron Hubertus von Marain wies auf den Sessel vor seinem Schreibtisch.

»Nehmen Sie Platz, Herr ...«

»Kajetan.«

»Bitte sehr.«

Der Baron lehnte sich zurück.

»Nun, Sie wurden mir als Makler annonciert, dessen Kunde Interesse an Gut Marain hat?«

Kajetan lächelte gewinnend.

»Richtig, Herr Baron.«

»Es wäre mir lieber gewesen, man hätte mir das Angebot erst einmal schriftlich vorgelegt.«

»Meine Kundschaft liebt rasche Entschlüsse. Und sie hat vor allem ein gutes Gespür dafür, wenn es darum geht, möglicher Konkurrenz zuvorzukommen.«

Hubertus von Marain hob interessiert die Brauen.

»Sie glauben, es gibt sie?«

»Das Objekt in Ried ist hochinteressant. Das Gut Marain ist, soweit wir informiert sind, in bestem baulichen Zustand und in einer sehr attraktiven Umgebung.«

»Da mögen Sie nicht unrecht haben. Aber es kommt darauf an, an welche Nutzung gedacht ist. Als Landsitz haben wir es aufgegeben. Nach dem Tod meines Bruders ist bereits zweimal eingebrochen worden, beim zweiten Mal ist der Hauswart niedergeschlagen und schwer verletzt worden. Also – was plant Ihr Kunde?«

»Ein privates Sanatorium.«

Wenn beim Baron Interesse geweckt worden war, so konnte er es gut verbergen. Er schürzte nur leicht die Lippen.

»Bevor ich Ihnen Hoffnung mache, dass aus der Sache etwas wird – darf man den Namen des Kunden erfahren?«

Kajetan hatte sich auf diese Frage vorbereitet. »Selbstverständlich. Wenn ich Sie dabei aber zunächst noch um Diskretion bitten dürfte?«

Der Baron nickte großzügig.

»Es ist die ›Sana-Reform GmbH‹ mit Sitz in Berlin. Aber noch einmal – ich bitte Sie um ...«

Jetzt kam Bewegung in den Baron. »Reform?«, unterbrach er misstrauisch.

»Es geht um moderne, naturnahe Heilmethoden auf strenger wissenschaftlicher Basis im Bereich der Atemwegserkrankungen für eine Klientel, die – wenn ich das einmal so leger sagen darf – es sich leisten kann«, erklärte Kajetan.

»Um ein Lungensanatorium«, stellte der Baron fest.

Kajetan nickte anerkennend. »Stellen Sie sich, was besagte Klientel betrifft, Davos vor. Die bauliche Dimension allerdings wird selbstverständlich der Landschaft angepasst sein.«

»Was trotzdem Abriss und Neubau bedeuten würde.«
»Durchaus nicht«, widersprach Kajetan. »Gut Marain könnte, nicht zuletzt aus Respekt vor der Tradition, erhalten bleiben. Für den medizinischen Bereich ist allerdings ein Neubau erforderlich, sehr richtig.«
Die gefalteten Hände des Barons berührten seine Lippen.
»Woher wissen Sie übrigens, dass ich nicht bereits anders entschieden habe?«
Kajetan lächelte überlegen.
»Sie sind sich sicher, dass Ihr Angebot das interessantere ist«, vermutete der Baron.
»Allerdings, Herr Baron. Allerdings. Nur –«
»Nur – was?«
»Nun, sehen Sie, Herr Baron, da wäre nur noch eine Sache. Mein Kunde hat natürlich bereits diskrete Sondierungen vorgenommen. Man hat allergrößtes Interesse, solange sichergestellt ist, dass das gesamte Terrain zur Verfügung steht.«
»Ich weiß, worauf Sie hinauswollen«, sagte der Baron. »Sie sind gut informiert, Respekt.«
Kajetan nahm das Kompliment an, als sei es eine Selbstverständlichkeit.
»Das Burgstaller-Anwesen ist derzeit noch verpachtet, nicht wahr?«
Der Baron verzog den Mund.
»Zu meinem Leidwesen«, gab er zu. »Mein verstorbener Bruder hatte ein etwas bizarres Faible für derartige Experimente.«
»Darf ich Ihnen übrigens nachträglich noch mein Beileid aussprechen?«
»Danke.« Der Baron war mit dem Kopf woanders. »Aber ...«
»Ich war erschüttert, als ich die Nachricht vom Tode Ihres Bruders erhielt. Alles hätte ich erwartet, nur das nicht.«
Der Baron sah ihn aufmerksam an. »Sie kannten meinen Bruder?«
»Wir waren im selben Regiment. Der Herr Baron war mein Vorgesetzter.«
Etwas schien Hubertus von Marain mit einem Mal nachdenklich zu machen.
»So ...?«, sagte er zerstreut.
»Alles hätte ich erwartet«, wiederholte Kajetan, »nur nicht, dass er ...«
»Ich auch nicht«, gab der Baron zu.

»Steht denn außer Zweifel, dass es ...?«

»Wie bitte?«

»... dass es sich nicht doch um einen Unfall gehandelt hat?«

Von Marain fuhr mit der Handkante energisch über den Tisch.

»Ich vertraue den Behörden«, sagte er knapp. »Die Sachlage ist leider so, wie sie ist. Und nun bitte ich Sie, das Thema zu wechseln.«

»Wie Sie wünschen, Herr Baron. Zurück zum Geschäftlichen! Wir sprachen darüber, dass mein Kunde Interesse am gesamten Terrain hat. Ein Hemmnis wäre also, wenn aufgrund bestehender vorvertraglicher Bindungen nicht auch das Burgstaller-Anwesen zur Verfügung stünde.«

Wieder bedachte der Baron sein Gegenüber mit einem wohlwollenden Blick.

»Respekt«, schnarrte er. »Sie verstehen Ihr Geschäft.«

Kajetan nickte. »Eine Sandgrube mit ihrem Lärm und Staub in der Nähe eines Sanatoriums ...«

»... ist undenkbar, natürlich«, ergänzte der Baron. Er dachte einen Augenblick nach, beugte sich dann nach vorne und stützte seine Ellbogen auf die Tischplatte. »Sie verstehen, das Angebot Ihres Kunden kommt etwas überraschend«, sagte er zögernd.

»Ich entschuldige mich«, erwiderte Kajetan höflich.

Der Baron winkte ab. Er lehnte sich wieder zurück und sah zum Fenster. »Nun ... vorausgesetzt, das Angebot ist tatsächlich so interessant, wie Sie andeuten ...«

»Ich versichere es Ihnen.« Kajetan lächelte vielversprechend. Der Baron warf ihm einen kurzen Blick zu.

»... dann könnte ich Ihnen in Bezug auf die genannten Vorverträge ...«

»... mit der Firma Rupp ...«

Der Baron warf ihm wieder einen erstaunten Seitenblick zu und verlor für einen Moment den Faden: »... mit wem auch immer ...«

»Pardon. Ich wollte Sie nicht unterbrechen.«

Der Baron räusperte sich. »Kurz und gut: Bei diesen Vorverträgen handelt es sich um wenig mehr als grobe, beidseitig kündbare Optionen.«

»Mit vermutlich finanziell wenig berauschenden Dimensionen«, warf Kajetan ein.

»Es gab kein besseres Angebot«, gab von Marain freimütig zu. »Was den Pachtvertrag mit dieser ...« Er machte eine Pause und verzog angewidert den Mund. »... lächerlichen Gemeinschaft betrifft, so hat mein verstorbener Bruder mit dem Leiter tatsächlich einen längerfristigen Pachtvertrag abgeschlossen.«

»Sie sagten, Ihr Herr Bruder war diesem ... diesem Siedlungsexperiment zugetan.«

»Ja. Er hatte sich nach Kriegsende, für uns alle überraschend, den Ideen der Lebensreform zugewandt. Ich habe das stets missbilligt. Ich hatte einmal sogar den Eindruck, dieser unsägliche Adolphe, wie er genannt wird, könnte einen gewissen Einfluss auf ihn haben.«

»Die beiden kannten sich schon länger?«

»Sie waren im selben Regiment.« Er hielt inne.

Kajetan wurde heiß. Es wurde gefährlich. Er spielte den Erstaunten.

»Tatsächlich? Dann müsste ich ihn ja kennen.«

»Natürlich.« Der Baron war erstaunt. »Sie sagten doch, Sie wären ebenfalls ...?«

Kajetan lachte. »Pardon. Aber ich kann mich beim besten Willen an keinen Kameraden erinnern, der sich für derartig ausgefallene Experimente interessiert hätte.«

Diese Antwort schien dem Baron einzuleuchten.

»Vermutlich würden Sie ihn auch nicht mehr wiedererkennen. Er sieht wie eine Kreuzung zwischen Messias und Tolstoi aus.«

Kajetan beeilte sich, das Thema zu wechseln.

»Nun«, sagte er, unvermittelt kühl. »Sie sprachen von einem längerfristigen Pachtvertrag. Das wäre ... nun, bedauerlich.«

»Moooment!« Der Baron hielt Kajetan seine Handfläche entgegen. »Da gibt es bekanntlich Rechte, aber auch Pflichten. Ich würde mich sehr wundern, wenn es meinem Anwalt nicht gelänge, da nicht eine ganze Reihe von Pflichtverletzungen festzustellen. Ebenfalls wäre für eine vorzeitige Vertragsauflösung eine Konstruktion denkbar, die auf gewisse moralische Aspekte abhebt. Verstehen Sie? Soweit ich es mir erzählen habe lassen, leben dort Männer und Frauen in völliger Gesetzlosigkeit, in einer Art Konkubinat zusammen.« Er geriet in Rage. »Eine moralische Verworfenheit sondergleichen! Es kann meiner Familie nicht zugemutet werden, diesen dekadenten Sumpf hinzunehmen.«

»Gewiss ...« Während Kajetan den Zweifelnden spielte, fasste er im Stillen zusammen, was er gehört hatte.

Hubertus von Marain schien nicht zu ahnen, in welchem Stück

man ihm die Rolle des Hanswurst zugeteilt hatte. Rupp war scharf auf das Gelände der Marains, doch der störrische, zur Exzentrik neigende Aloys von Marain stand ihm im Wege. Alles lief auf Rupp zu! Rupp, der vor fünf Jahren rücksichtslos ein junges Mädchen aus Walching aus dem Weg räumen ließ, weil sie zufällig entdeckt hatte, dass er Waffengeschäfte mit den Hitlerschen machte! Rupp, der sich, als ihm Kajetan auf den Fersen war, nach Ungarn verdrückte! Rupp, der den Baron aus dem Weg räumen ließ, weil dieser seiner Expansion im Wege stand und nicht zulassen wollte, dass ein ganzes Hochtal in eine Sandwüste verwandelt würde! Was waren das eigentlich für Zeiten, in denen Verbrecher wie er keine Angst mehr haben mussten und sich wieder frech der Öffentlichkeit präsentieren konnten?

Was machte Rupp so sicher, nicht mehr wegen der Walchinger Affäre unter Anklage gestellt zu werden?

Aber nicht mit Kajetan! Rupp würde sich täuschen! Wenn er ihn der Beteiligung an der Ermordung des Barons überführt haben würde, käme bei der Verhandlung auch seine Verwicklung in den Walchinger Mordfall ans Tageslicht. Dann wäre der Staatsanwalt gezwungen, auch diesen Fall wieder aufzugreifen – mit dem Ergebnis, dass Kajetans Unschuld endlich gerichtsmäßig wäre und die Polizeidirektion keine Möglichkeit mehr hätte, sich auf Landtagsausschüsse und schwebende Verfahren herauszureden, um seine Wiedereinstellung zu verzögern.

Aber Rupp war nicht zu unterschätzen! Um ihn zu überführen, brauchte Kajetan Unterstützung. Vor allem einen Zeugen, dem der Staatsanwalt keine persönlichen Motive unterschieben konnte. Und das konnte nur Inspektor Scharmann sein. Der den Widerspenstigen gegeben hatte, ihn aber doch wieder angerufen hatte, bevor Kajetan nach Ried aufgebrochen war.

»Ich hab mich umgehört, Kajetan.«

»Habs gewusst. Und?«

»Der Akt über den Selbstmord ist bei der Politischen.«

»Bei was?«

»Bei der Abteilung Politische Polizei. Weiß schon, hats zu ihrer Zeit noch nicht gegeben. Gibts jetzt eigentlich auch noch net, ist offiziell erst im Aufbau.«

»Kommen Sie dran?«

»Ich probiers. Bis nachher.«

»Wann?«
»Mittag. Da fällts net so auf. Muss aufpassen.«
»Üblicher Ort?«
»Nein, näher. Hab nicht so viel Zeit.«

46

Scharmann hatte ihn unauffällig zu einer von hohem Gebüsch abgeschirmten Bank im Osten des Hofgartens dirigiert. Er sah nervös um sich.

»Es ist was faul an der Gschicht«, sagte er mit gedämpfter Stimme. »Faul ist fast zu wenig – es stinkt gewaltig.«

»Weiß ich. Redens schon.«

»Ich hab auf die Schnelle net alles durchsehen können. Bloß ein paar Zeugenaussagen und das Protokoll der Spurensicherung. Aber das hat schon gereicht. Passens auf: Bei den Zeugen, die den Baron zuletzt gesehen haben, handelt es sich um zwei Chauffeure. Sie geben an, sie hätten den Auftrag gehabt, ihn zu einem Jahrestreffen seines früheren Regiments zu bringen. Unterwegs hätt er es sich aber anders überlegt, angeblich sei ihm schlecht geworden, und er hätt drum gebeten, ihn aussteigen zu lassen, um frische Luft zu schnappen. Zurückgebracht zu werden, hat er angeblich abgelehnt. Er wolle zu jemandem aus seiner Familie gehen, soll er gesagt haben, und sich da hinlegen.«

»Schon einmal komisch.«

»Vor allem, weil das Haus, in dem sein Bruder wohnt, in Bogenhausen steht, er sich aber schon im Forstenrieder Wald aussetzen hat lassen«, erklärte Scharmann. »Gut, war aber wohl nicht zu widerlegen. Die zweite, ebenfalls ziemlich komische Geschichte ist, dass die Leiche gleich am Tag drauf gefunden worden ist, die Pistole aber erst gute vierundzwanzig Stunden danach.«

»Mit anderen Worten, der Baron hat sich erschossen und dann die Waffe im Unterholz versteckt.«

Scharmann nickte grimmig.

»Die offizielle Erklärung ist, dass es sich dabei um eine Nachlässigkeit der Spurensicherung gehandelt hat. Und dafür, dass die Waffe net neben der Leiche gelegen ist, hat wieder einmal der berühmte Reflex herhalten müssen.«

»Solche Reflexe gibts«, gab Kajetan zu bedenken. »Und Schlamperei bei der Spurensicherung auch.«

»Wird auch zu Ihrer Zeit schon mal vorgekommen sein«, bemerkte Scharmann giftig.

»So wars net gemeint«, wiegelte Kajetan ab. »Noch was?«

»Dritter Punkt: Die gefundene Waffe war eine Browning, die Kugel schaut aber danach aus, als tät sie von einer FN stammen.«

»Und die Erklärung?«

»Die Kugel sei durch den Kopf gegangen und beim Aufprall auf einen Stein zu stark verformt worden, um sie noch genau bestimmen zu können.«

»Er hat sich aber net in einem Steinbruch, sondern im Wald erschossen.«

Scharmann nickte. »Richtig. Und letzter Punkt: Man hat kaum Pulverpartikel an seiner Schläfe gefunden ...«

Kajetan ergänzte: »... obwohl Selbstmörder fast immer die Pistole direkt aufsetzen.«

»Genau. Ganz abgesehen davon, dass bei aufgesetzten Schüssen oft die ganze Schädeldecke wegfliegt, was aber in diesem Fall ebenfalls net passiert ist.«

»Und wie hat man das hingebogen?«

»Dass er die Pistole eben net aufgesetzt haben wird, ganz einfach. Außerdem täten sich da die Theoretiker noch streiten, ab wann und warum ein Schädel explodiert.«

»Schwachsinn«, fuhr Kajetan auf. »Von der Hydrodynamik haben wir ja schon auf der Polizeischule gehört.«

»Kann halt nicht ein jeder so gescheit sein wie Sie.«

Kajetan überhörte die Spitze.

»Bloß noch eines. Diese Chauffeure – wer hat sie beauftragt?«

»Jetzt denkens einmal ganz scharf nach, Herr Kajetan«, ätzte Scharmann. »Und bevor ichs vergess – heut früh habens diesen Naturapostel aus der Ammer gezogen. Und von der Siedlung in Ried stehen bloß noch die Grundmauern.«

Kajetan brauchte eine Weile, bis er verstand. Er atmete geräuschvoll aus.

»Täter jeweils unbekannt, nehm ich an.«

»Bis jetzt gehen die Kollegen da unten noch von einem Unfall aus.

Und was das Feuer betrifft, so scheinen die das eher als was zu sehen, was irgendwo zwischen guter Tat und Gottesurteil liegt. Der Rieder Posten wird übrigens von einer ziemlich eifrigen ›Notpolizei‹ unterstützt, die als Erste beim Feuer war.« Er grinste bitter. »Macht Spaß bei der bayerischen Polizei, gell? Ich mein, weil Sie ja so scharf drauf sind, wieder reinzukommen.«

»Und wie«, bestätigte Kajetan. »Also?«

Scharmann verstand nicht. »Was also?«

»Na! Los! Herr Scharmann!«

»Könntens amal deutsch mit mir reden?«

»Bin jetzt ich deppert oder alle Leut um mich herum?!« Kajetan geriet in Rage. »Ermitteln! Den Fall wieder aufnehmen! Den Rupp durch den Wolf drehen! Was denn sonst?«

Scharmann starrte ihn ungläubig an.

»Sie sind schon noch gesund, oder?«, fragte er leise. »Habens denn net gehört, was ich gesagt hab? Der Fall ist nimmer die Sach von meiner Abteilung! Er ist bei der Politischen!«

»Ja, und?«

»Sind Sie so blöd oder tuns nur so? Wissens net, was das heißt?«

Kajetan stützte seine Ellbogen auf die Oberschenkel, ließ die Arme hängen und starrte zu Boden.

»Ja, schönen Gruß ...«, murmelte er nach einer Weile. »So ist das also heut?«

»Endlich kapiert ers.« Scharmann sah ihn nicht an. »Einer mit so ner dermaßen langen Leitung ist mir noch nie untergekommen.«

»Ja, was ...«, begann Kajetan stockend. »Was passiert jetzt?«

Scharmann hob die Schultern. Er stand auf und warf nach überall sichernde Blicke.

»Ich kann nichts machen. Der Einzige, der das – wenn überhaupt – tun hätt können, wär der Zunhammer gewesen, weil es zuvor sein Fall gewesen ist. Wenn aber ich auch nur einen Muckser tu, dann wissen die sofort, dass ich in ihren Unterlagen geschnüffelt hab. Und dann kann ich gleich meinen Abschied nehmen.«

Er legte die Hand grüßend an die Schläfe. »Und da bin ich nicht grad scharf drauf.«

Kajetan schoss hoch und packte den Inspektor am Ärmel.

»Scharmann, Herrgott noch einmal! Wir müssen doch ...«

»Lassens mich endlich in Ruh!«, fauchte der Inspektor und machte sich mit einem Ruck frei. »Und das garantier ich: Sie werden Ihrer

Lebtag nimmer froh, wenn irgendwer erfährt, dass ich so blöd war und Ihnen was erzählt hab!«

Er ging schnell davon.

47

Das Gebäude, in dem das Zentralbüro der »Rupp Baumaterialien GmbH« untergebracht war, passte nicht in die Gegend im Münchner Westen, deren Bild von den soliden Handwerker- und Bauernhäusern entlang der Straße nach Landsberg geprägt war. Wuchtige wilhelminische Quader trugen eine Säulenkolonne aus Hauzenberger Granit, die von einem pompösen Scheingiebel gekrönt war.

Auch die Spuren mehligen Staubes, den der Wind von der etwa zweihundert Meter entfernten nahen Kiesgrube über das Haus und den umgebenden kleinen Park gestäubt hatte, unterliefen das albern aristokratische Gehabe der Anlage.

Die Sekretärin war gerade dabei, ein Blatt Papier in die Schreibmaschine einzuspannen, als Kajetan das Vorzimmer betrat. Sie sah widerwillig auf, ohne ihre Arbeit zu unterbrechen.

Kajetan erklärte, im Auftrag einer Gruppe von Baufirmen Preise zu sondieren. Es gehe um ein Staudammprojekt an der Loisach.

»Andres?!«, rief sie nach hinten und widmete sich wieder ihrer Schreibmaschine. Im Türrahmen erschien ein stämmiger junger Mann mit kurzem Haar, das auf dem breiten Schädel wie angeklebt schien.

Kajetan wiederholte sein Anliegen. Schon eine Minute später wurde er hereingebeten. Rupps Exil in Ungarn konnte nicht sehr entbehrungsreich gewesen sein. Er war fett geworden. Leise schnaubend saß er an seinem Schreibtisch und blätterte geschäftig in einem Stapel Papiere. Als Kajetan eintrat, sah er kurz auf, wies wie abwesend auf einen Stuhl, »bitte sehr!«, und beugte sich wieder über die Papiere.

»Grüß Gott, Herr Major«, sagte Kajetan.

Rupp versteinerte. Dann hob er langsam das Gesicht.

»Ach«, sagte er. »Sie.«

»Ja«, bestätigte Kajetan. »Ich.«

Jetzt kam Leben in den Major. Er schnaubte schwer, lehnte sich zurück und verschränkte seine Finger vor dem Bauch. Er sah Kajetan mit der Andeutung eines Lächelns an.

»Sie ... sind Geschäftsmann geworden? Wie schön – im Baugewerbe?«

Kajetan nickte.

»Ich bin Geschäftsmann geworden, richtig.«

»Es ... es geht um einen Damm, wurde mir gesagt?«

»Das muss man falsch verstanden haben«, korrigierte ihn Kajetan. »Ich bin in einem anderen Geschäft tätig, Herr Major.«

Rupp schnaubte wie ein Walross. »Und das wäre?«

»Ich betreib eine Auskunftei.«

Rupp schaltete sofort. »Ihre Ware sind Informationen«, konstatierte er mit ausdrucksloser Miene.

»So ist es.«

Der Ledersessel ächzte, als sich Rupp auf die Tischplatte stützte. »Und die verkaufen Sie dem, der sich dafür interessiert, nich'wa?«

»Auch richtig.«

»Gut. Dann lassen wir die Spielchen, Herr Kajetan. Zum Ersten: Sollte Ihnen nach Dummheiten zu Mute sein, dann verlassen Sie dieses Gebäude in einem Zustand, der an etwas erinnert, was gerade den Fleischwolf passiert hat.«

Kajetan spielte den Unverstandenen. »Sie haben mir nicht zugehört. Ich sagte, dass ich Geschäftsmann bin.«

»Ich habe sehr wohl zugehört«, widersprach Rupp. »Und komme deshalb zum Zweiten: Wenn das, was Sie als Ihre Ware bezeichnen, etwas enthält, was mit gewissen Ereignissen vor langer, nich'wa, vor sehr langer Zeit in Walching zu tun hat, dann muss ich Ihnen sagen: Diese Ware ist verdorben. Sie werden Sie nicht mehr los, bei mir schon gleich gar nicht. Ich fürchte, schon die beispiellose Frechheit, damit hausieren gehen zu wollen, wird Ihnen nicht gut bekommen. Sie müssen Acht geben. Wer sich mit mir anlegen will, muss sich warm anziehen.«

»Sie meinen es gut mit mir.«

Rupp sah ihn kühl an. »Wenn ich ehrlich bin, nein. Sie haben mit Ihrer Schnüffelei dafür gesorgt, dass ich etliche Jahre im Exil zubringen musste. Wenn Sie versuchen sollten, mir Prügel zwischen die Beine zu werfen, dann gnade Ihnen Gott.«

Kajetan seufzte gespielt. »Sollten wir die alten Geschichten nicht endlich vergessen? Ich jedenfalls habe mir bestimmte Leidenschaften schon lange abgewöhnt, obwohl die Sache in Walching auch für mich Folgen gehabt hat, sonst wäre ich heute noch bei der Polizei. Ich tät sagen: Wir sind quitt, und wir sollten nach vorne schauen.« Er schlug die Beine übereinander. »Möchtens nicht endlich wissen, warum ich gekommen bin?«

Rupp stutzte. »Ich dachte, das war es?«

Kajetan schüttelte nachdrücklich den Kopf. »Keineswegs.«

Die Falten auf der Stirn Rupps vertieften sich.

»Ah ja?« Er lehnte sich schnaufend zurück. »Ich höre.«

»Ich befinde mich in einem gewissen, sagen wir: Konflikt.«

»Ich kann Ihnen überhaupt nicht sagen, wie leid mir das tut, mein Guter«, knarzte Rupp. Unvermittelt blaffte er los: »Und jetzt hören Sie mit Ihren albernen Scherzen auf, nich'wa! Entweder kommen Sie jetzt zur Sache oder ich ...«

»Scherze?« Kajetan unterbrach ihn eisig. »Dass bei mehreren Todesfällen in der Gemeinde Ried immer wieder Ihr Name auftaucht, würde ich nicht als Scherz bezeichnen!«

Rupp schwieg bestürzt, hatte sich aber sofort wieder in der Gewalt.

»Wieso mein Name?«, fragte er rau.

Kajetan ging nicht darauf ein. »Ich hab vorhin gesagt, dass ich jetzt Geschäftsmann bin, also kein Polizeibeamter mehr. Jetzt sind Sie an der Reihe, zu sagen, ob Sie Interesse an dem haben, was ich anzubieten hab.«

»Was für einen Konflikt meinen Sie?«, wollte Rupp wissen.

»Er besteht darin, dass ich einerseits meinem Auftraggeber verpflichtet bin, zum anderen überhaupt keine Lust mehr habe, bei bestimmten Skandalen auffällig zu werden. Ich hab meine Lektion gelernt.«

Rupp sah ihn einige Sekunden forschend an.

»Wer hat Sie beauftragt?«

»Jemand, der sich von Ihren Aktivitäten gestört fühlt. Und der diese mit den Informationen, die ich Ihnen anbiete, vermutlich auf einen Schlag beenden könnte.«

»Politisch? Geschäftlich?«

»Darum kümmere ich mich nicht. Aber es würd mich nicht wundern, wenn bei der Sache zwei Fliegen mit einer Klappe geschlagen werden sollten.«

Rupp dachte nach. Er lehnte sich wieder zurück.

»Details«, forderte er.

»Interessiert?« Kajetan lächelte.

»Ich bin an vielem interessiert, nich'wa?«, entgegnete Rupp in beiläufigem Ton. »Wenn ich Näheres wissen möchte, dann bestimmt nicht, weil ich vor irgendwelchen Enthüllungen Angst zu haben bräuchte.« Er schnaubte aufgebracht. »Allerdings weiß ich genauso gut, dass man auch mit Verleumdungen Politik machen kann.«

»Da haben Sie allerdings recht, Herr Major«, pflichtete Kajetan ihm bei. »Und es schadet nie, wenn man schon vorher über gewisse Pläne informiert ist, nicht wahr?«

Rupp nickte. »Allerdings. Aber ich kaufe nicht die Katze im Sack.«

»Natürlich«, gestand Kajetan zu. Sachlich fuhr er fort: »Ein Teil der Unterlagen besteht aus den Adressen von Gesprächspartnern, die äußerst bereitwillig Auskunft über die Aktivitäten der sogenannten Notpolizei gegeben haben; der andere aus Dokumenten, die sich auf gewisse Methoden bei der Ausweitung Ihres Betriebs in Ried beziehen und die eine böswillige Öffentlichkeit falsch interpretieren könnte.«

Er stand auf.

»Mein Vorschlag ist, dass ich Ihnen einen Teil dieser Unterlagen zeige. Dann erwarte ich Ihre Entscheidung, wobei ich Sie bei Ihrem Angebot zu berücksichtigen bitte, dass es für mich durchaus unangenehme berufliche Konsequenzen haben kann, wenn sich herumspricht, dass ich, was Parteientreue betrifft, etwas – sagen wir – flexibel gewesen bin.«

»Gut«, sagte Rupp entschlossen. »Ich möchte diese Angelegenheit so schnell wie möglich, aber nicht in Anwesenheit meiner Angestellten hinter mich bringen, nich'wa?«

Kajetan verstand vollkommen.

»Hier wird heute bis neun Uhr gearbeitet«, erklärte Rupp. »Ich erwarte Sie gegen halb zehn.«

48

Mit einem wohligen Seufzer ließ sich Baines auf den Stuhl fallen. Auch Silvester sah zufrieden über die bekieste Terrasse der »Villa Flora«. Die Gaststätte am westlichen Stadtrand war zu einem der beliebtesten Ausflugsziele nicht nur der Bewohner des Westends geworden, seit die ehemalige königlich-bayerische Poststation von einem umtriebigen Wirt übernommen worden war, der vom geliehenen Ruhm seines Bruders profitierte, welcher vor zwanzig Jahren mit dem Verein »Deutsche Eichen« die Seilzieh-Weltmeisterschaft in Los Angeles gewonnen hatte. Doch das hätte nicht genügt, regierte nicht an seiner Seite eine begnadete Köchin, deren Süßspeisen über die Grenzen des Stadtteils gerühmt wurden.

Der kleine Biergarten war fast bis auf den letzten Platz besetzt. Eine Wolke aus Tabakrauch und Speisendampf, lebhaften Gesprächen und ausgelassenem Gelächter hing über den Tischen. Durch die geöffneten Fenster des parkseitig gelegenen kleinen Saales wehten die Töne der Blaskapelle des »Reichsbanner« herüber, die dort ihre wöchentliche Probe abhielt. Die Kellnerin nahm ihre Bestellung auf und kam im Handumdrehen mit zwei gefüllten Bierkrügen zurück.

Silvester hielt den Krug gegen die untergehende Sonne.

»Gut eingeschenkt«, urteilte er zufrieden. »Wie sichs gehört. Prost, Donald!«

Sie tranken genussvoll. Ja, es war ein guter Tag gewesen. Silvester hatte ihn stolz zum neuen Ausstellungsturm auf dem Messegelände geführt, von dem sie – es war das höchste Gebäude der Stadt – einen atemberaubenden Blick genossen. Im Süden, hinter gräulichem Dunst, war das Gebirge weich gezeichnet zu sehen gewesen. Mit kindischem Vergnügen hatten sie danach eine Fahrt mit der Liliput-Bahn durch den von Besuchern wimmelnden Ausstellungspark gemacht, bis Silvester die Hand auf seinen Magen gelegt und vorgeschlagen hatte, den Tag in der »Villa Flora« zu beschließen. Hier war er Stammgast, seit er in den Radfahrer- und Kraftfahrerbund »Solidarität« eingetreten war, deren Mitglieder, wie auch die des »Spar- und Sterbevereins«, der Theatergruppe der »Naturfreunde«, des »Volks-Chors München-West« und des »Frauen- und Mädchen-Bildungsvereins«, sich regelmäßig in einem Nebenraum der Gaststätte trafen.

Silvester wischte sich mit dem Handrücken über den Mund. »Du kommst mir so, na, wie sag ich, so erleichtert vor. Die Tag zuvor hast mir überhaupt nicht gefallen. Rumgeschlichen bist wie ein kranker Hund.«

»Stimmt«, bestätigte Baines. »Ich bin erleichtert.«

49

An diesem Morgen – schlaftrunken hatte er gebeten, ihm die Nachricht unter die Tür zu schieben – war ihm endlich mitgeteilt worden, dass der Führer der Nationalsozialisten ihn zum Frühstück erwarte. Mit einem Schlag war er hellwach gewesen, hatte, während er sich rasch anzog, seine Notizen noch einmal geordnet und an den Rand das Kürzel »Eisernes Kreuz« notiert. Der Rezeptionist des Hotels »Bayerischer Hof« hatte sein Anliegen mit kühler Höflichkeit aufgenommen und einem hochgewachsenen, wichtig dreinblickenden jungen Mann gewunken, der am Zugang zu den Nebenräumen postiert war. Dieser studierte das Schreiben des Parteibüros, maß Baines von oben bis unten und nickte schließlich herablassend. Er öffnete die Tür und rief einen Namen.

Der Uniformierte, der Baines jetzt in Empfang nahm, schien sich bereits für eine höhere Charge zu halten. Auch er prüfte die Einladung, wechselte dabei vielsagende Blicke mit seinem Untergebenen und gab schließlich einen blasiert-gequälten Seufzer von sich, als überlege er, ob er überhaupt verantworten könne, seinen Chef mit derartigen Nichtigkeiten zu belasten.

Es wird albern, Freunde, dachte Baines wütend. Wie wichtig nahmen sich diese aufgeblasenen Kerle eigentlich? Habe ich eine Audienz beim Papst oder beim Chef einer Partei, deren Chancen im Augenblick eher schwanden, jemals eine Mehrheit zu bekommen?

Der Uniformierte rang sich eine Entscheidung ab.

»Warten Sie hier, Mister Baines.«

Er verschwand in einer Tür im Hintergrund und kam nach einigen Minuten zurück. Er winkte gebieterisch, ließ Baines eintreten und zog die Tür hinter ihm zu. Wieder baute sich ein bulliger Uniformierter breitbeinig vor ihm auf, hob die Hände kampfbereit auf Brusthöhe und durchbohrte ihn mit einem einschüchternden Blick.

Aus einer von Pflanzen abgeschirmten Sitzgruppe am Ende des geräumigen Konferenzzimmers tauchte der Kopf eines hohlwangigen Mannes auf. Ein Lächeln glitt über sein Gesicht, als er Baines wahrnahm. Er beugte sich wieder hinab, murmelte einem unsichtbar Sitzenden etwas zu, nickte schließlich und winkte dann freundlich. Der Wachhund straffte sich, nickte Baines gönnerhaft zu und trat zur Seite.

Hitler war bester Laune. Aufgeräumt hieß er Baines willkommen und stellte ihm den Hohlwangigen als Ehberger, leitender Redakteur des Parteiblattes, vor. Mit warmen Worten erkundigte er sich nach dem Befinden des Lords. Man habe sich in der Schweiz kennengelernt. Schon nach kurzem Geplauder musste Baines feststellen, dass seine Reserviertheit zu schmelzen begonnen hatte. Hitler hörte ihm aufmerksam zu, lobte – das beflissene Nicken des Redakteurs einholend – seine Fragen als klug und kompetent, ehe er zu seinen Antworten anhob. Er vermittelte seinem Gast, einer der interessantesten Gesprächspartner seit Langem zu sein.

Baines notierte eifrig. Längst dachte er nicht mehr an das ärgerliche Ritual, das er zuvor über sich hatte ergehen lassen müssen. Hitler äußerte sich respektvoll über das britische Empire, wies auf gemeinsame Werte und Ziele angesichts der bolschewistischen Gefahr hin, bedauerte Differenzen, die nach seiner festen Überzeugung zu einem großen Teil nur auf Missverständnissen beruhten. Ihm gehe es allein darum, in Europa wieder jenes Gleichgewicht zu installieren, das durch den Ausgang des Krieges in Unwucht geraten sei, und selbstverständlich beanspruche das deutsche Volk, den ihm gebührenden Platz wieder einnehmen zu können. Wer wirklich Frieden wolle, müsse diesem Anspruch zustimmen. Nichts als Frieden, nichts als Wohlfahrt für die Völker Europas sei es, was ihn bewege.

Baines' Skepsis war ins Wanken geraten. War das wirklich jener Mann, von dem ihm die Kollegen erzählt hatten? Der größenwahnsinnige Provinzler, der schäumende Schreihals, der skrupellose Hasardeur? An diesem Tisch saß er jedenfalls nicht.

Hitler reklamierte für sich, bei öffentlichen Auftritten schon einmal über das Ziel hinausschießen zu dürfen, seine Leidenschaft für die Sache seiner Partei, aber auch die Not des deutschen Volkes und die Rücksichtslosigkeit seiner Gegner seien die Gründe dafür. Die Strategie einer gewaltsamen Machtübernahme bezeichnete er dagegen als nicht mehr angemessen, wenngleich seine Bewegung durch die bittere Erfahrung des Jahres 1923 gestählt worden sei. Er zweifle überhaupt nicht daran, dass seine Partei aus den kommenden Wahlen in einer Stärke hervorgehen werde, die ihr in absehbarer Zeit erlaube, reichspolitische Entscheidungen in ihrem Sinne zu beeinflussen. Auf seine Kritik an den Juden angesprochen, ließ er erkennen, dass diese vor allem unter ökonomischen Gesichtspunkten zu verstehen sei: Die deutsche wie auch die internationale Wirtschaft müsse frei fluten können, Konzentration und Einflussnahme Einzelner seien hinderlich. Er garnierte das Thema mit persönlichen Erlebnissen aus seiner Kriegszeit, in der er mit jüdischen Offizieren aneinandergeraten sei, deren mangelnde Liebe zum Vaterland für ihn unübersehbar gewesen war und die ihn einfach empören mussten.

Punkt für Punkt hakte Baines seine Notizen ab.

Hitler geriet in Fahrt. Ein ums andere Mal zeigte er sich von den Einlassungen Baines angetan, schlug sich bei gelungenen Formulierungen begeistert auf die Schenkel und nötigte Baines immer wieder mit liebenswerter Aufmerksamkeit, sich doch an Tee und aufgetischtem Backwerk zu bedienen. Seine Stimme wechselte von warmer Freundlichkeit zu beschwörendem Tremolo, Bestimmtheit wurde abgelöst von wolkigen Prophezeiungen und väterlicher Sorge um das Schicksal des Reiches. Sein Selbstbewusstsein schien durch nichts zu erschüttern. Er ließ keinen Zweifel an seinem unbedingten Glauben an die Richtigkeit seiner Überzeugungen, parierte wendig, versprühte, wenn nötig, die verzeihende Milde des Weltweisen, steuerte das Gespräch durch winzige Injektionen angedeuteten Unwillens in die von ihm gewünschte Richtung.

Eine leichte Erschöpfung befiel Baines. Er fühlte eine ungewohnte Scheu davor, sein Gegenüber auf das Gerücht anzusprechen, von dem ihm Estelle berichtet hatte. Sollte er es überhaupt, nachdem sie doch selbst in Erwägung zog, dass es sich höchstwahrscheinlich um eine böswillige Verleumdung handeln könnte? War ein Gerücht es wert, die angenehme, von gegenseitiger Anerkennung geprägte Gelassenheit des Gesprächs zu brechen? Wenn ja, wie beginnen?

»In Ihrem Buch beschreiben Sie eindringlich, wie sehr Sie von Ihren Fronterlebnissen, aber auch von der Erfahrung, dass und wie der Krieg endete, geprägt wurden. Was war für den Politiker Adolf Hitler bedeutender – die Zeit während des Kriegs oder die unmittelbar nach der Kapitulation?«

»Aber, mein lieber Mister Baines! Das eine bedingt doch das andere! Worauf möchten Sie hinaus?«

Da waren sie wieder, der unmerkliche Wandel des Tons, die leichte Hebung des Sprechtempos, die Anzeichen von Unwillen. Baines spürte, wie er sich zu verkrampfen begann.

»Ich habe diese Trennung vorgenommen, weil ein Teil dieser Erfahrungen vermutlich positiver, die anderen negativer Natur waren. Bei vielen hat die Erfahrung von Kapitulation und Versailler Vertrag zur Verbitterung geführt. Das hat es bei Ihnen offensichtlich nicht getan.«

»Richtig. Die Erfahrung unbedingter Kameradschaft an der Front war eine entscheidende Voraussetzung dafür, heute mit Mut und Tatkraft voranschreiten zu können.«

»Sie sind auch mit dem Eisernen Kreuz erster und zweiter Klasse ausgezeichnet worden.«

Hitler nickte selbstgefällig. »Unter anderem.«

»Nun, wie schon gesagt – ich lege in meinen Artikeln immer Wert darauf, dass hinter dem Politiker auch der Mensch spürbar wird. Ich möchte die Gefahr einer gewissen – nun, sagen wir – Schablonisierung vermeiden.«

»Ich kann mir denken, worauf Sie anspielen.« Er warf seinem Redakteur einen amüsierten Blick zu, den dieser vorauseilend erwiderte. »Ich hoff doch sehr, lieber Mister Baines, dass ich Sie davon überzeugen hab können, dass ich nicht mit der preußischen Pickelhaube zu Bett gehe.«

Der Redakteur wollte sich ausschütten vor Heiterkeit. Hitler lehnte sich zurück. Baines spürte, dass er sich zu beeilen hatte.

»Es würde unsere Leser interessieren, wofür Sie diese Auszeichnungen erhalten haben. Ich gehe davon aus, dass es sich dabei um Vorgänge handelt, die für Ihr Bild in der Öffentlichkeit nicht unschmeichelhaft sind.«

Hitler hatte sich wieder vorgebeugt. »Da haben Sie recht«, räumte er wohlwollend ein. Er legte die Hände übereinander. »Nun, schaun Sie, das alles ist zwar bereits bekannt, und ich ziehe es grundsätzlich vor, wenn sich andere positiv über mich äußern.« Er lächelte konziliant. »Aber da Sie darauf bestehen: Ich bin für einen Meldegang unter schwierigsten Bedingungen mit dem Eka-Eins ausgezeichnet worden. Das Eka-Zwei habe ich vom stellvertretenden Regimentskommandeur, Major von Marain, persönlich erhalten, weil es mir gelungen ist, eine größere Anzahl von Feinden gefangen zu nehmen.«

»Handelte es sich dabei um ...?«

»Aber nein! Es war eine Gruppe französischer Infanteristen, fünfzehn an der Zahl.« Er zwinkerte. »Mit Angehörigen Ihrer Armee wäre mir das natürlich nicht möglich gewesen.«

Wenig später signalisierte der Redakteur, dass die Audienz nun beendet werden müsse, weitere Besucher würden erwartet. Hitler verabschiedete Baines mit der gleichen Herzlichkeit, mit der er ihn empfangen hatte, wiederholte die Bitte, den Lord zu grüßen, und befahl dem Redakteur, den Gast hinauszubegleiten.

Die Posten salutierten jetzt respektvoll, als gelte es, einen Staatsgast zu verabschieden, und in der Hotelhalle verriet der Redakteur Baines, dass der »Führer« eine geschlagene Viertelstunde länger als vorgesehen mit ihm gesprochen habe, er könne sich nicht erinnern, wann das zuletzt vorgekommen sei.

Am späten Nachmittag war der Artikel bereits auf dem Weg nach London.

Schon unterwegs in die Pension hatte er damit begonnen, an Formulierungen für seine Eindrücke zu feilen. Er war sich sicher, einen Mann, den die Welt zu kennen glaubte, wirklich kennengelernt zu haben. Und er war anders als das Bild, das er sich zuvor von ihm gemacht hatte. Er würde ihn als Mann des Friedens, als Mann voller menschlicher Wärme beschreiben. Mochte er seine Ziele auch spektakulär vertreten – dahinter verbarg sich nichts als der kompromisslose Einsatz für das, was er als richtig erkannt hatte.

In der Pension angekommen, floss Baines der Bericht regelrecht aus der Feder. Seit Langem hatte er wieder dieses wunderbare Gefühl, das ihn früher manchmal befallen hatte, wenn ihm die Formulierungen fast mühelos zufielen.

50

»Und, was hat er denn gemeint, unser Lederhosen-Mussolini? Der Stolz von Braunau?« Silvester verzog den Mund zu einem breiten Grinsen.

Baines lachte. »Silvester! Der Abend ist so schön! Und jetzt soll ich dir von der Arbeit erzählen?«

»Hast recht, Donald. Prost.« Sie stießen die Krüge aneinander, tranken und sahen, jeder für sich, eine Weile versunken umher.

»Hast recht, Donald«, wiederholte Silvester. »Da fangen wir jetzt net damit an. Weißt eh, dass ich den Kerl net so ... na, wie sag ich ... ach, ich lass es lieber bleiben. Die Politisiererei könnt uns bloß die Stimmung verderben.«

Vermutlich, ja. Silvester wird ein eingefleischter Sozialist sein, sich von der Parteipresse beeinflussen lassen, dachte Baines. Er ist zwar liebenswert, aber auch da eher ein Simpel.

»Es ist bloß so ... Ich kenn ihn ja an und für sich, den Hitler. Ich mein, richtig gut, das wär übertrieben.«

Baines lächelte. »Glaub ich, Silvester, glaub ich. Aber ...«

»Wir sind nämlich im gleichen Regiment gewesen.«

Baines stellte den Krug überrascht ab.

»Was sagst du da? Im Regiment Lotz?«

Silvester nickte bestätigend.

»Zwar nicht in derselben Kompanie, aber man ist oft zusammen gewesen. Er ist an und für sich nicht unrecht gewesen, aber eher ... na, wie sag ich ... so ein Krampfiger, so ein Verdrehter, so ein Hundertprozentiger. So richtig mögen hat ihn keiner von den Kameraden. Ein Streber wär er, haben sie gesagt.«

Baines sah ihn tadelnd an.

»Aber warum hast du mir das nicht eher gesagt?«

Silvester zuckte gleichmütig die Schultern.

»Ach, weißt, es hat eine Zeit geben vor ein paar Jahr, da hat jeder Zweite damit angegeben, dass er irgendwann mit ihm im »Café Stephanie« gehockt wär. Und nach dem, wer alles behauptet hat, mit ihm im Krieg gewesen zu sein, müsst das Regiment fast doppelt so viel Leut gehabt haben. Das hat sich zwar kurzzeitig gelegt, aber jetzt fängt die Angeberei schon wieder an. Ich mag da net mittun, und vom Krieg red ich auch net gern. Bin froh, dass er aus ist. Und jetzt hören wir auf damit.«

Baines saß jetzt kerzengerade.

»Sag, was meinst du mit ›Hundertprozentiger‹?«

»Na, dass er sich oft freiwillig gemeldet hat, wenn sich schon längst kein anderer mehr gefunden hat. Fast ist es mir vorgekommen, als wärs ihm ganz wurscht, wenns ihn erwischen tät. War eher so ein trister Gesell, dens Leben scheints net so gefreut hat. Hat ja viel gegeben von denen.«

»Aber so ein ›Verdrehter‹, wie du sagst, kann er doch auch wieder nicht gewesen sein, wenn er zweimal das Eiserne Kreuz gekriegt hat.«

»Ach!« Silvester winkte belustigt ab. »Wer scharf drauf war, der hats auch gekriegt. Grad zum Schluss naus. Aber, Donald, jetzt weiß ich wirklich net, ob ich vom Krieg und dem ganzen Blödsinn so viel reden möcht.« Er hob seinen Krug. »Prost.« Baines war beunruhigt.

»Bloß noch eins.«

»Wenns sein muss«, seufzte Silvester.

»Weißt du zufällig noch, wofür ers gekriegt hat?«

»Die Eka? Ich weiß es bloß von einem Mal. Da hat sich der Leutnant einmal besonders schwergetan, einen Meldegänger zu kriegen, weils wirklich ein Selbstmord gewesen wär. Da hat er gesagt: Wers übernimmt, der kriegts Eka! Tja, und wer war der Blöde? Der Hitler-Adi natürlich. Hat aber Glück gehabt und ist durchkommen. Und dann, hab ich mir sagen lassen, haben die ein Riesen-Gfrett gehabt, weil ihn die Oberen fast wieder von der Liste streichen wollten. Wär ja schließlich nichts als seine Aufgab gewesen. Mit Müh und Not hat der Leutnant durchsetzen können, dass ers doch noch gekriegt hat.«

»Und das Eka-Eins? Wofür hat er das gekriegt?«

Silvester zuckte die Schultern.

»Ich hab bloß mitkriegt, dass ers gekriegt hat. Weil uns das alle gewundert hat. Aber für was, weiß ich net. Im August achtzehn ist das gewesen. Weiß ich deswegen, weil ich damals im Lazarett gelegen hab.«

»Er selbst sagt, er hätte fünfzehn Franzosen ganz allein gefangen gesetzt!«

»Fünfzehn Franzosen? Ganz allein? Wie will er denn das angestellt haben?« Silvester schüttelte den Kopf. »Nein, das hätt sich rumgesprochen, wenn das einer zusammengebracht hätt.« Er hielt inne. »Doch! Jetzt entsinn ich mich. Dem Reischl Kari und dem Karpf Ernstl, den zweien haben sich amal acht oder neun Franzosen ergeben. Aber das waren welche, glaub ich, die haben zum Kriegern einfach keine Lust mehr gehabt. Und der Kari und der Ernstl selber, die haben da auch nimmer davon abbeißen können von ihrer Heldentat. Weils kurz drauf gefallen sind, alle zwei.«

»Aber es muss doch einen Grund dafür gegeben haben, dass er das Eka gekriegt hat!«

»Aber bestimmt net den! So was hätt sich auf jeden Fall rumgesprochen, da wett ich alles. Gewiss, irgendwas wird er schon angestellt haben, aber die Gschicht mit den fünfzehn Franzosen ... na, da hast dich bestimmt verhört. Das waren der Reischl und der Karpf.« Er deutete auf Baines' Krug und mahnte verschmitzt: »Dein Bier wird warm, Donald.«

Baines hatte keinen Durst mehr.

»Aber es war doch sogar der stellvertretende Regimentskommandeur, der ihm das Eka überreicht hat!«

Silvester kratzte sich nachdenklich an der Schläfe.

»Stellvertretender ...? Das war doch ...? ... der von Marain war das doch seinerzeit ...«, dachte er laut nach.

»Genau! Von Marain!«

Silvester schüttelte den Kopf.

»Nein, da musst dich auch verhört haben, Donald. Der kanns bestimmt nicht gewesen sein. Im August achtzehn war der schon nimmer da, das weiß ich bestimmt. Ders ihm verliehen hat, war bestimmt ein anderer. Lass mich mal nachdenken ...« Wieder kratzte er sich an der Schläfe. »... das muss, wenn ich da grad im Lazarett gewesen bin, hm ...« Sein Gesicht hellte sich plötzlich auf. »Das war der ... na, wie hat er sich gleich wieder geschrieben? ... ein Jud is gwesen, von Nürnberg, ein ganz patentes Mannsbild ... Herrschaft, dass ich jetzt auf sein Namen nicht komm ... Jetzt! Seligmann! Oberleutnant Seligmann!«

Baines erkannte seine Stimme kaum mehr, als er fragte: »Bist du ... ganz sicher?«

»Jaaa!«, sagte Silvester gedehnt. »Und jetzt hören wir endlich auf mit dem Kaas, dem alten! Der stinkt ja schon.«

51

»Ich könnt Sie erwürgen! Und mich gleich dazu!«, schimpfte Inspektor Scharmann leise vor sich hin, während er Kajetan folgte. Sie hatten Scharmanns Wagen in einem kleinen Waldstück an der Landsberger Straße abgestellt und schlichen gebückt einen kaum sichtbaren Wiesenpfad entlang. Der Mond hatte soeben den Horizont verlassen, die Sterne über ihnen glitzerten matt.

»Ich Ochs! Wie kann ich bloß so blöd sein! Allweil tiefer lass ich mich von Ihnen in den Dreck hineinreiten!«

»Hörens endlich auf!«, zischte Kajetan wütend zurück. »Habs Ihnen doch schon hundertmal gesagt! Ich brauch Sie als Zeugen! Außerdem servier ich Ihnen gratis den Misthund, der Ihren Kollegen und noch ein paar andere auf dem Gewissen hat! Wenns dafür einen Orden kriegen, werd ich schon nichts sagen, keine Angst!«

»Orden, pah!«

Der von Büschen gesäumte Weg endete an einem niedrigen Drahtzaun. Dahinter leuchtete im fahlen Licht des aufgehenden Mondes das Gelände des Kieswerkes. Kajetan ruckelte an einem Pfosten, zog ihn aus der Erde und legte ihn um. Sie hielten sich im Schlagschatten der das Gelände umgebenden niedrigen Büsche. Nach einigen Minuten erreichten sie die erste der Baracken, die das Quetschwerk umstanden. Kajetan winkte. »Kommens!«, sagte er leise.

»Wo wollens denn überhaupt hin, Herrgott noch amal!«

»Ich hab gesagt, dass Sie aufhören sollen!«, flüsterte Kajetan wütend. »Wir gehen jetzt bis zu den Baracken. Von da haben wir einen Blick auf das Haus. Da warten Sie dann so lange, bis ich von der Straße aus hineingeh – verstanden?«

Scharmann brummte mürrisch.

»... ich werd versuchen, die Tür hinter mir offen zu lassen. Sobald ich mit dem Rupp im Büro bin, laufen Sie zum Haus rüber.«

»Und dann?«

»Jetzt sinds doch net gar so begriffsstutzig!«, schimpfte Kajetan. »Dann gehens hinein, stellen sich hinter die Tür und hören zu, was wir reden! Wenn ichs net schaff, die Tür offen zu lassen, schleichen Sie sich unters Fenster. Und wenns gehört haben, was Sie brauchen, nehmens ihn fest. Ganz einfach.«

»Ganz einfach.« Scharmann schüttelte den Kopf. Aber er schien sich zu fügen. »Von mir aus. Wenns mir jetzt bloß noch sagen, was wir tun, wenn er Blödsinn macht und Sie über den Haufen schießt? Jeder tät ihm glauben, dass er Sie für einen Einbrecher gehalten hat.«

»Erstens hab ich ihm gesagt, dass er bloß einen Teil der Unterlagen zu sehen kriegt, der andere aber an einem sicheren Ort ist und sofort an die Polizei weitergeleitet wird, wenn mir was passiert. Und zweitens verlass ich mich drauf, dass ich einen Kriminaler an meiner Seite hab, den man zwar wie einen Hund zum Jagen tragen muss, aber der net ganz auf den Kopf gefallen ist.«

»Auch das noch«, ächzte Scharmann. »Na ja, is eh schon alles egal. Hab mir eh schon manchmal gedacht, mich selbstständig zu machen.«

Kajetan lachte leise. »Unterstehen Sie sich! Konkurrenz brauch ich keine!«

Er sah sich witternd um. Irgendwo heulten Hunde zum Mond.

»Kommens. Da vorne – zu dem Turm müssen wir. Da zeig ich Ihnen das Bürofenster. Danach geh ich wieder auf die Straße, wie ausgemacht.«

Sie drückten sich an den Barackenwänden entlang. Bald erreichten sie einen kleinen Platz, an dessen Ende sich eine weite Grube senkte. Kajetan blieb stehen und wies Scharmann an, das Gleiche zu tun.

»Ist doch noch alles finster!«, flüsterte Scharmann.

Kajetan nickte nachdenklich.

»Wundert mich auch. Der Rupp müsst eigentlich schon längst da sein.«

»Von mir aus kann er daheim bleiben«, murmelte Scharmann. »Is eh ein seltener Blödsinn, auf was ich mich da wieder eingelassen hab.«

»Ja!!!«, herrschte ihn Kajetan mit gepresster Stimme an. »Jetzt wissen wirs langsam!«

Er schob sich zum Ende der Barackenwand und warf wieder einen Blick auf das Haus.

Scharmann war ihm gefolgt. »Noch allweil net da, hm?«, flüsterte er ärgerlich. »Ist er jetzt auf Ihren Schmarren reingefallen oder net?«

»Bin mir auf einmal nimmer so sicher«, gab Kajetan zu. »Eins geht die ganze Zeit net aus meinem Kopf ...«

»So? Auf einmal Zweifel, oder was? Könnts vielleicht sein, dass Sie endlich einmal vernünftig werden?«

»Wenn Ihnen nichts anderes einfällt, als dauernd zu stänkern, bestimmt net!«, fauchte Kajetan zurück. »Passens auf, Scharmann: Soviel wir bisher wissen, ist der Zunhammer deswegen fast erschlagen worden, weil er gegen den Rupp ermittelt hat. Ausgelöst worden sind seine Ermittlungen durch den angeblichen Selbstmord von diesem Baron von Marain. Also muss es da einen Zusammenhang geben. Und der, der am nächsten liegt, ist, dass er Rupp nachweisen wollte, den Mord am Baron in Auftrag gegeben zu haben ...«

Er machte eine nachdenkliche Pause.

»Ich komm schon noch mit«, drängte Scharmann. »Also was ist es, was Ihrer genialen Hypothese auf einmal in die Quer gekommen ist?«

»Das Motiv, Scharmann! Das Motiv passt net! Es müssen doch die Spatzen von den Dächern gepfiffen haben, dass diese Siedlung über kurz oder lang eingeht. Und wenn net, dann findet der Rupp doch überall einen Bauern, der ihn abbauen lässt. Die Leut brauchen doch Geld. Warum soll er ausgerechnet auf die paar Tagwerke von der Siedlung so scharf sein?«

»Vielleicht ist es ein besonderer Sand?«

»Es ist wahrscheinlich Flusssand«, räumte Kajetan ein. »Der ist gefragter. Aber trotzdem – den gibts auch woanders. Und dafür soll er den Baron und den Adolphe umgebracht und die Siedlung angezündet haben? Er hat ja noch net einmal einen verbindlichen Vertrag für das Gelände!«

»Fällt Ihnen aber früh ein«, brummte Scharmann verärgert.

»Daran denk ich schon die ganze Zeit.«

»Und trotzdem hetzens mich in dieses Staubloch?!«, fuhr Scharmann auf. »Also ich hau jetzt ab! Hätt eh gar net erst herkommen sollen. Auch wenn was rausgekommen wär – ich überleg mir schon andauernd, wie ich dem Staatsanwalt erklären hätt können, was ich da heraußen gesucht hab.«

»Scheißens Ihnen net in die Hosen, Scharmann!«, zischte Kajetan. »Wenn wir die Beweise haben, dann fragt keiner mehr danach.«

»Sind Sie eigentlich noch ganz gesund? Jetzt redens auf einmal wieder von Beweisen? Und eben hör ich noch von Ihnen, dass das Motiv hint und vorn net ausreicht! Kommens endlich! Wir blasen den Blödsinn ab!«

Kajetan packte ihn am Ärmel. »Nein! Scharmann! Bleibens da! Der Rupp steckt da drin! Das ist so sicher wie nur irgendwas! Bloß spielt vielleicht noch was anderes mit rein. Was Wichtigeres. Was das eigentliche Motiv ist, verstehens denn net?«

Scharmann machte sich wütend frei. »Und was ist das eigentliche Motiv, wenn ich fragen darf?«

»Das werd ich dem Rupp jetzt gleich rauskitzeln.«

»Aber dafür brauchens doch wenigstens eine Idee, Kajetan!«

»Eine Idee hab ich«, antwortete Kajetan. »Aber mehr auch noch net, das geb ich zu.«

Scharmann stöhnte ärgerlich auf.

»Sag, bin ich eigentlich auf der Rätselseiten von der ›Münchner Zeitung‹ oder schon im Narrenhaus?!«

»Schiebens doch endlich selber mit dem Hirn an, Scharmann. Manchmal frag ich mich schon, wer von uns zweien bei der Polizei ist! Passens auf: Der Baron, der sich angeblich selber umgebracht hat, ist Kommandeur in genau dem Regiment gewesen, in dem auch der Adolphe und der Rupp waren!«

Scharmann sagte nichts.

»Ich hab immer mehr das Gefühl, dass wir den Schlüssel da suchen müssen. Und jetzt kann ichs Ihnen ja sagen: Der Zunhammer hat mir einen Namen deuten können – Adolphe.«

»Adolphe ...«, wiederholte Scharmann leise.

»Ich hab mich dauernd gefragt, warum er mir ausgerechnet diesen Namen genannt hat. Die einzige Erklärung dafür ist, dass er mir damit sagen wollt, dass wir bei diesem Adolphe ansetzen müssen, wenn wir den Fall lösen wollen! Und nachdem es als Motiv einfach net reicht, dass der Rupp ein paar Tagwerk Grund gewollt hat, gibts nur noch einen einzigen Zusammenhang zwischen den dreien – dass sie im selben Regiment gewesen sind! Außerdem, und das hab ich Ihnen noch gar net gesagt, kriegens heut bestimmt auch noch was anderes serviert. Es gibt nämlich noch einen Fall, der noch nicht abgeschlossen ist. Der Rupp hat nämlich bei den Fememorden mitgetan!«

Scharmann schien nachzudenken.

»Schauens doch noch einmal, ob er net doch schon gekommen ist«, sagte er schließlich. Kajetan nickte erleichtert. Scharmann schien seinen Widerstand aufzugeben. Wieder schob er sich nach vorne und linste über die Wandkante. »Immer noch kein Licht«, flüsterte er. »Kommt mir langsam komisch vor.«

Der milchige Mond war höher gestiegen. In der Ferne glühten die Lichter der Stadt. Irgendwo im Buschwerk warnte ein Vogel vor einem Nachträuber.

»Der Rupp kommt net«, sagte Scharmann. Er flüsterte jetzt nicht mehr.

Kajetan achtete nicht auf ihn. Noch immer suchten seine Augen Haus und Gelände ab.

»Was haben Sie gesagt?«

»Dass der Major Rupp net kommt.«

Etwas in Scharmanns Stimme ließ Kajetan herumfahren.

»Ich weiß es von ihm selber«, erklärte Scharmann mit beiläufiger Stimme. Er hatte die Rechte angewinkelt. In der Faust hielt er einen metallen schimmernden Gegenstand.

Seltsam ..., dachte Kajetan und kicherte unwillkürlich, weil das, was ihm in den Sinn kam, gar so verrückt war. ... es sieht fast so aus wie eine Pistole. Aber das ist ja unmöglich. Es muss etwas anderes sein. Wenn es nämlich tatsächlich eine Pistole wäre, dann tät das ja bedeuten, dass ich ein Idiot bin. Wahrscheinlich der größte, den es je gegeben hat. Und deswegen muss es was anderes sein, was der Scharmann da in der Hand hält und auf mich richtet.

52

Donald Baines war noch einige Minuten wie betäubt an seinem Tisch im Gastgarten der »Villa Flora« gesessen. Mit Knöcheln, weiß wie die einer Leiche, umklammerte er seinen Bierkrug. Er leerte ihn mit langen, tiefen Zügen, mechanisch und ohne etwas zu empfinden.

Er hörte nicht mehr, wie Silvester beunruhigt auf ihn einredete. Mit einem Schlag wölbte sich ein unerhörter Hass über ihn, er war wütend auf die Behäbigkeit Silvesters, dessen Blick zunehmend besorgter wurde, auf die Menschen um ihn herum, deren ausgelassenes Geplauder in seinen Ohren gellte; auf alles, was er zuvor an Ruhe und Schönheit des Augenblicks genossen hatte. Er würgte einen winselnden Laut hervor, schnellte auf, nicht darauf achtend, dass Silvesters Bierkrug kippte und sein Inhalt sich über dessen Hemd und Hose ergoss, und rannte in weiten Sätzen in die Dunkelheit.

Er hatte versagt. Er hatte sich belügen lassen, schlimmer als es dem grünsten Greenhorn seiner Zunft je passiert wäre, und eine Eloge auf den »wahren« Hitler verfasst, nicht ohne erkennen zu geben, wie stolz er auf diese Entdeckung war. Seine üblichen distanzierten Schnörkel, mit denen er sich als kühler Beobachter der Weltläufte inszeniert hatte, würden nie den Eindruck überdecken können, dass er den Lügen eines billigen und zugleich wahnhaft machtgierigen Hochstaplers aufgesessen war.

Er war ihm nicht gewachsen gewesen, war ein miserabler Journalist, hatte seinem Instinkt nicht vertraut, hatte sich einseifen, einwickeln und anschmusen lassen, sich munitionieren für die Strategie der Nazis und einer maulheldigen Krämerseele in London, dessen Heldentaten vor allem daher rührten, dass er in Indien Tausende von Aufständischen massakriert hatte. Er holte die Stationen des Gesprächs in sein Gedächtnis zurück, sah sein Gegenüber, wie es beim Reden das Wiener Gebäck klein riss und in Stücken unter den borstigen Schnauzer stopfte. Jetzt fiel es ihm wie Schuppen von den Augen, fielen ihm all die Tricks wieder ein, mit denen Hitler das Gespräch gestaltet und gelenkt hatte, angefangen mit der lächerlichen, dennoch entwürdigenden Behandlung bei seinem Eintreffen, all die schmierigen Liebenswürdigkeiten und einlullenden Komplimente danach, die Ausweichmanöver, wenn er heikle Themen berührte, und die salbungsvolle, wie eine magische Formel wiederholte Beschwörung von

Frieden, Ordnung und Vernunft, die jeden Gedanken an die blutige Spur von Erpressung, Putsch und politischem Mord, für die die Nazis standen, erstickt hatte. Der Wolf hatte Kreide gefressen, und er benötigte einen Idioten, der dies für bare Münze nehmen und in die Welt hinaustragen würde.

Und dessen Name war: Donald S. Baines.

Der Artikel war unterwegs. Keine Chance, ihn zurückzuziehen, der Lord würde den Teufel tun! Man würde ihn lesen. Alle unter seinen Kollegen, die auch nur mit einem Funken mehr Nüchternheit an ihre Arbeit gingen, würden bereits jetzt den Kopf über ihn schütteln. Und man würde sich daran erinnern, wenn dieses monströse Lügengebäude einmal in sich zusammengefallen war.

Er war blamiert bis auf die Knochen!

Ziellos rannte er durch die Stadt. Ohne auf das wütende Hupen zu achten, überquerte er die Straßen, vor sich hin fluchend, blind, verzehrt von Zorn, in den sich langsam Verzweiflung fraß.

Ein stechender Schmerz in der Seite stoppte ihn. Keuchend stützte er sich gegen eine Mauer. Jetzt nahm er wahr, dass er in einer schmalen, von trüben Lampen beleuchteten Gasse der Altstadt gelandet war. Sein Blick fiel auf den Eingang einer kleinen Gaststätte, aus der ein Betrunkener torkelte, auf das Pflaster fiel und reglos liegen blieb.

Das Seitenstechen ließ nach. Baines wischte sich den Schweiß von der Stirn, stieg über den Liegenden und stieß die Tür auf. Kreischendes Gelächter und ein Schwall dampfend heißer, nach Bier und beißendem Schweiß stinkender Luft stürzte ihm entgegen.

Aus dem Nebel richteten sich Augen auf ihn.

53

Wieder warnte ein Nachtvogel irgendwo im schwarzen Gebüsch hinter den Baracken. Scharmann hatte Kajetan sich an die Wand stellen lassen, ihn nach Waffen abgetastet und seine Papiere an sich genommen.

Er trat zurück. Sein Gesicht war dunkel.

»Und jetzt vorwärts.« Er deutete mit einer Kopfbewegung zum Turm des Quetschwerkes. »Die Händ bleiben oben.«

Zögernd löste sich Kajetan von der Wand und trat auf den mondbeschienenen Platz. Scharmann blieb dicht hinter ihm.

»Muss schon sagen, dass ich einigermaßen enttäuscht bin von dir. Hab allweil gehört, was für ein mordsguter Ermittler du gewesen sein sollst. Grad neidisch hätt einer werden können.«

»Was soll das werden, Scharmann?«, fragte Kajetan, obwohl er die Antwort bereits ahnte. Jetzt nur reden! Zeit gewinnen!

»Wirst schon sehen. Weiter, schlaf net ein!«

»Du steckst mit dem Rupp unter einer Decke. Und hast den Zunhammer erschlagen!«

Scharmann lachte verhalten. »Ich sag ja, dass ich von dir enttäuscht bin. Ich mit dem Arschloch unter einer Deck! Da wüsst ich mir was anderes, mit dem ich unter die Deck möcht. Und den Zunhammer hab ich auch net angelangt.«

»Aber ...«

»Du liegst so falsch, wies nur grad falsch geht, Kajetan. Auch der Rupp hat eine weiße Westn, eine weißere gibts gar net. Er hat den Baron net umgebracht, auch net umbringen lassen. Und den Zunhammer genauso wenig. Gewusst hat er zwar davon, aber selber hat er überhaupt nichts damit zu tun gehabt.«

»Aber die Siedlung hat er anzünden lassen!«

»Was heißt: lassen«, sagte Scharmann. »Er wird höchstens einmal durchblicken haben lassen, dass er bald ein paar von seinen Arbeitern ausstellen muss, wenn er wegen diesen Zotteln von der Siedlung nicht expandieren darf. Die haben den Adolphe dann auch einmal bei einer Veranstaltung besucht, wie er wieder einmal Geld auftreiben wollt. Schlaf net ein, hab ich gesagt!«

Fieberhaft suchte Kajetan nach einem Ausweg. Sie näherten sich dem Rand der Grube. Er blieb stehen und drehte sich um.

»Aber wer steckt dann hinter?«, rief er.

»Wirst lachen, Kajetan. Ich weiß es auch net, wer da warum seine Finger drin hat. Jedenfalls net genau. Und jetzt halt den Schnabel.«

Reden, Kajetan! Reden! Zeit gewinnen!

»Schau, Scharmann, es kann dir doch jetzt wurscht sein ...«

Scharmann schwieg einige Sekunden. »Stimmt«, meinte er dann. »Schätz, du wirst nimmer lang Blödsinn machen können. Aber auch wenn dus net glaubst: Ich hab bloß den Auftrag gekriegt zu verhindern, dass die Kriminalpolizei in eine bestimmte Richtung ermittelt. Genauer gesagt, ich sollt aufpassen, dass der Zunhammer net querschießt. Aber der Selbstmord vom Marain war so dermaßen miserabel arrangiert, dass auch der Dümmste über die Widersprüch gestolpert wär. Dem Zunhammer sein Fehler war halt, dass er es net hinnehmen hat wollen, wie die Politische Abteilung den Fall übernommen hat und die Ermittlungen kurz danach eingestellt worden sind. Und wenn der Zunhammer so weitergemacht hätt, dann wär über kurz oder lang alles rausgekommen. Das muss man ihm lassen: Schlecht war er net!«

»Und ... wer wars, der dich beauftragt hat?«

»Frag net so blöd. Einer, der mir Befehle geben kann und von dem ich sie anzunehmen hab, wenn ich net möcht, dass ich mich auch irgendwann als notiger Detektiv wie du durchfretten muss.«

»Einer ... ein Vorgesetzter?«

Scharmann wedelte mit der Pistolenhand. »Weitergehn.«

»Aber ...«

»Weitergehn, hab ich gesagt.«

»Aber warum haben sie den Zunhammer ausgerechnet bei mir niedergeschlagen?«

»Wird Zufall gewesen sein. Sie haben ihn den ganzen Tag schon beobachtet, und irgendwann war er halt dran.«

»Du hast diese Halunken also mit allen Informationen versorgt, obwohl du dir hast denken können, dass sie deinen Kollegen erschlagen werden?«

»Herrgott! Er hats doch net anders wollen! Mit seiner elendigen Rechthaberei! Und dass die gleich so dermaßen zuhauen, hab ich mir doch net vorstellen können. Die haben allweil davon geredet, dass sie ihm bloß klarmachen wollen, dass er seine Pfoten von der Sach lässt. So! Jetzt weißt dus. Und jetzt gehst noch ein Stückerl nach hinten ...«

»Aber warum hat mir der Zunhammer als Erstes den Namen Adolphe genannt? Und, überhaupt, warum hat man den Baron und den Apostel umgebracht?«

»Ich weiß es net, wie oft soll ichs dir denn noch sagen. Irgendeine Geschichte aus dem alten Regiment solls gewesen sein. Ich wills auch gar nimmer wissen. Ich hab einen Befehl gekriegt, und das andere interessiert mich net.«

»Dann sag mir bloß noch, warum du mir das ganze Theater vorgespielt hast.«

»Vielleicht, weil mir auch net passt, dass ich keine Informationen krieg, warum ich was tun soll. Andrerseits mag ich mich aber auch net in die Nesseln setzen, wenn ich selber rumstöber.«

»Ich hab also für dich ...«

»Das hab ich jedenfalls gehofft, du Meisterdetektiv.«

»Und ... jetzt?«

»Mir ist gesagt worden: Solang du bloß dem Rupp was anhängen willst, is net tragisch. Der hat, scheints, nämlich durchaus seine Feinde. Aber wie du vorhin selber gespannt hast, dass du da auf dem falschen Dampfer bist, da ist mir die Sach zu riskant geworden. Und ich bin net scharf drauf, mir schon wieder nachsagen zu lassen, ich könnt meine Aufträg net gescheit ausführen. Bei uns kann man nämlich befördert werden, man kanns aber auch net. Jetzt jedenfalls wird nichts Halbes mehr gemacht, wie beim Zunhammer.«

»Was ... was willst du mit mir tun?«

»Der ist bloß noch gefährlich, wenn ihm die richtigen Fragen gestellt werden. Und das könnt nur einer. Du nämlich. So, und jetzt da rein!«

»Und wer sind ›die‹?«

»Weiter, hab ich gesagt!«

Kajetan berührte mit seinen Waden die Kette, die vor einer Rampe hing. Er sah über die Schultern. Einen Schritt hinter ihm, noch zur Hälfte vom Mondlicht beschienen, gähnte ein breiter Schacht. Nach unten verengte er sich zu einem einen halben Meter breiten Spalt, aus dessen Mitte das stählerne Brechwerk wie die Zähne eines Raubtiers ragten, mit dem die Steine zu Sand gemahlen wurden.

Plötzlich wusste er, was Scharmann vorhatte. Ein frostiger Hauch stieg aus der Tiefe. Morgen früh würde unter dem Schachtmund etwas entdeckt werden, dem kaum noch anzusehen sein würde, dass es einmal ein Mensch gewesen war. Papiere würde man auch keine finden, und das Polizeiprotokoll würde von einem unbekannten Landstreicher sprechen, der auf der Suche nach einem Schlafplatz in die Tiefe gestürzt war.

»Weiter«, befahl Scharmann.

Steinbrocken kollerten in die Tiefe. Die Kette spannte sich.

»Weiter!«

Kajetan suchte krampfhaft nach einem Halt. Scharmann machte einen Satz auf ihn zu und gab ihm einen Stoß. Kajetan schrie entsetzt auf, verlor das Gleichgewicht, stolperte über die Kette und stürzte auf die Rampe.

Er rutschte einige Meter. Verzweifelt versuchte er, auf der schartigen Blechfläche Halt zu finden.

Scharmann sah nach unten. »Tut mir leid«, meinte er. »Dass es mir Spaß macht, könnt ich net sagen. Aber Befehl ist halt einmal Befehl.«

Kajetan zwängte seine Finger in eine winzige, scharfkantige Spalte. Schon spürte er Feuchtigkeit auf seinen Kuppen. Er rutschte tiefer.

»Scharmann!«, gellte er. Jetzt hing er mit den Beinen zwischen Brechwerk und Schachtrand. Keuchend stemmte er sich ab und richtete sich auf.

Scharmanns von grellem Mondlicht umkränzte Silhouette bewegte sich entlang des Schachtrandes auf einen seitlichen Pfeiler zu. Panik erfasste Kajetan. Wenn Scharmann das Werk einschalten würde, wäre er verloren. Er zog seine Beine aus der Lücke und versuchte keuchend, sich über den schartigen Klingen der Brechbacken einzuspreizen.

»Scharmann! Scharmann! Nein!!!«

Seine Schuhe ertasteten einen zentimeterbreiten Vorsprung, den ein kantiger Steinblock in das Blech der Rampe getrieben hatte. Wie lange würde er durchhalten können, wenn das Werk anliefe? Die Vibration der mächtigen Maschinerie würde ihn aus dem Stand rütteln. Er stemmte sich mit aller Macht ein. Brennender Schweiß troff ihm in die Augen. Sein Puls raste, seine Sehnen dehnten sich schmerzhaft, der Fuß, mit dem er auf dem kleinen Vorsprung stand, begann zu zittern.

Scharmann stand an der Säule und fuhr mit der Linken tastend auf und ab. Er schien nach dem Schalter zu suchen, steckte schließlich die Pistole in den Gürtel und kramte in seiner Jackentasche nach Streichhölzern.

»Scharmann ...!«, röhrte Kajetan heiser.

Ein Streichholz flammte auf. Kajetans Herz ruckte. Im selben Augenblick zuckte Scharmann zusammen. Er wankte, knickte ein und fiel zu Boden.

Aus einer Wolke aufgewirbelten Steinmehls tauchte eine Gestalt auf und beugte sich über die Rampenkante. Eine hämische Stimme fragte: »Gemütlich da unten, gell?«

Eine Welle ungeheurer Erleichterung durchströmte Kajetan.

»Toussaint!!!«, schrie er.

»Sag bloß, du kennst mich noch!«

»Du ... du ... hilf mir raus!«

»Gleich, Freunderl! Muss dir vorher bloß noch eine Gschicht erzählen ...«

»Toussaint!«, kreischte Kajetan. »Du Arschloch! Hilf mir sofort raus!«

»Jetzt sei halt net so ungeduldig! Pass auf, die Gschicht geht so: Ich hab heut Nachmittag Kundschaft besucht, Kajetan. Den berühmten Dichter Haswanger. Und da hab ich erfreut erfahren, dass du den auch kennst.«

Das Zittern in Kajetans Knie verstärkte sich. »Du ... du ...«

Ungerührt fuhr Toussaint fort: »Und noch erfreuter bin ich gewesen, wie er mir gesagt hat, dass du was für mich deponiert hast. Wunderbar, hab ich mir gsagt, das wird er mir dann gleich geben. Und deswegen hab ich deinem sympathischen Kompagnon eben grad einen kleinen Stößer geben müssen. Hab nämlich irgendwie den Eindruck gekriegt, dass der was gegen dich hat. Und dann hättst du mir ja nimmer geben können, was du für mich deponiert hast, hab ich recht?«

»... Zieh mich raus«, ächzte Kajetan.

Toussaint wechselte die Tonart. Jetzt klang sie hart.

»Pass einmal auf, du Hund, du verlogener. Den Dreck werd ich tun! Ich bin zwar einigermaßen saniert und sollt vernünftigerweis schon längst über der Grenz sein, aber eins wird nie passieren! Dass mich einer austrickst! Den Fredi Schmerbeck hat noch keiner ausgetrickst, Kajetan! Wenn einer einen austrickst, dann bin ich des, und wenn einer austrickst wird, dann net ich, ist dir des klar? Schon?«

»Ich kann mich nimmer lang halten«, stöhnte Kajetan.

»Sofort«, versprach Toussaint. »Vorher hätt ich bloß noch einen guten Vorschlag von dir, wie ich an mein Geld komm.«

»Was ... was denn für ein ... Vorschlag?«

»Frag net so saublöd – wie wir des jetzt anstellen, dass ich meine Fünftausend krieg, wo du mir gestohlen hast. Also? Dein Vorschlag? Einer davon wär: Du sagst mir, wo dus hingetan hast, ich hols, und danach zieh ich dich raus.«

»Ich habs doch schon lang nimmer!«, schrie Kajetan verzweifelt.

»Was?!«

»Ich habs der Süssmeierin gegeben ...!«

»Wem?«

»Der alten Frau, die ...« Kajetan keuchte. Das Zittern in seinen Beinen verstärkte sich. »... die du ausgeschmiert hast!«

»Sag des noch mal!«
»Ja, der Süssmeierin hab ichs zurückgegeben.«
»Du Hund! Du vermaledeiter, elendiger Hund!«
Toussaint tobte. »Das ist mein Geld gewesen!«
Er richtete sich schwer atmend auf.
»So! Jetzt bleibst unten, bis du schwarz wirst!«
Er schien nicht zu bemerken, dass hinter seinem Rücken ein Schatten auftauchte und zum Sprung ansetzte. Scharmann! Er war aus seiner Ohnmacht erwacht! Kajetans Stimme versagte. Wie ein Erstickender klappte er den Mund auf und zu. Er presste die Lider aufeinander.
Das Geräusch klang wie der trockene Knall einer Peitsche. Danach herrschte Totenstille. Kajetan hörte ein leises Stöhnen. Zögernd öffnete er die Augen.
Scharmann führte einen stummen, grotesken Tanz auf. Er drehte sich um die eigene Achse, bewegte sich hinkend auf den versteinerten Toussaint zu, wechselte abermals mit einer trägen Bewegung die Richtung, tappte auf den Rand der Rampe zu und kippte stumm in die Tiefe. Mit einem grauenhaften Krachen, als breche trockenes Reisig unter schweren Schuhen, donnerte sein Körper auf die Brechklingen.
Toussaint erwachte aus seiner Betäubung. Mit weiten Augen suchte er die Umgebung ab.
Kajetan hatte seine Stimme wiedergefunden. »Toussaint!?«
Der Schwindler starrte ungläubig in die schattendunkle Gasse zwischen zwei Baracken, in der er ein Geräusch wahrgenommen hatte. Mit raschen Schritten löste sich eine schlanke Silhouette aus der Dunkelheit.
»Mizzi!«, hauchte er. »D-du?«
Sie legte ihre Linke in die Hüfte. Den rechten Arm, in der sie die Pistole hielt, ließ sie angewinkelt.
»Merkst was?«, sagte sie von oben herab. »Es ist, wie ichs dir allweil gesagt hab. Man kann dich keine Sekund allein lassen.«
Toussaint rang um Fassung.
»Du ... du schießt ja tatsächlich, Mizzi«, stotterte er. »D-der ist wahrscheinlich tot, weißt du des?«
Sie überhörte die Frage. »Was haben wir ausgemacht, Fredi?« Ihre Stimme war ausdruckslos.
Toussaint verzog den Mund zu einem ungläubigen Grinsen.

»Aber, Mizzi! Ich war doch grad unterwegs zu dir!«

Noch immer hielt sie den Arm angewinkelt. Toussaint wollte auf sie zugehen. Sie machte einen Schritt zurück.

»Ich hab dich angelogen, Fredi. Ich bin heut Nachmittag nicht mehr beim Coiffeur gewesen. Ich bin dir nach, wie du dir die Schecks auszahlen hast lassen.«

»Ja, warum denn des?! Mizzi! So ein Misstrauen!«

»... und hab mich schon gewundert, dass du danach alles eingepackt hast und sofort ins Auto bist.«

»Mizzi!«, beteuerte er. »Hab doch gsagt, dass ich dich mitnehm! Gleich nachher hätt ich dich abgeholt.«

Sie antwortete nichts. Toussaint ging einen Schritt auf sie zu. Sie wich zurück.

»Mizzi ... Mizzerl ...«, schmuste er. »Is doch überhaupt keine Frag, dass ich dich mitgenommen hätt!« In ehrlicher Empörung fügte er hinzu: »So ein Misstrauen! Jetzt hast mich aber echt beleidigt!«

Sie schwieg. Nach einer Weile ließ sie die Waffe sinken und seufzte.

»Solltst eher froh sein«, sagte sie leise. »Wenn ich nicht so misstrauisch gewesen wär, dann wärst jetzt tot.«

»Mizzi«, sagte Toussaint mit warmer, vor Dankbarkeit vibrierender Stimme. »Du hast mirs Leben gerettet.«

»Wenn dus nur merkst«, meinte sie lakonisch und verstaute ihre Pistole. »Hab dir doch gesagt, dass du den Blödsinn bleiben lassen sollst. Als ob wir jetzt noch auf die paar Mark vom Haswanger angewiesen wären!«

»Aber es ist mir ums Prinzip gegangen!«, verteidigte er sich leidenschaftlich. »Mich!« – er zeigte mit dem Daumen auf seine Brust – »... mich hat noch nie einer aufs Kreuz gelegt!!!«

»Dann ist es jetzt halt amal passiert, Fredi«, bemerkte sie ungerührt. »Und jetzt komm endlich!«

Er starrte sie stumm an. Dann tauchte ein Schmunzeln auf seinem Gesicht auf, das sich zu einem breiten Lachen weitete. Er trat an die Rampe.

»Kajetan«, rief er bewundernd, »du verdammter Hund! Ich hab dich unterschätzt!«

»Komm endlich!«, drängte Mizzi. »In der Früh findt ihn schon einer. Da sind wir wenigstens schon über der Grenz! Wenn du ihn raufholst, hetzt er uns doch sofort die Polizei auf den Hals!«

Toussaint ging zum Seitenpfeiler und begann, an der Verankerung der Kette zu hantieren.

»Fredi!«, rief Mizzi. »Was tust denn da? Bist ganz blöd geworden?«

Er schüttelte eigensinnig den Kopf. »Erstens: Nach allem, was ich vorher gehört hab, dürft seine Sympathie für die Polizei doch einen gewaltigen Dämpfer gekriegt haben.« Er beugte sich nach unten und fuhr lauter fort: »... und zweitens ist er selber ein Gauner, weil er an der Erpressung eines berühmten Dichters mitgewirkt hat, und drittens, Mizzi ...«, fügte er gut gelaunt hinzu. »Drittens fängt er an, mir zu gefallen.«

»Du bist blöd geworden!«, keifte Mizzi. »Lass den Idioten!!«

»Ich weiß, dass du das net verstehst«, sagte Toussaint nachsichtig. »Aber schau: Wenns einer schafft, den Fredi Schmerbeck aufs Kreuz zu legen, dann kann das kein Idiot sein.«

Mizzi verstand. Sonst wär ja der Fredi Schmerbeck ein noch größerer.

Toussaint hatte den Verschluss des Karabinerhakens zurückgebogen. Er ließ die Kette in die Tiefe rasseln.

Kajetan griff danach. Als er endlich den Rand der Rampe erreicht hatte, war er allein.

Ein kaum spürbarer Wind fegte über den Platz und schabte das Steinmehl vom Boden. Es war dunkler geworden. Ein quellender Wolkenverbund, der den westlichen Himmel bereits mit tintiger Schwärze verschloss, schickte sich an, den Mond zu schlucken.

Kajetan wollte aufstehen, doch seine Beine versagten ihm den Dienst. Kriechend schleppte er sich zu einem der Pfeiler, lehnte sich daran, kippte den Kopf in den Nacken und schloss die Augen. Langsam beruhigten sich seine aufgepeitschten Nerven. Sein Atem wurde wieder gleichmäßig. Er legte seine Ellbogen auf die Knie und ließ die Arme baumeln.

Wer immer Scharmanns Auftraggeber waren – sie wussten jetzt von ihm. Was sollte er tun? Seine Gedanken stiegen auf wie immer, steuerten wie immer auf Erklärungen zu, wie immer auf Pläne, wie er nun weiter vorgehen müsste. Aber dann, plötzlich, prallten sie auf etwas, das er nicht mehr greifen konnte, sie knäuelten sich, steuerten gegenläufig, schlugen Haken, stolperten übereinander, versickerten in bizarren Hirngespinsten und Ratlosigkeit.

Es wurde gefährlich. Etwas hatte in dieser Stadt die Regie übernommen, begann sich wie eine heimtückische Seuche auszubreiten, saugte sich in die Gehirne der Menschen, versetzte sie in fiebernde Unruhe. Es war nicht zu greifen, lauerte überall, brach grundlos hervor und wütete ohne erkennbares Ziel. Eine andere Art von Verbrechen war aufgekommen, eine, die ihm fremd war, mit der er nicht umgehen konnte, weil er außerstande war, sich in die Köpfe der Täter zu versetzen. Verstanden diejenigen, die, je verwirrter sie waren, umso großmäuliger agierten, überhaupt selbst, was sie taten? Wenn nicht - was und wer lenkte sie?

Ein Schauder jagte Kajetans Rücken hinab. Noch wehrte sich etwas in seinem Inneren, das zu tun, was ihm sein Instinkt jetzt befahl. Doch schließlich erkannte er, dass es das Einzige war, das ihn noch retten konnte.

Er stand auf, so rasch es seine noch immer schmerzenden Glieder zuließen, und kletterte tastend in die Dunkelheit hinab. Unten angekommen, fischte er im Streichholzlicht die Papiere des Toten aus dessen Taschen und ließ nur jene zurück, die Scharmann ihm zuvor abgenommen hatte.

Wieder zurück, hielt er Ausschau nach einer Schaufel und warf herumliegende Steinbrocken und Geröll in den Schacht, bis von der Leiche nichts mehr zu sehen war.

Dann machte er, dass er davonkam.

Fern rollte Donner. Der Wind wurde stärker.

54

Baines konnte seine Glieder kaum noch bewegen. Seine Haare standen struppig ab, seine Stirn kam der fettfleckigen, schlierigen Tischplatte immer näher, seine Unterarme klebten bereits daran, sein Körper fühlte sich an wie ein formloser, von taubem, geschwollenem Fleisch und zerstoßenen, steinschweren Knochen gefüllter Sack, in seinen Adern brodelte eine schlammige Flüssigkeit.

Um ihn herum toste es. Wie eine Säge fraßen sich Gelächter, Schreie, das Scharren von Stuhlbeinen, das Klirren auf Steinplatten zerplatzender Gläser in sein Gehirn. Der niedrige, rauchtrübe Gastraum schwankte wie ein Schiff im Sturm.

Jemand torkelte hinter ihm vorbei zum Abort, griff haltsuchend nach seiner Schulter und kniff sie hart, um wieder in eine Aufrechte zu kommen. Von einem urplötzlich aufflammenden Zorn überwältigt, packte Baines die Hand des Betrunkenen, riss sie hoch und stieß den Verdutzten von sich. Der Betrunkene hob ein Bein zu einer grotesken Figur, sein anderes knickte ein, und mit lautem Gepolter landete er zu Füßen des Nebentisches. Für einen Moment herrschte Stille.

Aus dem Nebel hörte Baines eine bauchige, drohende Stimme.

»Du gell! Du reißt dich zsamm!«

Wankend richtete sich Baines auf.

»Haltet euer Maul ... haltet alle euer Maul ... ihr ... verdammten Arschlöcher.«

»Eha«, meinte jemand.

Baines warf den Stuhl um und schleuderte ihn mit einem Tritt hinter sich. Ein stiernackiger Kellner bahnte sich einen Weg durch die Männer, die sich bereits von ihren Sitzen erhoben hatten.

»Wir zahlen jetzt! Und dann schleichen wir uns, haben wir uns verstanden?«

Baines sah wild um sich. Sein Herz hämmerte. Das Gesicht des Kellners neigte sich zu ihm herab, ein wetterfleckiges, schweinefleischfarbenes Gesicht mit drahtigen Brauen und borstigem Schnurrbart.

Baines' Zorn erlöschte mit einem Mal, er wurde abgelöst von einer aufflackernden Angst, die sich wie eine Garotte um seine Kehle zu schließen begann. Vor seinen Augen brachen die Barbaren aus den schwarzen Wäldern, heulend vor wüster Mordlust, mit Tod in den Augen und fletschenden Mäulern.

Er packte den Bierkrug und schleuderte ihn mit einer matten Bewegung in die Richtung, in der der Kellner abwartend stand. Er hatte ihn verfehlt, stattdessen einen Sitzenden nebenan am Hinterkopf getroffen. Ein vielstimmiges, gurgelndes Geschrei brandete auf.

Verschwommen sah Baines, wie sein Tisch umzingelt wurde. Seine Panik wuchs. Mit einem heftigen Satz, den er sich gar nicht mehr zugetraut hätte, sprang er auf den Tisch. Mit der Stirn krachte er an die Lampe. Der gläserne Schirm pendelte träge zurück, donnerte erneut an seinen Kopf, zersplitterte und hinterließ zwischen Wange und Nase eine wächserne Linie, aus der sogleich Blut zu sickern begann.

»Euer Hitler ...«, kreischte Baines, »euer Hitler ist ein gottverdammtes asshole! Ein Arschloch! Ein Arrrsch-Looch! Ein gottverdammter lying bastard!«

Er hörte nichts mehr außer einem feinen, von seinem trommelndem Herzschlag getakteten Summen, das ihn an einen nahenden Hornissenschwarm erinnerte.

»Ihr Germans seid alle gottverfluchte Dummköpfe! Stupid! Geht zurück in eure Wälder und fickt die Wildschweine!«

Er sah etwas auf sich zusegeln, in tauber, unwirklicher Langsamkeit. Er hätte sich noch ducken können. Stattdessen empfing er den Schlag mit idiotischer Ruhe, fast demütig. Er spürte kaum einen Schmerz, hörte nur das Knirschen, ahnte, dass etwas an ihm, in ihm zerbrach und hörte, als dieser Ton verebbt war, wieder das Klopfen seines Herzens, das matter und matter wurde.

Fern hörte er die Stimme Louisas.

»Hello ...«, sagte sie klingend. Seligkeit überschwemmte ihn, er eilte auf sie zu, um sie zu umarmen. Aller Hass, alle Bitterkeit waren verflogen. Eine Woge ergriff ihn, hob ihn empor, reckte ihn noch einmal klagend dem Himmel entgegen und spülte ihn in ein schwarzes Meer.

55

Als Offizier hatte sich Major Rupp den Ruf eines Draufgängers erworben, wobei der Umstand, dass seine Schneidigkeit vielen seiner Untergebenen nicht gut bekam, nicht ins Gewicht fiel. In Dingen aber, die ihn selbst betrafen, war er stets ein äußerst vorsichtiger Mann gewesen. Nach seiner Rückkehr aus dem ungarischen Exil hatte er zunächst gezögert, sich direkt in München niederzulassen. Zu ungewiss noch war ihm erschienen, ob die bayerische Justiz nicht doch irgendwann dem Druck aus dem roten Berlin nachgeben und eine andere Gangart einlegen würde. Zwar war ihm immer wieder versichert worden, dass kein bayerischer Staatsanwalt daran dächte, sich des misslungenen Putschversuchs vor vier Jahren wieder anzunehmen. So sehr die Opposition auch schäumen mochte, sie hatte sich dennoch irgendwann dazu entschlossen, die Einrichtung von vor sich hinschnarchenden Ausschüssen als großen Sieg zu bejubeln. Und diese ärgerliche Affäre in Walching, als er ein passables Geschäft nur deshalb buchstäblich in die Luft jagen musste, weil der Skandal um den Tod eines naiven Bauernbankerts gewisse Pläne zur Unzeit öffentlich gemacht hätte – hier dachte erst recht niemand mehr daran, seine, Rupps, Beteiligung unter die Lupe zu nehmen.

Er hatte sich zunächst im Ammerland niedergelassen und sich nur selten in München sehen lassen. Vor einem halben Jahr schließlich war die Zeit reif, um sich im Westen der Stadt zu etablieren, und heute hatte er die erste Nacht in seiner neuen Stadtwohnung in der Friedrichstraße zugebracht.

Prächtig hatte er geschlafen. Beschwingt wälzte er sich aus dem Bett, schlüpfte in den Morgenmantel und zog die Vorhänge zurück. Ein königsblauer Himmel begrüßte ihn.

Das Leben war herrlich! Und gestern Abend – dieses Prachtweib! Pralle Apfelbacken, Brüste, die wie Geschmeide an ihr hingen, gut, ein wenig anspruchsvoll, aber da hatte er ihr den Marsch schon geblasen – hoho! –, und der Saft war ihm eingeschossen wie einem Jungen! Nein, zum alten Eisen gehörte er noch lange nicht, da konnte Edigna, die vertrocknete Geiß an seiner Seite, diese ledrige, überständige burgenländische Baroness, triefäugig an ihn hinflennen, so viel sie wollte. Er hatte sich sowieso nur auf eine Heirat mit ihr eingelassen, nachdem er ihre umfangreichen Besitzungen in der Walachei und bei Triest eruiert und sich davon überzeugt hatte, dass ein einziges scharfes Wort genügte, um sie parieren zu lassen.

Er atmete tief durch und streckte sich. Mit wiegendem Schritt durchquerte er das geräumige Schlafzimmer, stellte sich vor den Spiegel, nahm seinen Scheitelhalter ab und arrangierte seine Frisur. Er streckte den Unterkiefer vor, um sein Doppelkinn zu straffen, und lächelte sich an. Ein zufriedenes »Hach!« entströmte ihm.

Alles lief, wie er es geplant hatte. Er hatte es aber auch raffiniert eingefädelt, als er dieser amerikanischen Journalistin, dieser Mrs. Thomson, den diskreten Hinweis gab, dass man diesem Hitler nicht alles glauben dürfe.

Sie war neugierig gewesen: Wie meine er das?

Nun – aber bitte nur unter dem Siegel strengster Verschwiegenheit, würde sie das schwören? – er nähme nur ein Beispiel von vielen: Die Eisernen Kreuze, mit denen sich Hitler bei seinen Anhängern als Kriegsheld aufplustere und sich damit gleichzeitig der Reichswehr andiene – also, das sei ... nun ja ... möglicherweise ... nein! Bitte um Entschuldigung! Pardon! Er habe es sich anders überlegt! Weitere Hinweise könne er nicht geben, er sei schon viel zu weit gegangen!

Prompt war ihm diese Närrin auf den Leim gegangen, hatte mit einer naiven Unbekümmertheit, wie sie nur die Amerikaner zustande brachten, angefangen zu recherchieren. Und wie nicht anders zu erwarten, hatten Hitler und seine Leute bald davon Wind bekommen.

Wie ebenfalls erwartet, fassten sie eiligst den Entschluss, die Legende zu polieren. Niemand durfte erfahren, dass, was die Gründe für die Verleihung der Auszeichnungen betraf, dem strahlenden Helden des Weltkriegs etwas die Rosse der Fantasie durchgegangen waren. Aber vor allem musste verheimlicht werden, dass es ein zur Gutmütigkeit neigender jüdischer Offizier war, den der übereifrige Gefreite mit seinen Hundeaugen wohl so lange angewinselt und einmal wohl in einer brisanten Situation besorgt in die Deckung gezogen haben musste, worauf ihm dieser vor lauter Rührung die Auszeichnung anheftete!

Und so hatte Hitler bei jeder Gelegenheit zum Besten gegeben, dass ihm das Eka-Eins von keinem anderen als dem stellvertretenden Regimentskommandeur, Aloys von Marain, persönlich überreicht wurde. Über die wirklichen Begebenheiten musste Stillschweigen vereinbart werden, und alle Beteiligten hatten sich dieser Notwendigkeit mehr oder weniger freiwillig gebeugt – nur der alte Marain bockte.

Nichts anderes hatte Rupp erwartet. Genau darauf hatte er spekuliert, auf die altmodische Ehrpusseligkeit des Barons war Verlass. Und jetzt griff Teil zwei seines Plans: Er streute das Gerücht aus, von Marain wolle an die Presse gehen, er, Rupp, habe von einem geplanten Pressegespräch des Barons mit einer amerikanischen Journalistin Wind bekommen.

Er wusste, dass die Hitler-Leute den Baron daraufhin unter massiven Druck setzen würden und dass er diesem Druck auf Dauer nicht gewachsen sein würde – wie auch immer. Gewiss, etwas verblüfft hatte ihn schon, dass die Nazis derart robust zu Werke gegangen waren. Immerhin war von Marain nicht irgendeiner von den Roten gewesen, bei denen man schließlich keine Skrupel zu haben brauchte. Schließlich waren die ja gewohnt, dass man sie erschoss.

Nachdem der alte Dickschädel unter der Erde war, war es ein Leichtes gewesen, dem Bruder des Barons mit einem lächerlichen Angebot die Nutzung des Geländes schmackhaft zu machen. Es störte nur noch dieser Naturapostel, der partout nicht von seinem Pachtvertrag zurücktreten wollte, weil er unbedingt die Welt erretten musste. Aber auch hier war ihm der glückliche Umstand entgegengekommen, dass die Beziehung Adolphes zu Baron von Marain aus der Kriegszeit herrührte, sie im gleichen Regiment als Offiziere gedient hatten.

Eine weitere dezente Andeutung, Adolphe wolle seinen Gönner rächen und plane, die Wahrheit über den Führer der Nazipartei zu veröffentlichen, hatte ebenfalls den erwarteten Erfolg. Wie er gehört hatte, war der Dummkopf von Adolphe völlig ahnungslos gewesen, als man ihn unter einem Vorwand von der Straße gelockt hatte. Dachte er, haha, seine Naturgeister würden ihn schon beschützen?

Nur noch das Häuflein Idioten war geblieben, die ihre Siedlung entweder deshalb nicht aufgeben wollten, weil sie immer noch an ihre Ideen glaubten, oder die schlicht nicht wussten, wo sie sonst unterkommen konnten. Auch da half eine mit gefurchter Stirn gemachte Andeutung vor der Belegschaft der Rieder Kiesgrube, ein Teil der Arbeiter müsse den Hut nehmen, wenn ... nun, der Satz war noch nicht vollendet, da lag die Siedlung schon in Trümmern. Auf die Arbeiterschaft war eben Verlass.

Gewiss, die Sache hätte eine andere Wendung nehmen können! Schließlich saß dieser Prolet aus Braunau noch nicht so sicher im Sattel. Wäre von Marain rechtzeitig in die Offensive gegangen, hätte Hitlers Ansehen enormen Schaden genommen. Aber wäre das eigentlich so schlimm gewesen?

Zuerst nur eine von vielen vaterländischen Gruppierungen, wurden die Nazis schließlich immer anmaßender. Rupp hielt nichts von ihnen. In seinem Herzen war er immer den Hohenzollern-Monarchisten nahegestanden. Doch als einer, der den Leuten den Kopf verdrehte, der vaterländischen Bewegung neue Anhänger zuführte und, vor allem, den Roten Paroli bot, dafür war dieser Hitler gut zu gebrauchen. Aber als Führer? Einen Mann aus dem Pöbel an der Spitze des Reiches? Undenkbar!

Natürlich – in diesen Zeiten musste man sich mit allen Kräften arrangieren, um die Republik zu Fall zu bringen. Wenn sie aber endlich zusammengebrochen sein würde, was nicht mehr sehr lange dauern konnte, dann würden die Karten neu gemischt. Und dafür wäre es kein Schaden gewesen, wenn dieser Hitler eine etwas weniger gute Ausgangsposition gehabt hätte.

Rupp zog den Gürtel seines Schlafrocks enger.

Gut, das war nicht gelungen. Dieser Hitler machte keine halben

Sachen, das musste man ihm lassen. Auch große Teile von Polizei und Staatsanwaltschaft musste er offenbar bereits auf seiner Seite haben – anders war nicht zu erklären, dass die Liquidation von Marains so geräuschlos vor sich ging. Respekt! Vielleicht sollte er doch einmal seine Neigungen überprüfen? Vielleicht stand wirklich eine neue Zeit vor der Tür.

Aus dem Büro nebenan war das Läuten des Telefons zu vernehmen. Während Rupp nach seinen Hausschuhen suchte, dachte er noch kurz an das Gespräch, das er vor einigen Tagen geführt hatte.

Diese kleine Ratte, dieser Kajetan! Hatte er doch tatsächlich versucht, ihn zu erpressen! Ihn – Rupp!!! Oder steckte womöglich nur eine Finte dahinter? Dass Kajetan noch immer nicht vergessen hatte, was damals in Walching geschehen war? Der Mann hätte ihm durchaus gefährlich werden können! Er wäre der Einzige gewesen, der sich nicht gescheut hätte, diese leidliche Sache wieder an die große Glocke zu hängen! Aber auch dieses Problem war gelöst, nachdem vor einigen Tagen – unnötigerweise auf dem Gelände seiner Firma, musste das unbedingt sein? – die nur noch mit Mühe als Mensch zu erkennenden Überreste eines Mannes gefunden worden waren, den einige Papierschnitzel als gewesenen »Paul Kajetan, Auskunftei« auswiesen. Etwas unverständlich war zwar, dass man diesen zuverlässigen Polizisten, der ihn sofort informiert hatte – hieß er nicht Scharmann? –, offensichtlich aus dem Verkehr gezogen hatte. Nun, man würde schon wissen, was man tat! Der Weg war jedenfalls frei. Das Leben war herrlich!

Das Telefon läutete noch immer. Er fischte seine Hausschuhe unter dem Bett hervor, schlüpfte hinein und öffnete die Tür zum Nebenraum. Schwungvoll hob er den Hörer ab.

Der Anrufer wartete nicht, bis der Major seinen Namen nannte.

»Rupp? Bist es du?«

»Ja? – Bitte? Mit wem spreche ...«

»Hahaha ...«

»Wer ...?«

»Aaaah – haha – haa – ah – haa haa!«

»Zum Donnerwetter! Wer sind Sie?!!!«

»Oh, du lieber Augustin, Augustin, Augustin, oh du lieber Augustin, alles is ...«

Wütend drosch Rupp den Hörer auf die Gabel. Wer war das gewesen? Die Stimme war verstellt – einer dieser Verrückten, die irgendeine

Nummer aus dem Telefonverzeichnis suchten und wildfremde Leute traktierten?

Er schüttelte sich. Von einem Spinner ließ er sich nicht die Laune verderben!

Er ging ins Schlafzimmer zurück. Ein herrlicher Morgen flutete den Raum. Wieder ging dem Major das Herz auf. Welch Kind des Glücks er doch war! Falsch – es war seine Schläue, die wieder einmal gesiegt hatte! Dass er in Kürze das gesamte Marainsche Anwesen übernehmen würde, war nur das eine, war fast lächerlich gegen den Coup, mit dem er diesen spinnösen Erfinder, diesen Doktor Toussaint aufs Kreuz gelegt hatte! Ha! Es war die Krönung!

Er hatte schnell geschaltet, hatte den Doktor nach dem Vortrag zur Seite genommen und seinen Vorschlag erneuert, als Treuhänder des deutschen Volkes zu wirken. Er garantiere persönlich dafür, dass die Erfindung zum Wohle des Vaterlandes verwertet würde.

Und dieser Idiot war darauf hereingefallen! Hatte ihm alle Rechte übertragen, wollte nur eine lächerliche Gewinnbeteiligung von fünf Prozent! Alles andere würde in seine, in Rupps Tasche fließen! Und er musste niemandem Rechenschaft ablegen!

Dass ihn Kommerzienrat Kauner seither keines Blickes mehr würdigte, konnte er verschmerzen. Dass dieser das Nachsehen hatte, daran war er schließlich selbst schuld! Und es war kein Problem gewesen, Kauner auszustechen. Er hatte dem Erfinder nur deutlich machen müssen, dass das Kapital, das er – schnell entschlossen – bereitstellte, das des Kommerzienrates bei Weitem überstieg.

Toussaint hatte ihm dazu – oh, dieser köstliche, wunderbar weltfremde Dummkopf! – die Summe verraten, die der Kommerzienrat einlegen wollte. Es war nicht wenig, wahrhaftig nicht! Aber wenn der knauserige Kauner schon so hoch einstieg, dann war das ein untrügliches Zeichen dafür, dass enormer Gewinn zu erwarten war!

Für heute Früh war der Eintrag der neuen Gesellschaft in das Gewerberegister vorgesehen. Der geheime Zusatzvertrag, mit dem der idealistische Idiot alle Rechte an seiner Erfindung an ihn abtreten würde, würde jedoch geheim bleiben.

Wieder läutete das Telefon. Was war heute nur los?

»Ah, Herr von Marain!« Rupp lachte aufgeräumt.

Einige Atemzüge später jedoch erstarrten seine Züge. Als er kurze Zeit später ein leises »Klack« hörte, legte auch er verblüfft auf.

Der Baron hatte ihm mitgeteilt, dass er den Vorvertrag über die

Nutzung des Burgstaller-Geländes als für aufgelöst betrachtete. Aber was sollte dieser Nachsatz bedeuten, mit dem der Baron das Gespräch beendete?

»... ›besonders nach dem, was man über Sie spricht‹!?«

Der Major schnaubte beunruhigt.

Was, zum Teufel, ging hier vor?!

Während er noch nachdachte, schrillte das Telefon erneut. Rupp riss den Hörer von der Gabel.

»Rupp!«, brüllte er.

Ein langgezogenes, herzzerreißendes Wimmern drang an sein Ohr, unterbrochen von schluchzend gelallten, völlig unverständlichen Worten.

Er warf den Hörer auf die Gabel und presste beide Hände darauf, als könne er damit verhindern, dass ihn noch so ein Wahnsinniger anrief.

Das war doch die Cerny gewesen?! War die Kuh jetzt schon besoffen?!

Sein Herz hämmerte.

Unter seinen Fingern vibrierte es.

Er wartete, atmete durch. Behutsam hob er ab.

»Ja«, sagte er verhalten. »Hier Rupp?«

»Schönen guten Morgen, Herr Major Rupp. Hier Körner vom ›Berliner Courier‹. Schön, dass ich Sie gleich erreiche. Herr Major, dürfte ich Sie um einen Kommentar zur Affäre Toussaint bitten?«

»Affäre?« Rupps Stimme war sandig.

»Affäre Toussaint, jawohl«, wiederholte der Anrufer. »Herr Major, Sie soll ...«

Ein keine Gegenwehr duldender Reflex befahl Rupp aufzulegen. Er stand starr. In seinem Kopf wirbelten Gedanken.

Schließlich krächzte er mit überschnappender Stimme nach seiner Bediensteten.

Die Tür öffnete sich, als habe seine Frau nur auf seinen Ruf gewartet. Mit gesenktem Kopf schlich sie herein.

»Edigna?«, schnauzte er sie an. »Wo ist Liese? Spielst du jetzt schon die Putzfrau?!«

»Ich habe sie weggeschickt. Ich dachte, ich meinte, vielleicht brauchst mich viel ...«

Sie hielt die Zeitung vor die Brust gepresst.

»Egon ...«

»Verschwinde!!!«, kreischte er und riss ihr die Zeitung aus der Hand. Stumm verließ sie das Zimmer.

Mit fiebernden Händen entfaltete Rupp das Blatt.

»Schwindler ... ins Ausland abgesetzt ...«, las er. Das Blatt in seinen Händen begann zu flattern. »Beispiellose Dummheit einiger Anleger ...« – »unter den Betrogenen namhafte Persönlichkeiten aus Wirtschaft und Politik ...« und zuletzt sein Name. Er starrte darauf, als lese er seine eigene Todesanzeige.

Vor seinen Augen flitterten winzige Blitze. Sein Herz hämmerte lauter, wummerte jetzt, es dröhnte, donnerte, als schlüge etwas mit einem Knüppel gegen seine Brust. In seinen Adern sirrte das Blut, Übelkeit kroch empor, er begann zu würgen, und ein namenloser, vernichtender Schmerz dehnte sich in seiner Brust immer mehr aus. Er sah nur noch, dass sich der Fußboden hob. Er wunderte sich darüber. Dann wurde es schwarz um ihn.

Edigna stand in der Mitte des Flurs, als sie ein Poltern aus dem Zimmer ihres Gatten hörte, danach ein leises Kratzen, als schabten Fingernägel über das Parkett, und zuletzt ein langsam erlöschendes Schnaufen.

Ihr Blick fiel auf ihre Rechte, die das kleine Fläschchen mit den Herztropfen umschlossen hielt, das sie ihrem Gatten vorsorglich hatte geben wollen. Doch dann, mit jener stählern milden Geduld, mit der sie ihr bisheriges Leben ertragen hatte, wartete sie, bis im Haus nur noch die gedämpften Geräusche zu vernehmen waren, die von der Straße heraufdrangen.

Dann atmete sie aus.

Nachwort des Autors

Auch in diesem Inspektor-Kajetan-Roman mischt sich wieder Erfundenes mit Wahrem. So gab es im München der zwanziger Jahre tatsächlich einen begnadeten Hochstapler, der als »Goldmacher« vor allem Vertreter des rechtsorientierten Großbürgertums um mehrere Millionen erleichterte. (Ich habe mich bei dieser Gelegenheit übrigens ausführlich mit Toussaints Methode der Goldherstellung beschäftigt und darf verraten, dass sie wirklich funktioniert! Geneigten Investoren, die nicht nur über ausreichendes Kapital, sondern auch über ein Fenster verfügen, um selbiges hinauszuwerfen, stehe ich – gegen eine kleine Beteiligung am zu erwartenden Milliardengewinn – gerne mit Auskünften zur Verfügung ...)

Auch der von Inspektor Zunhammer angezweifelte Selbstmord eines früheren Vorgesetzten Hitlers ist in Wirklichkeit geschehen, wenngleich Ort und Zeit verändert wurden und nähere Umstände Spekulation des Autors sind. Letztere sind allerdings nicht ganz unbegründet, da es Hinweise darauf gibt, dass das Opfer dieses mysteriösen Todesfalls (dessen Tatbestand übrigens aus sämtlichen amtlichen Eintragungen getilgt wurde) nicht bereit war, sich an der Legendenbildung um die Hitlerschen Kriegsorden zu beteiligen.

Ähnliches gilt für die Darstellung der frühen Alternativbewegung, deren Ideen keineswegs erst in den siebziger Jahren entstanden, sondern ihre Wurzeln in der Industriekritik des ausgehenden neunzehnten Jahrhunderts haben, und gegen deren Radikalität heutige Ökobewegungen nur noch ein fader Aufguss sind. An dieser Stelle seien die ausgezeichneten Arbeiten von Ulrich Linse erwähnt, denen ich – was die Gründlichkeit der Recherche, aber auch die Qualität der Analyse betrifft – viel verdanke. (Wer sich in diese Thematik vertiefen möchte, dem möchte ich die Lektüre von Paul Lafargues so genialer wie missverstandener Schrift »Das Recht auf Faulheit« empfehlen.)

Zuletzt noch ein Wort zu einer Problematik, die immer für interessante Debatten sorgt und mit der jeder Autor konfrontiert wird, der sich mit der Niederschrift von Volks- und Regionalsprache auseinander zu setzen hat. Die rein lautschriftliche Notation der in jenen Jahren in München gesprochenen Alltagssprache kann leicht zu Lese-Irritation führen. Eine verbindliche Schreibweise gibt es darüber hinaus nicht, und für entscheidende Charakteristika etwa in der bairisch-österreichischen Vokalbildung existieren skandalöserweise nicht einmal die dazu erforderlichen Buchstaben (zumindest nicht im deutschen Alphabet). Da sich jedoch die meisten Schriftsprachen von ihrem mündlichen Ausdruck unterscheiden, wobei es zusätzlich allein in Bayern Hunderte kleinstgeografischer Varianten gibt, habe ich mich bei der Schreibweise weitgehend an den (deutschen) Wortstämmen volkssprachlicher Ausdrücke orientiert. Ich überlasse es also meinen Lesern, diese Ausdrücke mit jenem Klang zu versehen, der ihrer Lese- und Sprecherfahrung entspricht.

Christiane Droste war mir eine große Hilfe bei der Recherche, von Günter Gerstenberg, Dr. George Reiss, Margot Wingruber, Dr. Horst Weinek, B. v. G., Dr. Jürgen Zarusky, Herrn Schäller (in dessen Betrieb es natürlich solider zugeht als im von mir beschriebenen) und Gianni Bravo habe ich wertvolle Detailinformationen erhalten. Bei allen, die mich darüber hinaus mit Anregungen und kritischen Anmerkungen unterstützt haben, bedanke ich mich ebenfalls herzlich.

Robert Hültner

Worterklärungen

abfiseln: abnagen
Arbeiter-Union: deutsche anarcho-syndikalistische Partei FAUD
ausgeschmiert: betrogen
ausgschamt: unverschämt, schamlos
belfern: stänkern
Drä-drä: Tölpel
ein Hund sein: Hier ein Kompliment für Schläue, Professionalität
fei: hier: aber
Feim: (Bier)schaum
Feme: Hier: Rechtsradikale Untergrundorganisation, die in den Zwanzigern Attentate auf Politiker der Linksparteien verübte. (»Schwarze Hand«)
Filifa: Unsinn, Firlefanz
gelln's: Höflichkeitsform von ›gell‹ (nicht wahr?)
Goaßbart: (Geißbart) Spitzbart
Gout: (a. d. franz.: Geschmack) Hier: Lust
Grattler: Landstreicher, Habenichts
Gries: hier: Name einer Armeleutesiedlung im Norden des Münchner Stadtteils Lehel
Gscheithaferl: Naseweis, Klugscheißer
gschert: ungehobelt, ordinär (abgeleitet von den gescherten Köpfen der Leibeigenen)
Gspusi: (von ital. sposa, Braut) Liebling
Haberer: hier: Liebhaber
Hifeln: Gerüststangen zum Trocknen des Heues
hinausgrasen: hier: Ehebruch begehen (von Tieren, die ihre eingezäunte Weide verlassen)
Kebsn: hier abwertend für: Geliebte
Koprater: Kooperator, katholischer Hilfspriester
kudern: kichern
Kunt, Kundt: hier: Kerl
leimsiederisch: (eigentlich: lehmsiederisch) fad, langweilig

Leite(n): steiler Hang
Minga: volkstümlich für München (a.d. ureuropäisch-baskischen ›muninga‹ für: Ort auf Hochufer)
Missöh: Monsieur, Herr
mockig: muffig
notig: bedürftig, ärmlich
patschert: unbeholfen
Sozen und Nazen: Sozialdemokraten und Nationalsozialisten
Spassetl: sarkastischer Scherz
spechten: lauern, spionieren
speiben: spucken, auch: erbrechen
St. Adelheim: das Gefängnis Stadelheim im Münchner Süden
Strawanzer: Herumtreiber
Thal: alte Schreibweise der Straße zwischen Isartor und Marienplatz
tränzt: weint, schluchzt
Tricks: Trick
Wachtl: abwertend für Schutzmann, Wachtmeister
Wiah, Wistaha, Diott, Eho: (a.d. indoeurop.) Lenkrufe für Zugpferde und -ochsen: Vorwärts, links, rechts, halt.
wif: (a.d. franz.) lebhaft, pfiffig
Zinken: Hier: Nase
zottlert: zottelig, langhaarig, ungekämmt
zwider: ärgerlich, unangenehm

Nimmt man die im Roman angegebenen Geldsummen mal fünf, erhält man ungefähr den heutigen Euro-Wert, wobei von wesentlich geringerem Verbrauch bei Miete, Energie, Lebensmittel, Kleidung etc. auszugehen ist.

DIE ZEIT
KRIMI-ANALYSE

Roman und Realität

München anno 1927

von Tobias Gohlis

»Lassens die Leut doch reden, Herr Inspektor. Die reden heute über dies und morgen über was anderes.« Mit dieser Äußerung beginnt der erste Kriminalroman des Münchner Autors Robert Hültner: »Walching«. »Lassens die Leut doch reden« – so lautet die Aufforderung, die mitten hineinführt in die Welt von Robert Hültner und seinem Inspektor Paul Kajetan, in eine merkwürdige, nachdenklich machende, irritierende und spannende Welt.

Tatsächlich ist Robert Hültner den Stoffen, aus denen seine Serie um den Münchner Inspektor Kajetan entstanden ist, zuerst im Gespräch begegnet. Das wäre nicht verwunderlich, wenn diese Stoffe nicht Zeitstoffe wären. Hültners Kriminalromane reichen zurück bis in die Jahre vor und vor allem nach dem Ersten Weltkrieg. Es ist eine Zeit, die so weit zurückliegt, dass man sich erstaunt fragt, wer denn noch davon erzählen kann. Hültner selbst hörte erstmals aus dem Mund seines Großvaters von der Münchner Räterepublik, von Flucht und Razzien auf dem Lande. Und von Nachbarn und Bekannten erfuhr der Jugendliche, dass bayerische Bauern sich mit einer eigenen Organisation, dem Bauernbund, an der Räterepublik beteiligten. Später betrieb der 1950 geborene Autor ein Wanderkino und sammelte weitere Geschichten. »Auch wenn viele meiner Fälle schon Generationen zurückliegen, sind sie – gerade auf dem Land – noch immer auf irgendeine Weise präsent. Manche Konflikte und sozialen Risse schlafen nur.« Dieser einzigartige Erfahrungsschatz mündlich überlieferter Geschichte und genaueste zeithistorische Recherchen sind die Basis für insgesamt fünf Kriminalromane um Inspektor Kajetan. In ihnen gibt Hültner ein ungemein plastisches, bis in die Details des Alltagslebens exaktes Bild jener Umbruchjahre, in denen das demokratische Deutschland sich gewissermaßen im Versuchszustand befand. Wie der Versuch endete, ist bekannt. Der Niedergang schlägt sich auch in Paul Kajetans Karriere nieder: Anfangs ist der nüchterne Kriminalist mit dem elementaren Gerechtigkeitsempfinden noch Inspektor der Bayerischen Polizei, doch schon bald, Mitte der Zwanzigerjahre, wird er aufgrund politischer Intrigen innerhalb der schon stark mit Nationalsozialisten durchsetzten Kriminalpolizei suspendiert und muss sich als Privatdetektiv durchschlagen.

Hültner spielt in »Inspektor Kajetan und die Betrüger« besonders trickreich mit historischer Realität und historischer Möglichkeit. Im Unterschied zu den anderen Kajetan-Romanen, die in deutlich benannten Jahren zwischen 1919 und 1928 spielen, lässt er den Zeitpunkt der Handlung merkwürdig verschwommen. Nur eine Bemerkung im Selbstgespräch des Majors Rupp erlaubt überhaupt eine Datierung des Geschehens auf das Jahr 1927. Rupp fragt sich, ob er wegen seiner Beteiligung am Putsch – gemeint ist der Hitlers vom 9. November 1923 – noch verfolgt werden könne. Doch Bayern gibt dem Druck aus dem roten Berlin nicht nach, das beruhigt.

Die unbestimmte Datierung des Romangeschehens ist eines der Elemente, mit denen Hültner jene merkwürdige Zeit des Unentschiedenen zu fassen sucht. Die Inflation ist abgeklungen, auch die kommunistischen Aufstandsversuche in Thüringen 1921 und Hamburg 1923 und Hitlers »Staatsstreich« in München sind gescheitert, seine lächerliche Haftzeit hat Hitler schon abgesessen. Es ist wieder ruhiger geworden, die Weimarer Republik gönnt sich eine Atempause. Noch ist Hitler nicht zum Hoffnungsträger des nationalistischen Bürgertums geworden. Der Roman-Major a. D. Rupp – als Fememörder, Waffenschieber und Geschäftemacher schon aus »Walching« bekannt und verantwortlich für die Suspendierung Kajetans vom Polizeidienst – dient Hültner als skeptische Stimme aus dem Lager der Monarchisten: »Als einer, der den Leuten den Kopf verdrehte, der der vaterländischen Bewegung neue Anhänger zuführte und, vor allem, den Roten Paroli bot, dafür war der Hitler gut zu gebrauchen. Aber als Führer? Einen Mann aus dem Pöbel an der Spitze des Reiches? Undenkbar!« Deshalb hat Rupp auch keinerlei patriotische Skrupel, als er das Gerücht in die Welt setzt, mit Hitlers Eisernen Kreuzen sei es nicht so weit her, wie die Nazis behaupteten, um ihren »Führer« als hoch dekorierten und volkstümlichen Frontkämpfer zugleich zu präsentieren. Doch davon später.

Beziehungsreich deutet der Roman schon im Titel die Lage an: Der große Betrüger Hitler lauert drohend, das Geschick bereits durch Marionetten lenkend, im Hintergrund. Im Vordergrund geraten die Münchner über den Betrüger Toussaint in Erregung, der – wie sein historisches Vorbild Franz Tausend – den wohlhabenden, rechten bürgerlichen Kreisen verspricht, Gold herstellen zu können. Aber auch Kleinbürger werden geprellt, wie etwa Kajetans Auftraggeberin, die Antiquarin Antonie Süssmeier.

Da Robert Hültner seine Erzählweise von der mündlichen Überlieferung und vom Theater kommend entwickelt hat, verwundert es kaum, dass ein wesentliches Spannungselement seines Krimis durch ein aus der Komödie vertrautes Mittel zustande kommt: Eine Namensverwechslung stiftet Unheil.

Kajetans Nachfolger im Amt, Inspektor »Thadädl« Zunhammer, ist bei seiner Recherche zu den verdächtigen Todesumständen seines ehemaligen Regimentskommandeurs von Marain niedergeschlagen und so schwer verletzt worden, dass er sich nur noch mit Zeichensprache verständigen kann. Er will Kajetan klarmachen, dass ein gewisser Adolf Hitler mit ihm in diesem Regiment gedient hat und wohl auch mit dem gewaltsamen Tod des Kommandeurs zu tun hat. Doch Kajetan missversteht ihn gründlich: Statt Adolfs Sympathisanten beginnt er, dem Propheten »Adolphe« und seinen Adepten nachzuspüren und beschert uns so Einblicke in eine der merkwürdigsten Szenerien der an bizarren Figuren wahrlich nicht armen Zeit.

Mit Adolphe porträtiert Hültner einen Vertreter jener Weltverbesserer, die schon zu Kaiser Wilhelms Zeiten – damals volkstümlich »Kohlrabi-Apostel« und später von Historikern »Inflationsheilige« genannt – die Weimarer Republik bevölkerten. Dem Leser begegnet Adolphe in zwei Szenen. Einmal tritt er als durchaus volkstümlicher Agitator und Spendensammler auf dem Münchner Viktualienmarkt auf, in der zweiten Szene hält er im Kindl-Keller einen Vortrag über die »Siedlungsidee«. Auch Adolphe wirkt wie ein – zugegeben naiver – Hochstapler oder Betrüger, der seinen eigenen Versprechungen und Illusionen auf den Leim gegangen ist. Er ist eine Kunstfigur, in der Hültner Personen und Strömungen der Lebensreform- und Siedlungsbewegung aus verschiedenen Epochen zusammenführt. So entspricht etwa Adolphes äußere Erscheinung der des »Naturmenschen« und Dichters Gusto Gräser (1879 bis 1958). Inspiriert von Lebensreform- und Vegetarismus-Strömungen, die bereits in der Mitte des 19. Jahrhunderts aufgekommen waren, hatte dieser Sohn eines Amtsrichters aus Siebenbürgen sich schon als junger Mann für ein einfaches Leben als Wanderer und Apostel entschieden. »Angetan mit einer längeren härenen Tunika, die Haare mit einem ledernen Stirnband zurückgehalten, barfuß oder höchstens

Sandalen tragend, den gesamten Besitz in die Tasche gestopft, die er an einem Riemen um den Hals trug, kreierte er eine neue antibürgerliche und antiproletarische Existenzform.« So charakterisiert ihn Ulrich Linse in seinem Standardwerk über die »Barfüßigen Propheten« jener Zeit, auf dessen Forschungen sich auch Robert Hültner als Quelle bezieht. Gräser führte seit 1900 ein Wanderleben und gründete mit seinem Bruder Karl die berühmte Künstlersiedlung Monte Verità in Ascona. Mit der Ernsthaftigkeit seiner menschenliebenden, pazifistischen Haltung gewann er unter anderem den Respekt und die Verehrung Hermann Hesses, der mit ihm eine Zeit lang in einer Felshöhle lebte. Dieser ist deshalb auch im Roman als Gastredner im Kindl-Keller angekündigt. Dennoch ist der Adolphe Hültners nicht Gusto Gräser. Vielmehr hat Hültner diesen Apostel des Siedelns, der seine Rede mit einem Aufruf zum »Kommunismus der Liebe« schließt, zusätzlich als typischen Vertreter eines antiindustriellen, sozialreformerischen Dritten Weges charakterisiert, wie er nach dem Ersten Weltkrieg in Deutschland weitverbreitet war. Diese frühe Alternativbewegung speiste sich aus einem ideologischen Mix aus Jugendbewegung, Lebens- und Sozialreform. Der Glaube an Hingabe, Vertrauen, Naturnähe und Wahrhaftigkeit der Lebensführung (inklusive Armut und Vegetarismus) war ihre Antwort auf den Zusammenbruch der bürgerlichen Werte im Krieg. Ihr Vertrauen in die Veränderung des einzelnen Menschen war eine Gegenreaktion auf den sehr abstrakten Solidaritätsgedanken, den die Organisationen der Arbeiterbewegung propagierten. Mit seinem Vortrag im Kindl-Keller versucht Adolphe, seine Ideen »vermögenden Herrschaften aus der bürgerlichen und akademischen Welt« plausibel zu machen, weil nur diese durch Spenden den Unterhalt der völlig unerfahrenen Siedler gewährleisten konnten.

So ist die Szene im Kindl-Keller von Hültner als Panorama der zeitgenössischen politischen Erlösungsideen angelegt, deren Bandbreite vom antiautoritären Anarchosyndikalismus bis zu völkisch-rassistischen Siedlungs- und Züchtungsprojekten reichte. Der – sich später im Text auch als Dichter offenbarende – schüchterne Jüngling Fidelis erinnert im Namen an den seinerzeit berühmten Hugo Höppener (1868 bis 1948), der unter dem Künstlernamen »Fidus« nackte Knaben malte, die sich spirituell mit dem Sonnenlicht und der Natur vermählten. Gewiss spielt ein ordentlicher Schub Geschichtsdidaktik mit, wenn Hültner die Szene mit einem Überfall der Nationalsozialisten enden lässt, der von einem als Kommunist getarnten Polizeispitzel provoziert wird.

Das Bild, das Hültner von den ebenso hilf- wie harmlosen Siedlern in Ried »irgendwo südlich des Würmsees« – das ist der althergebrachte Name des Starnberger Sees – zeichnet, entspricht den wenigen Zeugnissen, die überhaupt über diese wenig dokumentierte Bewegung gesammelt und überliefert werden konnten. Die meisten Landkommunen waren nicht imstande, sich aus eigener Kraft am Leben zu halten. Einige wenige hatten durch Professionalisierung und Spezialisierung auf bestimmte landwirtschaftliche Produkte wirtschaftlichen Erfolg (wie die Siedlung Eden bei Potsdam, die als Obstbaugenossenschaft sogar den Nationalsozialismus überdauerte), allerdings um den Preis des Verzichts auf die ursprünglichen sozialreformerischen Ideale. Die meisten aber gingen an wirtschaftlicher Inkompetenz, ideologischen Streitereien oder äußerem Druck zugrunde. Da sie unzureichend mit Kapital versorgt und ihre Mitglieder handwerklich meist unkundig waren – die Gärtnerin Tilla im Roman ist hier eine durchaus typische Figur –, bestritten die wenigen überlebenden Landkommunen ihr Einkommen mit Tätigkeiten, die der (klein)bürgerlichen Herkunft ihrer Gründer besser entsprachen: Sie gründeten Landerziehungsheime oder produzierten Kunst und Kunstgewerbe. Die eindringliche Romanszene, in der Bauer Lugg am landwirtschaftlichen Unverstand der Neusiedler verzweifelt, die ihren Heuwagen überladen und dadurch ihre einzige Kuh verlieren, hat Hültner nicht nur mit großer Sympathie für die Siedler, sondern auch sehr authentisch gestaltet. So heißt es in einer historischen Studie zum Verhalten der Bauern: »Feindschaft zeigte sich aber nie gegen die Siedler. Wenn man sie nicht verstand, so tolerierte man sie doch.«

Bezeichnenderweise wird Adolphe auch nicht etwa wegen seiner lebensreformerischen Gesinnung umgebracht. Ihm wird seine Vergangenheit als Regimentskamerad von Marains – und Adolf Hitlers – zum Verhängnis.

Leser, die dieses Nachwort vor dem Roman lesen, seien nun gewarnt: Im Folgenden werden einige Aspekte der Handlung erörtert, die die Auflösung des Kriminalfalls betreffen.

Die Morde, denen der ehemalige Regimentskommandeur Aloys von Marain, der Prophet Adolphe und der britische Korrespondent Baines sowie beinahe auch Kajetan zum Opfer fallen, werden aus einem gemeinsamen Grund begangen: Alle Zeugen, die wissen, wie Adolf Hitler während des Ersten Weltkriegs tatsächlich zu seinen Eisernen Kreuzen gekommen ist, müssen verschwinden. Denn das Wissen darum – und seien es nur Gerüchte, nicht alles sei so heroisch verlaufen, wie die Legende wissen will – könnte Hitlers Ansehen als »Führer« und seinen Aufstieg zur Macht beeinträchtigen.

Ob die damals als Gerücht kursierende Nachricht von einem Schwindel Hitlers tatsächlich seine Chancen auf die Machtergreifung beeinflusst hätte, ist schwer zu beurteilen. Joachim Fest unterstreicht in seiner Hitler-Biografie die Bedeutung, die die beiden Eisernen Kreuze für dessen Fortkommen hatten: »Die Kriegsdekorationen erwiesen sich für Hitlers Zukunft von unschätzbarem Wert. Sie gaben ihm, dem Österreicher, eine Art höheres Heimatrecht in Deutschland und schufen dadurch überhaupt erst die Voraussetzung für den aussichtsreichen Beginn seiner Karriere: Sie sicherten und legitimierten seinen Anspruch auf politische Mitsprache sowie auf politische Gefolgschaft.« Hültner jedenfalls lässt die Münchner Nazis, die tatsächlich schon in hohem Maße die politische Polizei infiltriert hatten, so handeln, als gefährde das Bekanntwerden der Wahrheit Hitlers Aufstieg zur Macht.

Hültners Darstellung im Roman entspricht im Wesentlichen den Tatsachen, soweit sie bekannt sind. Er arrangiert sie nur so, dass sie plausibel in die Handlung eines Kriminalromans passen. Adolf Hitler wurde tatsächlich zweimal, 1914 und 1918, mit dem Eisernen Kreuz ausgezeichnet. Die zweite Auszeichnung, das EK Erster Klasse, wurde bloßen Mannschafts-Dienstgraden – Hitler war während des ganzen Krieges Gefreiter und wurde aus ungeklärten Gründen nicht befördert – nur selten verliehen. Dass Hitler das EK II für die Gefangennahme eines Trupps von Franzosen bekommen haben soll, wie er im (Roman-)Interview mit dem Journalisten Baines behauptet, ist eine Lüge. Diese Legende wurde in der Zeit des Nationalsozialismus in den Schulbüchern verbreitet. Tatsächlich gibt es dazu keine Aufzeichnungen in den Akten des Regiments List (im Roman »Regiment Lotz«), in dem Hitler seit 1914 als Freiwilliger gedient hatte.

Im Roman führt Sylvester, der jüngere Bruder der Pensionswirtin Eisenschitz, den Auslandsberichterstatter Baines als Cicerone durch den Münchner Alltag. Er war Regimentskamerad Hitlers und ist daher Zeuge des Kriegsgeschehens, also die authentische Stimme der »Wahrheit von unten«. Laut Sylvester hatte sich der kriegsmüde Trupp französischer Soldaten nicht Hitler, sondern zwei anderen, später gefallenen Soldaten ergeben. Dadurch erscheint Hitler als Aufschneider und Hurra-Draufgänger, der sich freiwillig zu selbstmörderischen Einsätzen meldete: »Tja, und wer war der Blöde? Der Hitler-Adi natürlich.« (Hitler wurde von seinen Kameraden übrigens wirklich »Adi« genannt.)

Was Hitler in Hültners Roman wie in der historischen Wirklichkeit vertuschen wollte, war die Tatsache, dass ein jüdischer Vorgesetzter maßgeblich an der Verleihung des Eisernen Kreuzes Erster Klasse an ihn beteiligt war. Hültners »Zeuge« Sylvester erinnert sich an die Verleihung: »Das war der ... na, wie hat er sich gleich wieder geschrieben? ... ein Jud is gwesen, von Nürnberg, ein ganz patentes Mannsbild ... Herrschaft, dass ich jetzt auf sein Namen nicht komm ... Jetzt! Seligmann! Oberleutnant Seligmann!« Tatsächlich hat Hitler das EK I am 4. August 1918 »aus der Hand des Regimentskommandeurs Major von Tubeuf« empfangen, so Ian Kershaw in seiner Hitler-Biografie. Zur Auszeichnung vorgeschlagen worden war er von dem jüdischen Leutnant Hugo Gutmann, der denjenigen Meldegängern, die unter feindlichem Beschuss eine wichtige Nachricht überbringen würden, das EK I zur Belohnung versprochen hatte.

Robert Hültner hat die historische Wirklichkeit im Fall von Hitlers Auszeichnungen nur in diesem dramaturgisch notwendigen Punkt geändert: Um den Mord an Aloys von Marain begründen zu können, durfte nicht der Regimentskommandeur die Auszeichnung verliehen haben, sondern der jüdische Offizier. Das historische Ereignis, das Hültner in »Inspektor Kajetan und die Betrüger« in Erinnerung ruft, wird dadurch aber nicht verändert: Der Antisemit Hitler wollte den Fleck auf seiner arischen Weste vertuschen, dass er sein EK I ausgerechnet einem jüdischen Offizier verdankte.

So kulminiert die Romanhandlung in einer bitteren Pointe: Einer der harmlosesten Menschen, der Kohlrabi-Apostel Adolphe, musste für Adolfs Karriere sterben. Und Kajetan ahnt, was bevorsteht: »Eine Art von Verbrechen war aufgekommen, eine, die ihm fremd war, mit der er nicht umgehen konnte.« Der Detektiv hat hier nichts mehr zu tun. Nur noch der Autor, der diese Geschichte aus den Vorzeiten des Hitlertums genauestens, beinahe filmisch bis in die Zwischentöne der bayerischen Dialektwendungen hinein vergegenwärtigt, ist Zeuge.